AF304486

Sandra Helinski lebt zusammen mit ihrer Familie in einem wunderbaren Pfälzer Weindorf. Auch zu ihrer früheren Heimat im Osten Deutschlands fühlt sie eine starke Verbundenheit, die sich teilweise in ihren Büchern niederschlägt. Sie hat Verhaltensbiologie studiert und kann, auch wenn sie nicht in diesem Beruf arbeitet, auf viele Erfahrungen mit schwierigen Hunden und Pferden zurückgreifen. Und dann ist da noch ihre Faszination für Rockstars, deren Konflikte, die aus den grenzenlosen Möglichkeiten und der Bewunderung ihrer Fans auf der einen Seite und dem immensen Druck und der fehlenden Privatsphäre auf der anderen Seite entstehen, ihr genug Stoff für ihre Bücher bietet.

SANDRA HELINSKI

Vier Pfoten und ein Landhaus zum Verlieben

Überarbeitete Neuausgabe Oktober 2021

© 2021 dp Verlag, ein Imprint der dp DIGITAL PUBLISHERS
GmbH

Made in Stuttgart with ♥
Alle Rechte vorbehalten

Vier Pfoten und ein Landhaus zum Verlieben

ISBN 978-3-96087-213-2
E-Book-ISBN 978-3-96087-202-6

Covergestaltung: Anne Gebhardt
Umschlaggestaltung: ARTC.ore Design
Unter Verwendung von Motiven von
shutterstock.com: © Zerbor, © Paul Maguire, © Robert Petrovic,
© Ksenia Raykova, © jular seesulai, © tgavrano, © Artiste2d3d, ©
Anton Ogorodov
Lektorat: SL Lektorat

Satz: dp DIGITAL PUBLISHERS GmbH
Druck und Bindung: Books on Demand GmbH, Norderstedt

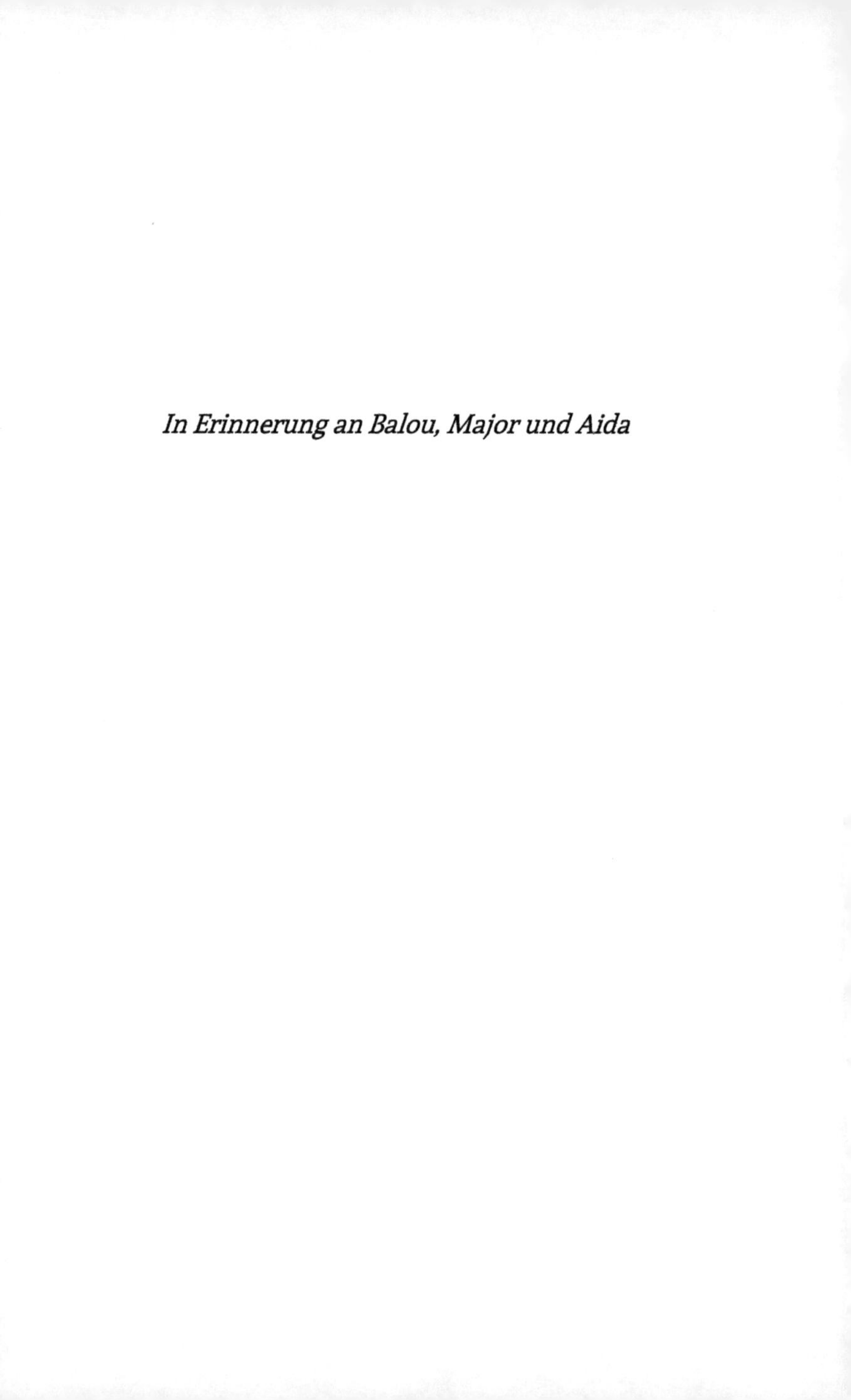

In Erinnerung an Balou, Major und Aida

Playlist

Choose To Be Me – Sunrise Avenue
Welcome To My Life – Sunrise Avenue
Stormy End – Sunrise Avenue
Before You Go – Lewis Capaldi
Not Again – Sunrise Avenue
Oh My Love – Rea Garvey
Satellite – Rise Against
Memories – Maroon 5
Dancing On My Own – Calum Scott
Control – Zoe Wees
Reasons I Drink – Alanis Morissette
Forever Yours – Sunrise Avenue
Thinking out Loud – Ed Sheeran
Perfekt – Ed Sheeran
Eraser – Ed Sheeran
Speeding Cars – Walking On Cars
Let Her Go – Passenger

1. Kapitel

Seit mehr als zehn Minuten hatte Anna nichts anderes gesehen als Wälder und Wiesen. Kein Feld, kein Haus, kein Weg deutete darauf hin, dass in der Nähe Menschen wohnten. Doch sie musste richtig sein. Die Wegbeschreibung, die sie vor einer Viertelstunde in Milmersdorf erhalten hatte, war eindeutig gewesen. Sie konnte sich nicht verfahren haben. Bisher war sie an keiner Kreuzung, Querstraße oder Einfahrt vorbeigekommen. Da war nur diese eine Straße, die sich endlos durch den Wald wand.

Und hier sollte irgendwo das Haus stehen, das sie von ihrer Tante geerbt hatte? So langsam glaubte Anna schon nicht mehr daran. Andererseits war Tante Elisa eine Eigenbrötlerin gewesen. Soweit Anna wusste, hatte sie nie jemanden wirklich an sich herangelassen und war ihrer Familie weitestgehend aus dem Weg gegangen. Deswegen hatte Anna sie auch nur ein einziges Mal gesehen. Nun war Tante Elisa tot und Anna im Besitz eines Grundstücks in der Nähe von Milmersdorf. Nähe war in diesem Fall allerdings irreführend.

Im Radio sang Eddi Markgraf von der Rockband Damn Silence gerade davon, dass er sich entschieden hatte, seinen eigenen Weg zu gehen und endlich er selbst zu sein. Das Lied ließ Anna lächeln. Sie mochte die Band und hatte einige Lieblingslieder, doch dieser Song hatte es ihr besonders angetan. Es war, als wäre er nur für sie geschrieben worden.

Außerdem hatte er ihr in letzter Zeit Glück gebracht.

Als sie vor vier Monaten einen Anruf von Tante Elisas Anwalt erhalten hatte, kam der Song gerade im Radio.

Ein paar Tage später, auf dem Weg zur Testamentseröffnung, lief er auf ihrem MP3-Player in Dauerschleife. Dann war schließlich das Unglaubliche passiert: Zum Erstaunen ihres Vaters und ihrer empörten Tante Lisbeth war sie zur Alleinerbin von Elisas Vermögen erklärt worden. Niemand konnte sich den Grund erklären. Am wenigsten Anna selbst. Ihr Vater und Tante Lisbeth hätten ein viel größeres Anrecht gehabt. Tante Elisa war die älteste Tochter von Annas Oma väterlicherseits gewesen und stammte aus deren erster Ehe. Annas Vater und Tante Lisbeth waren also Elisas Halbgeschwister. Ihr Vater hatte sich nie besonders für seine älteste Schwester interessiert. Zu groß waren der charakterliche und auch der Altersunterschied gewesen. Deshalb hatte Anna ihre Tante erst so spät kennengelernt.

Tante Lisbeth war stinksauer gewesen, das hatte Anna ihr angesehen, auch wenn ihr Vater sofort versuchte, seine ältere Schwester zu beruhigen. Er bedachte Anna nur mit fragendem Blick, bevor er Lisbeth aus dem Raum begleitete.

»Sind Sie sicher, dass Tante Elisa wirklich mich gemeint hat?«

Der Anwalt lächelte milde und nickte.

»Aber warum?«

»Ihre Tante war wohl der Auffassung, Sie könnten sich am besten um das Grundstück kümmern.«

Anna horchte auf. »Wie meinen Sie das?«

Er blickte auf die Dokumente in seiner Hand, nickte, dann sah er sie über seine Brille hinweg an. »Oh, das hatte ich vorhin ganz vergessen zu erwähnen: Sie bekommen das Grundstück nur unter der Auflage, alles instand zu halten, und dürfen es mindestens zehn Jahre lang nicht verkaufen.«

»Heißt das, ich muss dort wohnen?«

Anna dachte an ihre Wohnung im Berliner Stadtteil Charlottenburg, die sie mit ihrem Freund Marco bewohnte, und an ihren Job als Projektleiterin bei *LifeStyle*, einem Unternehmen, das sich auf das Marketing bei Pharmafirmen spezialisiert hatte. Eine Beförderung war ihr bereits in Aussicht gestellt worden. Sie hatte keine Zeit, sich um ein Haus außerhalb der Stadt zu kümmern. Zumindest war ihr Kopf dieser Meinung. Ihr Herz sah das ganz anders: Als der Anwalt ihre Frage bejahte, begann es, freudig erregt zu klopfen. »Wissen Sie, in welchem Zustand sich das Haus befindet?«

Der Anwalt wiegte bedächtig den Kopf hin und her. »Nun ja. Es war alles in Ordnung, als ich vor ein paar Jahren dort war.«

In Annas Gedanken war bei seinen Worten das Bild eines malerischen Bauernhauses entstanden, umgeben von weiten Wiesen. Sie meinte sogar, den frischen Geruch gemähten Grases wahrzunehmen und Vögel zwitschern zu hören. Sie hatte den Wunsch, in der Natur und mit Tieren zu leben und zu arbeiten, schon beinahe vergessen. Das Leben in Berlin entsprach der Vorstellung ihrer Eltern sowie Marcos. Es war eine Vernunftentscheidung gewesen, nach dem Studium ihre Träume hintenanzustellen, die von Marco vermittelte Stelle als Projektleiterin anzunehmen und erst einmal *Geld zu verdienen*, wie sich ihr Vater auszudrücken pflegte. Ein Haus auf dem Land konnte ihre Chance sein, endlich das Leben zu leben, das sie sich immer vorgestellt hatte. Sie wollte als Verhaltenstherapeutin für Hunde arbeiten. Dafür hatte sie Biologie studiert und nebenher den erforderlichen Sachkundenachweis gemacht. Die Erbschaft erschien wie ein Wink des Schicksals, endlich den Weg zu gehen, den sie von Anfang an hätte einschlagen sollen.

Leider war ihr Vater alles andere als begeistert gewesen, als er nach dem Termin erfahren hatte, dass sie vorhatte, das Erbe mit allen Bedingungen anzunehmen.

»Bist du von allen guten Geistern verlassen?« Sein Zorn traf Anna gänzlich unerwartet. Sprachlos ließ sie seine Schimpftirade über sich ergehen. »Bisher dachte ich eigentlich immer, du bist vernünftig. Du kannst doch nicht dein ganzes Leben einfach aufgeben! Für ein Hirngespinst.«

Sie hatte sich nicht entmutigen lassen. Im Gegenteil. Letztlich war es seine vehemente Reaktion gewesen, die den Ausschlag gab. »Egal, was du davon hältst. Ich weiß, dass es die richtige Entscheidung ist.«

»Du wirst schon merken, wohin dich dein Eigensinn führt. Komm aber nicht zu mir oder deiner Mutter, wenn du Hilfe brauchst! Wir sind sehr enttäuscht von dir. Ich hoffe nur, dass Marco dir diesen Unsinn ausreden kann.« Er hatte sich umgedreht und war ohne ein Wort des Abschieds gegangen.

Auch Marco hatte anders reagiert als erwartet. Ihre Beziehung hatte in den letzten Monaten sowieso schon stark gelitten. Sie war so sehr in ihre Arbeit eingebunden gewesen, dass sie abends spät nach Hause kam und nur noch müde ins Bett fallen konnte. Sie hatten nur noch nebeneinander her gelebt. Als er von der Erbschaft erfahren hatte, hatte Marco sofort begeistert Pläne geschmiedet, was sie mit dem vielen Geld machen konnten. Er redete von einer größeren Wohnung und von Reisen nach Neuseeland, Südamerika oder Alaska, alles Länder oder Gegenden, die er schon immer hatte sehen wollen. Das Haus war ihm egal gewesen. »Na und? Wir fahren alle paar Monate mal hin und sehen nach dem Rechten, und nach ein paar Jahren kannst du es verkaufen. Dann kräht kein Hahn mehr nach diesen komischen Bedingungen. Es wird schon keiner nachprüfen, ob du wirklich dort wohnst.«

Anna war entsetzt gewesen. Ihre Idee, als Verhaltenstherapeutin zu arbeiten, hatte er mit einem hochmütigen Lachen abgetan und wollte nichts weiter hören. Sie hatten sich so heftig gestritten, dass Anna noch am selben Abend zu ihrer besten Freundin Suzi gezogen war.

Entschlossen schob Anna die Erinnerungen an die vergangenen Wochen beiseite und sang lautstark den Refrain mit. Auch heute sollte der Song ihr Glück bringen. Während die letzten Takte erklangen, fuhr Anna an einem verbeulten Maschendrahtzaun vorbei, der ein großes Stück Wald von der Straße abgrenzte. Von dort erspähte sie auch schon die Einfahrt. Oder vielmehr ein rostiges Tor, das halb in den Angeln hing. An der Seite wuchsen Narzissen und winzige Wiesenblumen. Ein schmaler Lichtstreif fiel durch die hohen Bäume auf das Metall. Ein malerisches Bild, das Anna lächeln ließ.

Sie hielt an und stieg aus. Es war kühl im Wald, mehrere Grad kälter als in der Stadt. Sie nahm ihre Jacke und holte den Schlüsselbund, den sie von Tante Elisas Anwalt erhalten hatte, aus dem Handschuhfach. Wie sich jedoch herausstellte, konnte man das Tor einfach aufschieben. Anschließend fuhr sie langsam den Schotterweg entlang und sah dabei nach links und rechts. Das alles gehörte nun ihr, jede einzelne hohe Kiefer und die dichten Sträucher. Es war ein komisches Gefühl, berauschend, aber auch angsteinflößend.

Nach etwa zweihundert Metern lichtete sich der Wald und gab den Blick auf ein unscheinbares Haus mit graubraunem, bröckelndem Putz frei. Es wirkte abweisend und hatte rein gar nichts mit dem aus ihrer Vorstellung gemein. Selbst die Frühlingssonne konnte nicht darüber hinwegtäuschen, wie schäbig es wirkte.

An der rechten Seite schloss sich ein weiteres Gebäude an, zwischen ihnen befand sich ein schmaler Durchgang.

Anna parkte und atmete tief durch. Im Rückspiegel sah sie das Gepäck auf der Rückbank. Sie seufzte. Ihr ganzes bisheriges Leben befand sich in diesem Auto. Entschlossen stieg sie aus. Sie fröstelte, was nicht nur an der Kühle des Waldes lag.

Sie drehte sich einmal um sich selbst, um alles in sich aufzunehmen, und ging dann zielstrebig zwischen den beiden Gebäuden hindurch. Kurz darauf betrat sie einen gepflasterten Hof, der an drei Seiten vom Wohnhaus und zwei Anbauten umgeben war. Der Zustand der Gebäude konnte nur als jämmerlich bezeichnet werden. Gegenüber dem Wohnhaus lag eine Wiese mit hohem Gras und knorrigen Bäumen, die in voller Blüte standen. Das Gebäude rechts war früher ein Stall gewesen, vermutete Anna, da neben jeder der drei horizontal geteilten Türen ein Ring zum Anbinden von Tieren angebracht war.

Sie öffnete die obere Hälfte einer Stalltür und sah hinein. Es handelte sich um eine Box mit Heuraufe und Wassertrog. Alles war dreckig und voller Spinnweben. Überall bröckelte der Putz von den Wänden. Im Dach waren mehrere Löcher, und der Boden war uneben und ebenfalls löchrig. Hier hatte schon lange kein Tier mehr gestanden. Jedenfalls hoffte Anna das, es hätte ihr sonst leidgetan. Insgeheim war sie überzeugt davon, dass sie mit Tieren besser umgehen konnte als mit Menschen. Vor allem ihr einjähriges Praktikum im Tierheim hatte ihr gezeigt, wo ihre Stärken lagen und ihr letztlich den Weg in ihr Biologiestudium gewiesen.

Anna schloss die Tür zum anderen Nebengebäude auf. Sie quietschte widerstrebend und ließ sich nur mit Mühe aufschieben. Das Dach hier schien dicht zu sein. Wie der Boden aussah, ließ sich nicht beurteilen, da der Raum bis unter die Decke mit Krempel vollgestellt war. Anna verließ der Mut. Worauf hatte sie sich nur eingelassen? Schnell schloss sie die Tür wieder und wandte sich dem Wohnhaus zu. Der Zustand der Nebengebäude ließ ihre Hoffnung schwinden, dass es sich in einem besseren Zustand befand.

Es gab einen zweiten Eingang vom Innenhof aus. Der passende Schlüssel war schnell gefunden. Es war der einzige, der nicht komplett verrostet war. Anna kniff die Augen zusammen und drehte ihn im Schloss. Die Tür bewegte sich leise knarrend und erstaunlich leichtgängig. Anna wertete das als gutes Zeichen, verbannte jedes negative Gefühl und betrat das Haus. Es roch muffig, als wäre hier drin ewig nicht gelüftet worden, deshalb ließ sie die Tür weit offen stehen.

Die Dielen knarrten unter ihren Füßen, als sie durch das Treppenhaus und ein kleines Zimmer voller verstaubter Bücherregale in eine geräumige Küche ging. Alles machte einen zwar alten, aber zum Glück gut erhaltenen Eindruck. Wunderschöne Messinggriffe zierten die nussbraunen Holzmöbel. Als Anna den Wasserhahn an der Spüle betätigte, lief klares, kaltes Wasser. Der Kühlschrank sah auf den ersten Blick ebenfalls funktionstüchtig aus. Weitere elektrische Geräte fand Anna nicht.

Die Küchenzeile wurde an vier Stellen von Türen unterbrochen. Nebenan gab es eine Abstellkammer. Zwei Türen führten in einen winzigen Flur mit Außentür, an den sich ein noch winzigeres Badezimmer anschloss, und in ein Esszimmer, das von einem großen Holztisch mit sechs Stühlen beherrscht wurde. Annas Finger fuhren langsam über die rissige Oberfläche, greifbar gewordene Erinnerungen an eine vergangene Zeit. Leider lenkte der Tisch nicht von den grauenhaften Tapeten ab. Entweder war Tante Elisa ein großer Fan von Blumenmustern gewesen oder sie war auf ihre alten Tage blind geworden. Anna schüttelte sich und ging schnell weiter.

Vom Esszimmer aus gelangte man zunächst in ein Wohnzimmer mit einem geblümten, antik aussehendem Sofa und einem Holzofen, dann in ein Schlafzimmer.

Sieben Räume und zwei Flure zählte Anna allein im Erdgeschoss. Alles war hoffnungslos altmodisch und alles andere als einladend. Sie konnte sich nicht vorstellen, sich in dieser Umgebung jemals wohlzufühlen.

Dafür, die obere Etage auch zu erkunden, fehlte ihr im Moment die Kraft. Zuerst musste sie das, was sie schon gesehen hatte, verdauen. Also ging sie zurück in den Innenhof und setzte sich auf die Stufe vor der Eingangstür. Dort legte sie ihren Kopf auf die Knie und atmete tief durch. Sie spürte, wie sich die Panik, die sie bisher erfolgreich in Schach gehalten hatte, langsam an die Oberfläche kämpfte.

Was machte sie hier? Was wollte sie sich selbst und der ganzen Welt mit dieser verrückten Idee beweisen, ihr bisheriges, sicheres Leben aufzugeben? Sie hatte alles hinter sich gelassen. Ihre Wohnung war bereits neu vermietet, der Job gekündigt, und die Sache mit Marco war endgültig vorbei. Sie war unendlich euphorisch gewesen, hatte geglaubt, Bäume ausreißen zu können. Zumindest hatte sie nicht eine Sekunde lang gezweifelt. Stattdessen war sie mit Suzi auf Konzerten und im Kino gewesen, hatte in angesagten Klubs getanzt und sich elegante Theateraufführungen angesehen.

Hätte sie die Zeit doch bloß besser darauf verwendet, über die Konsequenzen eines solchen Neuanfangs nachzudenken!

Anna spürte, wie sich Tränen in ihren Augen sammelten. Sie zitterte und konnte nur mit Mühe ein Schluchzen unterdrücken. Sie schlang ihre Arme um ihren Körper und krümmte sich zusammen, in der Hoffnung, sich selbst ein wenig Wärme und Zuversicht zu schenken.

Aber alle Tränen der Welt würden ihr jetzt auch nicht weiterhelfen. Sie setzte sich aufrecht hin und wischte die Augen trocken. Sie allein hatte die Entscheidung getroffen, ihr bisheriges Leben aufzugeben. Und sie allein würde sich der Herausforderung stellen. Sie würde sich selbst und ihrem Vater beweisen, dass sie auf eigenen Füßen stehen konnte. Die Renovierung eines alten Bauernhauses war ihr Traum gewesen, seit sie als Kind mithelfen durfte, ihr Elternhaus umzubauen. Nur war ihr Traumhaus in ihrer Vorstellung viel weniger verwahrlost und verfallen gewesen. Nun glaubte sie, einer unlösbaren Aufgabe gegenüberzustehen.

Anna schluckte schwer und rappelte sich mühsam hoch. Sie straffte die Schultern, atmete tief durch und ging um das Haus herum zu ihrem Auto. Für einen kurzen Moment war sie versucht, einfach einzusteigen und zurück in die Stadt zu fahren. Doch sie unterdrückte den Impuls und öffnete stattdessen die Beifahrertür.

Als Erstes suchte sie in ihrer Handtasche nach dem MP3-Player. Sie setzte die Kopfhörer auf und schaltete das Gerät ein. Augenblicklich war Eddi Markgraf bei ihr und sang sich mit seiner tiefen Stimme direkt in ihre Gedanken. Mit jedem Ton entspannte sie sich mehr. Im Moment lief *Life changes*, ein Song, den Eddi über seinen Durchbruch geschrieben hatte, über seine Dankbarkeit, aber auch über seine Sorgen, dass der Erfolg alles verändern würde. Anna hatte Damn Silence erst nach diesem Durchbruch entdeckt. Sie war bei einer Fernsehshow auf den blonden Sänger aufmerksam geworden. Eddi war mit Mitte Dreißig nur wenig älter als sie, hatte aber schon alles erreicht, was er mit seiner Musik erreichen wollte. Sechs Jahre nach der Gründung stand die Band plötzlich in den Charts ganz oben. Anna wusste nicht, ob sich Eddis Sorgen hinsichtlich seines Erfolgs letztlich bewahrheitet hatten, aber zumindest machte er in Interviews und auf Konzerten nicht den Eindruck, als ob sein Leben sich verschlechtert hätte. Der Gedanke an Eddis Lebensweg gab ihr neuen Mut. Nun war sie bereit, auch das obere Geschoss des Hauses zu erkunden.

Im Takt der Musik schritt sie die Treppe hoch in den ersten Stock. Staub tanzte in der Luft. Sie betrat einen großen Flur, dann ein Badezimmer, und warf einen Blick in fünf weitere Zimmer mit abgedeckten Möbeln. Das ganze Stockwerk sah aus, als wäre es bereits seit mehreren Jahren nicht mehr betreten worden. Es fühlte sich seltsam an, hier oben zu sein, wie eine Reise in eine längst vergangene Zeit.

Wieder unten angekommen, ging sie zu ihrem Auto. Stück für Stück trug sie ihre Koffer und Taschen in die große Küche.

Als das Auto leer war, knurrte ihr Magen bereits vernehmlich. Da sie nicht daran gedacht hatte, Vorräte mitzubringen, musste sie zurück ins Dorf fahren.

2. Kapitel

»Wie schön, dass Sie mich so schnell wieder besuchen kommen. Gefällt Ihnen das Haus?«

Anna hatte gerade erst den Laden betreten und brauchte einen Moment, um sich zu fassen. »Äh, ja, danke. Es ist ziemlich groß.«

Sie wusste nicht so recht, was sie sonst sagen sollte. Sie konnte der Ladenbesitzerin, auch wenn sie nett war, schließlich nicht all ihre Zweifel offenbaren. Doch die hatte offenbar gehört, was sie hören wollte.

»Es muss riesig sein. Sie hätten vor Jahren hier sein sollen. Damals, als es Ihrer Tante noch gut ging ... Alle, die mal dort waren, haben geschwärmt, wie schön es gewesen ist. Ich selbst war nie da, aber die Frau Lichtenbühler, die hat für die alte Elisa die Wäsche gemacht und mir immer alles genau erzählt.«

Anna versuchte, den Redefluss der alten Dame zu unterbrechen, indem sie sie nach dem Preis für eine Packung Würstchen fragte. Sie hatte keine Chance.

»Später dann, als es ihr schlechter ging, freilich, da blieb ihr nur noch der alte Karl, ihr Stallbursche. Aber der hat immer zu ihr gehalten und sich um alles gekümmert – ein Euro fünfundneunzig Cent, heute im Angebot.« Die Dame nickte zu der Packung in Annas Hand. Ach ja, die Würstchen.

»Hat Tante Elisa auch bei Ihnen eingekauft?«, fragte Anna neugierig. Nebenbei packte sie ein Brot, etwas Butter, die Würstchen und eine Flasche Ketchup in ihren Einkaufskorb.

»Was? Nein. Der alte Karl hat für sie eingekauft. Wenn Sie mich fragen, war der nicht nur ihr

Angestellter, der hat sich noch für ganz andere Dinge interessiert. Der war in Elisa verschossen, sag ich Ihnen.« Theatralisch fasste sich die Dame an die Brust. »Anders kann man das gar nicht erklären, was der alles für sie gemacht hat.«

Dieser Karl weckte Annas Interesse. Vielleicht konnte er ihr mehr über ihre Tante erzählen und lüftete sogar das Geheimnis, warum ausgerechnet sie als Erbin eingesetzt worden war.

»Wohnt Karl in der Nähe?«

»Wollen Sie ihn besuchen? Da freut er sich bestimmt! Ist ganz leicht zu finden. Fahren Sie einfach bei sich die Straße weiter. Nach zwei oder drei Kilometern kommen Sie automatisch zu seinem Haus. Brauchen Sie eine Tüte?«

Die abrupten Themenwechsel brachten Anna aus dem Konzept. Sie blickte auf ihren vollen Einkaufskorb. Mittlerweile lagen noch Eier, Quark und ein paar Brötchen darin. Sie packte eine Salami dazu und eine Packung Würfelzucker. Dann trug sie alles zur Kasse.

Während die Ladenbesitzerin die Einkäufe in die erstaunlich moderne Kasse eintippte, erzählte sie weiter. Annas Tante war wohl eine kleine Berühmtheit hier in Milmersdorf gewesen.

Als Anna aus dem Laden in die untergehende Sonne trat, summten ihr die Ohren, und ihr Magen grummelte erneut. Um ihn zu beruhigen, aß sie auf der Fahrt ein Brötchen und ein kaltes Würstchen.

Eine Viertelstunde später brachte sie die Einkäufe ins Haus und setzte einen Topf mit Wasser für einen Tee auf. Mit einem belegten Brötchen und ihrer Tasse setzte sie sich nach draußen auf die Treppe. Sie genoss die Stille, den wärmenden Tee in ihrer Hand und das Gefühl, endlich etwas im Magen zu haben. Dann wappnete sie sich innerlich für die letzten Aufgaben des heutigen Tages: Sie musste ihre Eltern und Suzi anrufen.

Zuerst der schwierigere Part, beschloss sie, und wählte die Nummer ihrer Eltern. Seit sie sich am Tag der Testamentseröffnung im Streit getrennt hatten, herrschte Funkstille zwischen ihr und ihrem Vater. Ihre Mutter hielt zwar weiterhin den Kontakt, Anna wusste jedoch, dass die Situation sie stark belastete.

Es klingelte ein paarmal, dann ging ihre Mutter an den Apparat. Anna konnte sich lebhaft vorstellen, was gerade bei ihren Eltern abgelaufen war. Ihr Vater war zum Telefon gegangen, da normalerweise er die Anrufe annahm, hatte ihre Nummer gesehen und den Apparat an ihre Mutter weitergereicht.

»Hallo, Kleines, schön, dass du dich meldest!«

»Hallo, Mama, ich wollte nur sagen, dass ich in Tante Elisas Haus angekommen bin.«

Stille am anderen Ende. Was hatte ihre Mutter erwartet? Dass sie es sich doch noch anders überlegt hatte?

»Das ist schön. Und? Ist es so großartig, wie alle sagen? Tante Elisa muss unheimlich reich gewesen sein und einen Palast besessen haben.«

Anna runzelte die Stirn. Wenn man sich das Haus ansah, hatte Tante Elisa in den letzten Jahren nicht viel Geld in dessen Instandhaltung gesteckt.

»Es ist zumindest sehr groß«, antwortete sie zurückhaltend. Es widerstrebte ihr, ihrer Mutter die Wahrheit zu sagen.

Nachdem sie ein paar Belanglosigkeiten ausgetauscht hatten, beendete Anna das Gespräch. Sie seufzte traurig. Früher waren sie wie beste Freundinnen gewesen. Damals hatte Anna allerdings auch getan, was von ihr erwartet wurde. Da sich der Wunsch ihres Vaters nach einem Jungen nicht erfüllt hatte, hatte er Anna alles beigebracht, was ein Mann seiner Meinung nach hätte können müssen. Es hatte ihr Spaß gemacht, unter seiner Anleitung Leitungen zu verlegen, Paneele an die Decke zu nageln oder einen Brunnen für den Garten zu bohren. Sie hatte diese Jahre als sehr harmonisch in Erinnerung. Erst als sie anfing, selbstständig zu entscheiden und zu handeln und sich so immer weiter von den Idealen ihres Vaters entfernte, verschlechterte sich ihr Verhältnis. Ihre Entscheidung, das Erbe anzutreten, war der Tropfen gewesen, der das Fass zum Überlaufen gebracht hatte. Ihre Mutter fühlte sich gezwungen, Position zu beziehen. Auch wenn sie es nachvollziehen konnte, war Anna enttäuscht von ihrem Verhalten. Sie hoffte, ihr Vater würde irgendwann einsehen, dass auch ein anderer Weg als der seine richtig sein konnte. Jetzt war der Zeitpunkt gekommen, sich aufzuheitern, indem sie Suzi anrief. Die hieß mit Nachnamen Fröhlich und machte dem alle Ehre. Aus Spaß nannte Anna sie oft Suzi Sonnenschein.

Sie trank ihren letzten Schluck Tee und wählte Suzis Nummer. Ihre Freundin nahm gleich nach dem zweiten Klingeln ab. »Hey, Anna-Schatz, endlich! Hab mir schon Sorgen gemacht! Und? Wie ist es?«

Annas Stimmung hellte sich sofort auf, als sie Suzis Stimme hörte. »Na ja, ziemlich verwahrlost.« Bei ihrer Freundin konnte sie ehrlich sein. »Aber es ist riesig und es hat echt Potenzial. Stell dir vor, hier gibt es sogar einen Stall.«

Suzi quietschte begeistert auf. »Wirklich? Dann kannst du dir ein Pferd kaufen. Genug Geld hast du ja jetzt. Mensch, ich beneide dich total!« Suzi war ein Pferdenarr.

»Mal langsam! Das Geld ist für die Instandsetzung des Hauses vorgesehen«, versuchte Anna, ihre Freundin zu bremsen. Doch da war nichts zu machen.

Suzi lachte. »Wer braucht denn so viel Geld für ein paar Renovierungsarbeiten? Da bleibt bestimmt genug für dich übrig.«

Anna musste nun auch lachen. Das war typisch Suzi. Von so viel positivem Denken würde sie sich gern eine Scheibe abschneiden. »Ich befürchte, mit der Renovierung allein ist es nicht getan. Eher mit einer Grundsanierung.« Sie verdrehte die Augen bei dem Gedanken an die viele Arbeit.

»Hey, wer wird denn gleich schwarzmalen? Du holst dir einfach jemanden, der sich mit alten Häusern auskennt, und lässt dir erklären, was gemacht werden muss. Dann hast du einen Plan und kannst loslegen. Das wolltest du doch immer tun. Und wenn es eine kann, dann du. Aber mal was anderes: Lust auf ein Konzert? Ich hab Karten.«

Suzi hatte es mal wieder geschafft: In Nullkommanichts hatte sie Anna aufgeheitert. Ein Konzert mit Suzi war ein Erlebnis, das sie sich auf keinen Fall entgehen lassen wollte.

»*Damn Silence*?«, fragte sie wider besseres Wissen hoffnungsvoll.

»Mensch, Anna«, seufzte Suzi. »Du weißt doch, dass die Konzerte seit Ewigkeiten ausverkauft sind. Und die VIP-Tickets waren auch alle sofort weg. Da hatte ich keine Chance.«

Suzi arbeitete bei Universal Music und hatte die besten Beziehungen und Möglichkeiten. Manchmal bekam sie sogar VIP-Tickets, die einem Zugang zu allen Bereichen verschafften. Aber *Damn Silence* waren zu berühmt, und Suzi betreute die Band auch nicht direkt, sodass sie praktisch keine Chance hatte, an begehrte VIP-Tickets zu kommen. Trotzdem war Anna ein bisschen enttäuscht.

»Hey, ich hab aber trotzdem zwei echte Schätze hier, fast so gut wie *Damn Silence*«, versuchte Suzi, sie mit ihrer Begeisterung anzustecken.

»Niemand ist so gut wie *Damn Silence*«, warf Anna ein.

»Klar. Aber fast so gut. Rate!«

»O Suzi. Ich hasse das. Das weißt du!«, stöhnte Anna.

»Rate trotzdem!«

Anna stellte sich vor, wie Suzis Augen vor Aufregung leuchteten, also tat sie ihrer Freundin den Gefallen. »Die Beatles?«

»Anna! Die gibt es nicht mehr!«

Anna kicherte und machte weiter. »Bon Jovi.«

Das war Suzis Lieblingsband. Es war ihr Traum, eines Tages auf ein Bon-Jovi-Konzert zu gehen. Bisher hatte sie die wenigen sich bietenden Gelegenheiten verpasst, weil sie immer arbeiten musste.

»O Anna, das war echt gemein!«

»Dann sag mir doch einfach, wohin du gehen willst.«

»Du meinst, wohin wir gehen wollen«, korrigierte Suzi sie. Das *Wir* betonte sie dabei besonders.

Anna musste lachen. Ihre Freundin war unglaublich. Doch schließlich rückte Suzi mit der Sprache raus: »Ich habe Karten für *Silbermond*!«

Silbermond war Annas Lieblingsband gewesen, bevor sie auf *Damn Silence* aufmerksam geworden war. »VIP-Tickets?«

»Leider nicht. Tut mir leid.«

Anna lächelte. »Kein Problem. Ich freue mich auf das Konzert. Wann gehen wir?«

»Übernächsten Freitag. Ich dachte, du kommst am besten zeitig her und übernachtest danach hier. Dann machen wir beide uns mal wieder einen schönen gemeinsamen Tag.«

Sie redeten noch eine Weile über dies und das, hauptsächlich über Suzis Arbeit. Nachdem sie aufgelegt hatte, fühlte sich Anna beschwingt. Sie war voller Tatendrang und hätte am liebsten sofort mit dem Renovieren angefangen. Stattdessen ging sie in die Küche und holte ihren Laptop aus dem Gepäck. Sie wollte sich zunächst eine Liste mit allen anstehenden Aufgaben und dem benötigten Material machen. Sie musste auf jeden Fall jemanden finden, den sie wegen der notwendigen Umbaumaßnahmen am Haus fragen konnte. Und sie brauchte Internet.

Anna lebte nach der Philosophie, dass das Internet auf alle Fragen eine Antwort kannte. Das kam also gleich ganz oben auf die Liste: einen Internetanschluss besorgen. Sie wollte sich als erstes ein Arbeitszimmer, das Wohnzimmer und ein Schlafzimmer herrichten. Auch die Küche musste wieder in Schuss gebracht werden, ebenso eines der Badezimmer.

Sie setzte Dinge, die sie für die Einrichtung dieser Zimmer brauchen würde, auf ihre Liste und überlegte, ob sie Tante Elisas Bett behalten sollte. Sie fühlte sich unwohl bei dem Gedanken, darin zu schlafen.

Sie notierte *Bett* und weitere Möbel.

Es war schon spät, als sie den Laptop zuklappte. Ihr schwirrte der Kopf, aber sie fühlte sich immer noch gut, wenn auch total erschöpft. Also nahm sie ihr Zahnputzzeug und ein Handtuch mit ins Bad und wusch sich notdürftig. Dann fiel sie auf das Sofa und wickelte sich in ihren Schlafsack.

Obwohl sie müde war, konnte sie nur schlecht einschlafen. Zu viele Gedanken wirbelten durch ihren Kopf. Die fehlenden Stadtgeräusche, die fremden Gerüche und vor allem die Dunkelheit machten ihr zu schaffen, in ihrer Wohnung in Berlin hatte eine Straßenlaterne direkt in ihr Schlafzimmer geschienen. Es dauerte ewig, bis sie endlich in unruhigen Schlaf fiel.

Am nächsten Morgen brauchte sie einige Augenblicke, um zu realisieren, wo sie war und warum. Als es ihr einfiel, beschloss sie, noch eine Weile liegenzubleiben. Sie konnte tun, was sie wollte. Niemand drängelte sie, sie hatte keine Termine. Selbst wenn sie den ganzen Tag auf dem Sofa blieb, würde niemand sie schief angucken. Aber dann dachte sie an ihre Pläne, das Haus zu renovieren, und stand schließlich doch auf.

Barfuß und frierend tapste sie ins Bad. Es war zwar schon Mai, aber über Nacht kühlte es noch stark ab. Der kleine Heizkörper war kalt, obwohl der Regler voll aufgedreht war. Sie musste unbedingt herausfinden, wie man die Heizung anstellte.

Beim Frühstück fiel ihr wieder ein, was die Frau aus dem kleinen Laden über den Stallburschen von Tante Elisa gesagt hatte. Ein Problem mit der Heizung erschien ihr als gute Entschuldigung, bei ihm vorbeizuschauen.

Nach dem Frühstück stieg sie in ihr Auto in der Hoffnung, diesen Karl trotz der mehr als dürftigen Wegbeschreibung zu finden. An der Straße bog sie rechts ab. Der Weg schlängelte sich weiter durch den Wald. Es machte nicht den Eindruck, als würden noch andere Menschen in der Gegend leben. Nach etwas über zwei Kilometern tauchte tatsächlich ein völlig mit Efeu bewachsenes Haus hinter den Bäumen auf. Anna parkte am Straßenrand und ging die kurze Zufahrt entlang. *K. Lehmann* stand handgeschrieben über der altertümlich anmutenden Klingel. Sie läutete, doch nichts rührte sich. Ein schmaler Weg führte links am Haus vorbei. Zögerlich setzte sie sich in Bewegung und rief laut nach Herrn Lehmann.

Hinter dem Haus erstreckte sich, ganz ähnlich wie bei Tante Elisa, ein kleiner, gepflasterter Innenhof. Auf der rechten Seite befand sich ein Gebäude, das an einen

Schuppen erinnerte und in dem Anna es klappern hörte.

»Hallo? Herr Lehmann?«

Ein alter, grauhaariger Mann steckte den Kopf aus der halb offen stehenden Tür. »Ja?«

Anna ging lächelnd und mit ausgestreckter Hand auf ihn zu. Ihr Gegenüber war nur so groß wie sie und sehr schmächtig, doch seine Augen blitzten lebenslustig. Er trug eine abgetragene blaue Hose und ein rostfarbenes Holzfällerhemd, beides staubig und voller Tierhaare. Den Grund dafür hörte sie im Nebengebäude wiehern.

Karl Lehmann kam ihr entgegen und schüttelte Anna etwas erstaunt dreinblickend die Hand.

»Hallo Herr Lehmann, ich bin Anna Diemer, die Nichte von Elisa Reichert.«

Sofort lächelte er erfreut. »Ach, du bist die Anna? Elisa hat mir von dir erzählt. Wie kann ich dir helfen?«

Anna beschloss, über das vertrauliche *Du* hinwegzusehen. Viel merkwürdiger fand sie, dass Tante Elisa mit ihm über sie gesprochen hatte. Sie hatten sich doch kaum gekannt. »Die Besitzerin des kleinen Ladens in Milmersdorf hat mir gesagt, dass Sie bei meiner Tante gearbeitet haben und sie gut kannten. Ich komme mit der Haustechnik noch nicht ganz klar und hoffe, Sie können mir helfen.«

Der alte Mann nickte und lächelte versonnen. Dann bot er Anna einen Kaffee an. Sie folgte ihm ins Haus und setzte sich dort auf den ihr angebotenen Stuhl.

Während er sich an der alten Kaffeemaschine zu schaffen machte, schwieg Herr Lehmann. Erst als er sich mit zwei dampfenden Tassen in der Hand zu ihr setzte, fing er an zu erzählen. »Ich habe viele Jahren bei Elisa gearbeitet. Erst als Stallbursche, später habe ich mich um alles gekümmert, was anfiel. Weißt du, in den letzten Jahren war deine Tante nicht mehr bei guter Gesundheit. Ich habe für sie sauber gemacht und eingekauft und mich um ihre Tiere gekümmert. Zum Schluss konnte sie gar nichts mehr machen, da sollte ich alle Tiere verkaufen. Nur Mona habe ich behalten.« Sein Blick driftete in die Ferne.

»Mona? Das Pferd, das ich vorhin gehört habe?«

Lehmann nickte. »Ja, sie war Elisas Liebling. Sie lebte bei ihr, seit sie ein Fohlen war. Jetzt ist sie auch schon alt, aber noch sehr fit. Willst du sie mal sehen?«

Anna nickte. Als der Alte aufstehen wollte, hielt sie ihn zurück. »Ich dachte, Sie könnten mir vorher vielleicht etwas über meine Tante erzählen. Wissen Sie, ich habe sie nicht so gut gekannt.«

Er lächelte. Die Falten um seinen Mund und seine Augen vertieften sich und ließen ihn unheimlich sympathisch wirken. Er dachte eine Weile nach, nahm einen Schluck Kaffee, dann räusperte er sich.

»Deine Tante war eine sehr schöne, gebildete Dame mit den besten Manieren. Und sie hatte ein großes Herz für alle, denen es nicht so gut ging – Menschen und Tiere. Früher war in ihrem Haus stets Leben, sie hatte über viele Jahre Pflegekinder, die in einem Heim nicht klargekommen wären. Und sie nahm jedes kranke, alte oder verletzte Tier auf. Es gab immer viel zu tun bei deiner Tante. Aber ich glaube, gerade das hat den Kindern dabei geholfen, wieder ins Leben zu finden. Soweit ich weiß, führen alle heute ein gutes und selbstständiges Dasein abseits von Drogen und Kriminalität. Etwas anderes hätte Elisa auch nie geduldet. Selbst nachdem alle bei ihr ausgezogen waren, besuchte sie sie regelmäßig oder lud sie zu sich ein. Und wehe dem, der dann nicht brav zur Arbeit ging oder seine Ausbildungsstelle besuchte. Dem las Elisa die Leviten. Ja, ohne Elisa wäre die Welt ein ganzes Stückchen schlechter gewesen.«

Anna hörte erstaunt zu. Ob ihr Vater davon gewusst hatte? Jedenfalls hatte er nie etwas gesagt. Elisa hatte sich also um Kinder und Tiere gekümmert, die niemand mehr wollte? Das erklärte zumindest die vielen Zimmer in ihrem Haus.

Als der Kaffee ausgetrunken war, gingen sie zu dem Nebengebäude, aus dem der Alte vorhin gekommen war. Es dauerte eine Weile, bis Annas Augen sich an die Dunkelheit gewöhnt hatten, doch dann sah sie, dass ein Teil notdürftig mithilfe einer Stellwand abgetrennt war. Dahinter kam ein weißer Pferdekopf zum Vorschein.

»Hallo, Mona, weißt du, wer uns heute besuchen kommt? Das ist Anna, die Nichte von Elisa.« Während er sprach, kraulte der Mann die Stirn des Pferdes, das genießerisch die Augen schloss.

Anna kam langsam näher und streichelte vorsichtig die weiche Nase. Mona prustete sie an.

»Sie mag dich«, kam es unvermittelt von dem alten Mann. »Sollen wir sie rausholen?«

Ohne ihre Antwort abzuwarten, nahm er ein Halfter von der Wand und legte es Mona um. Dann öffnete er die Stellwand und zog die Stute nach draußen. Er band sie nicht an, trotzdem blieb sie in der Sonne stehen und ließ sich bewundern. Man sah deutlich, dass sie nicht mehr die Jüngste war. Die Knochen stachen an einigen Stellen hervor, und auch das Fell war nicht mehr so glänzend, wie es einst gewesen sein musste. Dennoch strahlte sie eine Würde und Haltung aus, die sie um viele Jahre jünger wirken ließen.

»Dürfte ich sie vielleicht einmal putzen?«, rutschte es Anna heraus. Der Gedanke war ihr einfach durch den Kopf geschossen, und sie wurde rot, als sie merkte, dass sie ihn laut ausgesprochen hatte. Das klang ja so, als fände sie, er würde die Stute nicht richtig pflegen.

Doch Herr Lehmann schien sie nicht falsch zu verstehen, denn seine Miene hellte sich weiter auf, und er ging in den Schuppen, um wenige Augenblicke später mit einem Eimer voller Putzsachen herauszukommen.

»Da freut sie sich sicher. Sie liebt es, geputzt zu werden. Du kannst sie auch gern reiten, wenn du willst. Sie ist sehr brav.«

Anna freute sich über das Angebot, sie hatte nach ihrem Studium keine Gelegenheit mehr gehabt, reiten zu gehen. Sie nahm einen Striegel und rieb damit in großen Kreisen über den Hals der Schimmelstute. Sie war so versunken in die Arbeit, dass sie das Schweigen des alten Mannes erst nach einer Weile bemerkte. Als sie ihn ansah, wirkte er traurig. Als ob ihm etwas auf dem Herzen lag, das er sich nicht traute, laut auszusprechen. Auf ihren Blick hin gab er sich offenbar einen Ruck, hustete und sagte dann mit leiser Stimme: »Du kannst sie gleich mitnehmen, wenn du willst.«

Anna blinzelte erstaunt. »Wen, die Stute? Warum?«

»Sie gehört dir. Ich habe mich nur um sie gekümmert, weil Elisa es nicht mehr konnte. Ich würde das auch gern weiter tun, aber ich sehe ja, dass du Pferde liebst. Du möchtest sie bestimmt haben, oder?« Das letzte Wort flüsterte er beinahe.

Jetzt verstand Anna. Er hatte Angst, dass sie ihm seine geliebte Mona wegnehmen könnte. Klar, es wäre natürlich prima, jetzt schon ein eigenes Pferd zu haben. Aber selbst wenn Mona rechtlich gesehen ihr gehörte, konnte sie den alten Mann doch nicht einfach von ihr trennen. Das würde ihm das Herz brechen. Für ihn war Mona wahrscheinlich so etwas wie eine lebende Erinnerung an Elisa. Sie überlegte, wie sie ihn beruhigen könnte.

»Ähm, Herr Lehmann ...«

»Nenn mich doch bitte Karl und sag *du* zu mir. Das machen alle. Sonst komme ich mir so alt vor.« Er zwinkerte ihr verschmitzt zu.

»Okay, also Karl.« Sie räusperte sich. »Ich würde mich freuen, wenn S... du dich weiter um Mona kümmern würdest.«

Er blickte sie erst ungläubig und dann sehr erfreut an. »Wirklich?«

»Es stimmt schon, ich hätte gern ein Pferd.« Sie dachte über eine möglichst glaubwürdige Erklärung nach. »Aber ich bin gestern erst angekommen, und im Haus ist noch so viel zu tun. Außerdem glaube ich, dass Mona gern bei dir bleiben würde.«

Jetzt strahlte Karl über das ganze Gesicht. Dann trat er dicht an Mona heran und flüsterte ihr ins Ohr: »Siehst du, altes Mädel, du kannst doch hierbleiben. Bei mir. Freust du dich?«

Mona schnaubte. Die beiden waren wirklich ein Traumpaar.

Anna schmunzelte und bürstete weiter. Nach einiger Zeit kam sie auf ihr ursprüngliches Anliegen zurück und fragte Karl, ob er sich mit der Heizung auskannte und einen Tipp hatte, wen sie wegen notwendiger Sanierungsarbeiten um Rat fragen könnte.

»Ich kann meinen Sohn anrufen und ihn bitten, sich das mal anzusehen. Er hat schon viele Häuser gebaut und kann dir sicher sagen, was getan werden muss. Außerdem kennt er das Haus. Er hat Elisa oft geholfen, wenn etwas zu reparieren war.«

»Das wäre nett. Ich gebe dir nachher meine Handynummer. Anders bin ich zurzeit leider noch nicht erreichbar. Huf«, sagte sie bestimmt zu Mona, nahm den bereitwillig dargebotenen Vorderhuf und kratzte den Schmutz heraus. Karl setzte sich auf einen Stein und sah ihr zu. Diesmal wirkte sein Schweigen zufrieden.

Ihr fiel ihr noch etwas ein. »Du hast vorhin gesagt, dass du für meine Tante eingekauft hast. Bist du dazu immer nach Milmersdorf gefahren?«

»Was sollte ich denn da?«, fragte er erstaunt. Dann dämmerte es ihm. »Ach, du meinst den Laden von der alten Erika? Nein, da bekommt man ja nichts. Ich war meistens in Gerswalde. Da gibt es einen Supermarkt und einen Baumarkt. Ist gar nicht weit weg von hier. Du musst nur die Straße immer weiter fahren. Nach einer Viertelstunde kommt eine Kreuzung. Da biegst du links ab und dann ist der Supermarkt schon ausgeschildert.«

Seine Definition von *gar nicht so weit weg* war ungewohnt für Anna, die es von Berlin kannte, alles zu Fuß zu erreichen. In diesem Einkaufzentrum wollte sie später auf jeden Fall vorbeisehen. Sie bot Karl an, ihm etwas mitzubringen.

Er lächelte erfreut. »Oh, das wäre gut! Dann bräuchte ich nicht mehr selbst zu fahren. Mein Auto ist nicht mehr das jüngste, über eine Pause freut es sich sicher. Elisa hat recht gehabt. Du bist die Richtige für ihr Haus!«

Der letzte Satz kam so unvermittelt, dass Anna ein paar Sekunden brauchte, um zu realisieren, was er da gesagt hatte.

»Woher wollte sie das wissen? Wir kannten uns kaum. Wir haben uns nur einmal gesehen.«

Karl lächelte sie verschmitzt an. »Elisa war eine gute Menschenkennerin. Sie hat gesagt, dass du ihr Vermächtnis weiterführen würdest, da war sie sich sicher. Du bist ein guter Mensch und liebst Tiere.«

Das war so lieb und rührend, dass sich Annas Augen mit Tränen füllten. Schnell wandte sie den Blick ab und räumte das Putzzeug zurück in den Eimer. Das Angebot, Mona zu reiten, lehnte sie für heute ab. Sie hatte noch viel vor.

Sie gingen ins Haus zurück, wo er ihr eine sehr kurze Einkaufsliste schrieb. Er lachte, als sie sich erkundigte, ob das wirklich alles war. »Wir Alten brauchen nicht mehr viel zum Leben. Außerdem habe ich eigenes Gemüse und eine große, gut gefüllte Tiefkühltruhe. Du musst dir also um mich keine Sorgen machen.«

Er bot ihr noch einen Kaffee an, den sie aber ablehnte. Sie gab ihm ihre Handynummer und verabschiedete sich. Er versprach ihr, gleich seinen Sohn anzurufen.

3. Kapitel

Auf dem Weg zum Einkaufszentrum fand Anna Hinweisschilder zu mehreren anderen Geschäften, auch zu einem Möbelhaus. Dahin wollte sie zuerst.

In der Schlafzimmerabteilung stand in einem Seitengang ein Bett mit weiß lackierten, leicht verschnörkelten Gitterstäben. So eines hatte sie sich schon immer gewünscht. Die Möbel in ihrer Berliner Wohnung hatte Marco ausgesucht. Er bevorzugte klare Linien ohne Schnickschnack.

Doch sie zögerte. Sie hatte heute eigentlich nicht vorgehabt, etwas zu kaufen. Doch dann fand sie auch noch eine passende Kommode sowie zwei Nachtschränkchen, und die Entscheidung war gefallen.

Sie hatte Glück. Sämtliche Möbelstücke waren auf Lager und konnten in drei Tagen geliefert werden.

Im Supermarkt brauchte sie zwei Stunden, bis sie alles für sich und Karl gefunden hatte. Der Wagen war bis obenhin voll, dafür besaß sie nun zumindest eine Grundausstattung für die Küche samt Toaster, Wasserkocher und Handmixer.

Als sie am frühen Abend endlich zuhause war, ließ sie sich erschöpft auf die Couch fallen. Einkaufen konnte wirklich anstrengend sein.

Nach einem reichhaltigen Essen setzte sie sich, gegen den frischen Wind in eine dicke Jacke eingemummelt, auf die Treppe vor dem Eingang. Sie packte ihren MP3-Player aus, steckte sich die Ohrstöpsel in die Ohren und schaltete *Damn Silence* ein.

So ließ es sich aushalten. In ihrem eigenen Garten und Eddi Markgraf so nah. Besser ging es eigentlich nicht. Sie stellte sich vor, er würde vor ihr stehen und singen. Ein absurder Gedanke. Jemand wie Eddi Markgraf würde sich auf dem Land nie wohlfühlen.

Sie liebte seine tiefe Stimme, die ihr wie dunkler Honig vorkam, und auch seinen Humor, den er in der Öffentlichkeit an den Tag legte. Er nahm sich selbst nicht allzu ernst. Außerdem war er ein richtiger Rebell. Zum Beispiel sein Name, Eddi. Anna wusste, dass er eigentlich Alexander hieß. Irgendwann hatten seine Klassenkameraden seinen Zweitnamen Edmund herausgefunden und ihn deswegen gehänselt. Seitdem nannte er sich aus Trotz Eddi. Anna gefiel diese Geschichte sehr. Vor allem, weil ihr Opa auch Edmund geheißen hatte.

Sie hatte Damn Silence bisher zweimal live gesehen, und natürlich kannte sie Interviews und Konzertmitschnitte aus dem Internet. Auch wenn es natürlich schön wäre, ihn mal persönlich zu treffen, war sie auf der anderen Seite froh, dass ihr Bild von Eddi nicht durch die Realität getrübt wurde. Vielleicht war er in Wirklichkeit gar kein solcher Sonnyboy, sondern durch den Erfolg arrogant und zynisch geworden, und überspielte das gekonnt. Außerdem hatte er angeblich eine Freundin, ein Model namens Caroline.

Die nächsten zwei Tage verbrachte sie damit, die Küche gründlich zu säubern und das Esszimmer auszuräumen. Den großen Holztisch wollte sie am liebsten in der Küche aufstellen. Dann hätte sie im Esszimmer Platz für ihr Büro gewonnen und gleichzeitig eine Sitzmöglichkeit in der Küche geschaffen. Leider widersetzte sich der Tisch ihren Bemühungen, denn er war viel schwerer, als er aussah. Außerdem passte er nicht durch die Tür.

»Wie hat Tante Elisa dich hier rein bekommen?«, überlegte sie laut. Noch während sie ihren Gegner skeptisch beäugte, klingelte es an der Tür. Draußen stand ein hünenhafter Mann, der den Türrahmen fast vollständig ausfüllte. Anna bemerkte erst nach ein paar Sekunden, dass eine zweite Person hinter ihm stand: Karl. Der drängelte sich an dem jüngeren Mann vorbei und schüttelte ihr die Hand.

»Hallo Anna, ich dachte, ich komme gleich mal mit Thomas, meinem Sohn, hier vorbei, dann kann er sich alles ansehen.«

Anna gab auch Thomas die Hand und bat die beiden Männer herein. Verstohlen musterte sie ihre Gäste. Es hätte keinen größeren Unterschied zwischen ihnen geben können. Thomas war riesig und breitschultrig. Seine dunklen Haare lockten sich wild und auf seinem Gesicht war ein Bartschatten zu sehen. Anna fand ihn nicht unattraktiv.

Ohne Scheu liefen Thomas und Karl durch alle Räume. Die Führung hatte Karl übernommen. Während sie nach oben gingen, machte Anna erst einmal Kaffee. Sie wurde ja im Moment nicht gebraucht.

Als der Kaffee durchgelaufen war, hörte sie die beiden draußen auf dem Hof. Sie fand sie im Stall; beide blickten zum Dach und diskutierten, wie man es am besten abdichten könnte.

Annas Einladung zum Kaffee nahmen sie gern an und folgten ihr in die Küche. Nachdem alle versorgt waren, ergriff Thomas das Wort. »Sie haben Glück, Frau Diemer, viel ist nicht zu tun. Zumindest, wenn Sie alles lassen wollen, wie es ist. Die Grundsubstanz ist gut, keine Feuchtigkeit, kein Schimmel.«

»Bitte nennen Sie mich Anna.«

Er nickte freundlich und hielt ihr erneut die Hand hin. »Gerne, Thomas. Möchten Sie denn etwas verändern?«

»Ich möchte das Bad unten vergrößern, wenn das geht. Im Obergeschoss sollen der Boden und eine Wand raus und ich möchte das Badezimmer sanieren.«

Thomas sah sie an, dann Karl, der fast unmerklich nickte, und räusperte sich. »Wie wäre es, wenn ich mir dazu Gedanken machen würde? In ein paar Tagen kann ich Ihnen meine Ideen vorstellen.«

Karl mischte sich ein. »Thomas hat Talent, Anna. Du kannst ihm vertrauen. Was er sich überlegt, hat immer Hand und Fuß.«

Anna blickte von einem zum anderen und ließ sich Thomas' Vorschlag durch den Kopf gehen. Das klang eigentlich ganz gut.

»Sind Sie Architekt?« Die Frage war ihr so herausgerutscht. Verlegen senkte sie den Blick.

Thomas lachte. »Nein, leider nicht. Ich bin Maurer.«

Nach dem Kaffee gingen sie noch einmal zu dritt durch das Haus. Thomas machte sich Notizen. Im Esszimmer wies Anna auf den Tisch.

»Den würde ich gern in die Küche stellen, bekomme ihn aber nicht aus dem Zimmer.« Sie zuckte entschuldigend mit den Schultern. Wieder verständigten sich Karl und Thomas ohne Worte, packten den Tisch und drehten ihn auf die Seite. So war es kein Problem, ihn aus der Tür zu bugsieren. Beschämt sah Anna zu und ärgerte sich, dass sie nicht selbst auf diese naheliegende Lösung gekommen war.

»Vielen Dank«, murmelte sie verlegen. Thomas winkte nur ab und Karl grinste sie an. Dann verabschiedeten sich die beiden herzlich von ihr.

Anna stand im nun leeren Esszimmer und überlegte, wie sie es in ein Büro verwandeln konnte. Sie brauchte einen Schreibtisch, einen Rollcontainer, Regale und Schränke. Aber wie wollte sie die Wände gestalten? Die großflächig gemusterten Tapeten wollte sie auf keinen Fall behalten.

Der Dielenboden gefiel ihr dagegen ganz gut. Nur leider sah man deutlich, wo die Schrankwand gestanden hatte. Und auch der Tisch und die Stühle hatten Kratzer hinterlassen. Vielleicht konnte man das Holz abschleifen und neu lackieren. Sie schrieb die Idee gleich auf den Einkaufszettel für den Baumarkt. Dort konnte ihr hoffentlich jemand helfen.

Nach einem kurzen Abendbrot und einem erholsamen Bad ging Anna zeitig schlafen. Ihr letzter Gedanke galt dem Bett, das am nächsten Tag geliefert werden sollte.

Zwei Tage später saß sie mit Thomas bei Tee und Keksen vor einigen Zetteln in der Küche. Thomas schlug vor, dass sie den alten Gasofen durch ein neues Brennwertgerät ersetzte, das deutlich effektiver arbeitete. Er erklärte ihr auch, wie sie die Heizung bedienen konnte. Außerdem schlug er vor, die vordere Haustür zuzumauern und die Wand zwischen Flur und Badezimmer einzureißen. Dann wäre es noch immer nicht riesig, aber eine schönere Badewanne und eine Dusche würden locker hineinpassen.

Anna war begeistert von seinen Vorschlägen. Thomas hatte als Maurer gute Kontakte zu vielen Baufirmen und versprach ihr, in der nächsten Zeit Angebote für sie einzuholen.

Voller Euphorie fuhr Anna am Nachmittag zum Baumarkt.

Es dauerte ewig, bis sie Tapete, Kleister und Farbe zusammen hatte. Sie hatte nicht mit der riesigen Auswahl gerechnet. Vermutlich könnte sie all ihre Räume weiß streichen und sie trotzdem mit unterschiedlichen Tapeten-Farben-Kombinationen ausstatten.

Als Nächstes suchte sie nach einer Möglichkeit, den Dielenboden abzuschleifen. Sie musste sehr hilflos wirken, als sie vor all den unterschiedlichen Schleifmaschinen stand, denn ein Baumarkt-Mitarbeiter fragte sie höflich, ob sie Hilfe bräuchte. Das war ihr in ihrem ganzen Leben noch nie passiert.

Mit einem Leih-Schleifgerät, passendem Lack, ihren Tapeten-Kleister-Farben-Einkäufen und *Damn Silence* im MP3-Player fuhr sie fröhlich singend zurück zu ihrem Haus.

Zwei Tage später war sie fest davon überzeugt, dass Tapezieren die schrecklichste Arbeit beim Renovieren war. Noch schrecklicher als die winzigen Reste der alten Tapete mit den Fingernägeln von der Wand zu kratzen. Die eingeweichte Tapete war schwer und unhandlich und riss dauernd ein. Sie klebte grundsätzlich nur dann an der Wand, wenn sie es nicht sollte, und klappte von oben wieder weg, wenn Anna den unteren Teil andrückte. Mehr als einmal war sie dabei auf ihrem Kopf gelandet, sodass ihre Haare mittlerweile schleimig vom Kleister waren.

Nach einer qualvollen Wand hatte sie eine gewisse Routine entwickelt und kam einigermaßen voran. Man sah zwar, an welcher Seite sie angefangen hatte – dort klafften Lücken zwischen den Tapetenbahnen –, doch sie hoffte, dass das nach dem Streichen nicht mehr sichtbar war. Und wenn doch, würde sie einen Schrank davorstellen.

Das Malern zwei Tage später ging im Gegensatz zu den Vorarbeiten einfach vonstatten. Zum Glück hatte sie gute Farbe bekommen, sodass nach zwei Anstrichen das Zimmer und auch Anna in hellem Weiß erstrahlten. Glücklich drehte sie sich einmal um die eigene Achse und bewunderte ihre Arbeit. Es war all die Anstrengung wert gewesen.

Am folgenden Tag machte sie sich daran, den Boden zu schleifen. Auch das hatte sie sich leichter vorgestellt. Sie musste die schwere und unhandliche Maschine aus dem Baumarkt gleichmäßig über den Boden bewegen. War sie zu schnell, erzeugte das Schleifpapier lediglich Kratzer im Boden. War sie zu langsam, schliff sie zu viel weg. Außerdem atmete sie Tonnen von Staub ein.

Als sie nach zwei Tagen endlich fertig war und ihr Werk mit höllischen Rückenschmerzen betrachtete, musste sie beinahe heulen. Ihre ehemals weißen Wände waren von bräunlichem Staub bedeckt und der Boden hatte vorher auch besser ausgesehen. Erschöpft und desillusioniert schleppte sie sich nach draußen und ließ sich auf die Treppe fallen.

Warum musste das alles so schwer sein? Warum wurden ihr immer wieder Steine in den Weg gelegt? Was hatte sie verbrochen?

Sie atmete mit geschlossenen Augen tief die frische Luft ein. Sie roch den feuchten Waldboden und hörte das Rauschen des Windes, der durch die Baumwipfel fuhr. Langsam klärte sich ihr Kopf.

Als sie die Augen öffnete, dachte sie zum ersten Mal nicht nur an die Arbeit, die noch zu tun war, sondern stellte sich vor, wie schön es einmal sein würde. Im Geiste sah sie Pferdeköpfe in den Stalltüren, Katzen, die im Hof in der Sonne lagen, und Hunde, die über die Wiese tollten. Ganz von selbst schlich sich ein Lächeln auf ihr Gesicht.

Mit frischem Elan machte sie sich wieder ans Werk, staubte die Tapete sorgsam ab und saugte dann den Boden. Zum Glück ließ sich der Holzstaub problemlos entfernen. Und nachdem sie zwei Schichten Lack auf die Dielen aufgetragen hatte, sah das Zimmer endlich so aus, wie sie es sich vorgestellt hatte. Jetzt konnte sie sich nach der passenden Einrichtung umsehen.

Am Abend packte sie ihre Tasche für den Besuch bei Suzi in Berlin. Sie freute sich auf morgen. Es war trotz allem schön, einen Tag lang etwas anderes zu tun, als am Haus zu arbeiten oder einkaufen zu gehen.

4. Kapitel

Kurz nach zehn am nächsten Morgen stand sie vor Suzis Wohnung. Sie war früh aufgestanden und direkt nach dem Frühstück aufgebrochen. Es war seltsam gewesen, nach Berlin zu fahren; vor genau drei Wochen war sie in umgekehrter Richtung unterwegs zu ihrem neuen Leben gewesen. Doch je näher sie der Stadt gekommen war, desto mehr Vorfreude hatte sie verspürt, und auch ein Gefühl der Heimatverbundenheit hatte sich breitgemacht.

»Anna-Schatz! Es ist so schön, dich zu sehen. Mir kommt es vor, als ob du schon Jahre weg wärst.« Suzi nahm sie in die Arme und drückte sie fest.

»Ich freue mich auch, hier zu sein. Mir kommt es auch länger vor als drei Wochen.«

Suzi hielt sie eine Armlänge von sich entfernt und musterte sie von oben bis unten.

»Gut siehst du aus!«, meinte sie ein bisschen verwundert.

Anna wurde rot. Mit Komplimenten konnte sie nicht umgehen. Sie machten sie verlegen. »Witzbold! Du hättest mich gestern sehen sollen mit Dreck und Farbspritzern in den Haaren. Da hab ich gut ausgesehen.« Sie lachte, um ihre Unsicherheit zu überspielen.

»Nein, das meine ich absolut ernst.« Suzi drehte Anna einmal im Kreis. »Du siehst total erholt aus! Nein, das trifft es nicht. Du siehst ... glücklich aus. Genau! Richtig glücklich und zufrieden. Was ist passiert?«

Suzis Kompliment verwirrte Anna. Sie sah nicht anders aus als früher, oder doch? Zur Sicherheit warf sie einen Blick in Suzis großen Wandspiegel. Ihr lächelte eine junge Frau in Jeans und T-Shirt mit schulterlangen, hellbraunen Haaren und vereinzelten Sommersprossen auf der Nase entgegen. Das war doch sie, so wie immer!

Aber da war etwas, das auch für Anna neu war. Ihre grau-grünen Augen blitzten und lächelten mit ihrem Mund um die Wette. Der angestrengte Zug und die kleine Denkfalte auf der Stirn waren komplett verschwunden. Die Frau im Spiegel sah wirklich glücklich aus.

Während Suzi sie fröhlich plappernd in die Küche zog und Teewasser aufsetzte, überlegte Anna, woran das liegen konnte. Klar, es war viel passiert in den letzten drei Wochen. Aber sie hätte eher gedacht, dass die Arbeit und die Gedanken um ihre Zukunft sie gestresst hatten. Andererseits hatte sie nicht einmal an die unschöne Zeit mit ihrem Ex-Freund Marco denken müssen oder an ihre frühere Arbeit.

Stattdessen war sie so vereinnahmt von den Ereignissen der Gegenwart, dass sie diese stressige Zeit komplett hinter sich gelassen hatte.

Sie saß auf Suzis Küchenstuhl und grinste ihre Freundin glücklich an. Suzi hatte die ganze Zeit wie ein Wasserfall geredet und hielt nun inne. »Sag mal, hörst du mir überhaupt zu?«

Immer noch lächelnd schüttelte Anna den Kopf.

Suzi prustete los. »Na, du bist mir ja ein Schätzchen! Wohnst du jetzt auf einem anderen Stern oder was? Muss der Rest von dir erst noch ankommen?« Sie goss das Teewasser ein. »Mensch Anna, sei froh, dass wir heute Abend zu *Silbermond* gehen und nicht zu *Damn Silence*!«

»Warum das?«

Soweit Anna wusste, sollte *Damn Silence* heute ein Konzert in Süddeutschland spielen und nicht in Berlin.

Suzi machte eine dramatische Pause. Dann eröffnete sie in verschwörerischem Tonfall: »Die haben das Konzert heute abgesagt, stell dir vor! Eine offizielle Begründung gibt es noch nicht ...«

»Aber du als Universal-Mitarbeiterin weißt sicher mehr, oder?«, vollendete Anna den Satz.

Suzi nickte. »Eigentlich darf ich es gar nicht wissen. Ich habe zufällig in Toms Büro gestanden, als er einen Anruf vom Manager der Band erhalten hat. Du weißt ja, Tom ist nicht so gut darin, Geheimnisse zu bewahren.« Sie hob vielsagend die Augenbrauen.

»Und ich weiß auch, dass du deine Methoden hast, ihm seine Geheimnisse zu entlocken«, fügte Anna hinzu, wohl wissend, dass Tom auf Suzi stand. »Nun lass dir nicht alles aus der Nase ziehen! Was ist passiert? Ich glaube, sie haben noch nie ein Konzert ausfallen lassen, oder?«

Suzi hatte einen Sinn für Dramatik, also trank sie erst einmal in Ruhe einen Schluck Tee, bevor sie antwortete. »Eddi hat sich angeblich eine Lebensmittelvergiftung eingehandelt. Ha! Wenn du mich fragst, war das eher eine Alkoholvergiftung, jedenfalls nach dem, was man so hört. Es soll so schlimm gewesen sein, dass er nun für einige Tage im Krankenhaus liegt.«

Anna war bestürzt. Sie hatte vor Jahren eine Lebensmittelvergiftung gehabt. Sie konnte sich noch gut daran erinnern, wie sie sich stundenlang die Seele aus dem Leib gekotzt hatte. Danach war ihr noch tagelang flau gewesen. Wenn Eddi gleich ins Krankenhaus gekommen war, musste es bei ihm noch schlimmer sein als bei ihr damals.

»Warum hat eigentlich Tom diese Nachricht bekommen? Ich dachte, Johanna kümmert sich zurzeit um die Band?«, fragte Anna erstaunt.

Johanna war Suzis Erzfeindin bei Universal und der Hauptgrund dafür, dass sie so schlecht an Karten für die Band herankam.

Suzis Grinsen wurde diabolisch. »Leider weiß ich nichts Genaueres, aber ich glaube, dass ihre Tage bei Universal gezählt sind. Zu Recht, wenn du mich fragst. Sie muss neben *Damn Silence* noch zwei andere Bands an Tom abgeben. Dabei hat er genug zu tun, also hat sie irgendeinen Bockmist gebaut. Bisher habe ich noch nicht herausgefunden, was es war. Entweder weiß Tom es wirklich nicht oder er hält diesmal dicht. Aber was nicht ist, kann ja noch werden! Jedenfalls verspricht es gerade, spannend zu werden.«

»Weil *Damn Silence* zum ersten Mal ein Konzert ausfallen lassen?« Anna spielte mit ihrer Tasse und versuchte, den erneuten Themenwechsel nicht allzu offensichtlich werden zu lassen.

»Nein, ich meine, ob Johanna gehen muss oder nicht. Und was dann passiert. Vielleicht suchen sie ja schon bald einen anderen Betreuer für *Damn Silence*. Ich würde mich jedenfalls zur Verfügung stellen. Bei der Band selbst ist alles geklärt. Soweit ich Tom verstanden habe, fällt nur das Konzert heute Abend aus. Danach hätten sie sowieso ein paar Tage frei gehabt, das nächste findet also wieder wie geplant statt.«

Das Konzert am Abend war ein voller Erfolg. Weil Suzi und Anna zeitig da waren, standen sie im vorderen Drittel der Halle. Sie tanzten und sangen, was das Zeug hielt. Nach dem Konzert fuhren sie durchgeschwitzt, müde und glücklich zurück zu Suzis Wohnung.

Am nächsten Morgen beim Frühstück berichtete Anna von ihren Fortschritten. »Der Hof ist ideal für meinen Plan, schwierige Hunde und ihre Besitzer bei mir zuhause zu therapieren.«

Suzi nickte, sie wusste um diese Pläne, da Anna in den letzten Wochen kaum ein anderes Thema gekannt hatte.

»Ich erzähle ja schon lange davon, aber jetzt ist die Erfüllung meiner Träume quasi zum Greifen nah. Ich habe sogar schon ein Büro. Bei der Berufsgenossenschaft habe ich mich auch angemeldet. Jetzt kann ich eigentlich damit anfangen, mich nach den ersten Kunden umzusehen. Ich habe mir überlegt, dass ich, so lange der Umbau noch läuft, bei den Leuten zuhause mit den Hunden zu arbeiten. Ich werde eine Website erstellen. Dafür habe ich Ideen und auch schon Material. Aber ich fürchte, das reicht nicht. Irgendwie muss ich die Leute auf mich aufmerksam machen.« Sie verzog das Gesicht. »Du kennst mich, ich bin nicht so der Verkaufstyp. Und Fremde ansprechen liegt mir überhaupt nicht.« Sie zuckte mit den Schultern. »Ich hatte gehofft, dass du mir vielleicht helfen könntest?«

Suzi lächelte erfreut. »Na klar helfe ich dir. Mit Marketing kenne ich mich schließlich aus.« Sie deutete eine leichte Verbeugung an.

Erleichtert biss Anna in ihr Brötchen. Jetzt, wo sie auf Suzis Hilfe zählen konnte, schmeckte das Frühstück doppelt so gut.

»Wie wäre es, wenn du Flyer druckst und sie auslegst, zum Beispiel beim Tierarzt?«

Weil Anna einen großen Bissen Brötchen im Mund hatte, konnte sie nicht gleich antworten, also fuhr Suzi fort: »Wenn du mir eine Vorlage schickst, kann ich die Flyer bei uns drucken lassen, das fällt bei der Menge, die wir ohnehin produzieren, nicht weiter auf.«

Anna zwang sich, den Bissen hinunterzuschlucken. »Das wäre echt prima! Du bist ein wahrer Schatz!« Sie deutete einen Kuss an.

»Klar, kein Problem. Schick mir einfach deinen Entwurf per Mail, dann bekommst du die Flyer zwei Tage später per Post.«

Anna hustete, weil sie sich an ihrem Kaffee verschluckt hatte. Es war aber auch zu aufregend. Ihr Traum nahm Gestalt an. Sie brannte plötzlich darauf, nach Hause zu fahren und die Flyer und die Website zu entwerfen.

Nach Hause, wie seltsam das klang.

So hatte sie Elisas Haus gerade zum ersten Mal genannt, wenn auch nur in Gedanken. Aber es fühlte sich gut an. Deshalb probte sie es gleich noch einmal laut: »Wenn du willst, kannst du mich bald bei mir zuhause besuchen kommen und dir alles vor Ort ansehen.«

»Supergerne. Aber nur, wenn ich nicht streichen muss oder sowas. Körperliche Arbeiten liegen mir nicht. Ich helf dir aber gern beim Verteilen der Flyer. Das kann bin ich dafür umso besser.«

Anna grinste. Sie konnte sich Suzi in dreckigen Klamotten beim Tapete abkratzen oder Bodenschleifen nur schwer vorstellen. Ihre Freundin hatte im wahrsten Sinne des Wortes zwei linke Hände, was das anging. Sie war eher künstlerisch begabt und konnte gut mit Menschen umgehen. Etwas, das Anna auch gerne gekonnt hätte. Es fiel ihr schwer, auf andere zuzugehen. Deshalb war Suzis Angebot umso verlockender. Die Vorstellung, fremde Leute fragen zu müssen, ob sie ihre Flyer bei ihnen auslegen durfte, behagte Anna gar nicht.

Nach dem Frühstück packte sie ihre Sachen und verabschiedete sich. Suzi musste, obwohl Samstag war, noch arbeiten. Es hatte eben nicht nur Vorteile, wenn man bei einer großen Plattenfirma beschäftigt war.

Schon bald darauf ließ Anna die Großstadt hinter sich und fuhr nach Norden in Richtung Wandlitz und Schorfheide. Die knapp anderthalb Stunden im Auto verbrachte sie damit, sich den Text für ihren Flyer zu überlegen. Als sie durch das Tor auf ihr Grundstück fuhr, hatte sie in Gedanken schon alles ausformuliert. Sie hielt sich nicht groß mit Auspacken auf, sondern setzte sich sofort an den Laptop. Sie feilte an ihren Ideen, fügte Bilder ein und testete verschiedene Schriftarten. Als ihr Entwurf stand, erstellte sie eine Website. Es dauerte eine Weile, bis sie eine Domain fand, mit der sie zufrieden war. Dann testete sie verschiedene Layouts und erstellte die Struktur, die sie sich vorher überlegt hatte. Die Seiten mit Inhalt zu füllen, ging dann wie von selbst. Sie war so in ihre Arbeit vertieft, dass sie nicht bemerkte, wie die Zeit verflog. Erst, als sie das Licht ihrer Schreibtischlampe einschalten musste, weil sie die Tasten auf dem Laptop fast nicht mehr erkennen konnte, blickte sie beiläufig auf die Uhr und bemerkte erstaunt, dass es bereits nach neun abends war. Ihr Magen knurrte und ihre Glieder waren vom langen Sitzen ganz steif. Außerdem schmerzte ihr Rücken.

Das alles war nebensächlich. Sie betrachtete stolz ihre Homepage und den Flyer-Entwurf. Sie wollte beides am nächsten Tag noch einmal überarbeiten und die Datei an Suzi schicken. Wenn alles gut lief, würde Anna die Flyer schon am Dienstag in den Händen halten.

Am nächsten Tag setzte sie sich als Erstes an den Computer. Sie war immer noch sehr zufrieden mit ihrer Arbeit. Sie änderte im Flyer noch zwei Bilder und die Schriftgröße für den Begleittext, dann schickte sie den Entwurf per E-Mail an ihre Freundin. Um sich zu belohnen, surfte sie ein wenig im Internet. Als sie den Suchbegriff *Eddi Markgraf* eingab, wurde sie förmlich von Nachrichtenmeldungen überschüttet. Sämtliche Zeitungen Deutschlands schienen sich ihre Gedanken gemacht zu haben, warum das Konzert nicht stattgefunden hatte. Die jüngsten Meldungen sprachen allerdings von der besagten Lebensmittelvergiftung, also schien das Management inzwischen eine Stellungnahme herausgegeben zu haben.

Eine Schlagzeile machte Anna neugierig. *Eddi postet Bilder aus dem Krankenhaus* stand da. Sie klickte sie an. Die Meldung bezog sich auf ein Foto, das Eddi bei Facebook gepostet hatte. Also öffnete sie seine Facebook-Seite und fand es gleich an oberster Stelle. Es war ein Selfie im Krankenhausbett. Eddi sah schon wieder fit aus und grinste in die Kamera.

Nie wieder Shrimp-Cocktails, hatte er dazugeschrieben. Über vierhundert Kommentare hatte das Bild jetzt schon, hauptsächlich Genesungswünsche, obwohl es erst vor knapp drei Stunden gepostet worden war.

Anna klappte den Laptop zu, machte sich eine Tasse Tee und ging damit hinaus auf den Hof. Es war ein wunderschöner Sonntag, der seinem Namen alle Ehre machte. Trotzdem sah sie die abblätternde Farbe an den Stalltüren, die fleckige, graue Fassade und die Löcher im Dach, durch die die Sonne in die Boxen schien und den tanzenden Staub sichtbar machte. Ein Sonnenstrahl fiel auf ein größeres Loch im Boden – so als sollte ihr deutlich vor Augen geführt werden, dass sie auch hier noch einiges zu tun hatte. Außerdem musste sie das Nebengebäude entrümpeln. Vielleicht konnte sie dort eine Unterkunft für andere Tiere schaffen; für Hunde, deren Besitzer sie nicht mit auf ihr Zimmer nehmen wollten vielleicht.

Sie lief weiter zur Wiese, die dringend gemäht werden musste. Mit dem Rasenmäher kam man wahrscheinlich nicht mehr durch, sie würde eine Sense benötigen. Dennoch war die Wiese traumhaft. Wildblumen blühten in den verschiedensten Farben, umschwärmt von Insekten. Die vereinzelt stehenden Obstbäume präsentierten sich in frischem Hellgrün.

Hinter dem Nebengebäude befand sich ein kleines Beet. Es war voller Unkraut, sodass sie es vorher nicht entdeckt hatte. Hier könnte sie Gemüse und Kräuter anpflanzen. Das musste unbedingt auf ihren Notizzettel.

Es gab so viel, was man tun konnte, um hier alles schön und bewohnbar zu machen. Anna trank entschlossen ihren Tee aus und ging zurück ins Haus. Sie wollte keine Zeit vertrödeln. Jetzt war das Wohnzimmer dran.

Sie arbeitete den ganzen Tag wie eine Besessene. Auch wenn ihr wieder der Rücken schmerzte, war es das Ergebnis wert.

Abends surfte sie noch eine Weile im Internet.

Suzi hatte ihr geschrieben. Die Flyer hatten ihr sehr gut gefallen, sie schlug zwei Änderungen vor und hatte den neuen Entwurf gleich mitgeschickt. Außerdem bot sie an, sie am Mittwoch persönlich vorbeizubringen, weil sie da frei hatte. Das nahm Anna natürlich gerne an und bestätigte ihrer Freundin auch die beiden Änderungen.

Ein paar *Damn-Silence*-Konzertvideos später verschwand sie unter die Dusche und dann im Bett. Keine fünf Minuten später war sie eingeschlafen.

5. Kapitel

Als Suzi am Mittwoch zu Besuch kam, hatte Anna das Wohnzimmer soweit fertig, dass sie die Möbel einräumen konnte. Dazu wollte sie die Hilfe ihrer Freundin in Anspruch nehmen. Die würde sich zwar beschweren, aber Anna hatte mittlerweile solche Rückenschmerzen, dass sie sich nicht zutraute, das schwere Sofa noch einmal allein anzuheben.

Als sie hörte, wie Suzi mit ihrem Käfer durch den Wald gerollt kam, lief Anna ihr entgegen. Die beiden jungen Frauen fielen sich quietschend um den Hals, als hätten sie sich wochenlang nicht gesehen.

Suzi nahm ihren Rucksack aus dem Auto, öffnete ihn und präsentierte die ersehnten Flyer: druckfrisch und wunderbar glänzend. Stolz strich Anna mit dem Daumen über das Papier.

»Wunderschön. Hoffentlich klappt es«, murmelte sie gedankenverloren.

Suzi war schon durch den schmalen Durchgang zwischen Haus und Nebengebäude verschwunden. Anna fand sie bei dem Krempel, den sie bereits aus dem Nebengebäude getragen hatte.

»Wow, eine alte Stehlampe ... und eine Schreibmaschine. Wahnsinn! So einen Schaukelstuhl hatte mein Opa auch.«

Anna musste beim Anblick ihrer Freundin lachen, die ein Stück nach dem anderen zur Seite schob, um sich alles genau anzusehen. Sie ließ Suzi machen und stellte einen alten Stuhl in die Sonne, um ihre neuen Flyer eingehend betrachten zu können.

Ihr Hund ist aggressiv, besonders ängstlich oder zeigt übermäßiges Jagdverhalten? Anna Diemer, diplomierte Hunde-Verhaltenstherapeutin, hilft Ihnen, das Leben mit Ihrem Liebling angenehmer zu gestalten. Rufen Sie an!

Darunter waren ihre Kontaktdaten sowie Zusatzinfos zu ihrem Angebot aufgelistet. Ausgedruckt sah das Ganze professionell aus und noch schöner als auf dem Computer.

Ob sie damit wirklich an Kunden kommen würde? Im Moment hatte sie aufgrund der Erbschaft keine Probleme, aber das Geld würde nicht ewig reichen.

Mitten in ihre Überlegungen hinein stolperte Suzi, die über und über mit Spinnenweben und Staub bedeckt war. Triumphierend hielt sie eine alte Milchkanne hoch. »Brauchst du die? Wenn nicht, kann ich sie haben? Die würde super neben meine Garderobe passen!«

Anna musste lachen. »Klar. Die Spinnenweben und der Staub sind übrigens gratis. Die kannst du gern auch mitnehmen«, fügte sie gespielt ernst hinzu.

Suzi streckte ihr die Zunge heraus und schüttelte sich. Ihre neue Errungenschaft brachte sie gleich ins Auto. Eine halbe Minute später war sie wieder da. »Und, wann fahren wir los?«

Anna sah Suzi fragend an.

»Na, die Flyer bringen dir hier nichts. Die müssen unter die Leute! Ich habe zuhause Adressen von Tierärzten in der Nähe und von einem Tierheim rausgesucht. Damit solltest du anfangen. Später kannst du auch in Berlin auf Kundensuche gehen.«

Anna schüttelte den Kopf über Suzis Tatendrang. Aber sie war auch froh. Sie würde sicher noch Wochen brauchen, bis sie genug Mut gesammelt hatte, die Flyer zu verteilen.

»Das Haus hat Potenzial. Ich beneide dich echt um dein Glück!«, sagte Suzi später zu Anna.

Sie waren auf dem Weg zu einer Tierarztpraxis in Gerswalde. Danach wollten sie Richtung Mittenwalde weiterfahren. Zwischen den beiden Dörfern lag ein Tierheim und in Mittenwalde gab es zwei Tierärzte.

Die erste Praxis war leicht zu finden. Mit einem mulmigen Gefühl im Bauch ging Anna hinter Suzi her zum Empfangstresen. Sie überlegte noch, was sie sagen sollte, da quatschte Suzi schon drauflos. »Schönen guten Tag, mein Name ist Suzanne Fröhlich und das hier ist Anna Diemer, eine der besten Verhaltenstherapeutinnen für Hunde in Deutschland. Sie ist kürzlich in die Nähe gezogen. Frau Diemer möchte ihre Dienste nun auch hier im Umfeld anbieten, nachdem sie in Berlin schon sehr erfolgreich war.«

Angesichts dieser schamlosen Lügen wurde Anna ganz heiß, und sie spürte, wie sie rot wurde. Das verstärkte sich, als die Helferin sie interessiert ansah. »Was genau machen Sie denn?«

Anna überlegte, wie sie aus der Sache herauskommen konnte, ohne ihr Gesicht zu verlieren, aber ihr fiel nichts Brauchbares ein, also druckste sie herum. »Äh, ich ... na ja. Also ich arbeite mit verhaltensauffälligen Hunden.« Als ob die ersten Worte den Bann gebrochen hatten, wusste sie plötzlich, was sie sagen wollte. »Ich möchte, dass die Besitzer ihre Tiere besser verstehen und durch dieses Verständnis besser mit ihren Lieblingen zurechtkommen.«

Das klang gut.

Die Helferin zeigte sich entsprechend beeindruckt. Sie wollte offenbar noch mehr fragen, doch Suzi unterbrach sie, indem sie einen kleinen Stapel Flyer auf den Tresen legte. »Wenn jemand Frau Diemers Hilfe benötigt, können Sie gern ihre Kontaktdaten weitergeben.

Wir lassen Ihnen einige Flyer da. Vielen Dank für Ihre Zeit. Wir müssen jetzt weiter. Frau Diemer muss gleich zu ihrem nächsten Kunden.«

Das fand Anna ziemlich dick aufgetragen, aber es wirkte. Die Frau nickte, und sie hatten auch die Aufmerksamkeit der Wartenden auf sich gezogen, die ihnen interessiert nachblickten.

»Suzi, du spinnst doch«, flüsterte Anna, sobald sie draußen waren.

Die lachte nur. »Wenn du was werden willst, musst du etwas darstellen und Interesse wecken. So funktioniert es im Musikgeschäft. Also warum nicht auch hier?«

Sie fuhren weiter in Richtung Mittenwalde. Kurz vor dem Ortseingang fanden sie ein Hinweisschild zum örtlichen Tierheim. Anna bremste abrupt und bog scharf nach rechts ab. Sie folgten der holprigen Straße, bis sie vor einem großen, schmiedeeisernen Tor standen. *Tierheim Mittenwalde* stand in geschwungenen Buchstaben auf dem überdimensionalen Schild darüber.

Wieder war Suzi die Erste, die hineinging. Anna blickte sich aufmerksam um. Am liebsten hätte sie sich alles in Ruhe angesehen und vor allem die Tiere besucht, doch Suzi stand schon vor einem kleinen Gebäude, an dessen Tür *Büro* mit Kreide geschrieben stand. Anna beeilte sich, ihr zu folgen.

Drinnen zog Suzi dieselbe Show ab wie beim Tierarzt. Doch die Dame hier ließ sich nicht so leicht beeindrucken. Sie lächelte bei Suzis Worten nur milde und musterte Anna skeptisch.

»Sie sind also eine erfolgreiche Verhaltenstherapeutin? Ich hätte gleich mal einen Fall für Sie. Wir haben einen Hund, der schon seit einem halben Jahr nicht vermittelbar ist. Er ist aggressiv und knurrt und bellt jeden an, der auch nur in die Nähe seines Zwingers kommt. Ich muss mich sogar selbst um ihn kümmern, weil sich meine Angestellten nicht mehr in seine Nähe trauen. Haben Sie Interesse, sich unseren Pino mal anzusehen?«

Damit hatte Anna nicht gerechnet. Sie bemerkte aus dem Augenwinkel, wie Suzi abwinken wollte, doch ihr Interesse war geweckt. Ein erster richtiger Fall! Den wollte sie sich auf keinen Fall entgehen lassen. Schnell legte sie ihrer Freundin die Hand auf den Arm und nickte. »Diesen Hund würde ich mir gern ansehen.«

Die Frau lächelte nun deutlich freundlicher und stand auf. Dann brüllte sie nach hinten, dass sie jemanden am Empfang brauche.

Was für eine laute Stimme! Ihre Angestellten zitterten sicher vor ihr, wenn sie schrie. Sie war kräftig gebaut und ziemlich klein. Mit ihrem praktischen Kurzhaarschnitt und ihren Arbeitssachen wirkte sie eher maskulin. Sie schritt vor Suzi und Anna her in Richtung der Hundezwinger, ging dann aber daran vorbei bis ans Ende der Gebäudereihe.

Suzi fragte leise, ob sie sich das wirklich zutraute, doch Anna schüttelte lediglich den Kopf. Als die Frau die Tür zum letzten Gebäude öffnete, schallte ihnen von drinnen ein tiefes, böses Bellen entgegen. Suzi, die ein wenig Angst vor Hunden hatte, blieb zurück, aber Anna folgte der Frau ins Innere.

»Hier leben unsere hoffnungslosen Fälle«, brüllte die Frau gegen das Gebell an. Sie konnte von der Lautstärke her locker mit den beiden Hunden mithalten.

In dem Zwinger weiter vorn drückte sich ein magerer Schäferhund mit gesträubtem Fell ans Ende seines kleinen Bereiches und knurrte sie argwöhnisch und mit gefletschten Zähnen an. Im hinteren Zwinger rannte ein großer Schatten am Gitter hin und her. Man konnte nichts Genaueres erkennen, so wild gebärdete er sich. Die Frau deutete darauf und brüllte: »Das ist Pino.«

Je näher sie dem Hund kam, desto wilder wurde er. Anna blieb an der Tür stehen. Der Hund hatte genügend Stress durch die Anwesenheit der Frau, und auch dem anderen war es sicher lieber, wenn sie sich zurückhielt.

Kurze Zeit später kam die Frau zurück zur Tür und winkte Anna mit sich nach draußen. »Und, was denken Sie?«

Anna musste nicht lange überlegen. »Die beiden tun mir leid. Sie haben Angst und wissen sich nicht anders zu helfen.«

Die Frau nickte. Sie sah traurig aus. »Wir wissen nicht viel von Pino. Er kam zu uns, weil seine Besitzer ihn misshandelt haben. Damals war er erst sieben Monate alt. Diese Erfahrung hat ihn geprägt. Keine Ahnung, ob man ihn nochmal hinbekommt. Er muss in ein paar Monaten einen Wesenstest bestehen, aber da sehe ich schwarz. Dagegen hatte es Rex, der Schäferhund, direkt gut. Er hat sein bisheriges Leben in einem Zwinger verbracht, bis er eines Tages nach seinem Besitzer geschnappt hat, als dieser ihn herausholen wollte. Am nächsten Tag war er hier.« Sie sah Anna herausfordernd an. »Und? Trauen Sie sich immer noch zu, mich von Ihrem Können zu überzeugen?«

Hoffnungslose Fälle, so hatte die Frau die Hunde bezeichnet. Hier im Tierheim bestand tatsächlich nur wenig Hoffnung für sie. Aber Anna hatte neben dem Studium bereits einige Erfahrungen gesammelt. Sie hatte einen befreundeten Hundetrainer begleitet, als dieser mit einem ähnlichen Fall wie Pino gearbeitet hatte. Es war schwer, aber nicht unmöglich.

»Ich mache Ihnen einen Vorschlag. Ich werde mit Pino arbeiten und ihn auf den Wesenstest vorbereiten. Um den Schäferhund kann ich mich auch kümmern, wenn Sie wollen. Ich verlange nichts dafür. Wenn es klappt und die beiden wieder vermittelt werden können, empfehlen Sie mich dafür an Ihre Kunden weiter. In Ordnung?«

»Also, wenn Sie das schaffen«, antwortete die Frau mit ungläubigem Unterton, »dann empfehle ich Sie nicht nur an meine Kunden weiter. Dann sorge ich dafür, dass man Ihnen die Bude einrennt, das kann ich Ihnen versichern!« Sie lachte dröhnend.

Sie verabredeten, dass Anna in den nächsten Tagen wiederkommen und mit den Hunden arbeiten würde, nachdem sie sich zuvor im Büro gemeldet hatte.

»Damit wir Sie retten können, falls die Hunde Sie anfallen«, meinte die Frau augenzwinkernd. Anna war klar, dass das nicht als Scherz gemeint war. Doch sie fühlte sich der Herausforderung gewachsen.

Suzi konnte auf der Fahrt zu den Tierärzten in Mittenwalde gar nicht genug betonen, wie professionell und mutig Anna gewirkt hatte. »Wenn das klappt, spricht es sich bestimmt total schnell rum und du kannst dich wahrscheinlich nicht mehr retten vor Kunden. Die haben hier doch alle einen an der Waffel, warum sollten deren Tiere nicht genauso verrückt sein?«

Anna knuffte ihre Freundin freundschaftlich in die Seite, und Arm in Arm traten sie in der ersten Mittenwalder Tierarztpraxis ein. Diesmal wusste Anna, wie Suzi vorgehen würde, und spielte brav mit. Sie ließen ihre Flyer da und verabschiedeten sich. Der zweite Tierarzt war im Urlaub, da musste Anna später noch einmal alleine hin. Zufrieden fuhren sie zurück. Suzi konnte leider nicht über Nacht bleiben, weil sie am nächsten Tag arbeiten musste.

Sie nutzten die verbleibende Zeit, um über alles Mögliche zu reden und zu planen, wie Anna ihren Traum verwirklichen konnte. Suzi half ihr außerdem, die schwere Couch in das Wohnzimmer zu tragen und das Nebengebäude fertig auszuräumen. Nicht ganz uneigennützig, wie Anna vermutete, denn als sie nach Hause fuhr, hatte Suzi außer der Milchkanne noch eine alte Kamera und eine Waage samt Gewichten im Auto, die wunderbar als Deko in ihre Wohnung passten, wie sie behauptete.

Anna gab ihr die Sachen gern. Suzi hatte ihr stets geholfen. Sie hatte sich alles verdient, was sie gern haben wollte.

Als ihre Freundin gefahren war, überfiel Anna ein Gefühl der Einsamkeit. Sie wurde sich schlagartig bewusst, dass sie ganz allein war. Seltsam, das war ihr bisher nie aufgefallen.

Wenn etwas passieren würde ... niemand würde es merken und niemand könnte ihr helfen.

Woher die negativen Gedanken plötzlich kamen, wusste sie nicht. Es war, als wäre die positive Energie des Tages mit Suzi verschwunden. Dabei gab es keinen Grund, sich schlecht zu fühlen. Sie wollte sich bald Tiere anschaffen. Vielleicht fand sie in dem Tierheim ein passendes Haustier.

Am nächsten Vormittag fuhr Anna wieder dorthin. Sie gab kurz im Büro Bescheid, dass sie da war und eine Weile mit Rex und Pino arbeiten würde. Die unbekannte junge Dame dort nickte und sagte, dass Anna sich bitte auch abmelden sollte, wenn sie wieder fuhr.

Bewaffnet mit einer Tüte voller Wurststückchen machte sich Anna auf den Weg ins letzte Gebäude. Schon als sie sich der Tür näherte, veranstalteten die beiden Hunde drinnen den gleichen Lärm wie am Tag zuvor. Für den Moment begnügte sich Anna damit, die Tür zu öffnen.

Es dauerte eine Weile, bis die Hunde bemerkten, dass nichts weiter passierte, und sich beruhigten. Erst dann trat Anna durch die Tür. Wie erwartet setzte das Bellkonzert sofort wieder ein. Anna hockte sich auf den Boden, den Blick von den Hunden abgewandt, und wartete.

Diesmal beruhigten sich die beiden schneller. Zehn Minuten später lag Rex hinten in seinem Zwinger und hatte die Augen halb geschlossen. Pino stand direkt am Gitter; sie sah nur das Hinterteil. Er war ziemlich groß und muskulös mit lockigem, schwarzen Fell.

Nach weiteren fünf Minuten geschah dann, was sich Anna erhofft hatte: Der Schäferhund stand auf und kam vorsichtig nach vorn. Dabei hielt er die Nase in die Luft. Bestimmt hatte er die Würstchen gerochen, die in Annas Schoß in der offenen Tüte lagen. Sie griff vorsichtig hinein, doch sie konnte nicht verhindern, dass es raschelte. Rex machte sofort einen Schritt rückwärts, verschwand aber nicht mehr bis ganz hinten.

Es dauerte ein paar Minuten, bis er genug Mut gesammelt hatte, um wieder näherzukommen. Sein Schwanz war zwar eingeklemmt und seine Nackenhaare gesträubt, aber sein Blick war nicht aggressiv, sondern hatte einen eher bettelnden Ausdruck.

Anna warf ihm das Wurststückchen in den Zwinger. Der Hund stürzte sich sofort auf das begehrte Leckerli und schlang es mit einem Happs herunter. Dann kam er erneut vor ans Gitter. Anna sah, dass er seine abwehrende Haltung teilweise aufgegeben hatte.

»Na, mein Süßer, du brauchst keine Angst zu haben«, sagte sie mit leiser, betont tiefer Stimme. Der Hund antwortete mit einem leichten, angedeuteten Schwanzwedeln. Ein riesiger Erfolg. Er hörte ihr zu.

Mit einem Stück Wurst in der Hand näherte sie sich ihm behutsam. Zuerst wich er zurück, kam dann wieder näher und nahm das Leckerchen vorsichtig auf.

»Brav, mein Kleiner«, lobte sie den Hund und sah nach links, ob Pino sie beobachtete. In der Tat – er ließ sie nicht aus den Augen. Mit dem breiten Kopf sah er aus wie eine Mischung aus Wolf und Grizzlybär. Vermutlich hatten ein Neufundländer und ein Rottweiler in seinem Genpool mitgemischt. Sein Fell war stumpf und fleckig, doch mit dem richtigen Futter und ein wenig Training konnte aus ihm eine eindrucksvolle Schönheit werden. Seine Augen waren klar und seine Ohren zeigten in ihre Richtung. Er verfolgte jede ihrer Bewegungen.

Anna beschloss, ihr Glück auf die Probe zu stellen und noch einen kleinen Schritt weiterzugehen, also warf sie auch ein Stück Wurst in seine Richtung. Es prallte allerdings am Gitter ab und blieb davor liegen. Mist!

Doch Pino wusste sich zu helfen. Mit einer Pfote angelte er nach der begehrten Leckerei und zog sie zu sich heran. Die Wurst war schnell verputzt. Als Anna sich ihm weiter zuwandte, stellte er sein Nackenfell auf und knurrte sie mit gebleckten Zähnen an. Keine Frage, er meinte es ernst.

Also beschäftigte sich Anna weiter mit dem Schäferhund. Nebenbei erzählte sie den beiden Hunden leise, was sie von ihnen wollte und dass sie für heute fertig war, aber die nächsten Tage öfter herkommen wollte.

Um die beiden nicht unnötig zu erschrecken, krabbelte sie genauso vorsichtig nach draußen, wie sie hereingekommen war. Dann stand sie auf, schloss leise die Tür und ging fröhlich vor sich hin pfeifend ins Büro, um sich abzumelden. Die junge Frau dort wünschte ihr lediglich einen schönen Tag und widmete sich wieder ihrem Computer.

Als sie später im Bett lag, ließ sich Anna den Tag noch einmal durch den Kopf gehen. Sie dachte an Pino und

Rex, der am Ende ihrer kleinen Trainingseinheit schon viel zugänglicher geworden war.

Sie hatte das Gefühl, er Erfüllung ihres Traumes heute einen großen Schritt näher gekommen zu sein. Lächelnd schlief sie ein.

Die nächsten Tage waren für Anna sehr anstrengend. Sie mähte die Wiese wie geplant mit einer Sense, die ihr Karl geliehen hatte, was ihr einen gehörigen Muskelkater einbrachte. Sie entrümpelte das Nebengebäude, empfing mehrere Handwerker zur Besprechung und fuhr jeden Tag zu den Hunden. Gefühlt waren die Fortschritte winzig, doch so langsam zahlte sich ihre Geduld aus. Zwar bellten die Hunde nach wie vor, sobald die Tür aufging, aber Rex wedelte mittlerweile schon, wenn er sie sah, und auch Pino knurrte nur noch selten, wenn sie ihm zu nahe kam. Auch wenn er regelmäßig so tat, als würde er sich nicht für Anna interessieren, ließ sie sich nicht täuschen: Er beobachtete genau, was sie machte und wartete auf seinen Anteil der Leckerchen.

Heinz war erstaunt, als Anna ein paar Tage später das erste Mal darum bat, eine Leine und ein Halsband für Rex zu bekommen. Sie wollte einen kleinen Spaziergang auf dem Tierheimgelände mit ihm wagen.

Es war kein Problem, Rex das Halsband anzulegen. Sobald sie die Tür zu seinem Zwinger öffnete, drängte er wie erwartet zu ihr nach draußen. Sie hatte dafür die Leckerchen-Tüte extra ein Stück zur Seite gelegt. So konnte sie ihm gleich das Halsband überziehen.

Leine und Halsband waren für Rex offenbar nichts Bedrohliches. Die Welt da draußen allerdings schon. So lange sie sich in dem kleinen Gebäude aufhielten, war er interessiert an allem, vor allem an der Tüte, die Anna wohlweislich gut verschlossen hatte. Sobald sie jedoch leicht an der Leine zog und mit ihm nach draußen wollte, stemmte er sich dagegen.

So ging das nicht. Anna konnte nicht glauben, dass Rex generell nicht hinaus wollte. Sie hatte eher den Verdacht, dass er Angst vor dem Unbekannten hatte. Sie musste jetzt aufpassen, dass sie seine Furcht nicht unbewusst verstärkte, indem sie der Sache zu viel Bedeutung beimaß.

Also straffte sie die Schultern und zog den sich wehrenden Hund einfach mit sich nach draußen. Er war zwar stark, aber sie schaffte es, ihn halb schlitternd über den Fliesenboden zu ziehen.

Kurze Zeit später stand Rex draußen und blickte sich ängstlich um. Den Schwanz hatte er tief unter seinen Bauch geklemmt und er zitterte leicht.

Der Spaziergang war kurz und es sah nicht aus, als ob Rex seine Freude daran hatte. Aber immerhin schien er ihr zu vertrauen, denn er orientierte sich an ihr und drückte sich gegen ihre Beine. Die Mitarbeiter des Tierheims hielten sich zum Glück fern.

Nach zehn Minuten drehte Anna um. Zu ihrer Überraschung drängte Rex nicht zurück in seinen Zwinger. Im Gegenteil, sie musste ihn quasi ins Haus ziehen. Er wollte lieber bei ihr bleiben, doch sie schob ihn in seinen Zwinger und machte sofort die Tür zu, auch wenn ihr das sehr leidtat. Die Leine klickte sie von außen durch das Gitter ab. Das Halsband konnte er erst einmal behalten. Er bekam zur Belohnung noch die restlichen Würste, die er gierig verschlang.

Auf dem Rückweg dachte Anna über Rex nach. Sie konzentrierte sich im Moment eher auf ihn, schon um Pino zu zeigen, dass von ihr keine Gefahr ausging. Wenn der schwarze Riese neugierig geworden war, würde sie auch intensiver mit ihm arbeiten, aber noch beließ sie es dabei, ab und zu mit ihm zu sprechen und ihm Würstchen zuzuwerfen.

Rex war ein armer Kerl. Er brauchte jemanden, an dem er sich orientieren konnte. Am besten wäre vermutlich ein anderer Hund, dem er sich anschließen und von dessen Verhalten er lernen konnte. Durch seine Ängstlichkeit würde es schwer werden, einen Hund zu finden, der nicht gleich auf ihn losging. Rex war das geborene Mobbing-Opfer.

Im Briefkasten trudelten weitere Angebote ein und Anna vereinbarte fleißig Termine. Schon morgen würde eine Firma kommen und im Obergeschoss den Boden und die vier markierten Wände herausreißen. Den Samstag legte sie als Termin für die Fußbodenheizung fest. Schon am Montag sollte der Estrich eingebracht werden.

Thomas und Karl kamen einige Male vorbei, um das Dach im Stall zu reparieren. Bei der Gelegenheit konnte sie mit Thomas alle Angebote durchsprechen und mit einigen wenigen von ihm vorgeschlagenen Änderungen annehmen.

Am Donnerstagabend war das Dach dicht. Anna, Karl und Thomas standen feierlich darunter und blickten andächtig nach oben. Jetzt konnte das Wetter dem Stall nichts mehr anhaben, und es wurde Zeit, mit den Innenarbeiten zu beginnen. Auch dafür boten Karl und Thomas ihre Hilfe an, doch sie lehnte ab. Mehr konnte sie ihnen nun wirklich nicht zumuten, und die paar Ausbesserungsarbeiten würde sie auch allein schaffen.

6. Kapitel

Für den Freitag hatte sich Anna vorgenommen, im Nebengebäude weiter aufzuräumen.

Nach dem Frühstück kamen wie angekündigt einige kräftige junge Männer für die Abrissarbeiten. Sie redeten nicht viel, sondern legten sofort los.

Bei einem Rundgang durch das obere Geschoss sah Anna wenig später, dass die Arbeiten schon erstaunlich weit fortgeschritten waren. Wenn es so weiterging, würden sie wie versprochen bis zum Abend fertig werden.

Sie wollte gerade zum Tierheim fahren, als ihr Telefon klingelte. Suzi war am anderen Ende und klang hektisch. »Hallo, Anna-Schatz. Bitte reiß mir nicht gleich den Kopf ab, aber ich glaube, ich habe etwas ziemlich Dummes gemacht! Oder vielleicht auch was Gutes, kommt ganz darauf an, wie du es siehst.«

Anna war alarmiert. Sie kannte Suzi und ihren Hang zu Dummheiten. »Suzi? Was ist los?«

»Na ja, weißt du, ich ... nein, ich fange besser von vorn an!«

Suzi druckste herum. Kein gutes Zeichen. Anna wusste, wenn sie ihre Freundin drängte, würde sie nie erfahren, was passiert war.

Suzi schwieg ein paar quälende Sekunden. »Erinnerst du dich noch, als du bei mir warst und ich dir erzählt habe, dass *Damn Silence* ihr Konzert abgesagt haben?«

Damn Silence, der Name verursachte bei Anna sofort Schmetterlinge im Bauch. Dass die Band irgendwie in Zusammenhang mit Suzis angeblicher Dummheit stand, war beunruhigend.

Anna riss sich zusammen. »Ja?«

»Jedenfalls hatten sie vorgestern wieder ein Konzert, in Leipzig. Direkt danach ist Eddi wohl zusammengeklappt.«

Anna horchte auf.

Suzi redete zum Glück gleich weiter. »Sie haben ihn ins Krankenhaus gebracht. Der Arzt hat etwas von Überlastung oder so gesagt. Genau weiß ich es nicht. Aber Tom war da.« Sie machte eine dramatische Pause. »Es war wohl nicht das erste Mal, dass Eddi zusammengeklappt ist.«

Die Überraschung hielt sich bei Anna in Grenzen. In letzter Zeit hatte es einige Meldungen gegeben, die auf seinen schlechten Gesundheitszustand hingedeutet hatten. »Also war es das letzte Mal doch keine Lebensmittelvergiftung«, mutmaßte sie.

»Nein! Das haben sie uns damals nur weismachen wollen. Aber diesmal konnten sie es nicht vertuschen, es war ja jemand von Universal dabei.«

Gut, das war alles schlimm, erklärte aber noch nicht Suzis angebliche Dummheit.

»Suzi, jetzt rück endlich raus mit der Sprache: Was hast du angestellt?«

Suzi holte tief Luft. »Heute Morgen waren die Jungs von *Damn Silence* bei uns. Es gab ein großes Meeting wegen des Vorfalles und ich durfte auch dabei sein. Sie brauchten jemanden zum Kaffeeholen und Protokollschreiben.« Suzi kicherte.

Anna schwante Böses. »Suzi, was hast du gemacht?«

»Gar nichts! Jedenfalls nicht sofort«, wiegelte Suzi ab. »Sie haben die ganze Zeit darüber geredet, was der Arzt Eddi geraten hat. Angeblich soll er sich für eine Weile von dem ganzen Rummel zurückziehen. Genauer gesagt: Er soll sich von allem, was mit der Band zu tun hat, fernhalten. Keine Konzerte, keine Interviews, keine Studioarbeit und keine Autogrammstunden mehr.

Unser Oberboss war nicht glücklich, das kann ich dir sagen. Aber er hat eingesehen, dass Eddi sich erholen muss. Weil sie ihn in gesundem Zustand brauchen.«

»Alles schön und gut, aber was hat das mit dir zu tun? Hast du einem von denen Kaffee über die Klamotten geschüttet?«

»Nee, also wirklich! Als ob mir sowas passieren würde«, lachte Suzi.

Doch, genau so etwas würde ihr ähnlich sehen, dachte Anna. Aber sie schwieg in der Hoffnung, Suzi würde endlich auf den Punkt kommen.

Endlich fuhr ihre Freundin fort: »Eddi wollte von all dem nichts wissen. Er meinte, die Band und alles, was damit zu tun hat, wären sein Lebenstraum. Das würde ihm keinen Stress verursachen. Er wollte einfach so weitermachen wie bisher.« Suzi kicherte.

Anna rollte mit den Augen. Sie fand das nicht lustig. »Und was ist dann passiert?«

»Na ja ...« Suzi zögerte erneut. »Als der Oberboss erwähnt hat, dass Eddi mal etwas anderes machen sollte, musste ich irgendwie an dich denken.«

»An mich?«, fragte Anna verwundert. »Warum das denn?«

»Ganz einfach: Seitdem du dieses Haus hast und es renovierst, hast du dich zum Positiven verändert. Du bist glücklich und wirkst zufrieden. Du hast ein neues Ziel. Der ganze Stress der letzten Monate, den man dir auch angesehen hat, ist weg.«

Anna wusste nicht, worauf Suzi hinauswollte. Sie ahnte nur, dass es ihr nicht gefallen würde.

Ihre Freundin fuhr fort. »Sie haben darüber geredet, wohin Eddi könnte, um abzuschalten und eben was anderes zu machen. Und da ist mir wohl rausgerutscht, dass dein Hof der perfekte Ort wäre.«

»Waaas?«

Annas Gedanken rasten. Wie kam Suzi auf so etwas? Und was bedeutete das für sie? Sie traute sich gar nicht nachzufragen. Doch das tat sie natürlich doch. Und Suzi bestätigte ihr, dass die Herren von Universal wohl ganz angetan von der Idee waren. Und weil die anderen Jungs von der Band einverstanden waren, hatten sie entschieden, die nächsten Konzerte zu verschieben. Eddi sollte ein paar Wochen von der Bildfläche verschwinden.

»Und wahrscheinlich wird er das bei dir tun«, fügte Suzi abschließend hinzu.

Jetzt war die Katze aus dem Sack.

Anna hielt sich fassungslos die Hand vor den Mund. Die Aktion war so typisch für Suzi. Sie meinte es gut und wollte allen helfen, aber sie dachte dabei selten nach. Und in diesem Fall hatte sie vergessen, vorher zu fragen, ob ihre Freundin einverstanden war.

»Suzi«, sagte Anna eindringlich. »Sag denen, du hättest dich geirrt! Dass mein Haus noch gar nicht fertig ist und ich niemanden aufnehmen kann. Das stimmt ja auch.«

»Das habe ich ihnen gesagt«, rechtfertigte sich Suzi. »Sie meinten, das sei kein Problem. Außerdem ist es doch eine tolle Gelegenheit für dich, deinen Eddi persönlich kennenzulernen.«

Anna schüttelte frustriert den Kopf.

»Er ist nicht *mein* Eddi«, antwortete sie patzig. »Wäre er woanders nicht viel besser aufgehoben? Vielleicht in Hamburg? Da sind doch seine Familie und seine Freundin. Da kann er sich sicher viel besser erholen.« Wie zur Bestätigung ihrer Worte nickte Anna heftig, obwohl Suzi sie nicht sehen konnte.

»Das hat Eddi auch gesagt. Aber der Arzt meinte, dass er in Hamburg, wo ihn jeder kennt, auf keinen Fall abschalten kann.«

Anna überlegte. »Dann soll er doch mit seiner Freundin noch mal nach Australien fahren. Da war er doch anscheinend so glücklich.«

»Hat er die überhaupt noch? Außerdem war er doch schon ein Vierteljahr dort. Und was hat es ihm geholfen? Nichts! An der Charité gibt es einen Spezialisten, der ihn behandeln soll, und da ist es ideal, wenn er in der Nähe von Berlin ist. Nah genug, damit dieser Arzt Hausbesuche machen kann, aber vor allem weit genug von allem weg, um nicht erkannt zu werden und Abstand zu gewinnen.« Suzi klang sehr überzeugt.

»Und was sagt Eddi zu der Idee, die nächsten Tage bei einer Wildfremden zu verbringen? In einer Gegend, die er nicht kennt? In einem Haus, das er noch nie gesehen hat? Ich meine, du weißt, wie es hier aussieht. Will er das? War er auch so begeistert wie alle anderen?«

Suzi antwortete nicht sofort. »Ich weiß es ehrlich gesagt nicht«, begann sie zögernd, um dann voller Überzeugung fortzufahren: »Aber sein Manager hat zugestimmt. Demnächst wird jemand von Universal bei dir auftauchen, um alles zu besprechen und irgendwelche Verträge mit dir durchzugehen.«

Anna stöhnte auf. Was hatte ihr Suzi da wieder eingebrockt?

Wie sollte sie sich denn in der Gegenwart von Eddi Markgraf auf ihre Renovierungen und die Therapiearbeit mit den Hunden konzentrieren? Klar wäre es irgendwie schön. Es war Eddi Markgraf, und der war ihr absoluter Traumtyp mit seinen blonden, verwuschelten Haaren und seinen blauen Augen.

Aber genau das war auch das Problem. Sie würde sich in seiner Nähe bestimmt die ganze Zeit Gedanken machen, wie sie und alles um sie herum auf ihn wirken würden und was er von ihr hielt. Dann müsste sie ständig darauf achten, wie sie aussah und dass sie nichts Falsches oder Dummes sagte.

Bevor Suzi auflegte, weil sie wieder arbeiten musste, versuchte sie, Anna zu beruhigen: »Warte doch erst mal ab, vielleicht klappt es ja gar nicht. Vielleicht befinden meine lieben Kollegen deinen Hof als ungeeignet.«

Auch wenn Suzi ihre Worte sicher gut gemeint hatte, wusste Anna nicht, welche Möglichkeit die Schlimmere wäre: Wenn ihr Hof nicht als gut genug angesehen würde oder wenn Eddi tatsächlich herkam.

Mittlerweile waren die Bauarbeiter schon wieder fleißig. Der Lärm von oben war ohrenbetäubend. Um sich abzulenken, machte Anna eine kurze Bestandsaufnahme vom Stall.

Mit Zettel und Stift bewaffnet stand sie in einer der drei Boxen und sah sich um. Es fehlte eine Wasserleitung für eine automatische Tränke, wie sie heute in Reiterhöfen üblich war. Außerdem brauchte sie einen Platz für Heu, Stroh und Kraftfutter sowie eine Sattelkammer.

Der Platz auf ihrem kleinen Zettel reichte bald nicht mehr aus. Alles würde sie sowieso nicht auf einmal schaffen, also beschloss sie, sich auf die dringendsten Sachen zu konzentrieren und den Rest nach und nach abzuarbeiten.

Bis sie fertig war, war es schon nach vier.

Sie wollte gerade ins Auto steigen, als direkt hinter ihr ein schicker, roter BMW hielt. Heute dachte das Schicksal wohl nicht daran, sie hier wegzulassen. Das Auto sah teuer aus, ein Sportmodell. Auf jeden Fall wirkte es mitten im Wald und neben ihrem verdreckten, alten Golf ziemlich fehl am Platz.

Aus dem Auto schälte sich mühsam eine junge Frau in einem hellgrauen Kostüm. Sie trug ihre blonden Haare in einem strengen Dutt und versuchte allen Ernstes zu vermeiden, ihre hochhackigen Schuhe beim Aussteigen zu beschmutzen. Das Unterfangen war, wie

Anna aus eigener Erfahrung wusste, von vornherein zum Scheitern verurteilt.

Die Dame hatte es endlich geschafft und stöckelte mit angewidertem Gesichtsausdruck zu Anna. Die konnte sich ein schadenfrohes Grinsen nicht verkneifen. Sie hoffte, dass es wie ein Lächeln wirkte, als sie der Frau ihre Hand entgegenstreckte. Die blickte zwar kurz darauf, beließ es aber bei einem kurzen Gruß, ohne ihr die Hand zu geben.

»Hallo.« Sie musterte Anna abschätzig. »Sind Sie die Besitzerin hier?«

Anna nickte und wunderte sich gleichzeitig, wie jemand ihr so schnell dermaßen unsympathisch sein konnte. Jetzt bekam sie eine Visitenkarte unter die Nase gehalten.

»Ich bin Frau Schneider von Universal Music«, fuhr die Frau mit arroganter Stimme fort.

Hielt sie sich allen Ernstes für etwas Besseres, nur weil sie bei Universal arbeitete?

»Ich bin hier, um mir Ihr Anwesen anzusehen und zu entscheiden, ob es für unsere Zwecke geeignet ist.«

Was genau *unsere Zwecke* waren, darüber ließ sie Anna im Unklaren und stöckelte an ihr vorbei auf das Haus zu. Anna zuckte mit den Schultern und sah Frau Schneider zu, wie sie versuchte, die verschlossene Tür zu öffnen. Als Einbrecherin hätte sie wohl versagt. Da sie keine Anstalten machte, Anna zu fragen, ob sie ins Haus gehen durfte, wollte sie es ihr nicht allzu leicht machen.

Und hatte sie nicht bei einem kurzen Blick auf die Visitenkarte den Namen Johanna gelesen? Handelte es sich etwa um Suzis legendär-verhasste Kollegin?

Während Frau Schneider an der Türklinke rüttelte, schütteten die Bauarbeiter eine Ladung Schutt aus dem Fenster in den Container. Eine riesige Staubwolke stieg daraus auf und erwischte auch Frau Schneider, die aufgrund des plötzlichen Lärms zusammengezuckt war und schützend die Hand über den Kopf hielt. Hilfe suchend blickte sie sich zu Anna um, die allerdings keine Anstalten machte, irgendetwas zu unternehmen.

Frau Schneider, jetzt deutlich staubiger als vorher, richtete sich auf und ging entschlossenen Schrittes um das Haus herum. Anna lief ihr nach. Mit einem Gesichtsausdruck, der zwischen Unglauben und Abscheu schwankte, sah sich Frau Schneider die Gebäude und den Hof an.

Anna musste zugeben, dass der Eindruck, den ihr Hof im Moment machte, nicht gerade vorteilhaft war. Auch wenn ihr Frau Schneider unsympathisch war, sie machte ja auch nur ihren Job. Also konnte sich Anna auch zusammenreißen und ihr behilflich sein. Falls sie den Hof als ungeeignet empfand, umso besser. Dann hatte Anna wenigstens in Zukunft ihre Ruhe.

Sie entschloss sich, nett zu sein, trat direkt vor Frau Schneider und hielt ihr erneut die Hand hin. »Irgendwie bin ich bisher nicht dazu gekommen, mich vorzustellen«, sagte sie mit fröhlichem Grinsen, während Frau Schneider jetzt doch verdattert die ihr hingehaltene Hand drückte. »Ich bin Anna Diemer. Das Haus habe ich vor ein paar Wochen geerbt und bin jetzt dabei, alles zu renovieren. Möchten Sie sich drinnen umsehen? Aber ich warne Sie, ich habe erst drei Räume fertig, der Rest wird zum größten Teil gerade umgebaut.«

Auch wenn sich Frau Schneider kein Lächeln abringen konnte, versuchte Anna, ihre gute Laune beizubehalten und ging voraus zur Haustür, ohne eine Antwort abzuwarten. Sie hörte aber, wie sie ihr hinterherstöckelte.

Zuerst führte sie ihre Besucherin durch das Erdgeschoss. Da sie auf ihre Arbeit im Büro und im Wohnzimmer besonders stolz war, zeigte sie diese Räume zuletzt. Das Schlafzimmer ließ sie aus, das war Privatsache. Danach ging es ins Obergeschoss. Anna hörte, wie Frau Schneider scharf die Luft einsog, als sie den aufgestemmten Boden sah. Die Handwerker grüßten und machten dann mit ihrer Arbeit weiter. Der Staub in der Luft kitzelte in der Nase und brannte in den Augen, aber Frau Schneider bestand trotzdem darauf, alles anzusehen. Besonders lange hielt sie sich in dem hinteren Zimmer auf, das direkt über Annas Schlafzimmer lag und in dem gerade eine Wand herausgebrochen wurde. Dadurch wurde ein großzügiger, heller Raum geschaffen mit Fenstern nach zwei Seiten. Außerdem gab es einen direkten Durchgang zum neuen, modernen Bad. Das war zwar bisher nur mit viel Fantasie als solches zu erkennen, aber Frau Schneider stellte entsprechende Fragen, und Anna erklärte ihr genau, was sie geplant hatte.

Den angebotenen Kaffee schlug Frau Schneider aus, aber sie setzte sich kurz mit Anna an den Küchentisch. »Ich muss schon sagen, Frau Diemer, Ihr Haus ist in katastrophalem Zustand. Unseren Informationen nach sollten Sie schon viel weiter sein.«

Anna sah sie skeptisch an. Suzi war doch erst vor Kurzem dagewesen und hatte alles mit eigenen Augen gesehen. Aber vermutlich hatte sie es viel schöner dargestellt, optimistisch wie sie war.

Frau Schneider unterbrach Annas Gedanken. »Am geeignetsten für unsere Zwecke erscheint mir das Zimmer oben, das direkt an das neue Bad grenzt. Das müsste aber schon innerhalb der nächsten zwei Wochen fertiggestellt werden, ebenso wie das Bad selbst. Ansonsten müssen wir das Ganze leider vergessen. Wenn Sie zusagen, erhalten Sie einen finanziellen Zuschuss von Universal, um Ihre Mehrausgaben für die Beschleunigung der Angelegenheit auszugleichen.«

Anna brauchte einige Sekunden, um zu begreifen, was Frau Schneider in ihrer gestelzten Art gesagt hatte. »Wie viel Geld würde ich denn dafür bekommen, dass das alles so schnell gehen soll?«

Frau Schneider überlegte. Musste sie jetzt nachrechnen? Immerhin hatte sie noch nicht einmal erklärt, wie genau das Anliegen von Universal aussah. »Dreißigtausend Euro«, rückte sie schließlich mit der Sprache heraus.

Anna nickte. Um die Umbauaktion zu beschleunigen, war das ein gutes Angebot. Sie hatte zwar keine Ahnung, wie sie das alles bewerkstelligen sollte, aber sie konnte es zumindest versuchen.

»Okay, ich sehe, was sich machen lässt.«

Mit Annas Zustimmung war Frau Schneiders Job anscheinend erledigt, denn sie stand auf und verabschiedete sich. Dann schob sie Anna die Visitenkarte zu, die sie ihr vorher nur hingehalten hatte. Als sie gegangen war, warf Anna einen Blick darauf. Sie hieß tatsächlich Johanna mit Vornamen. Da musste sie gleich mal Suzi anrufen und nachfragen.

»Waas? Sie haben echt Johanna zu dir geschickt?« Suzi rastete fast aus, als Anna ihr von ihrem seltsamen Besuch erzählte. »Das tut mir echt leid!« Suzis Stimme überschlug sich. »Wie hat sie sich benommen? War sie genauso zickig und affig wie immer? Und hat sie gesagt, ob Eddi kommen wird?«

Anna lachte über Suzis Fragenbombardement. Weil sie nicht wusste, worauf sie zuerst antworten sollte, schilderte Anna ihrer Freundin den Besuch in allen Einzelheiten. Suzi war erst entsetzt, dann prustete sie bei der Erwähnung von Johannas Schuhen im Matsch plötzlich los und stöhnte, als Anna von der Einschätzung des Hofes als *katastrophalem Zustand* erzählte.

»Sie hat jedenfalls nicht gesagt, dass Eddi kommen wird«, schloss Anna ihre Erzählungen.

»Och, schade. Mensch, ich hätte mich so für dich gefreut. Hat sie gesagt, warum nicht?«

»Sie hat eigentlich gar nicht gesagt, warum sie da war, sie hat immer nur von *unseren Zwecken* gesprochen und nie von Eddi. Aber sie hat sich schon ein Zimmer für ihn ausgesucht und das Bad oben gleich dazu. Ich soll alles so schnell wie möglich renovieren lassen und bekomme dafür einen Zuschuss.«

Suzi war sprachlos. Anders konnte sich Anna die Stille am anderen Ende der Leitung nicht erklären. Mit einiger Verzögerung fragte ihre Freundin: »Und? Machst du's?«

»Ich habe es vor.«

Jetzt quietschte Suzi. »Echt? Das ist ja der Wahnsinn! Eddi Markgraf wird demnächst auf deinem Hof residieren. Dann kannst du ihn jeden Tag sehen. Live und in Farbe. Du musst mich jeden Tag anrufen. Oder nein, ich komme dich einfach immer nach der Arbeit besuchen. Dann habe ich auch mal die Chance, ihn halb nackig durch dein Haus laufen zu sehen.«

Anna schüttelte amüsiert den Kopf. Was sich Suzi gleich vorstellte! »Also erstens ist noch gar nicht klar, ob er kommt. Zweitens schaffst du es niemals, nach deinen Zehn-Stunden-Tagen zu mir rauszufahren. Aber bitte, komm gern! Dann kannst du mir beim Renovieren helfen. Und drittens wird Eddi bestimmt nicht ohne Klamotten durch mein Haus laufen.«

Dennoch konnte Anna nicht vermeiden, sich diese Szene bildlich vorzustellen. Zum ersten Mal dachte sie in freudiger Erwartung an die bevorstehende Zeit. Falls Eddi wirklich kommen würde.

Einige Minuten später beendeten sie das Telefonat, weil Suzi zu einem Meeting gerufen wurde.

Anna setzte sich nach draußen in die warme Nachmittagssonne. Sie legte ihren Kopf in den Nacken und dachte nach. Für einen Besuch im Baumarkt war es bereits zu spät. Und für die Hunde war sie zu aufgewühlt. Vielleicht sollte sie die Wiese fertig mähen. Die körperliche Arbeit war genau das Richtige, um sich wieder zu beruhigen.

Vorher musste sie allerdings herausfinden, wie sie die Bauarbeiten im Obergeschoss beschleunigen konnte. Sie beschloss, Thomas anzurufen.

Er klang abgehetzt. »Lehmann?«

»Hallo Thomas, ich bin es, Anna Diemer.«

»Oh, hallo Anna, schön, dass du anrufst. Womit kann ich dir helfen?« Sie hörte das Lächeln in seiner Stimme. Er schien sich aufrichtig zu freuen. Deshalb fiel es ihr nicht schwer, ihn um Hilfe zu bitten.

Thomas erklärte sich sofort bereit, die betreffenden Handwerker zu kontaktieren. Außerdem plante er, am Samstag vorbeizukommen und mit ihr zusammen durchzugehen, wie genau die beiden Räume gestaltet werden sollten.

Dann druckste er plötzlich herum. »Äh, Anna, was ich noch fragen wollte ...«

»Ja?« Anna wunderte sich. Eben hatte er doch noch ganz geschäftsmäßig geklungen.

»Nun ... also ich ... würdest du ... möchtest du vielleicht danach mit mir essen gehen?«

Das hatte sie nicht erwartet. Thomas war ein Mann Mitte vierzig. Sie hatte angenommen, dass er verheiratet war und Familie hatte. Vor Schreck vergaß sie zu antworten.

»Na ja, also wenn du nicht möchtest ...«

»Doch, klar«, beeilte sie sich zu sagen. Sie wusste zwar nicht, ob sie das wirklich wollte, doch er war nett und vielleicht war das ja gar kein Annäherungsversuch.

Vielleicht wollte er sie einfach nur privat besser kennenlernen. Es wäre gut, hier einen Freund zu haben.

»Schön!« Thomas klang erleichtert. »Wenn es dir recht ist, komme ich so gegen vier? Dann haben wir genügend Zeit, um alles zu besprechen. Und danach können wir in die Stadt fahren und etwas Schönes essen.«

Anna war sich nun beinahe sicher, dass die Einladung zum Essen keinerlei Hintergedanken hatte. Er war einfach nur unsicher gewesen.

Doch als sie später mit schmerzenden Händen und Oberarmen auf der Wiese stand und das Stück mähte, dass sie beim letzten Mal nicht mehr geschafft hatte, zweifelte sie erneut. Wie sollte sie reagieren, wenn Thomas doch mehr von ihr wollte? Er war nicht ihr Typ. Und nach ihren Erfahrungen mit Marco hatte sie von der Liebe erst einmal genug.

Endlich war es geschafft, der letzte Grashalm lag auf dem Boden und konnte nun in der Sonne trocknen. In wenigen Tagen würde sie das Heu auflockern und umdrehen müssen. Aber für den Moment konnte die Natur ihr Werk tun. Glücklich über die getane Arbeit legte sich Anna auf die frisch gemähte Wiese. Sie nahm einen der Halme in die Hand und rollte ihn geistesabwesend zwischen Finger und Daumen hin und her. Die Augen hielt sie geschlossen, sodass die letzten Sonnenstrahlen ihr Gesicht wärmen konnten. Ihre Gedanken ließ sie treiben.

7. Kapitel

Am nächsten Morgen riss Annas Handy sie unsanft aus dem Schlaf. Am anderen Ende war ein Mann von der Heizungsfirma. Er wollte wissen, ob sie wirklich heute, am Samstag, schon die Fußbodenheizung verlegen könnten. Dann würden sie in der nächsten halben Stunde bei ihr auftauchen.

Anna schleppte sich aus dem Bett, obwohl ihr von gestern alles wehtat. Sie hatte keine Ahnung, ob die Arbeiter im Plan lagen. Nach einem unfreiwilligen Schläfchen draußen auf der Wiese hatte sie nicht mehr die Kraft aufgebracht, nachzusehen.

Als sie die Treppe hochging, erlebte sie eine kleine Überraschung.

Es war nicht nur alles geschafft, es war richtig sauber. Die Arbeiter hatten jedes Staubkörnchen beseitigt. Die Schutt-Rutsche und der LKW mit dem Container waren auch weg. Also gab Anna dem Heizungsinstallateur am Telefon das Okay für die Verlegung der Fußbodenheizung.

Noch während sie sich Frühstück machte, hörte sie das Handwerker-Kommando anrollen. Sie öffnete ihnen die Tür und beendete danach in Ruhe ihr Frühstück. Heute wollte sie zu den Hunden und auf dem Rückweg zum Baumarkt fahren. Dann wäre sie rechtzeitig hier, wenn Thomas eintraf. Wieder wurde ihr mulmig bei dem Gedanken daran, dass er mit ihr essen gehen wollte. Sie fürchtete sich am meisten davor, ihm sagen zu müssen, dass sie kein Interesse an ihm hatte. So etwas konnte man einfach nicht diplomatisch ausdrücken. Es verletzte den anderen zwangsläufig. Warum hatte sie nur zugestimmt?

Auf dem Weg zu den Hunden wurden diese Gedanken von einer anderen Sorge verdrängt. Würden die Leute von Universal Music wirklich Eddi Markgraf zu ihr schicken? Nur weil diese Johanna schon ein Zimmer ausgesucht hatte, hieß das noch nichts. Sie war sicher nicht in der Position, irgendetwas zu entscheiden. Aber was wäre, wenn tatsächlich Eddi Markgraf vor ihr stehen würde? Er war dafür bekannt, sehr offen und direkt zu sein. Würde sie damit umgehen können und überhaupt ein Wort herausbringen? Wahrscheinlich würde sie sich bis auf die Knochen blamiert haben, noch bevor sie überhaupt etwas gesagt hatte.

Anna wurde immer aufgeregter. Ihr Herz klopfte wild und ihre Handflächen waren feucht. Wenn sie schon bei der bloßen Vorstellung, ihren Lieblingssänger vor sich zu sehen, so reagierte, wie würde es erst sein, wenn es wirklich so weit war?

Stopp! Keine Panik mehr verbreiten! Am besten nicht mehr daran denken. Es würde ja doch nichts ändern.

Sie dachte immer noch darüber nach, als sie am Tierheim parkte. Dass sich etwas Grundlegendes geändert hatte, bemerkte sie erst, als sie die Tür zum Hundehaus öffnete. Diesmal hatte sie nicht gewartet, bis die Hunde ruhig waren. Ganz in ihre Gedanken versunken, war sie einfach hineingegangen ... und es herrschte Stille. Die Tiere sahen sie aus ihren Zwingern heraus interessiert an.

Hatten sie überhaupt gebellt? Anna wusste es nicht.

»Hallo, ihr beiden Süßen«, begrüßte sie die Hunde freundlich.

Sie glaubte ein leichtes Wedeln bei Pino wahrzunehmen und machte probehalber einen Schritt auf ihn zu. Sofort wich er zurück und stellte die Nackenhaare auf. Immerhin knurrte er nicht.

Sie wandte sich Rex zu. Der wedelte.

Sie musste unbedingt anfangen, stärker mit Pino zu arbeiten. Und bei Rex war jetzt wichtig, ihn an Ausflüge und generell an neue Situationen zu gewöhnen und vor allem Gehorsamkeitstraining mit ihm zu machen.

Zuerst setzte sich Anna in die Nähe von Pinos Zwinger. Er protestierte zwar kurz, als sie ihm so nahe kam, beruhigte sich aber schnell wieder. Kaum war er einigermaßen entspannt, redete Anna mit ihm. Wann immer er zu ihr sah, warf sie ihm ein Bröckchen Wurst hin, als direkte Belohnung für erwünschtes Verhalten. Verhielt er sich abwehrend, reagierte sie nicht.

Erst nach einer halben Stunde ließ sie es gut sein. Pino hatte sich gut darauf eingelassen und sie wollte ihren Erfolg nicht gefährden, indem sie es übertrieb.

Sie stand auf und ging zu Rex hinüber. Der hatte sich hingelegt, als er bemerkte, dass es nicht um ihn ging, und döste mit halb geschlossenen Augen. Als Anna sich seinem Zwinger näherte, sprang er auf. Man sah ihm an, dass er mit sich kämpfte.

Er entschied sich näherzukommen, lief aber geduckt. Zur Belohnung bekam er ein Stückchen Wurst. Die Leine war schnell angebracht und Anna bugsierte den sich sträubenden Hund nach draußen. Zum Glück ließ er sich heute schneller davon überzeugen, dass dort keine hundefressenden Ungeheuer lauerten.

Sie blieb mit ihm im hinteren Bereich, da sich vorn Besucher tummelten und sie ihn nicht überfordern wollte. Sobald er sich entspannte, übte sie einfache Kommandos mit ihm: Sitz, Platz, Fuß und Komm. Er kannte die Signale und führte sie eifrig aus.

Da er so konzentriert war, ließ er sich auch nicht davon ablenken, dass einer der vorbeilaufenden Tierpfleger stehenblieb, um ihnen zuzusehen. Irgendwann ging er weiter, kam aber gleich darauf mit Heinz zurück. Als

Anna in ihre Richtung blickte, hob sie den Daumen. Sogar die Andeutung eines Lächelns war zu sehen.

Anna arbeitete noch eine Weile weiter mit Rex, nachdem beide gegangen waren. Er machte enorme Fortschritte. Wenn das weiter so gut lief, konnte Heinz ihn bald vermitteln. Er würde zwar nie ein einfacher Hund werden, aber jemand mit Hundeerfahrung sollte gut mit ihm zurechtkommen.

Thomas stand pünktlich vor Annas Tür. Sie hatte gerade ihre Einkäufe aus dem Auto geräumt und keine große Lust, irgendetwas mit ihm zu besprechen oder zu unternehmen. Lieber hätte sie sich gleich an die Arbeiten im Stall gemacht. Aber nun war er da, und wegschicken wollte sie ihn nicht.

Sie gingen durch die beiden Räume, die für Eddi bestimmt waren. Die Heizungsmechaniker waren schon wieder weg. Auf dem gesamten Boden schlängelten sich dicht an dicht die Heizungsschläuche für die Fußbodenheizung. Da konnte am Montag direkt der Estrich aufgetragen werden.

Im Badezimmer begann die eigentliche Planungsarbeit. Wollte Anna eine Badewanne hier oben haben? Und eine Dusche? Natürlich. Am besten ebenerdig. Wie viele Waschbecken wurden benötigt? Sie sprachen über Designs und Farben. Thomas schrieb alles genau auf und versprach, einen Installateur zu finden, der alles schnell umsetzen konnte.

Später fuhren sie nach Mittenwalde, wo er einen Tisch bei einem Italiener reserviert hatte.

Überraschenderweise genoss Anna den Abend. Sie war erstaunt, als sie erfuhr, dass Thomas nicht Karls leiblicher Sohn war. Er hatte als Kind bei Tante Elisa gelebt und war von Karl adoptiert worden. Er verdankte ihrer Tante viel.

Das erklärte natürlich einiges, vor allem, warum Karl und er sich so wenig ähnelten.

Thomas war ein guter Gesprächspartner und machte zum Glück während des ganzen Abends keinerlei Annäherungsversuche. Dennoch vermied Anna alle Signale, die er vielleicht falsch hätte verstehen können. Sie sah ihm nicht in die Augen, wenn sie lachte, sie achtete auf ihre Gesten und machte auch keine zweideutigen Bemerkungen. Hätte sie sich mehr entspannen können, wäre der Abend perfekt gewesen.

Später, vor ihrem Haus, verabschiedete sie sich freundlich von ihm und umarmte ihn sogar spontan. Sie war erleichtert, dass er so zurückhaltend gewesen war.

Hoffentlich versteht er die Umarmung nicht falsch, dachte sie, als sie ihm hinterherwinkte.

Am Sonntag wachte Anna gut gelaunt auf. Heute wollte sie sich dem Stall widmen, damit sie der Erfüllung ihres Traumes von eigenen Pferden einen Schritt näherkam.

Bis zum Nachmittag kümmerte sie sich um die Löcher in den Wänden und im Stallboden, danach nahm sie sich die maroden Heuraufen vor. Sie hatte es gerade geschafft, das erste durchgefaulte Brett zu ersetzen, als sie ein Auto hörte. Das Dröhnen des Motors kam viel zu schnell näher. Anna stürzte nach draußen zu ihrem Wagen, den sie auf dem Waldweg geparkt hatte. Zum Glück bremste das andere Auto – ein schwarzer Sportwagen – kurz vorher ab. Der Schlamm spritzte nur so nach hinten weg.

Zwei Männer stiegen aus.

Annas Herz machte einen erschrockenen Sprung, als sie den Fahrer erkannte.

Er trug eine dunkle Sonnenbrille, die einen Großteil seines Gesichts verbarg, aber seine Statur – er war über einen Meter neunzig groß und sehr gut gebaut – und die blonden Haare hätte sie überall erkannt: Eddi Markgraf stand mitten auf ihrem Waldweg und musterte zuerst das Haus, dann ihr Auto. Er sah gut aus mit seinem schwarzen Shirt und den verwaschenen Jeans. Mit der Hand fuhr er sich durch die Haare und brachte seine Frisur noch weiter in Unordnung. Dann fiel sein Blick auf Anna.

Schlagartig wurde sie sich ihres Äußeren bewusst. Ihr Zopf hatte sich zum größten Teil aufgelöst. Sie schwitzte und hatte sich mit den staubigen Händen mehr als einmal ins Gesicht gefasst. Wahrscheinlich war es voller Schmutzstreifen. Wobei das sicher nicht groß auffallen würde, weil ihre Hose und ihr T-Shirt mittlerweile nicht nur staubig waren, sondern auch viele Mörtelflecken aufwiesen. Ihr Puls erhöhte sich schlagartig, als Eddi auf sie zukam.

»Hi, ich bin Eddi Markgraf«, stellte er sich vor. Sein Händedruck war fest und warm. »Arbeitest du hier?«

Ohne ihre Antwort abzuwarten, drehte er sich zu dem anderen Mann um, den Anna bisher nicht richtig wahrgenommen hatte, und blaffte ihn an. »Das soll wohl ein Witz sein! Das ist doch keine Klinik! Eher eine Ruine! Johanna hatte also doch Recht.«

Anna schnappte empört nach Luft. Wie konnte er ihr so nett die Hand geben, trotz all des Drecks, und einen Augenblick später dermaßen abfällig über ihr Haus reden?

Der andere Mann war mittlerweile nähergekommen und begrüßte Anna ebenfalls. Er war mittelgroß und schlank. Am auffälligsten an ihm war sein gut geschnittener, dunkelgrauer Anzug. Er lächelte sie freundlich an. Eddis Einwurf ignorierte er. »Guten Tag. Sind Sie Anna Diemer? Entschuldigen Sie bitte, dass wir Sie unangekündigt an einem Sonntag überfallen. Mein Name ist Stephan Brandt. Ich arbeite bei

Universal Music. Ich bin hier, weil wir mit Ihnen noch einige Verträge und Formalitäten durchgehen müssen. Und unser Eddi hier ...« Er blickte sich um. Anna ebenfalls. Doch von Eddi war nichts mehr zu sehen. Stephan Brandt lachte gezwungen. »Eddi wollte sich das Haus ansehen. Hören Sie nicht darauf, was er sagt. Er hat heute schlechte Laune.«

Anna zog die Augenbrauen hoch. Schlechte Laune entschuldigte kein unhöfliches Benehmen. Und als solches erachtete sie es, wenn man ungefragt in das Eigentum anderer Leute eindrang, das galt auch für jemanden wie Eddi Markgraf. Sie war so zornig, dass sich ihre Faszination für Eddi in Luft auflöste.

Auch im Hof war Eddi nicht. Dafür stand die Haustür offen. Er war also dort schon auf Entdeckungstour. Ganz allein, ohne auf eine Einladung zu warten. Na, der würde oben eine Überraschung erleben, wenn er schon von außen gedacht hatte, das Haus wäre eine Ruine.

Er war tatsächlich oben. Sie hörten ihn irgendetwas sagen, es klang nicht nett. Dann stürmte er die Treppe hinunter, vorbei an Anna und seinem Begleiter und nach draußen. Er hatte sein Handy am Ohr und sprach aufgebracht hinein.

Stephan Brandt zuckte entschuldigend mit den Schultern. »Wollen wir reingehen? Dann kann ich Ihnen die Verträge zeigen.«

Er tippte auf die Aktentasche, die er unter den Arm geklemmt hatte. Anna war zwar alles andere als angetan, doch ihre gute Erziehung siegte. »Möchten Sie einen Tee oder Kaffee?«

»Kaffee wäre toll.« Er lächelte sie an. Dann brüllte er nach draußen zu Eddi: »Kaffee?«

Der winkte ab und redete weiter ins Telefon.

Stephan Brandt folgte Anna in die Küche. Die Tür zu ihrem Büro stand offen. Er machte einen Schritt darauf zu. »Darf ich?«

Anna nickte. Wenigstens jemand, der es nicht als selbstverständlich ansah, sich ungefragt umzusehen.

Er ging in das Büro. Kurz darauf kam er zurück. »Nett haben Sie es.«

Anna lachte auf. »So? Das sieht Ihr Begleiter aber anders.«

»Sie müssen ihn entschuldigen. Eddi ist sonst nicht so. Zurzeit ist er ziemlich verärgert, weil wir einige Konzerte absagen mussten aus gesundheitlichen Gründen.«

»Sie können mir gegenüber ruhig offen sprechen. Ich weiß, dass er schon zwei Zusammenbrüche hatte.«

Stephan Brandt sah sie verwundert an. »So?«

Anna versuchte, sich zu erinnern, ob die Information öffentlich bekannt war. Sie wollte Suzi keinen Ärger bereiten. Den Leuten von Universal war sicher klar, woher sie interne Informationen bekommen haben könnte.

Während der Kaffee durch die Maschine lief, breitete Stephan Brandt einige Unterlagen auf dem Küchentisch aus.

»Was sind das für Verträge?«, fragte Anna, während sie Tassen aus dem Schrank holte und zusammen mit Zucker und Milch auf den Tisch stellte.

Er zeigte auf die Dokumente. »Nun, hier geht es zum Beispiel um die dreißigtausend Euro, die Sie von uns für die Renovierung erhalten. Wir brauchen noch Ihre Bankverbindung und Ihre Unterschrift. Und hier«, er holte einen anderen Stapel hervor, »haben wir die Vereinbarung zur Unterbringung. Sie stellen ein Schlafzimmer und ein Bad zur Verfügung und sorgen für die Verpflegung, dafür erhalten Sie eine wöchentliche Aufwandsentschädigung in Höhe von siebenhundert Euro.«

»Ich soll für ihn kochen?«, fragte Anna entgeistert.

Stephan Brandt schmunzelte. »Nur wenn Sie möchten. Sie können auch einen lokalen Caterer beauftragen. Falls die Aufwandsentschädigung zu niedrig ist, sagen Sie Bescheid, dann stocken wir die Summe entsprechend auf.«

Anna musste erst einmal durchatmen. Plötzlich war alles so real. Sie redete darüber, wie viel Geld sie dafür erhalten würde, dass sie Eddi Markgraf bei sich aufnahm. Etwas, wofür sie vor Kurzem wahrscheinlich sogar Geld bezahlt hätte. Wenn sie jedoch an den unhöflichen Kerl da draußen dachte, fand sie die Aufwandsentschädigung gerechtfertigt. Er war so ganz anders als in ihrer Vorstellung.

»Etwa zweimal die Woche wird ein Arzt aus Berlin herkommen und Eddi behandeln.« Er lächelte sie an. »Wir können wirklich von Glück reden, dass Sie uns diese Unterbringung anbieten. Ihr Hof liegt nah an Berlin und trotzdem im Niemandsland.«

Das klang nicht nach einem Kompliment, obwohl er es wahrscheinlich so gemeint hatte. Aber Annas Meinung nach hatte sie als Einzige von ihnen dreien das Recht, die Gegend hier als Niemandsland zu bezeichnen. Um ihren aufkommenden Ärger hinunterzuschlucken und vom Thema abzulenken, fragte sie nach dem Arzt, den Stephan Brandt erwähnt hatte.

»Professor Laikkonen ist ein anerkannter Spezialist der Psychosomatik. Er ist auf Fälle wie Eddi spezialisiert. Es ist für Eddi von absoluter Wichtigkeit, dass er keinerlei Stress ausgesetzt wird. In einer Großstadt, in der er alle paar Meter erkannt und um Autogramme und Fotos angebettelt wird, kommt er nicht zur Ruhe. Aber hier? Ich glaube kaum, dass die Eichhörnchen und Rehe auf Autogramme von ihm aus sind.« Er lachte über seinen Witz.

»Auch wenn Sie es kaum für möglich halten«, meinte Anna schärfer als beabsichtigt, »auch hier im Niemandsland leben Menschen, die Eddi erkennen könnten.«

»Womit wir gleich beim nächsten Thema wären«, antwortete Stephan Brandt geschäftsmäßig und zog einige zusammengeheftete Seiten aus dem Stapel hervor. »Die Verschwiegenheitserklärung.«

Er legte sie vor Anna auf den Tisch. Unbeeindruckt stand sie auf, um den Kaffee einzuschenken. »Milch? Zucker?«

»Beides bitte.«

Sie bereitete in aller Ruhe den Kaffee zu und setzte sich dann wieder hin. Ohne den Stapel vor sich zu beachten, sah sie Stephan Brandt abwartend in die Augen.

Offenbar verstand er ihre unausgesprochene Frage. »Wenn Sie die Erklärung unterschreiben, verpflichten Sie sich, niemandem etwas von Eddis Aufenthalt bei Ihnen zu erzählen. Keinem Nachbarn, keiner Freundin und ganz besonders nicht der Presse.«

»Und wenn ich nicht unterschreibe?«, fragte sie herausfordernd.

»Dann kommt unsere Vereinbarung nicht zustande und wir müssen einen anderen Platz für Eddi finden.«

Er sagte das so emotionslos, dass Anna unwillkürlich ein Schauer den Rücken hinunterlief. Kurz hatte sie das Gefühl, Eddi wäre kein Mensch, sondern ein Hund, für den ein neues Heim gesucht wurde. Und wenn sich niemand erbarmte, würde er im Tierheim landen.

Sie blätterte durch die Seiten.

»Sie müssen sich nicht sofort entscheiden«, fuhr Stephan Brandt mit deutlich milderer Stimme fort. »Lassen Sie sich alles durch den Kopf gehen. Wenn Sie mit allem einverstanden sind, unterschreiben Sie und schicken alles zu mir. Wenn nicht, zerreißen Sie es und es wird sein, als wären wir nie hier gewesen.« Er schob ihr seine Visitenkarte über den Tisch.

»Angenommen ich unterschreibe, wann würde es losgehen?«, fragte Anna vorsichtig nach.

»Das kann ich Ihnen im Moment nicht genau sagen. Wir müssen erst ein paar Termine umorganisieren. Aber seien Sie versichert, sobald Eddi hier bei Ihnen auftaucht, wird das Geld auf Ihrem Konto sein.«

Das war es zwar nicht, was sie interessiert hatte, war aber auch eine wertvolle Information.

Während sie ihren Kaffee austranken, fragte Stephan Brandt Anna regelrecht aus. Wie sie zu dem Haus gekommen sei und was sie vorhabe. Über ihren Beruf und ihre Hobbys, welche Bücher sie las und welche Musik sie hörte.

Anna antwortete wahrheitsgemäß. Sie ließ lediglich unerwähnt, dass sie ein großer *Damn-Silence*-Fan war.

Er schien mit ihren Antworten zufrieden zu sein, denn er nickte und lächelte immer mal wieder. Nach dem letzten Schluck Kaffee stand er auf. »Gut, Frau Diemer. Vielen Dank für Ihre Gastfreundschaft. Ich muss mich jetzt verabschieden, es ist schließlich Sonntag, und meine Familie will auch noch etwas von mir haben.« Er lachte, aber es klang nicht sehr fröhlich. Vermutlich sah er seine Familie nicht allzu oft. Die unmenschlichen Arbeitszeiten bei Universal kannte Anna ja von Suzi.

Sie begleitete ihn bis zum Auto, in dem Eddi saß und auf seinem Handy herumtippte. Er blickte nicht einmal auf, als Stephan Brandt einstieg. Sobald dieser die Tür zugeschlagen hatte, startete Eddi den Motor und fuhr in halsbrecherischer Geschwindigkeit rückwärts den Waldweg hinunter. Kein Blick zurück, kein Lächeln oder Winken. Eine ordentliche Verabschiedung hatte Anna zwar nicht erwartet, aber mit so unfreundlichem Verhalten hatte sie auch nicht gerechnet.

Das sollte ihr Eddi Markgraf gewesen sein? Der Mann, dessen Stimme die Welt verzaubern konnte?

Der tausende von Menschen auf seinen Konzerten in seinen Bann schlug und mit seinen Späßen alle zum Lachen brachte?

Anna stand noch lange da und starrte in die Richtung, in der das Auto verschwunden war. Ihr Kopf war wie leer gefegt. Sie verspürte keinerlei Emotionen, nur einen leichten Unglauben, dass das eben wirklich passiert war.

Als sie zurück in die Küche kam, sah sie dort die benutzten Tassen und all die Unterlagen. Sie hatte sich den Besuch zumindest nicht eingebildet.

8. Kapitel

Das war sie also gewesen: ihre erste Begegnung mit Eddi Markgraf von *Damn Silence*. Anna traten Tränen in die Augen. All dieser jungenhafte Charme, seine offene und freundliche Art gegenüber den Fans, sein Wortwitz in den Interviews, alles, was ihn so sympathisch gemacht hatte, alles war nur Show. Perfekt inszeniert, damit die Konzerttickets gekauft wurden. In Wirklichkeit war er ein egozentrischer, unhöflicher Kerl.

Tränenblind wankte Anna nach draußen und ließ sich auf die Treppe sinken. Sie war maßlos enttäuscht. Hatte sie bisher nur befürchtet, dass der echte Eddi nicht ihrem Wunschbild entsprechen könnte, so hatte sie jetzt Gewissheit. Sie fühlte sich, als wäre ihr jemand entrissen worden, der ihr sehr nahegestanden hatte. Den Eddi aus ihrer Vorstellung gab es nicht. Früher war er einfach nur weit weg gewesen. Aber er hatte nie wirklich existiert.

Im Fernsehen, auf YouTube, in den Interviews im Radio und vor allem in seinen Songs – sie hatte geglaubt, ihn zu kennen. Es wirkte alles so echt. Aber war nicht genau das die Aufgabe eines guten Marketings? Es echt wirken zu lassen?

Das hatte sie jetzt davon. Sie hatte geglaubt, was sie glauben sollte, und war enttäuscht worden.

Anna zitterte. Mit Mühe hielt sie die Tränen zurück. Doch irgendwann wurde sie ruhiger. Dann ging sie ins Haus, vorbei an dem großen Tisch in der Küche, von dem aus die Dokumente sie zu verhöhnen schienen. Sie lief weiter ins Bad, wo sie ihr Gesicht gründlich mit kaltem Wasser wusch. Dann setzte sie sich auf den Badewannenrand und überlegte, was sie mit dem Rest des Nachmittags anfangen wollte. Im Stall wartete Arbeit auf sie. Doch da war auch dieses Bedürfnis, mit jemandem zu reden. Doch zuerst musste Anna einen klaren Kopf bekommen und die Dinge für sich sortieren.

Eine halbe Stunde später saß sie im Tierheim vor Rex' Zwinger, mit dem Blick Richtung Pino, und schüttete den beiden Hunden ihr Herz aus. Sie hatte spontan beschlossen, hierherzufahren. Hunde waren gute Zuhörer. Jetzt saß sie hier und schimpfte auf Eddi und sein Verhalten. Am meisten ärgerte sie sich darüber, dass er nicht einmal den Anstand besessen hatte, sich von ihr zu verabschieden. Sie war schließlich diejenige, mit der er einige Zeit zusammenwohnen sollte. Die Begrüßung war schon sehr unhöflich, aber der Abschied wirklich eine Unverschämtheit gewesen.

Die beiden Hunde lagen ruhig in ihren Zwingern, hatten die Köpfe auf die Pfoten gelegt und dösten vor sich hin. An Annas Anwesenheit waren sie mittlerweile gewöhnt. Sie bellten kaum noch, wenn sie kam. Und wenn, verstummten sie sofort. Jetzt, nach zehn Minuten, bot sich ein Bild des vollkommenen Friedens.

Anna seufzte. »Ich bin so eine dumme Kuh! Ich hätte ihm die Meinung sagen sollen, als ich die Gelegenheit dazu hatte.« Sie lachte trocken. »Was habe ich erwartet? Dass er mich sieht, sich in mich verliebt und mir einen Heiratsantrag macht?«

Pino hob den Kopf und sah sie interessiert an.

Nein, so etwas hatte sie sicher nicht erwartet, aber ebenso wenig, dass er sie vollkommen ignorieren würde. Sie hatte sich erhofft, dass Eddi Markgraf sie interessant finden könnte. Freudlos lachend schüttelte sie über sich selbst den Kopf. »Vielleicht waren meine Erwartungen etwas überzogen? Was meint ihr? Hm?«

Pinos Schlappohren stellten sich auf. Nur die oberste Spitze hing noch herunter. Anna musste lachen. Er sah aus, als würde er jedes Wort verstehen. Als hätte er die Antwort auf all ihre Fragen, und das Einzige, was ihn daran hinderte, sie auszusprechen, war seine Kehlkopfkonstruktion.

»Das kannst du nicht verstehen, was? Wie Menschen so dumm sein können. So was ist euch Hunden fremd.«

Anna schüttelte ihr rechtes Bein aus, weil es anfing, wie wild zu prickeln. Sie stand mühsam auf und hopste auf und ab, um die Durchblutung wieder anzukurbeln. Beide Hunde standen ebenfalls auf, fast synchron. Als wären sie ein Rudel und Anna hätte als Anführerin den Startschuss gegeben.

»Tut mir leid, euch enttäuschen zu müssen, Jungs. Ich gehe jetzt. Ihr müsst leider hierbleiben. Aber danke fürs Zuhören! Ihr habt was gut bei mir.«

Sie hob die Hand zum Abschied, als würde sie sich in der Kneipe von ihren Saufkumpanen verabschieden, und humpelte nach draußen.

Es war Abend geworden und merklich kühler. Anna schlang die Arme um ihren Körper, als sie zum Bürogebäude lief, um sich abzumelden. An eine Jacke hatte sie bei ihrem überstürzten Aufbruch vorhin natürlich nicht gedacht.

Heinz saß hinter dem kleinen Tresen und sortierte irgendwelche Zettel. Anna steckte nur schnell den Kopf in die Tür und rief: »Tschüs, schönen Sonntag noch.«

Heinz hielt sie jedoch zurück. »Warten Sie, Frau Diemer!«

Anna nickte ergeben und betrat das Büro. Immerhin war es warm hier drinnen.

»Ich wollte Ihnen noch erzählen, dass heute ein junges Paar da war, denen ich Rex gezeigt habe. Erst hat er sich zwar gesträubt, als ich ihn aus dem Zwinger geholt habe, aber dann habe ich draußen gezeigt, wie gut er gehorcht. Sie haben Apportieren mit ihm geübt.«

Anna war erfreut und überrascht zugleich.

»Ich wollte Ihnen noch Danke sagen«, fügte Heinz mit weicher Stimme hinzu.

»Wofür?«, fragte Anna verdutzt. »Sie haben ihn ja offensichtlich nicht mitgenommen.«

Heinz' Lächeln verwandelte ihr mürrisches Gesicht vollkommen. »Hätten Sie mir letztens nicht gezeigt, dass dieser Hund über Kommandos sehr gut ansprechbar und lenkbar ist, wäre ich gar nicht auf die Idee gekommen, ihn jemandem vorzuführen. Ich hatte die Hoffnung wohl verloren.« Sie schüttelte über sich selbst den Kopf. Dann hellte sich ihre Miene wieder auf. »Wer weiß, vielleicht überlegen die beiden es sich und kommen wieder?«

Anna lächelte zurück. Es war nett von Heinz, ihr davon zu erzählen.

Als sie nach Hause fuhr, lächelte sie immer noch. Sie freute sich für Rex und für Heinz, aber am meisten darüber, dass ihre Arbeit wertgeschätzt wurde. Außerdem hatte ihr das Gespräch mit den Hunden geholfen, ihre Sichtweise auf die Ereignisse heute Nachmittag zurechtzurücken. Sie hatte einfach zu viel erwartet. Diesen Erwartungen hätte Eddi nie gerecht werden können. Ja, sein Verhalten war unhöflich gewesen, aber wahrscheinlich war er wirklich sehr gestresst und wütend, weil seine Plattenfirma einfach für ihn entschied.

Am nächsten Tag wurde im Obergeschoss der Estrich ausgebracht. Anna stand im Stall, in der Hand eine Malerrolle. Sie wollte sie gerade in die weiße Farbe tauchen, als das Telefon klingelte.

»Hi, Anna-Schatz. Ich bin es, Suzi. Ich wollte fragen, ob es bei dir schon Neuigkeiten gibt bezüglich Eddi

Markgraf? Mir sagt hier nämlich niemand was. Eine Frechheit ist das!«

Anna lachte. Sie konnte sich bildhaft vorstellen, wie Suzi praktisch auf Toms Schoß saß, um ihm Neuigkeiten zu entlocken. Offensichtlich ohne Erfolg.

»Vielleicht steht Tom nicht mehr auf dich?«, mutmaßte sie breit grinsend.

»Tom? Der weiß nix. Mir kann er jedenfalls nicht widerstehen«, behauptete Suzi voller Ernst. »Gibt es nun was Neues oder nicht?«

»Ja, Süße, gibt es.« Anna dachte an den inneren Kampf, den sie ausgefochten hatte. »Ich habe die Verträge unterschrieben und zurückgeschickt.«

»Echt? Du hast die Verträge schon bekommen? War jemand bei dir?«

»Ja, und zwar Eddi Markgraf persönlich! Zusammen mit einem gewissen Stephan Brandt von Universal. Kennst du den?«

Suzi ignorierte die Frage und quietschte stattdessen auf.

»Was? Eddi war bei dir? Echt? Und, wie war er?«

Anna überlegte, wie sie es formulieren sollte. »Er hätte es fast geschafft, mich davon zu überzeugen, die Verträge zu zerreißen.«

Jetzt wollte Suzi natürlich alles wissen. Und so schilderte Anna ihr den unerwarteten Besuch vom Sonntag in allen Einzelheiten. Suzi unterbrach sie entgegen ihrer Gewohnheit kein einziges Mal. Sie keuchte ab und zu überrascht auf und schnappte nach Luft, als Anna ihr von den Konditionen für Eddis Aufenthalt erzählte. Sie ließ auch nicht aus, wie sie sich gefühlt hatte und dass sie nicht hatte unterschreiben wollen. Dann berichtete sie von ihrem Besuch im Tierheim und wie er ihr geholfen hatte, ihre Gedanken zu sortieren und das Ganze objektiver zu betrachten.

»Na ja, zuhause habe ich erstmal beschlossen, die Entscheidung auf heute zu vertagen. Aber dann habe ich im Bett gelegen und konnte nicht einschlafen. Ich habe hin und her überlegt. Irgendwann bin ich dann aufgestanden und habe mir die Verträge von vorne bis hinten durchgelesen.«

»Und dann hast du unterschrieben?«, war das Erste, was Suzi von sich gab. Sie klang ungläubig, aber das konnte Anna nachvollziehen.

»Leicht habe ich mir die Entscheidung nicht gemacht. Er war wirklich blöd. Aber offensichtlich bin ich unbelehrbar. Die ganze Zeit war da diese Stimme in meinem Kopf, die mir gesagt hat, dass er vielleicht wirklich nur einen schlechten Tag hatte. Ich meine, es ist Eddi Markgraf. Wann bekommt man schon mal eine Chance, ihn näher kennenzulernen? Und das Geld ist auch nicht zu verachten. So ein Haus zu renovieren ist erheblich teurer als ich gedacht habe. Außerdem gibt es eine Ausstiegsklausel.«

»Eine was?«

»Eine Ausstiegsklausel«, wiederholte Anna. »Die besagt, dass beide Seiten ohne nähere Angabe von Gründen den Vertrag sofort kündigen können, wenn die Zusammenarbeit nicht klappt. Witzigerweise sind mit *beide Seiten* Universal Music und ich gemeint. Eddi selbst hat offenbar nicht das Recht, aus dem Vertrag auszusteigen. Viel zu sagen hat der bei euch ja nicht, oder?«

»Eigentlich schon«, meinte Suzi nachdenklich. »Vielleicht hat es was damit zu tun, dass sein Manager die Auszeit ebenfalls für eine gute Idee hält.«

»Jedenfalls habe ich die Verträge dann doch unterschrieben und heute Morgen gleich zum Briefkasten gebracht. Sie müssten also demnächst bei euch eintrudeln.«

Später fuhr Anna ins Tierheim. Heinz winkte ihr schon von Weitem, sie war gerade dabei, vor dem Tor Unkraut zu zupfen. Also beschloss Anna, dass sie sich nicht extra im Büro anmelden musste. Sie fühlte sich hier schon richtig zugehörig. Die meisten Mitarbeiter kannte sie zumindest vom Sehen. Und sie begrüßte auch die Hunde, an deren Zwingern sie vorbeilief, wie alte Freunde.

Als sie ins letzte Gebäude trat, erwartete sie eine Überraschung. Es war nichts Großes oder Spektakuläres, aber es bedeutete ihr viel: Pino stand an seinem Gitter und wedelte, als er sie sah. Kein Bellen, kein Knurren oder angedeutetes Hochziehen der Lefzen. Nein, heute drückte sein ganzer Körper nur eines aus: Schön, dich zu sehen!

Auch Rex freute sich über Annas Besuch und vor allem die mitgebrachte Wurst. Anna beschloss spontan, versuchsweise mit Pino rauszugehen.

Heinz blickte zwar sehr skeptisch, als Anna sie um Pinos Halsband und Leine bat, gab ihr dann aber beides zusammen mit einem Maulkorb.

Wieder wedelte der Hund, als sie das Gebäude betrat. Sie ging zielstrebig zu Pinos Zwinger, öffnete den Riegel und schob die Tür auf. Der Hund steckte wie erwartet den Kopf durch die Öffnung, sodass Anna ihm Halsband und Maulkorb problemlos anlegen konnte. Pino machte keine Anstalten, sich zu wehren. Er achtete kaum auf Anna. Der Gang nach draußen war ein Kinderspiel. Man sah ihm richtig an, dass er es genoss, mal etwas anderes zu sehen zu bekommen.

Draußen war Pino wie verwandelt. Er zeigte keinerlei Aggressivität. Anna konnte mit ihm an den anderen Hunden vorbei bis zu der kleinen Wiese gehen, die die Tierheimmitarbeiter manchmal für Vorführungen nutzten. Heute war hier niemand, und Anna wollte sehen, welche Kommandos Pino beherrschte.

Kurzum, er konnte gar nichts. Kein Sitz, kein Platz, nichts.

Auch die Handzeichen sagten ihm nichts. Dieser Hund hatte bisher keinerlei Erziehung erfahren. Er sah sie nur verständnislos an. Plötzlich veränderte sich seine Körperhaltung. Er stellte die Nackenhaare auf, machte sich groß und streckte seinen Schwanz kerzengerade in die Höhe. Dazu fixierte er wie gebannt einen Fleck am Katzenhaus.

Erst einige Augenblicke später sah Anna dort jemanden stehen. Der Mann interessierte sich überhaupt nicht für sie. Er blickte in das Katzengehege, dennoch tat Pino so, als wäre er in akuter Lebensgefahr. Was war nur mit dem Hund früher passiert, dass er so stark auf fremde Menschen reagierte?

Dann geschah noch etwas, das Anna sehr aufschlussreich erschien.

Nach einigen Sekunden sah Pino zu ihr und entspannte sich. Er nahm ihre Ruhe wahr und orientierte sich an ihr. Ein riesiger Erfolg. Den wollte Anna nicht gefährden, also brach sie das Experiment *Pino in Freiheit* bald darauf ab und brachte ihn zurück. Während er bereitwillig durch die Gittertür in seinen Zwinger ging, klickte sie die Leine ab.

Sie arbeitete noch eine Viertelstunde mit Rex, dann fuhr sie wieder nach Hause.

Am Dienstagmorgen ging Anna als Erstes nach oben, um den Estrich zu bewundern, der nach Aussage der Arbeiter heute trocken sein sollte. Mit festem Boden sahen die Zimmer viel wohnlicher aus als nur mit den Heizungsschläuchen. Bald waren sie fertig und konnten eingerichtet werden.

Das Telefon klingelte. Die Maler, endlich, dachte sie erleichtert und rannte nach unten. »Diemer?«, meldete sie sich hastig.

»Mensch Anna, endlich! Ich dachte schon, du bist nicht da.« Es war Suzi.

Anna lächelte und setzte sich auf die Treppe. Das konnte dauern.

»Süße, ich hab schlechte Nachrichten!«, begann Suzi.

»Was ist los?«, fragte Anna besorgt.

»Eddi kommt doch nicht zu dir«, ließ Suzi die Bombe ohne weitere Umschweife platzen. »Heute gab es ein Meeting mit allen wichtigen Bossen von Universal und der ganzen Band.«

»Was ist passiert?«

»Genau weiß ich es nicht, ich war nicht dabei. Aber Tom, und der hat es mir gerade erzählt.« Suzi machte eine bedeutungsschwangere Pause. »Eddi hat Universal unter Druck gesetzt. Er hat gedroht, aus der Band auszusteigen, wenn er nicht mehr selber bestimmen dürfte, ob er eine Auszeit nimmt oder nicht.«

»Aha.« Anna runzelte die Stirn. Einerseits freute sie sich, dass Eddi es geschafft hatte, sich zur Wehr zu setzen. Er stieg wieder in ihrer Achtung. Andererseits begriff sie auch, was Suzi gesagt hatte: Sie würde Eddi doch nicht kennenlernen.

»Bist du jetzt sehr enttäuscht? Du hast dich doch so gefreut.«

Dazu sagte Anna nichts. Sie räusperte sich. »Er hat wirklich gedroht, aus der Band auszusteigen? Was haben denn die anderen dazu gesagt? Die waren doch auch da, oder?«

»Die haben glaubhaft versichert, ebenfalls auszusteigen und zusammen eine neue Band zu gründen.« Suzi kicherte, doch Anna fand das nicht so lustig. Auch wenn sich Eddi in der Realität nicht als der Mann entpuppt hatte, den sie erwartet hatte, so war es doch *Damn Silence*, von denen sie da sprachen. Ihre Lieblingsband.

»Geht das denn? Dürfen die so was?«, hakte sie erschrocken nach.

»Klar. Die Verträge bei Universal sind zwar ziemlich wasserdicht, aber diese Lücke gibt es und das weiß auch jeder. Wenn du deinen Vertrag vorzeitig auflösen willst, zahlst du entweder eine enorme Vertragsstrafe, oder du gibst alle Rechte an deinem Namen auf. Und das geht eben, indem sie aus *Damn Silence* aussteigen und eine neue Band gründen.«

»Und wie ging es weiter?«

»Da mussten unsere Leute natürlich nachgeben. Was nützt ihnen *Damn Silence* ohne Musiker? Natürlich haben sie versucht, Eddi umzustimmen. Laut Tom haben sie alle Argumente der Ärzte angebracht und noch weiter ausgeführt: Er würde seine Gesundheit ruinieren und vielleicht nie wieder auftreten können. Es hat ihn offensichtlich nicht überzeugt. Jedenfalls wurde am Ende entschieden, dass er die Konzerte wie geplant spielt und erst danach eine längere Auszeit nimmt, um sich zu erholen. Soweit ich das verstanden habe, will er dazu ins Ausland.«

Anna war sprachlos. An die Möglichkeit, dass es *Damn Silence* eines Tages nicht mehr geben könnte, hatte sie noch nie gedacht.

Kurz darauf beendete Suzi das Gespräch. Anna blieb noch lange sitzen und dachte nach. Sie konnte Eddis Haltung gut nachvollziehen. Er zeigte deutlich, wie sehr er seine Arbeit und die Musik liebte. Und dass seine Bandkollegen zu ihm gehalten hatten, war sehr loyal von ihnen. Schließlich bedeutete die Band auch deren Lebensunterhalt. Soweit sie wusste, hatte der eine oder andere eine Familie. Da konnte man kein großes Risiko eingehen.

Dennoch war Anna traurig darüber, dass Eddi nun doch nicht auf ihrem Hof wohnen würde. Sicher, sie war von ihm enttäuscht gewesen und hatte sich gefragt, ob sie die richtige Entscheidung getroffen hatte. Aber irgendwie hatte sie sich doch auf ihn gefreut. Er war schließlich Eddi Markgraf, ihr Lieblingssänger und der Traummann vieler Frauen. Vielleicht wären sie doch gut miteinander ausgekommen, wenn sie sich besser kennengelernt hätten. Sie hatte gehofft, ihr erster Eindruck würde sich ins Gegenteil verkehren.

»Dann kommt er eben nicht.« Sie straffte die Schultern und stand auf. Sie wollte ins Tierheim fahren, zu Rex und Pino. Die beiden würden sie ablenken. Ablenken von der Einsamkeit, die sie gerade heimtückisch und völlig unerwartet überfiel.

Im Auto hörte sie zum ersten Mal seit Sonntag *Damn Silence*. Jetzt, da Eddi wieder so weit weg war wie vor Suzis hirnrissiger Idee, war es die einzige Möglichkeit, ihm nahe zu sein. All ihr Ärger über sein Verhalten erschien ihr nun lächerlich.

9. Kapitel

Im Tierheim erwartete sie gleich die nächste Überraschung. Als sie sich im Büro anmeldete, winkte Heinz sie herein. Sie strahlte Anna an. »Wir haben heute für Rex ein neues Zuhause gefunden. Er wurde vorhin abgeholt.«

»Das junge Pärchen, das neulich schon da war?« Heinz nickte glücklich. »Und das ist ganz allein Ihr Verdienst! Ich bin Ihnen so dankbar! Ich hatte den Hund schon aufgegeben, da haben Sie mir gezeigt, dass nicht alle Hoffnung verloren ist. Sie haben Ihre Sache wirklich gut gemacht. Danke!«

Heinz hielt Anna ihre Hand hin und Anna schlug ein. Dann zog Heinz sie plötzlich an sich und umarmte sie fest. Anna war überrumpelt, sie stand einfach nur da und ließ es geschehen. Nach einem schmerzhaften Klopfen auf die Schulter entließ Heinz sie wieder aus ihrer Umarmung. Sie strahlte wie ein Honigkuchenpferd.

Anna freute sich zwar für Rex, war aber auch traurig. Sie hatte den Schäferhund sehr gemocht. Ob Pino auch traurig war, dass sein Zwingergenosse weg war?

Sie verabschiedete sich von Heinz und ging nach hinten ins letzte Gebäude. Pino begrüßte sie wie immer mit einem kurzen Bellen, aber ohne den aggressiven Unterton vom Anfang. Es war mehr eine Art Hallo.

Rex' Zwinger stand offen und war bereits gesäubert. Die Näpfe und die Decke waren verschwunden.

»Na, du Armer?«, wandte sie sich an Pino. »Jetzt bist du ganz allein, nicht wahr? Ich kann dir gerade sehr gut nachfühlen, ich bin auch allein zuhause. Allerdings ist es bei mir etwas gemütlicher als bei dir«, fügte sie nach einem kurzen Blick in Pinos Zwinger mit einem ironischen Grinsen hinzu.

Sie öffnete seine Tür und klickte seine Leine ans Halsband. Sie hatte keine Angst mehr vor dem massigen Hund, der glücklich mit dem Schwanz wedelte, weil es nach draußen ging.

Heute wollte sie testen, wie er sich außerhalb des Tierheimgeländes verhielt. Also ging sie zielstrebig in den Wald. Zum Glück war wenig los. Die einzigen Menschen, die sie sah, waren weit weg, und Pino beachtete sie nicht weiter. Es war, als würde Annas Selbstverständlichkeit im Umgang mit ihm abfärben. Das freute sie, denn es war ein gutes Zeichen. Mit dem richtigen Menschen als Partner, der ihm die Grundkommandos beibrachte, hatte Pino gute Chancen, den Wesenstest, der im Herbst anstand, zu bestehen. Der Neufundländer-Mix war nicht unvermittelbar.

Schon wieder gingen Annas Gedanken mit ihr durch, denn plötzlich stellte sie sich vor, eines Tages ins letzte Gebäude zu kommen, und auch Pinos Zwinger wäre leer und sauber. Der Gedanke machte sie traurig. Ungleich trauriger sogar als bei Rex. Sicher, sie hätte dann ihre Aufgabe erfolgreich erfüllt, aber sie hatte Pino in den vergangenen Tagen unheimlich lieb gewonnen. Der Hund war in gewisser Weise der Gegenpol zu all der Verwirrung der letzten Tage zuhause.

In ihr formte sich ein Gedanke.

Die nächsten Tage konzentrierte sich Anna stark auf die Arbeit mit dem Neufundländer-Mischling. Einerseits, um nicht an das Debakel mit Eddis Fast-Aufenthalt denken zu müssen und andererseits, weil sie einen Entschluss gefasst hatte. Sie hatte auch schon mit Heinz darüber geredet. Die war zwar erst skeptisch gewesen, aber nachdem sie sich selbst ein Bild von Pinos Fortschritten machen konnte, hatte sie zugestimmt.

Heute, am Samstag, war es endlich so weit: Anna würde den Hund zu sich nach Hause holen.

Sie hatten Autofahren geübt. Außerdem waren sie oft spazieren gewesen, auch in Bereichen, wo sich mehr Menschen aufhielten. Pino hatte sich meistens tadellos benommen. Nur wenn jemand Anna zu nahe kam, ging er in Abwehrhaltung. Meist beruhigte er sich schnell wieder, weil Anna sich auch nicht aufregte. Er hatte akzeptiert, dass sie die Entscheidungen traf.

Nun war Anna mit der Leine in der Hand auf dem Weg zu Pino. Heinz begleitete sie ein Stück, sie hatten aber vereinbart, dass Anna die letzten Meter allein ging, um die Aufregung für den Hund möglichst gering zu halten.

»Ich kann gar nicht ausdrücken, wie glücklich ich bin, vor allem für unseren Pino. Sie sind genau die Richtige für ihn. Mit Ihrer Hilfe wird er den Wesenstest sicher bestehen. Sie verstehen wirklich etwas von Hunden. Ich werde Sie auf jeden Fall weiterempfehlen.«

Beim Betreten des letzten Gebäudes war ihr ganz feierlich zumute. Diesen Moment wollte sie genießen.

Pino begrüßte sie wie immer, für ihn war es ja nichts Besonderes mehr, dass sie mit einer Leine zu ihm kam. Woher sollte er auch wissen, dass sich sein Leben ändern würde?

Anna winkte Heinz über die Schulter zu, dann lief sie zu ihrem Auto.

Alles ging gut. Pino sprang ohne zu Zögern auf den Rücksitz, auf den Anna extra eine Decke gelegt hatte. Dann drehte sie sich noch einmal zum Tierheim um. Wer wusste schon, wann sie wieder herkommen würde? Sie war so oft hier gewesen, dass sie sich schon heimisch fühlte. Aber jetzt war sie ja zuhause auch nicht mehr allein. Auf dem Rücksitz ihres Wagens saß ihr neuer Mitbewohner und hechelte vor Aufregung. Vielleicht spürte er jetzt doch, dass heute etwas anders war als sonst.

Der Hund war sichtlich froh, wieder festen Boden unter den Füßen zu haben, und beschnupperte an ihrem Haus alles ausgiebig. Von der Leine lassen konnte sie ihn noch nicht. Zuerst musste sie überprüfen, ob das Grundstück umzäunt war. Bis gerade eben hatte sie an so etwas nicht gedacht.

Zuerst einmal hatte sie aber alle Hände voll zu tun, diesen Koloss von Hund von den interessanten Bäumen weg durch den Durchgang in ihren Hof zu bugsieren. Kaum waren sie dort, gab Pino auf einmal Gas und zog Anna hinter sich her in alle Ecken und Winkel, um jeden Zentimeter zu erkunden. Es dauerte eine Weile, bis sie im Haus waren und sie ihn von der Leine lassen konnte.

Plötzlich wirkte Pino unsicher und orientierte sich durch dauerndes Hochblicken stark an Anna. Er lief ihr in engem Abstand hinterher, als sie in die Küche ging, und blieb möglichst die ganze Zeit auf Körperkontakt. Sie musste über sein Verhalten schmunzeln. Draußen hielt er wie eine wilde Bestie alle auf Abstand und hier drinnen wirkte er wie ein verängstigtes Kleinkind, das darauf wartet, dass ein Monster aus einem der Schränke kam, um es zu erschrecken. Doch da konnte sie ihm nicht helfen. Er musste selbst die Erfahrung machen, dass ihm nichts passieren würde. Sie holte eine Schüssel aus dem Schrank, füllte sie mit Wasser und stellte sie vor den Hund. Er zögerte, trank dann aber doch ein paar Schlucke.

Anschließend lief Anna mit ihm einmal durch alle Räume, um ihm alles zu zeigen.

In den letzten Tagen war oben viel passiert. Die Elektrik war fertig installiert, alle überschüssigen Heizkörper entfernt. Die neuen Wände standen, und seitdem gestern die Maler fertig geworden waren, konnte man sich kaum vorstellen, wie es hier früher ausgesehen hatte. Die Räume wirkten größer und heller.

Zum Glück hatte Suzi ihr gestern die Nachricht geschickt, dass sie den Renovierungszuschuss von Universal nicht zurückgeben musste. Das Zimmer, das Eddi hätte bekommen sollen, wollte Anna als Gästezimmer nutzen. Für eine Grundausstattung an Möbeln hatte sie auch schon gesorgt. Es fehlten lediglich ein paar Accessoires, die dem Raum eine persönliche Note geben würden. Außerdem war die Wand zum Bad noch nackt. Anna hatte entschieden, dort Natursteinfliesen anzubringen. Das wollte sie selbst machen. Sie hatte jetzt schließlich alle Zeit der Welt.

Nachdem sie mit Pino das gesamte Obergeschoss erkundet hatte, setzte sie sich in ihrem Büro an den Laptop.

Ihr erster Suchbegriff bei Google lautete *Damn Silence*, wie immer. Gestern hatte das erste der eigentlich abgesagten Konzerte stattgefunden, und Anna wollte wissen, ob etwas Besonderes vorgefallen war. Sie fand einige Videomitschnitte. Eddi wirkte so, wie sie ihn von anderen Konzerten her kannte.

Sie fand einen Artikel, doch auch darin wurde von keinen besonderen Vorkommnissen berichtet. Es schien alles in Ordnung zu sein.

Ihr Blick fiel auf Pino. Der lag, zufrieden mit sich und seinem Leben, auf einem kleinen Läufer neben ihr und schnarchte leise vor sich hin. Anna lächelte bei seinem Anblick. Es war eine gute Entscheidung gewesen, den Hund zu sich zu nehmen. So war ihnen beiden gehol-

fen. Er hatte ein gutes Zuhause und sie war nicht mehr
so einsam.

Pino schlief nicht so tief, wie sie angenommen hatte,
denn sobald sie aufstand, öffnete er die Augen und
sprang ebenfalls auf. Nun gut, dann konnte sie jetzt mit
ihm rausgehen.

Die Leine lag auf der Treppe, wo sie sie vorhin fallengelassen hatte. Pino machte keine Probleme und
drängte sofort nach draußen, kaum dass sie die Tür geöffnet hatte.

Zusammen liefen sie bis zum Tor und von dort aus am
Zaun entlang. Anna prüfte ihn auf Löcher oder andere
Möglichkeiten für Pino, um zu entwischen. Sie wollte
kein Risiko eingehen. Der Hund hatte Probleme mit
fremden Menschen und wirkte nicht gerade harmlos.

Um das Tor musste sie sich unbedingt kümmern. Bisher stand es die ganze Zeit offen, sodass eventuelle Besucher gleich hineinfahren konnten. Der Schließmechanismus funktionierte nicht mehr. Da es keine Klingel gab, würde Anna nicht mitbekommen, wenn jemand vor ihrem Tor stand. Also musste eine her. Immerhin war der Zaun in einem brauchbaren Zustand.
Nur an einer Stelle war ein größeres Loch.

Bei ihrem Rundgang fand sie ein weiteres Tor im
Zaun, das in den Wald führte. Es war verschlossen,
doch sie erinnerte sich, im Nebengebäude einen kleinen Schlüsselschrank gesehen zu haben. Vielleicht war
der passende Schlüssel dort.

Als sie mit Pino vor dem Haus stand, wurde ihr ein
weiteres Problem bewusst. Um das Grundstück dicht
zu bekommen, musste sie in den Baumarkt fahren. In
dieser Zeit konnte sie Pino unmöglich hier allein lassen.
Ihn draußen zu lassen, ging nicht, weil der Zaun ja
nicht dicht war. Einsperren mochte sie den Hund aber
auch nicht. Wer wusste schon, was er dann anstellte.

Pino musste mit. Ein menschenscheuer Hund im Baumarkt – na, das konnte was geben.

Sie lud Pino ins Auto und machte sich auf ins Abenteuer.

Beim Anblick der vielen Menschen vor dem Baumarkt stieg Pinos Aufregung schlagartig an. Er begann zu hecheln. Anna stellte sich darauf ein, dass er völlig ausrasten würde, wenn sie ausstiegen. Dieser Menge an Menschen fühlte sich der Hund aber offenbar nicht gewachsen. Seine Erregung war zwar deutlich spürbar, aber er zeigte keinerlei Aggression und drückte sich dicht an Annas Beine, als sie es endlich geschafft hatte, ihn aus dem Wagen zu bugsieren. Sicherheitshalber hielt sie ihn an der kurzen Leine, falls er doch auf die Idee kommen sollte, plötzlich loszurennen.

Anna stolperte mehr als einmal über den dicht an sie gedrängten Hund, doch schließlich hatten sie sich arrangiert. Jetzt musste sie es nur noch schaffen, einen Einkaufswagen zu holen und durch den Markt zu manövrieren.

Sie war dermaßen mit Einkaufswagen und Hund beschäftigt, dass sie ein anderes Phänomen erst spät bemerkte: Die Leute machten einen riesigen Bogen um sie. Es war, als wüssten alle außer ihr von Sonderangeboten, die sich am anderen Ende des Ladens befanden. Die Leute flohen förmlich, wenn sie einen Gang betrat. Ihre Hoffnung, heute einen Mitarbeiter zu finden, der ihr bezüglich der Türklingel weiterhalf, löste sich damit allerdings in Luft auf. Dann musste sie es eben allein schaffen.

Der Gang durch die engen Kassen wurde zur Herausforderung, allerdings eher für die Kassiererinnen, die gezwungen waren, an ihren Plätzen zu verharren. Für Anna war es ein Spaziergang, denn die zwei Männer vor ihr waren so nett, sie vorzulassen. Es war ihnen wohl nicht geheuer, ein laut hechelndes und sabberndes Ungeheuer hinter sich zu wissen. Pino hielt sich tapfer, obwohl er sich sichtlich unwohl fühlte.

Als kurze Zeit später Hund und Einkäufe sicher im Auto verstaut waren, verspürte Anna ein wahres Triumphgefühl. Sie hatte es geschafft. Vielleicht sollte sie Pino öfter mitnehmen? Der Einkauf verlief mit ihm viel reibungsloser.

Zuhause sah Anna, dass in ihrer Abwesenheit sechs Anrufe eingegangen waren, alle von einer ihr unbekannten Nummer. Anna gab Pino Futter und rief den ungeduldigen Anrufer dann zurück. Hoffentlich waren es keine schlechten Nachrichten bezüglich der Fliesen für oben, die Anfang nächster Woche geliefert werden sollten.

Es war keine Firma am Apparat, sondern eine Frauenstimme meldete sich: »Schmidt.«

»Guten Tag, Frau Schmidt. Mein Name ist Anna Diemer. Sie haben heute mehrfach versucht, mich anzurufen?«

»O ja!«, bestätigte die Dame enthusiastisch. »Schön, dass Sie zurückrufen. Es geht um meinen Hund, den Pauli. Frau Heinz vom Tierheim hat mir Ihre Nummer gegeben und gesagt, dass Sie mir helfen können. Weil Sie eine erfolgreiche Tiertherapeutin sind.«

Aha, sie war also eine erfolgreiche Tiertherapeutin. Wenn ihr das noch lange eingeredet wurde, würde sie es am Ende glauben.

Ihre erste Kundin! Anna konnte es kaum fassen. Heinz hatte Wort gehalten und sie weiterempfohlen.

»Wie kann ich Ihnen helfen?«, fragte sie in geschäftsmäßigem Tonfall.

Die Dame seufzte. »Hach, ehrlich gesagt weiß ich das auch nicht. Es ist so: Der Pauli ist ziemlich wild. Eigentlich ist er ja ein ganz Lieber, aber wenn er draußen im

Garten ist oder wenn ich mit ihm unterwegs bin, bellt er alles an, was sich bewegt. Mich stört es nicht, aber die Nachbarn beschweren sich so langsam.«

»Aha. Pauli bellt also zu viel. Und das wollen Sie abstellen?«

»Wenn das geht?«, fragte die Dame hoffnungsvoll.

»Sicher«, bestätigte Anna. »Dazu muss ich herausfinden, was genau Paulis Problem ist, wann er bellt, bei welchen Reizen, und wie sein Umfeld ist. Ich würde ihn mir mal ansehen, wenn es Ihnen recht ist.«

»Gern!«, antwortete die Dame hocherfreut. »Wann können Sie denn kommen?«

»Haben Sie am Montag Zeit?« Morgen war Sonntag, da wollte sie den Zaun reparieren und außerdem mal wieder bei Karl vorbeischauen. Dort war sie schon lange nicht mehr gewesen und sie musste ihm noch seine Sense zurückbringen. Aber der Montag wäre ideal.

Anna lächelte glücklich. Ihre erste richtige Kundin.

Nach diesem anstrengenden Tag schlief Anna erschöpft ein. Pino hatte es sich auf dem kleinen Teppich vor ihrem Sofa bequem gemacht und rührte sich nicht, als sie ins Bett ging. Sie ließ die Tür zum Schlafzimmer auf, damit sie mitbekam, falls er unruhig wurde.

Vermutlich hätte Pino in der Nacht die komplette Inneneinrichtung dem Erdboden gleichmachen können, ohne dass Anna davon etwas mitbekommen hätte, denn sie schlief tief und traumlos.

Erst als sie morgens die Augen aufschlug, sah sie Pino, der neben ihrem Bett lag, sich nun erhob und sie mit schräggelegtem Kopf und klaren Augen aufmerksam musterte.

»Na, du Süßer, gut geschlafen?«,

Sie streichelte Pino zum ersten Mal sanft über den Kopf. Er schloss genießerisch die Augen, also machte sie weiter.

»Du weißt hoffentlich: Was man in der ersten Nacht im neuen Heim träumt, wird wahr!«

10. Kapitel

Nach einem ausgiebigen Frühstück nahm Anna Pino an die Leine und ging mit ihm hinaus in die Morgenluft. Sie wollte heute unbedingt den Zaun reparieren, damit der Hund endlich frei auf dem Grundstück laufen konnte.

Sie schleppte ihre Einkäufe von gestern in den Hof und breitete sie aus. Dann legte sie das, was sie sofort benötigte, auf die Seite und brachte den Rest ins Nebengebäude. In eine Hand nahm sie ihren Werkzeugkoffer, in die andere ein Stück Maschendrahtzaun. Pinos Leine hatte sie sich der Einfachheit halber um den Bauch gewickelt.

Zuerst musste sie das eingedrückte Stück Zaun entfernen. Sie band Pino an einen Baum, holte eine Zange aus dem Koffer und schnitt die dünnen Drähte durch. Sobald sie den Zaun auf der anderen Seite der eingedrückten Stelle abschneiden musste, wurde Pino unruhig. Er mochte es eindeutig nicht, angebunden zu sein. Also gab sich Anna geschlagen, löste die Leine und ließ sie auf dem Boden liegen. Pino wollte sowieso nur in ihrer Nähe bleiben. Sobald er merkte, dass er nicht mehr festgebunden war, beruhigte er sich und legte sich hin. Er ließ sie zwar die ganze Zeit nicht aus den Augen, wirkte aber wesentlich entspannter als vorhin.

Anna kam gut voran. Sie drehte gerade die letzten Drähte fest, als Pino knurrend aufsprang und mit einem Sprintstart durch den Wald in Richtung Haus jagte. Anna kam nicht einmal dazu, nach ihm zu rufen, so schnell war er weg. Schon hörte sie ihn bellen. Diesmal klang es aggressiv. Wer oder was auch immer ihn so aufregte, Anna hoffte, dass derjenige sich in Sicherheit bringen konnte.

Sie ließ alles fallen und rannte, so schnell sie konnte, hinter Pino her. Durch die Bäume erspähte sie ein fremdes Auto, das ihr vage bekannt vorkam. Dann erkannte sie den Fahrer. Da saß eindeutig Eddi Markgraf im Auto. Er starrte mit weit aufgerissenen Augen durch das Fenster an der Fahrerseite, vor dem Pino gefährlich bellend mit gebleckten Zähnen auf und absprang und dabei immer wieder mit den Pfoten am Wagen kratzte.

Oje, der Lack!

Anna atmete durch. Wenn sie jetzt panisch wurde, würde sich Pino nur noch mehr aufregen. Also bremste sie ab und ging betont langsam und gelassen auf das Auto zu.

Eddi hatte sie jetzt auch gesehen und beobachtete jede ihrer Bewegungen. Sie wusste, wie sie auf ihn wirken musste. Als ob sie die Szene genießen würde und auskosten wollte. Als sie direkt hinter dem tobenden Hund stand, befahl sie mit strenger Stimme: »Nein!« und »Aus!«. Zu ihrer Überraschung hielt Pino schlagartig inne und setzte sich hin. Ein riesiger Erfolg. Endlich bekam sie seine Leine zu fassen und zog ihn weg vom Auto.

Den Hund neben sich wartete sie, bis Eddi die Tür geöffnet hatte und vorsichtig ausstieg. Dann stand er in seiner vollen Größe vor ihr, genau wie vor ein paar Tagen. Er machte einen Schritt auf sie zu, um ihr die Hand zu geben. Pino knurrte. Eddi blieb stehen und hob die Hand zum Gruß.

Weiß er jetzt nicht, wie er sich entschuldigen soll wegen seines Auftritts vom letzten Mal? Sie wusste nicht, was sie von seinem plötzlichen Auftauchen halten sollte. Sie war erstaunt, verwirrt und sprachlos.

Ihm schien es nicht anders zu gehen.

Um es ihm einfacher zu machen, brach sie das Schweigen. »Hallo. Wir hatten das letzte Mal nicht die Gelegenheit, uns vorzustellen. Ich bin Anna Diemer.«

Doch er antwortete nicht. Stattdessen strich er sich eine vorwitzige Haarsträhne aus den Augen und kramte umständlich in seinen Taschen herum. Als er schließlich ein Handy hervorzog und wie wild darauf herumtippte, platzte Anna der Kragen. Er würde doch wohl jetzt nicht die Frechheit besitzen, hier irgendwelche Nachrichten zu schreiben und sie vollkommen zu ignorieren? Sie atmete tief durch, um nicht laut aufzuschreien. Das war der Gipfel der Unhöflichkeit, Eddi Markgraf hin oder her. Wer glaubte er eigentlich, wer er war?

Kurz bevor Anna ihrem Unmut Luft machen konnte, hielt er das Handy vor ihr Gesicht. Er hatte ein Notizprogramm geöffnet und etwas hingeschrieben. Sie sah ihn böse an, nahm aber das Handy und las.

Ich kann momentan nicht sprechen. Meine Stimme ist weg. Sorry.

Und mit einem kleinen Abstand:

Hallo. Ich bin Eddi Markgraf.

Anna starrte ihn an. Sie wusste, dass sie starrte, aber sie konnte nicht anders. Er grinste schief.

»Hallo, ich bin Anna Diemer«, wiederholte sie nur wenig hilfreich ihre Worte von vorhin. Sie war total durcheinander.

Das erklärte zumindest sein unhöfliches Schweigen. Aber was machte er hier? Ihr schwirrten eine Menge Fragen im Kopf herum. Leider würde er ihr die nicht so leicht beantworten können, wenn er nicht sprechen konnte.

Sie musterte ihn eingehender. Er sah nicht gut aus. Nicht im eigentlichen Sinne, aber er wirkte schmal und hatte eine ungesunde Hautfarbe.

Sie gab ihm sein Handy zurück und überlegte. Er konnte zwar nicht sprechen, aber Nicken und Kopfschütteln war sicher drin. Sie musste nur die Fragen entsprechend stellen. »Okay. Du hast deine Stimme verloren und darfst jetzt nichts mehr sagen, um nichts zu riskieren, richtig?«, fasste sie sein Problem zusammen. Sie beschloss einfach, ihn zu duzen. Alles andere wäre ihr unnatürlich vorgekommen, schließlich hatte sie das Gefühl, ihn schon ewig zu kennen.

Er nickte und sah sie abwartend an.

»Haben dich diese Leute von Universal hergeschickt?« Aus irgendeinem Grund war ihr genau diese Frage wichtig.

Diesmal schüttelte er den Kopf und zeigte auf sich.

»Du?«, fragte sie nach. »Du hast selbst entschieden, zu kommen?«

Er nickte und lächelte zum ersten Mal. Annas Magen schlug sofort Purzelbäume. Dieses Lächeln hatte sie schon unzählige Male auf Fotos, im Fernsehen und im Internet gesehen. Und jetzt lächelte er nur für sie.

Anna, konzentrier dich.

»Wissen sie ... wissen sie, dass du hier bist?«

Eddis Lächeln erlosch, doch er nickte leicht.

Fürs Erste hatte Anna genug gefragt. »Okay. Dann komm mal mit!«

Sie bemerkte seinen zögernden Blick in Richtung Pino und verdrehte die Augen. »Ich werde ihm sagen, dass er dich nicht fressen darf«, sagte sie in ironischem Tonfall und fügte in Gedanken hinzu: *Aber nur, wenn du dich benimmst ...*

Anna ging mit Pino voran, Eddi folgte ihr. Es fühlte sich merkwürdig an, nicht miteinander zu sprechen.

Sie verspürte das dringende Bedürfnis, irgendetwas zu sagen, und war froh, als sie bei dem für Eddi bestimmten Zimmer angekommen waren.

»Voilà! Hier ist es. Das Bad ist da drüben, gleich hinter dieser Tür.«

Eddi ging mit viel Sicherheitsabstand zu Pino an ihr vorbei und blickte sich um.

Auf dem Bett lag kein Bettzeug, und auch sonst sah alles ziemlich kahl und ungemütlich aus. Kein Wunder, es hatte ihr ja niemand angekündigt, dass der werte Herr Markgraf nun doch kommen würde. Jetzt musste er es nehmen, wie es war. Das Bettzeug würde sie ihm nachher hochbringen.

Bevor Eddi durch die Tür ins angrenzende Bad ging, musterte er die ungeflieste Wand und dann Anna. Es sah zum Anbeißen aus, wie er da stand, mit hochgezogenen Augenbrauen und aufforderndem Blick. Sollte sie sich dummstellen? Nur, um ihn ein bisschen zu ärgern?

Nein, dazu kannten sie sich noch viel zu wenig. Sie erklärte, dass sie die Wand nicht fertig hatte, weil die Fliesen erst noch geliefert werden mussten. Er nickte und ging weiter ins Bad. Anna folgte in einigem Abstand. Pino hatte sich im Flur auf den Boden gelegt. Ihm schien die Fußbodenheizung zu behagen.

Anna war froh, dass das Bad bis auf besagte Wand fertig war. Es sah einfach traumhaft aus. Die dunklen Bodenfliesen bildeten einen herrlichen Kontrast zu der weißen Wand, der Eckbadewanne und den Möbeln, die ebenfalls in Weiß gehalten waren. Eine Truhe aus hellgrauem Holz und ein Regal aus demselben Material verliehen dem Ganzen einen gewissen Charme. Eigentlich fand Anna es schade, das Bad nicht selbst nutzen zu können. Jetzt durfte Eddi Markgraf es einweihen. Na ja, vielleicht konnte sie das später irgendwie vermarkten: Sehen Sie sich dieses Bad an, Eddi Markgraf hat es als Erster benutzt!

Eddi blickte sich um, dann nickte er anerkennend. Er öffnete die zweite Tür des Badezimmers, die auf den Flur hinausführte, erschrak kurz beim Anblick von Pino, ging dann aber zielgerichtet zur Treppe.

Wo wollte er hin?

»Hey!«, versuchte Anna, ihn auf sich aufmerksam zu machen. Das funktionierte, nicht nur bei ihm. Auch Pino stand sofort neben ihr und sah zu ihr hoch. Eddi war immerhin stehengeblieben und musterte sie fragend. »Wohin gehst du?«

Er versuchte es mit Gesten, doch sie hatte keine Ahnung, was er meinte. Ergeben zückte er sein Handy und schrieb es ihr auf.

Als er fertig war, kam er auf sie zu und hielt ihr das Handy vor die Nase.

Ich will zum Auto und meine Sachen holen. Falls das okay ist.

Der Mann war ja geradezu kommunikativ, zumindest schriftlich. Zwei Sätze! Das war mehr, als er zu ihr gesagt hatte, als er noch sprechen konnte.

Sie nickte nur. Sie hatte einen gewaltigen Wortvorsprung, da musste er erst mal aufholen. Fragte sich nur wann und wie, immerhin durfte er nicht sprechen. Wie lange er den Mund halten musste, wusste Anna natürlich nicht. Wie sollte das jetzt ablaufen? Alles so, wie es ursprünglich geplant war? In der Zwischenzeit war so viel passiert. Sie musste unbedingt mehr erfahren.

Jetzt würde sie ihm erst einmal Bettzeug holen. Wenn er sich hier eingerichtet hatte, wollte sie ihn nicht gleich wieder stören müssen. Während sie unten die Bettdecke und das Kissen bezog, hörte sie ihn die Treppe hochpoltern. Es war ein seltsames Gefühl. Das war Eddi Markgraf, wenn auch ohne Stimme, der da momentan direkt über ihr herumlief. Sie versuchte, sich ihn in dem orangeroten Bettzeug vorzustellen. Ohne Erfolg.

Vielleicht würde er sich in den nächsten Minuten in Luft auflösen. Oder er überlegte es sich anders und verschwand wieder. Sie verstand sowieso nicht, warum er jetzt doch hergekommen war.

Hörte sie ihn da gerade die Treppe hinunterpoltern? Ja, eindeutig, er ging nach draußen. Sie horchte darauf, ob er sein Auto startete, doch schon sah sie ihn wieder in entgegengesetzter Richtung laufen, voll bepackt.

Sie legte die fertig bezogene Bettdecke zusammen und Kissen sowie Bettlaken oben drauf. Dann nahm sie alles und versuchte, damit unbeschadet nach oben zu gelangen, obwohl sie nicht viel sah.

Pino folgte ihr die ganze Zeit. Für ihn war es sicher auch gewöhnungsbedürftig, dass sich jetzt noch jemand im Haus befand. Andererseits konnte der Hund nicht wissen, dass Eddi nicht schon ewig hier wohnte. Schließlich war er selbst erst einen Tag hier. Oder rochen Hunde so etwas? Hier roch es nirgendwo nach Eddi.

Anna musste über ihre Gedanken schmunzeln, während sie sich vorsichtig die Treppe hochtastete und durch den Flur in sein Zimmer tappte. Wegen des Bettzeugs sah sie kaum etwas, sodass sie in Eddi hineinlief. Es tat zwar nicht weh, sie war ja weich gepolstert, aber trotzdem hatte sie genug Schwung. Jedenfalls lag er plötzlich quer über seinem Koffer und Anna wäre beinahe hinterhergefallen. Sie schaffte es gerade noch, das Gleichgewicht zu halten.

»Sorry«, stieß sie erschrocken hervor. Peinlich berührt beobachtete sie, wie er versuchte, aufzustehen. Doch auch aus einem anderen Grund klopfte ihr Herz plötzlich doppelt so schnell. Sie hatte ihn berührt, hatte für eine Sekunde seine Wärme an ihren Armen gespürt.

Auf einmal wollte sie nur noch weg. Sie beeilte sich, das Laken auf die Matratze zu ziehen und das Bettzeug einigermaßen ordentlich darauf zu drapieren. Dann verschwand sie eilig nach unten. Noch immer war Pino ihr dicht auf den Fersen. Sie streichelte über seinen dicken Kopf. »Das war komisch, nicht wahr, mein Kleiner?«

Pino antwortete nicht. Noch so ein schweigsamer Kerl.

Es war Mittag. Eigentlich wollte sie nur schnell ein Müsli essen, doch da sie jetzt einen Gast hatte, verwarf sie den Gedanken. Sie musste wohl etwas Ordentliches kochen.

Ein Blick in ihre Schränke brachte keine große Erleuchtung. Im Kühlschrank fiel ihr Blick auf einen Becher saure Sahne. Das brachte sie auf eine Idee. Im Gefrierschrank musste sie Lachsfilet haben. Sie durchsuchte alle Fächer und fand es schließlich. Nudeln hatte sie immer vorrätig. Also wurden es Spaghetti mit Lachssoße.

Sie öffnete sich eine Flasche Weißwein. Es war nicht ihre Art, so früh am Tag Alkohol zu trinken, aber sie brauchte den Wein für die Soße, und nach all der Aufregung hatte sie sich einen beruhigenden Schluck verdient.

Mit ihrem Glas setzte sie sich an den Tisch und lauschte. Es war nichts zu hören. Kein Gepolter mehr. Schlief er?

Das Telefon klingelte laut in der Stille und ließ Anna zusammenzucken. Suzi rief von ihrer Arbeitsnummer aus an.

»Hallo Suzi, schön dass du dich meldest. Stell dir ...«

Weiter kam sie nicht. »Anna, Süße, es tut mir echt leid wegen dem ganzen Hin und Her, aber ...« Sie klang angespannt und außer Atem.

Pause. Anna wartete ab. Sie hatte eine dumpfe Ahnung, was ihre Freundin ihr erzählen wollte.

Suzi seufzte. »Eddi hat sich anders entschieden. Er will nun doch die Auszeit nehmen«, fuhr sie schließlich fort. »Und er ist wahrscheinlich schon auf dem Weg zu dir!« Anna musste grinsen. »Anna? Was ist los, Schätzchen? Du sagst gar nichts? Ich weiß, du fühlst dich bestimmt überrumpelt ...«

»Er ist schon hier«, unterbrach Anna die Überlegungen ihrer Freundin.

»... aber das kam alles ganz spontan ... Was?« Das letzte Wort schrie Suzi, sodass Anna den Hörer vom Ohr weghielt.

»Eddi ist bei mir. Er ist vorhin angekommen.« Anna versuchte, normal und unbeteiligt zu klingen. Als wäre es nichts Besonderes, dass jemand wie Eddi Markgraf plötzlich auf ihrem Hof aufkreuzte.

»Echt? Er ist bei dir zuhause?« Suzi konnte es offenbar nicht glauben.

»Ja, er ist oben in seinem Zimmer und ... keine Ahnung, was er da macht.« Jetzt konnte Anna nicht länger tun, als würde sie das alles völlig normal finden. »Wusstest du, dass er keinen Ton sagt? Er darf nicht mehr sprechen!« Sie klang jetzt viel aufgedrehter als vorhin.

Suzi prustete los. »Ach wirklich? Das ist also der Grund für seinen plötzlichen Stimmungswandel. Die machen hier alle so ein Geheimnis draus. Und er sagt echt keinen Ton? Muss schwer für ihn sein.«

Anna nickte. Wenn Eddi wirklich so gern redete, wie alle behaupteten, hatte Suzi recht. Ihr kam ein Gedanke. Ihre Freundin saß doch praktisch an der Quelle und konnte herausfinden, was passiert war und wie man sich Eddis Aufenthalt bei ihr vorstellte. Schnell bat sie Suzi, nachzuforschen. Die wollte das natürlich gerne tun. Jetzt hatte sie endlich einen offiziellen Grund für ihre Neugier. Die beiden Mädels verabschiedeten sich und Suzi versprach, sich sofort zu melden, sobald sie etwas wusste.

Anna summte leise vor sich hin, während sie die Soße zubereitete. Sie bemerkte, dass es ein Lied von *Damn Silence* war und verstummte abrupt. Panisch blickte sie sich um, aber von Eddi war nichts zu sehen. Sie hatte keine Ahnung, ob er wusste, dass sie ein Fan war. Wenn nicht, war es sicher besser, das nicht an die große Glocke zu hängen. Er war ja eigentlich hier, um Ruhe zu haben, auch vor seinen Fans.

Bis das Essen fertig war, hörte sie nichts von oben. Was sollte sie tun? Einfach hochgehen, um Eddi zum Essen zu rufen?

Aber was, wenn er eingeschlafen war?

Ratlos hielt sie die zwei Teller in der Hand, die sie aus dem Schrank genommen hatte. Dann zuckte sie mit den Schultern und stellte sie auf den Tisch. Sie würde hochgehen und an seine Tür klopfen. Wenn er nicht öffnete, musste er eben später essen.

Auf einmal spürte Anna eine unerwartete Wut in sich aufsteigen. Warum sollte sie Rücksicht auf ihn nehmen? Bisher hatte er nichts getan, womit er sich so etwas verdient hätte. Und auf ein Essen mit ihm, bei dem sie allein mühsam das Gespräch bestritt, hatte sie sowieso keine Lust.

Sie sah nach Pino, doch der schlief fest auf dem kleinen Läufer im Büro. Leise schloss sie die Bürotür. Etwas lauter als nötig ging sie die Treppe hoch zu Eddis Zimmer. Nach kurzem Zögern klopfte sie an. Sie hörte Schritte, dann öffnete er.

»Essen ist fertig«, sagte sie knapp und drehte sich um. Sie ging nach unten, ohne sich zu vergewissern, ob er hinterherkam. Einen kurzen Blick auf ihn hatte sie aber nicht vermeiden können. Er hatte total zerknittert ausgesehen. Ein Bartschatten, den sie vorhin nicht bemerkt hatte, zierte seine Wangen, und seine blonden Haare standen wirr in alle Richtungen ab. Augenringe verstärkten den Eindruck, dass er geschlafen hatte. Er trug ein graues T-Shirt mit irgendeinem Spruch darauf, den sie auf die Schnelle nicht hatte lesen können. Vor allem, weil ihr Blick davon abgelenkt gewesen war, dass er sonst nur mit Boxershorts bekleidet war.

Es dauerte eine kleine Weile, bis er ebenfalls in der Küche stand.

Sie musste einfach hinsehen. Ja, er hatte jetzt eine Jeans an, allerdings fehlten sowohl Socken als auch Schuhe. Hoffentlich bekam er keine kalten Füße. Hier unten gab es noch keine Fußbodenheizung. Und die Notwendigkeit, sich zu kämmen, hatte er offenbar auch nicht gesehen. Er fühlt sich schon ganz wie zuhause, dachte sie nicht ohne Sarkasmus.

»Ich hoffe, du magst Lachsspaghetti!« Anna schaufelte sie auf beide Teller, goss die Soße darüber und stellte einen vor Eddi ab. »Was möchtest du trinken?«

Er sah sie nur fragend an.

Eine blöde Formulierung. Zweiter Versuch: »Möchtest du Wasser? Oder ein Glas Wein?« Jetzt hatte sie eine Entweder-Oder-Frage gestellt. Das war wieder ungeschickt gewesen. »Sorry. Möchtest du Wasser?« Er grinste sie an und nickte.

Es ging Anna durch und durch. Sie fühlte sich entschädigt für all die Unannehmlichkeiten und hätte das Wasser beinahe verschüttet, so fahrig war sie auf einmal. Es war seltsam, jemandem gegenüber zu sitzen, den man sonst nur aus dem Fernsehen oder von Konzerten kannte. Vor allem, weil er gerade so normal aussah. Ja klar, er war groß und kräftig und eindeutig Eddi. Aber er wirkte kein bisschen übermenschlich. Da saß kein Superstar, sondern ein Mann, etwas älter als sie, der müde und erschöpft wirkte und in seinen Spaghetti herumstocherte. Vielleicht schmeckte es ihm nicht.

Das war das Merkwürdigste an der Situation: Da saß der Mann, dessen Stimme sie so sehr liebte, und konnte keinen Ton von sich geben.

11. Kapitel

Anna war erleichtert, als das Telefon klingelte. Endlich hatte sie einen Grund, vom Tisch aufzustehen und diesem unangenehmen Schweigen zu entgehen. Noch zehn weitere Minuten, und sie wäre durchgedreht.

»Anna Diemer«, meldete sie sich fröhlich.

Am Apparat war eine Frau, die ebenfalls eine Empfehlung über Heinz bekommen hatte. Sie schilderte ihr Problem mit zwei unbändigen Jack-Russell-Terriern, die sie nicht von der Leine lassen konnte, weil sie sonst alles jagten, was sich bewegte. Die Aussage an sich fand Anna nicht unbedingt verwunderlich. Terrier waren Jagdhunde, da war ein gewisser Jagdtrieb nicht unüblich. Leider dachten viele Leute, dass es sich um Schoßhunde handelte, nur weil sie klein waren. Sie wurden dann in der Regel verhätschelt und kamen nie in den Genuss irgendeiner Art von Erziehung. Doch all das sagte sie der Dame natürlich nicht. Sie hörte geduldig zu und erklärte sich bereit, am nächsten Dienstag vorbeizukommen, um sich die Hunde und ihr Verhalten anzusehen.

Freudestrahlend trug sie ihren zweiten Termin auf den kleinen Zettel im Büro ein. Sie musste einen Planer kaufen, wenn das so weiterging. Heinz leistete ganze Arbeit.

In der Küche erwartete sie eine kleine Überraschung. Eddi war weg, hatte aber den Tisch ordentlich abgeräumt und sogar die Teller gespült. Im Müll fand sie den Rest seiner Spaghetti. Sie würde ihn bitten, aufzuschreiben, was er gern mochte. Sein Wasserglas und die Flasche fand sie nicht, die hatte er bestimmt mit hochgenommen.

Nach einer kleinen, wohlverdienten Mittagspause schnappte sie sich den mittlerweile ausgeschlafenen Hund und ging nach draußen, um den Zaun fertig zu reparieren. Pino hatte sie an der langen Leine, er sprang glücklich durch den Wald und jagte spielerisch Insekten. Er musste dringend gründlich gekämmt werden, und außerdem war er viel zu dünn. Dennoch wirkte er vollkommen verändert im Vergleich zu der Bestie, die sie bei ihrem ersten Besuch im Tierheim kennengelernt hatte. Sie musste sich daran erinnern, weiterzumachen und nicht ihrem Hund hinterherzustarren.

Eine halbe Stunde später war der Zaun fertig. Anna schob nun auch das Tor zu, sodass Pino sich nicht durchzwängen konnte. Jetzt brauchte sie noch ein Schloss oder eine andere Art der Verriegelung und natürlich noch die Klingel. Sie hatte im Baumarkt ein funkgesteuertes Modell erstanden, das ihr das lästige Kabellegen ersparen würde.

Zurück im Haus wühlte sie die Klingel zwischen ihren Baumarkteinkäufen heraus und suchte sich eine längere, stabile Kette. Da sowohl der Zaun als auch das Tor nun dicht waren, konnte Pino sich ohne Leine auf dem Grundstück bewegen, was er aus vollem Herzen genoss. Er blieb in Sichtweite, tollte aber wild um die Bäume herum. Anna musste lachen, als er an einem Ast hängen blieb, stolperte und dabei fast auf die sprichwörtliche Schnauze gefallen wäre. Erst im letzten Moment fing er sich.

Als sie das nächste Mal auf die Uhr sah, war es schon nach sieben. Die Klingel funktionierte und das Tor war abgeschlossen. Jetzt sollte so etwas wie mit Eddi heute Vormittag nicht mehr passieren. Blieb nur noch die Frage, was es zum Abendessen geben sollte. Auf Kochen hatte sie keine Lust mehr.

Sie klopfte an Eddis Zimmertür. Er öffnete, diesmal leider vollständig bekleidet. Anna drückte ihm die Speisekarte des Italieners in die Hand, bei dem sie mit Thomas essen gewesen war. Er studierte sie eine Weile und zeigte dann auf die Pizza mit Salami.

»Ich hole dich, wenn sie da ist«, sagte Anna und ging wieder nach unten.

Eine Dreiviertelstunde später klingelte der Lieferant. Anna sprang auf und rannte durch den Wald zum Tor. Das war keine Ideallösung. Sie stellte sich vor, sie hätte das Geld vergessen. Da hätte sie glatt nochmal zurücklaufen müssen. Und es waren jedes Mal fast zweihundert Meter Strecke!

Zehn Minuten später sagte sie Eddi Bescheid, dass das Essen unten auf ihn wartete. Diesmal durfte Pino in der Küche bleiben. Nach seinem Auslauf und dem kurzen Spaziergang war er ausgetobt und müde, und Anna hoffte, dass er friedlich sein würde. Er knurrte Eddi zwar kurz an, als der in die Küche kam, blieb aber liegen. Eddi sah skeptisch in Richtung des Hundes und setzte sich so weit wie möglich von Pino entfernt hin.

Bis auf gelegentliche Fragen von Anna, ob es ihm schmeckte, ob er Wasser haben wollte und ob er oben alles hätte, was er brauchte, verlief das Essen in Schweigen. Pino hatte sich beruhigt, und so war das Einzige, was man von Zeit zu Zeit hörte, leise Schnarchgeräusche.

Nach dem Essen verschwand Eddi nach oben. Anna räumte das Geschirr in die Spülmaschine und setzte sich an ihren Laptop. Mittlerweile waren auch per E-Mail Anfragen von potenziellen Kunden eingegangen, die sie in aller Ruhe durchlesen und beantworten wollte.

Es war erstaunlich, wie viel die Werbung einer einzelnen Person ausmachen konnte. Anna war klar, dass sie das nur Heinz zu verdanken hatte. Erst kurz vor elf schaltete sie den Laptop aus und ging ins Bett. Von oben hatte sie seit Stunden nichts gehört. Eddi war schon einen ganzen Tag hier und ließ sich nur zum Essen blicken. Er konnte doch nicht die ganze Zeit schlafen. Ob er neue Songs schrieb? Über sein Exil im Niemandsland? Der Gedanke zauberte ein Lächeln auf Anna Gesicht.

Sie hatte im Internet nachgeforscht, ob etwas über Eddis Verschwinden berichtet wurde. Bisher gab es keine Meldungen. Der nächste geplante Konzerttermin war in anderthalb Wochen. Man konnte die Tickets noch ganz normal kaufen, von einer eventuellen Absage stand nichts da. Eddi würde doch nicht ernsthaft vorhaben, den Auftritt wie geplant durchzuziehen?

Es war nicht ihre Entscheidung. Es kam nicht mal auf ihre Meinung zu dem Thema an. Einzig Eddi, seine Band und vielleicht noch die Plattenfirma konnten entscheiden, was das Beste war.

Mitten in der Nacht wachte Anna davon auf, dass Pino an der geschlossenen Schlafzimmertür stand und knurrte.

»Was ist los?«, murmelte sie und versuchte, die Zeitanzeige auf ihrem kleinen Radiowecker zu erkennen. Es war kurz nach Mitternacht, sie konnte noch nicht lange geschlafen haben.

Weil Pino nicht aufhörte, schwang sie sich aus dem Bett, packte ihn am Halsband und ging mit ihm durch das Wohnzimmer und das Büro. Vor der Tür zur Küche, die zur Sicherheit ebenfalls geschlossen war, knurrte Pino wieder, diesmal deutlich aggressiver. Er stellte sogar sein Nackenfell auf. Anne hörte eine Schranktür klappern. Bestimmt war es Eddi. Vielleicht hatte er Hunger oder suchte etwas zu trinken. Sie hatte vergessen, ihm zu zeigen, wo sie die Getränke aufbewahrte.

Besser, sie holte das jetzt nach, ehe er die ganze Küche durchsuchte.

Sie hockte sich zu dem aufgebrachten Hund. Kein Zweifel, seine Warnung galt dem Geräusch in der Küche, er bedrohte nicht sie.

»Hör mal, mein Süßer. Das ist Eddi. Er ist unser Gast, also so was wie ein Rudelmitglied. Du kannst ihn nicht vertreiben! Er wohnt jetzt hier. Es wäre also besser, du arrangierst dich mit ihm, okay? Ich verspreche dir, er wird dir nichts tun, wenn du ihm auch nichts tust.«

Sie beschloss, es zu wagen. Sie packte Pinos Halsband fester und öffnete die Tür zur Küche.

Wie erwartet durchsuchte Eddi ihre Schränke. Ihre Aufmerksamkeit wurde allerdings auf seine nackten Beine gelenkt. Er trug lediglich ein Shirt und Boxershorts und sah unsicher in ihre Richtung.

»Hi! Hast du Hunger?«, fragte Anna.

Er schüttelte den Kopf.

»Durst?«

Er nickte. Okay, jetzt musste sie nur noch herausfinden, was er wollte.

»Wasser? Cola? Kaffee? Tee?«

Er schüttelte viermal den Kopf. Anna war ratlos und Eddi sah aus, als suche er verzweifelt nach einer Möglichkeit, sich ihr mitzuteilen.

Sie vergewisserte sich, dass Pino brav stehenblieb und ging ins Büro, um kurz darauf mit einem Block und einem Kuli zurückzukehren. Beides drückte sie Eddi in die Hand.

Hast du irgendwas mit Alkohol?

schrieb er mit krakeligen Buchstaben.

Anna war überrascht, sie hatte sich die Schrift eines Künstlers irgendwie ... künstlerischer vorgestellt.

»Ich habe nur Wein. Möchtest du ein Glas?«

Er lächelte und nickte dankbar.

Sie stellte zwei Gläser auf den Tisch und holte die Flasche Weißwein von heute Mittag. Sie war sowieso wach. Vielleicht half ihr der Wein, wieder müde zu werden.

Sie setzten sich einander gegenüber an den Tisch und prosteten sich wortlos zu. Eddi trank einen Schluck und schnappte sich dann wieder den Block.

Danke

kritzelte er darauf.

»Wofür?«, fragte Anna perplex.

Er grinste leicht und zeigte auf Pino, der ihn zwar argwöhnisch musterte, sich aber nicht vom Fleck bewegte. Eddi schrieb noch etwas und zeigte es ihr.

Du hast ihm befohlen, mich nicht zu fressen. Das war nett von dir.

Jetzt lächelte Anna auch. Er hatte gehört, was sie hinter der Tür zu Pino gesagt hatte. Sie verspürte das Bedürfnis, Pino zu verteidigen. »Er hat keine guten Erfahrungen mit Menschen gemacht. Deshalb ist er so misstrauisch.«

Etwas später schrieb Eddi ein neues Wort auf den Block:

Entschuldige.

Anna sah ihn fragend an, doch er schrieb schon weiter. Die halbe Seite war gefüllt, als er ihr den Block reichte.

Dafür, dass ich hier bin und dir Umstände bereite. Und für mein Verhalten bei meinem letzten Besuch. Ich war so wütend auf die Leute von Universal. Die denken, sie können über mein Leben entscheiden. Sie haben einfach unsere Konzerte abgesagt, ohne sich mit uns oder unserem Manager vorher abzustimmen. Ich war sauer auf alle. Es tut mir leid, dass ich so unhöflich war.

Das erklärte einiges. Ganz versöhnt war Anna trotzdem noch nicht. Aber sie fand es nett, dass er sich wenigstens entschuldigte, und nickte. Wenn er schon so kommunikativ war, musste sie jetzt einfach wissen, was passiert war und warum er seine Meinung geändert hatte. »Okay. Das verstehe ich. Und soweit ich das mitbekommen habe, hast du alles rückgängig gemacht, und die zwei Konzerte vorgestern und gestern haben wie geplant stattgefunden. Und was ist dann passiert? Wie hast du deine Stimme verloren? Und warum bist du jetzt doch hier?« Sie schob ihm den Block zu.

Er dachte kurz nach. Dann schrieb er erneut. Die Minuten vergingen. Eddi war bis zur Mitte des zweiten Blattes gekommen, als er es ihr zu lesen gab.

Während des ersten Konzerts am Freitag habe ich bemerkt, dass ich ein Problem mit meiner Stimme habe. Aber mit ein paar Wick-Bonbons und einem halben Liter Whisky habe ich das wieder hinbekommen.

Anna musste spontan auflachen. *Wick und Whisky,* das konnte glatt als Werbespruch durchgehen. *Stimme weg? Wick und Whisky hilft!* Sie las weiter.

Am Samstagmorgen war meine Stimme komplett weg. Wir mussten entscheiden, was wir tun. Wir hatten nur noch dieses letzte Konzert, danach war ohnehin eine längere Pause geplant. Also haben wir entschieden, dass ich es durchziehe. Ich habe für Notfälle hochdosiertes Kortison, das hilft den Muskeln im Hals, wieder

zu arbeiten. Normalerweise wirkt es für mindestens sechs Stunden. Aber dieses Mal brach meine Stimme schon nach zwei Stunden immer wieder weg. Beim letzten Song auf der Setliste war sie dann komplett hin. Ich glaube aber nicht, dass das jemand bemerkt hat. Unsere Fans haben die letzten Zeilen des Songs alleine gesungen. Das machen wir öfter so.
Gleich nach dem Konzert bin ich zu einem Arzt gegangen, und der hat mir gesagt, dass das Risiko besteht, dass meine Stimmbänder komplett ruiniert werden, wenn ich mich nicht vollständig erhole und mindestens für zwei volle Tage nicht spreche. Und das probiere ich gerade. Ich hoffe, dass meine Stimme morgen Abend wieder da ist.

Anna las den Zettel zweimal. Sie war müde und hatte Mühe, die Buchstaben zu entziffern.

Eddi gähnte hinter vorgehaltener Hand. Es war wohl besser, wenn sie jetzt ins Bett gingen.

Anna trank den letzten Schluck Wein. Sie war überrascht, als Eddi noch mal nach dem Block griff. Er schrieb nur ein Wort quer über die Seite: *Schau!* Dann zeigte er auf seinen Schoß.

Anna überlegte kurz, ob das eine Art verquere Anmache sein sollte, doch dann sah sie genauer hin. Sie musste spontan grinsen. Pino war unbemerkt näher an Eddi herangekommen und stand jetzt neben ihm, den Kopf auf seinen Schoß gelegt, und ließ sich hinter den Ohren kraulen.

»Ich glaube, er mag dich«, kommentierte Anna die Situation. Eddi nickte glücklich und lächelte sie dankbar an.

Sobald Anna aufstand, war Pino neben ihr. Sie verabschiedete sich von ihrem Gast und ging mit einem Umweg über das Bad zurück in ihr Bett. Innerhalb weniger Minuten war sie eingeschlafen.

12. Kapitel

Der Wecker hatte am Morgen einige Mühe, Anna wach zu bekommen.

Erst als sie angezogen und geföhnt war, fühlte sie sich richtig fit. Jetzt war es Zeit für das Frühstück. Normalerweise trank sie morgens lieber Tee, aber heute musste es unbedingt ein Kaffee sein. Sie schob Brötchen in den Ofen und stellte Geschirr, Butter, Marmelade, Wurst und Käse auf den Tisch. Dann ging sie nach oben. Sie klopfte, doch von drinnen war kein Laut zu hören. Ihr fiel ein, dass sie irgendwo gelesen hatte, Eddi würde normalerweise bis zum Mittag schlafen.

Na gut, es zwang ihn niemand, aufzustehen und zu frühstücken. Also ging sie wieder nach unten und setzte sich allein an den gedeckten Tisch.

Heute hatte sie ihren ersten Termin als Verhaltenstherapeutin. Sie war schon gespannt auf Pauli. Leider hatte sie vergessen zu fragen, um welche Rasse es sich handelte. Pino konnte sie zu dem Termin nicht mitnehmen. Hoffentlich blieb er lieb. Gestern Nacht hatte er sich zwar mit Eddi angefreundet, aber hieß das auch, dass sie die beiden allein lassen konnte? Nicht, dass er alles in Schutt und Asche legte. Der Hund natürlich, nicht Eddi!

Anna ließ den Rest des Frühstücks stehen. Dann konnte Eddi sich selbst bedienen, wenn er wach wurde. Sie wollte vor ihrem Termin noch zu Karl fahren.

Sie packte die Sense und den Hund ins Auto. Pino würde den alten Mann sicher öfter sehen, da war es gut, ihn so früh wie möglich an Karl zu gewöhnen.

Mit dem Hund an der kurzen Leine in der einen und der Sense in der anderen Hand ging Anna die Auffahrt zu Karls Garten hoch. Im Spiegelbild eines Fensters wirkte sie, als wäre sie Gevatter Tod persönlich. Der Höllenhund mit dem Maulkorb neben ihr wirkte sogar noch realer als sie selbst mit ihrem Grinsen im Gesicht. Pino nahm seine Rolle sehr ernst und knurrte leise. Er hatte Karl wohl schon gewittert.

Der alte Mann kniete in der Nähe des Eingangs und pflanzte Blumen in einen kleinen Tontopf. Wenn er vor Pino erschrak, zeigte er das zumindest nicht, denn er stand ruhig auf, als er Anna sah, und gab ihr die Hand. Sie hatte Mühe, den Hund und die Sense mit einer Hand zu halten.

Pino zeigte sich sehr interessiert an Karl. Leider konnte Anna noch nicht einschätzen, ob das Interesse eher in Richtung *Wer bist du und wie heißt du?* oder *Ich will dich fressen!* ging. Da hielt sie Pino lieber auf Abstand.

Karl nahm ihr die Sense ab und fragte, wie es ihr ging. Dann hockte er sich hin und hielt seine Hand vor Pinos Nase. Der schnupperte, dann entspannte er sich. Das fremde Grundstück fand er nun viel interessanter als den Mann. Jetzt konnte Anna die Leine lockerer lassen.

Karl bat sie auf einen Kaffee hinein. Sie verzog verstohlen das Gesicht bei dem Gedanken an noch mehr Kaffee, lehnte aber aus Höflichkeit nicht ab. Pino nahm sie kurzerhand mit, nachdem sie sich vergewissert hatte, dass das für Karl in Ordnung war.

Bei Kaffee und Keksen unterhielten sie sich über den Fortschritt in Annas Haus. Sie erzählte, warum Pino bei ihr war und dass sie einen Gast hatte. Es tat gut, mit jemandem über alles zu reden. Mit jemandem, der antworten konnte.

Viel zu schnell war es Zeit, aufzubrechen. Sie musste Pino vor dem Termin mit Paulis Frauchen noch zurückbringen. Hoffentlich war Eddi inzwischen wach, damit sie ihn wegen Pino vorwarnen konnte.

Sie hatte Glück, Eddi saß mit einer Tasse Kaffee in der Küche. Gegessen hatte er offenbar nichts. Alles stand da, wie sie es verlassen hatte. Er drehte sich zu ihr um und hob grüßend die Hand.

»Guten Morgen«, grüßte sie zurück. »Wie hast du geschlafen?«

Er hob den Daumen und verzog die Mundwinkel zu einem schiefen Grinsen.

»Ich habe jetzt einen Termin und kann Pino leider nicht mitnehmen. Kann er bei dir bleiben?«

Eddi zögerte nur eine Sekunde, dann nickte er und winkte Pino zu sich heran. Erstaunlich, wie sich seine Einstellung zu dem Hund verändert hatte.

Sie ermahnte Pino, lieb zu sein. Hoffentlich würden die zwei miteinander klarkommen. Verständigungsprobleme sollten sie schon mal keine haben, schließlich konnten beide nicht sprechen. Das war ein gemeiner Gedanke, dennoch grinste Anna in sich hinein. Sie wünschte Eddi ja, dass es ihm bald besser ging. Es musste gerade für einen Sänger unheimlich schlimm sein, ausgerechnet seine Stimme zu verlieren. Das war, als würde man einem Gitarristen den Arm abhacken. Andererseits betrachtete sie es als kleine Strafe für sein Verhalten bei seinem ersten Besuch.

Eine halbe Stunde später erreichte Anna die von Frau Schmidt angegebene Adresse. Es handelte sich um ein Einfamilienhaus mit winzigem Garten. Anna klingelte. Sofort hörte sie es im Haus bellen. Kaum öffnete sich die Tür, schoss ein weißes Fellbündel auf sie zu. Kurz vor der Gartentür stoppte der Hund ab. Es sah süß aus, weil seine Ohren bei jeder Bewegung wippten. Aber er meinte es ernst, daran bestand kein Zweifel. Da Anna fast regungslos vor dem Gartentor wartete, kam Jagdverhalten als Ursache für das Bellen schon mal nicht infrage. Eher Revierverteidigung.

Hinter dem Hund kam eine ältere, ziemlich dicke Frau aus der Tür und rief: »Pauli! Hör auf mit dem Krach! Du verschreckst unseren Gast. Bitte, hör jetzt auf.«

Anna grinste in sich hinein. Solche Höflichkeiten einem Hund gegenüber waren niedlich, aber völlig unangebracht. Pauli sah eher aus, als würde ihm ein ordentlicher, knapper Befehl guttun. Mittlerweile war die Frau bei Anna angekommen und reichte ihr über die Gartentür hinweg die Hand. »Guten Tag, Frau Diemer. Schön, dass Sie da sind. Kommen Sie doch herein! Er tut nichts.« Sie öffnete die Gartentür, damit Anna eintreten konnte. Pauli sah aus, als wollte er Anna zerreißen. Zum Glück hatte sie eine Versicherung abgeschlossen. Zu irgendwas musste die schließlich gut sein.

Frau Schmidt behielt Recht. Anna kam unbehelligt bis ins Haus. Sobald sie eingetreten waren, beruhigte sich Pauli schlagartig und zeigte nun seine andere Seite. Er ging zu seinem Körbchen, drehte sich dreimal um sich selbst, legte den Kopf gemütlich auf die Pfoten und schloss die Augen.

Frau Schmidt bot Anna einen Platz auf dem Sofa an und stellte ein Glas vor sie.

»Trinken wir auf den Schreck erst mal einen kleinen Likör«, sagte sie und zauberte eine halbvolle Flasche Eierlikör hervor. Sie ignorierte Annas Protest, dass sie noch Auto fahren müsste, und goss beide Gläser randvoll. »Prost!«

Wie sie es schaffen sollte, das Glas anzuheben, ohne dass etwas überschwappte, war Anna ein Rätsel. Vorsichtig hob sie es einen Millimeter hoch, damit Frau Schmidt anstoßen konnte. Wie erwartet kleckerte Likör auf den Tisch.

»Das ist nicht schlimm«, kicherte Frau Schmidt und tänzelte in die Küche, um einen Lappen zu holen. Diese leichtfüßige Bewegung hätte man der korpulenten Frau gar nicht zugetraut.

Als der Eierlikörfleck aufgewischt war und beide einen Schluck getrunken hatten, beschloss Anna, zum eigentlichen Grund ihres Besuches zu kommen.

»Erzählen Sie mir von Pauli! Welches Verhalten stört Sie am meisten und wann tritt das auf?«

Die nächste Viertelstunde klagte Frau Schmidt Anna ihr Leid. Nicht nur von Paulis aggressivem Verhalten draußen, sondern auch davon, dass ihre Tochter und deren Mann ihr Pauli eines Tages mitgebracht hatten, weil sie der Meinung waren, ihre Mutter wäre einsam. Dass sie überhaupt keine Ahnung von Hunden hatten, alle drei nicht. Und dass sie es nicht übers Herz gebracht hatte, den kleinen Kerl wieder wegzugeben, weil er doch »so ein Lieber« sei.

Aus all den Informationen filterte Anna die für sich wesentlichen heraus. Pauli kam aus dem Tierheim. Am Anfang war er lieb gewesen, wenn auch draußen wilder als drinnen. Doch mit der Zeit wurde sein Verhalten schlimmer, bis Frau Schmidt sich keinen Rat mehr gewusst hatte. Sie hatte Heinz angesprochen, weil sie ernsthaft mit dem Gedanken gespielt hatte, Pauli zurück ins Tierheim zu bringen.

»Wissen Sie, ich schaffe es nicht mehr, ihn zu bändigen. Ich möchte ihn so gern behalten. Ich brächte es wahrscheinlich gar nicht übers Herz, ihn wegzugeben. Deshalb war ich auch so dankbar, als Magarete mir Ihre Telefonnummer gegeben hat.«

Anna schaffte es mit Müh und Not, den Eierlikör auszutrinken. Bevor Frau Schmidt die Gelegenheit hatte nachzugießen, bat sie sie, zusammen mit Pauli nach draußen zu gehen, damit sie das Verhalten des Hundes beobachten konnte.

Frau Schmidt holte ein Geschirr und eine Leine und legte Pauli beides an. Der hopste nun munter zwischen den beiden Frauen auf und ab. Noch wirkte er eher fröhlich. Doch sobald er durch die Tür getreten war, änderte sich sein Ausdruck, und er sah aus, als wollte er gleich einen Kampf auf Leben und Tod ausfechten. Trotz Paulis geringer Größe hatte Frau Schmidt alle Hände voll zu tun, ihn zu halten. Er zog und zerrte an seiner Leine, und Anna hatte Angst, dass Frau Schmidt stolpern könnte.

Anna war schnell klar, was los war. Pauli zeigte kein fehlgesteuertes Verhalten. Er war einfach total unerzogen und hatte sich einige Macken angewöhnt und gepflegt. Frau Schmidt war nicht einmal ein Vorwurf zu machen. Sie wusste, dass sie keine Ahnung von Hunden hatte. Man könnte höchstens ihre Tochter und den Schwiegersohn dafür rügen, den Hund einfach angeschleppt zu haben, aber auch die hatten es nur gut gemeint.

Schon nach zehn Minuten bat Anna, wieder umzudrehen. Frau Schmidt war erleichtert. Sie schafften den Rückweg relativ unbeschadet, auch wenn Pauli in dieser Zeit mindestens drei Autos jagte und mehrere Passanten böse anbellte.

Zurück im Haus goss sich Frau Schmidt noch einen Eierlikör ein; Anna schaffte es gerade noch, abzulehnen.

»Kennen Sie eigentlich diesen ... diesen ... wie hieß der noch gleich?«, fragte Frau Schmidt außer Atem.

»Wen?«

»Na diesen Hundemenschen im Fernsehen! Der sich um die ganzen Problemfälle kümmert.«

Jetzt verstand Anna. Sie redete von einem sogenannten *Hundeprofi*. Sie nickte.

»Sie machen das genauso wie er«, erklärte Frau Schmidt ihren Gedankengang.

»Ach so? Ich hab doch noch gar nichts gemacht.« Bisher hatte sie sich nur angesehen, was los war. Machte das nicht jeder Therapeut auf die gleiche Weise?

»Ich finde ihn toll«, schwärmte Frau Schmidt. »Wenn Sie ihn sehen, können Sie mir dann vielleicht ein Autogramm besorgen?«

Anna nickte schmunzelnd. Vielleicht sollte sie Frau Schmidt anbieten, ihr ein Autogramm von Eddi Markgraf zu besorgen. Da hatte sie bessere Karten. Sie ließ es bleiben. Nachher war Frau Schmidt noch ein heimlicher Fan von Eddi und wollte wirklich ein Autogramm.

»Jedenfalls«, versuchte Anna, auf das eigentliche Thema Pauli zurückzukommen, »ich glaube, ich weiß, was mit Pauli los ist.«

»Ehrlich?« Frau Schmidt beugte sich vor.

Anna überlegte, wie sie es am besten formulieren konnte, ohne ihr zu nahe zu treten. »Die gute Nachricht ist, Pauli ist ein ganz normaler Hund, und die Probleme mit ihm sind gut in den Griff zu kriegen.«

Frau Schmidts Gesicht leuchtete vor Freude auf.

»Die schlechte Nachricht ist, Sie haben seine Probleme mitverursacht. Er ist unerzogen und trifft alle Entscheidungen. Und bisher ist er für dieses Verhalten auch immer mit Ihrer Aufmerksamkeit belohnt worden.«

Frau Schmidt sah sie betreten an. »Und was kann man dagegen tun?«

Anna hatte die dumpfe Ahnung, dass Frau Schmidt erwartete, sie würde eine Pille hervorzaubern, die Paulis Problem ein für alle Mal lösen würde.

»Frau Schmidt, Pauli kann zu einem netten, ruhigen Hund werden. Aber das geht nicht ohne Arbeit. Und ich fürchte, Sie müssen diese Arbeit machen. Das kann Ihnen niemand abnehmen.«

Sie wartete ab, bis ihr Gegenüber die Nachricht verdaut und mit einem weiteren Schluck Eierlikör hinuntergespült hatte, dann erklärte sie, dass man dem Hund Grenzen setzen musste und ihm die Grundbegriffe des Gehorsams beibringen sollte. »Außerdem müssen Sie sich viel mit Pauli beschäftigen, damit er nicht auf dumme Ideen kommt, verstehen Sie?«

In der folgenden Stunde zeigte Anna Frau Schmidt, was sie tun konnte, um Pauli geistig zu fordern. Sie war körperlich nicht fit genug, um stundenlang mit ihm durch den Wald zu laufen, also sollte sie ihn in Haus und Garten beschäftigen.

Sie vereinbarten einen weiteren Termin in vier Wochen. In dieser Zeit hatte Frau Schmidt die Aufgabe, ihrem Hund ein paar Grundkommandos beizubringen, ihn sein Spielzeug apportieren zu lehren und jeden Tag mindestens zweimal fünfzehn Minuten mit ihm zu spielen. Außerdem durfte Pauli das Grundstück nur noch an der Leine verlassen und im Haus nicht mehr auf die Couch oder im Bett schlafen.

»Aber nur so lange, bis er gelernt hat, dass Sie die Regeln aufstellen«, beruhigte Anna die alte Frau, die nun Angst hatte, ihr würde das Schmusen mit ihrem Liebling für immer verboten. »Sie können mich jederzeit anrufen, wenn Sie nicht weiterkommen oder eine Frage haben.«

Anna war zufrieden mit sich, als sie nach Hause fuhr. Wenn Frau Schmidt nur die Hälfte der ihr auferlegten Regeln einhalten würde, würde Pauli in vier Wochen kaum noch wiederzuerkennen sein.

13. Kapitel

Zuhause war von Eddi und Pino nichts zu sehen. Musste sie sich Sorgen machen? Da im Haus alles normal aussah, keine Spuren eines Kampfes, nahm sie an, dass beide einfach irgendwo draußen waren.

Sie zuckte mit den Schultern und ging zum Telefon. Sie wollte sich bei der Tierheimleiterin bedanken.

»Heinz«, bellte eine Stimme.

»Hallo, Frau Heinz. Hier ist Anna Diemer. Ich wollte ...«

»Frau Diemer! Schön, dass Sie sich melden«, unterbrach Heinz sie freudig. »Wie geht es Ihnen mit unserem Pino?«

»Pino geht es gut. Er gewöhnt sich immer mehr an fremde Menschen, und ich habe überhaupt keine Probleme mit ihm«, berichtete Anna.

»Das ist schön!« Heinz schien sich wirklich zu freuen, man hörte ihr an, dass sie lächelte.

»Ich wollte mich bei Ihnen bedanken«, sagte Anna. »Dank Ihnen war ich heute bei meiner ersten Kundin und habe auch schon die nächsten Termine mit anderen möglichen Klienten.«

Heinz lachte dröhnend. »Klar, das hab ich Ihnen doch versprochen! Erika hat mich vorhin angerufen und mir von Ihren Wundertaten erzählt. Ich hoffe wirklich, Sie können ihr helfen. Die Gute war so verzweifelt und wollte den armen Pauli schon zu mir bringen. Dabei können die zwei nicht ohne einander.«

Anna war erstaunt über Heinz' Mitgefühl. Das hätte sie der burschikosen Frau nicht zugetraut. Sie hatte eine Idee. »Möchten Sie nicht in den nächsten Tagen bei mir vorbeikommen? Dann können Sie sehen, wie Pino jetzt wohnt, und ich kann mich bei Ihnen noch einmal richtig mit Kaffee und Kuchen bedanken.«

»Gerne«, sagte Heinz. »Passt es Ihnen morgen? Da muss ich sowieso in Ihre Richtung. Ich könnte dann gegen drei bei Ihnen sein.«

Anna war überrascht und überlegte, wo sie bis zum nächsten Tag einen Kuchen herbekam.

Kaum hatte sie das Telefonat beendet, kamen Eddi und Pino zur Tür herein. Pino hechelte, und Eddi sah verschwitzt aus. Hatten sie ein Wettrennen veranstaltet?

»Wo wart ihr denn?«, fragte sie.

»Wir waren spazieren.«

Hey, er konnte wieder reden! Na ja, eher flüstern. Immerhin. »Ist deine Stimme wieder da?«

Sofort verdüsterte sich Eddis Miene und er schüttelte traurig den Kopf. »Hab's probiert, aber ich kann nur flüstern. Für den Hund ist das anscheinend zu leise.« Er grinste schief.

Anna brauchte eine Sekunde, doch dann wurde ihr klar: Er hatte einen Witz gemacht. Trotz seiner unangenehmen Situation. Zum ersten Mal hatte Anna das Gefühl, dass wirklich *ihr* Eddi vor ihr stand. So wie sie ihn sich immer vorgestellt hatte.

Sie lächelte ihn an. »Das wird schon wieder!«

Dann machte sie Mittagessen für sie beide. Eddi bot an, zu helfen, also ließ Anna ihn einen Salat klein schneiden.

Eddi nutzte seine neugewonnene Kommunikationsfähigkeit, um sich für das Essen zu bedanken und Anna zu informieren, dass übermorgen sein Arzt vorbeikommen würde. Anna wiederum warnte Eddi vor, dass sie am nächsten Nachmittag Besuch von Heinz bekam. Er nickte, äußerte sich aber nicht weiter dazu.

Als das Geschirr in der Spülmaschine verstaut war, verschwand Eddi nach oben, und Anna beschloss, sich für eine halbe Stunde hinzulegen.

Kaum zehn Minuten später wurde sie allerdings von einem Geräusch geweckt. Verschlafen rieb sie sich die Augen und brauchte ein paar Sekunden, bis sie realisierte, dass es die Klingel am Tor sein musste. In Windeseile zog sie ihre Schuhe an und rannte hinaus. Wieder wurde ihr bewusst, dass dies kein Zustand war. Wer auch immer dort klingelte, musste ewig warten. Und sie selbst rannte jedes Mal, als ob es um ihr Leben ginge. Sie hatte allerdings noch keine Idee, wie sie das ändern könnte.

Vor dem Tor stand ein Lieferwagen. Sie kannte die Firma nicht, aber der freundliche Fahrer klärte sie auf, dass sie ihre sehnlichst erwartete Ladung Naturstein-Fliesen bekam. Anna öffnete das Tor und wies ihn an, bis ans Haus zu fahren. Sie joggte dem Lieferwagen hinterher.

Die Fliesen waren schnell ausgeladen, der Lieferschein unterschrieben und der Fahrer wieder weg. Jetzt musste Anna zurück zum Tor und es schließen.

Sie ließ Pino raus. Als Erstes suchte er den gesamten Weg vom Haus bis zum Tor und zurück nach möglichen Bedrohungen ab. Anna sah ihm kopfschüttelnd nach. Sie verfluchte kurz die Schnapsidee, sich einen Hund anzuschaffen, der Fremde generell als potenzielle Bedrohung ansah.

Hinter Pino kam Eddi aus dem Haus. Er hatte wohl ebenfalls etwas gehört. Wie schön, jetzt hatte sie zwei Wachhunde. Vielleicht war es ganz praktisch, dass Eddi da war. Der konnte ihr gleich mal helfen.

»Kannst du die mit mir hochtragen?«, fragte sie ihn mit einem Blick auf die Kartons. Er nickte und nahm gleich drei. Anna schaffte es gerade, einen anzuheben, und lief ihrem Packesel staunend hinterher. Mit Eddis

Hilfe brachte sie die Fliesen in kürzester Zeit nach oben, erklärte, was sie damit vorhatte, und bat Eddi, auch den Sack Fliesenkleber hochzuschleppen. So konnte sie gleich mit der Arbeit beginnen.

Sie holte einen Eimer sowie das notwendige Werkzeug und zog schnell ihre Arbeitssachen an. Diesen Aufzug kannte Eddi ja nun schon. Es waren die fleckige Jeans und das staubige T-Shirt, in denen sie ihn bei seinem ersten Besuch begrüßt hatte.

Sie wollte in Eddis Zimmer anfangen. Mit seiner Hilfe räumte sie die Wand frei und platzierte eine Unterlage zum Schutz auf dem Boden. Während der Kleber zog, überlegte sie, dass sie am besten in der Mitte der Wand begann. Dann konnte sie sich nach unten und oben arbeiten. Falls die Wand schief war, nicht unwahrscheinlich bei einem alten Haus wie diesem, wären die Fliesen wenigstens gerade. Mithilfe einer Wasserwaage zog sie einen Strich quer über die Wand.

Dann ging es los, den ersten Klecks Fliesenkleber an die Wand, mit der Kelle abziehen und die Fliese darauf platzieren. Und schon gab es das erste Problem: Der Kleber hielt die schwere Steinfliese nicht fest. Sie rutschte unaufhörlich nach unten, sobald Anna sie losließ. Sie probierte es eine Weile mit Festhalten, doch das brauchte zu lange. Auf diese Weise wäre sie Wochen beschäftigt, bis sie alle Fliesen an der Wand hatte. Eine andere Lösung musste her.

Eddi hatte ihr die ganze Zeit über interessiert vom Schreibtisch aus zugesehen. Vor ihm stand ein aufgeklappter Laptop, doch er hatte noch kein einziges Mal auf den Bildschirm geblickt. Jetzt sah er sich im Zimmer um, gestikulierte in Annas Richtung und verschwand nach draußen.

Zwei Minuten später war er zurück, bewaffnet mit einem etwa einem Meter langen Brett und einem Ziegelstein. Anna sah verwundert zu, wie er das Brett schräg unter ihrer Fliese platzierte und mit dem Ziegelstein am Wegrutschen hinderte.

Gute Idee, das musste sie ihm lassen. Jetzt musste sie die Fliese nicht mehr selbst halten.

Also holte sie mit Eddis Hilfe aus dem Stall weitere Bretter sowie Ziegelsteine. Die Muskelstränge an seinen Armen traten deutlich hervor.

In seinem Zimmer setzte er sich wieder an den Schreibtisch und sah Anna zu, wie sie eine größere Menge Kleber auf die Mitte der Wand verteilte. Sie klebte eine nach der anderen Fliese auf und stützte sie mit den Brettern. Die ganze Zeit über spürte sie Eddis Blicke in ihrem Nacken.

Nachdem die zweite Reihe angebracht war, beschloss sie, für heute aufzuhören. Es machte sie nervös, bei der Arbeit unter Beobachtung zu stehen.

Als sie später im Bett lag, fiel ihr ein, wie viel Eddi gelächelt hatte. Vielleicht war es nicht gut für ihn, in seinem Zimmer auf eine gewisse Weise eingesperrt zu sein. Das war bestimmt furchtbar langweilig. Sie beschloss, ihn mehr einzuspannen. Er würde schon sagen, wenn es ihm zu viel würde. Oder flüstern, dachte sie noch, bevor sie mit einem Lächeln auf den Lippen einschlief.

Am nächsten Tag war Eddi beim Frühstück wieder sehr ruhig und verschlossen. Er stopfte nur schnell einen Toast mit Marmelade in sich hinein, goss sich eine Tasse Kaffee ein und verschwand damit nach draußen. Anna ließ sich nicht beirren und frühstückte in Ruhe weiter. Es war ihr unerklärlich, warum seine Laune so stark schwankte. Gestern Abend war alles in Ordnung gewesen. Ob er schlechte Nachrichten bekommen hatte? Oder hatte sie unwissentlich etwas Falsches gesagt? Nun ja, sie konnte nichts daran ändern.

Sie hatte heute den zweiten Kundentermin und war schon gespannt, was sie erwartete. Pino wollte sie wieder bei Eddi lassen. Das hatte gestern gut geklappt. Vielleicht schaffte es der Hund, den wortkargen Sänger wieder zum Lachen oder zumindest zum Lächeln zu bringen. Sie räumte das Frühstücksgeschirr in die Spülmaschine, schaltete sie an und machte sich dann auf dem Weg.

Eddi saß auf der Treppe und starrte in die Ferne. Seine leere Tasse stand neben ihm. Als Anna ihn fragte, ob sie Pino bei ihm lassen konnte, nickte er, ohne sie anzusehen. Er wirkte nachdenklich, unglücklich. Hätte Anna Zeit gehabt, hätte sie ihn gefragt, was los war. Aber sie musste sich beeilen.

Als sie wenig später vor der angegebenen Adresse stand und klingelte, hatte sie Eddis Probleme beiseite geschoben. Ihre heutige Kundin, Frau Wellek, war die Dame mit den zwei Jack-Russell-Terriern, die alles jagten, was sich bewegte. Sie wohnte in einem Mehrfamilienhaus in Milmersdorf, nicht weit von dem kleinen Laden entfernt, an dem Anna vor einigen Wochen nach dem Weg zu ihrem Haus gefragt hatte.

Anstatt sie hereinzubitten, kam die Frau mit beiden Hunden an der Leine nach draußen. Sie begrüßte Anna und stellte ihre Hunde vor. Jimmy und Jacky waren wahre Energiebündel. Sie sahen sich ziemlich ähnlich und liefen aufgeregt um Anna herum, soweit es ihre Leinen zuließen. Schon nach kürzester Zeit war sie hoffnungslos eingewickelt worden.

»Die haben ja eine schlaue Jagdtechnik«, versuchte Anna, die angespannte Stimmung mit einem Witz aufzulockern. Doch Frau Wellek sah Anna nur verständnislos an. Dann band sie einen der beiden los, um die Hundeleine von Annas Beinen zu ziehen. Sie hielt ihn zum Glück die ganze Zeit am Halsband fest. Der Hund war so zappelig, dass er aussah, als würde er mit Lichtgeschwindigkeit davonsausen, wenn sie ihn nur für eine Sekunde losließ. Der andere Hund wurde auf dieselbe Art befreit, dann gingen sie zusammen in Richtung Ortsausgang. Unterwegs schilderte Frau Wellek ihre Probleme mit den Tieren.

»Ich habe Jacky von Frau Heinz aus dem Tierheim. Ich brauche mehr Bewegung, sagt mein Arzt. Aber wir haben nur eine kleine Wohnung, da konnte es eben kein großer Hund sein. Magarete hat mich damals gewarnt, dass Jacky ein Jagdhund ist. Aber mein Mann, der Horst, meinte, dass er sich mit Hunden auskennt. Er hatte früher immer welche gehabt, müssen Sie wissen. Er weiß, wie man sie erzieht.« Sie hielt kurz inne und schüttelte den Kopf. »Was niemand wusste, auch Magarete nicht, war, dass Jacky damals schon schwanger war oder wie das bei Hunden heißt. Sie hat ihre Welpen bei uns zuhause bekommen. Leider hat nur Jimmy überlebt. Wir haben es nicht übers Herz gebracht, ihn wegzugeben.« Sie machte eine weitere Pause. Das Laufen strengte sie an. Zumal sie reichlich damit zu tun hatte, die beiden wild hin und her laufenden Hunde davon abzuhalten, sich in ihren Leinen zu verheddern.

»Und hatten Sie das Problem mit dem übermäßige Jagen von Anfang an?«, hakte Anna nach.

Frau Wellek nickte. »Horst hat, als Jimmy noch nicht auf der Welt war, mit Jacky geübt. Sie sollte zurückkommen, wenn sie gerufen wird. Horst behauptet zwar, dass sie das bei ihm immer gemacht hätte, aber ich kann das ehrlich gesagt nicht glauben. Bei mir hat sie nicht ein einziges Mal gehört, und ich gehe weitaus häufiger mit den Hunden raus als mein Mann.«

Soso, Horst war also ein Hundeversteher. So einer von der Sorte *Ich kann das, weil ich immer Hunde hatte.*

Dann erzählte Frau Wellek, wie es weiterging. Nachdem Jimmy geboren war, hatte Horst sich offenbar nicht weiter für die Hunde interessiert und die ganze Arbeit seiner Frau überlassen. Sie hatte ja schließlich einen Hund haben wollen. Richtig schlimm wurde alles, als Jimmy etwa ein Jahr alt war. Seitdem konnte man die Hunde gar nicht mehr von der Leine lassen. Sobald einer von beiden irgendetwas erspähte, das auch nur entfernt nach Wild aussah – manchmal reichte es schon, wenn sie sich eine Bewegung einbildeten –, waren beide auf und davon. Da half kein Rufen oder Pfeifen mehr. Meist kamen sie vollkommen erschöpft nach frühestens einer halben Stunde wieder zurück.

»Soll ich es Ihnen mal vorführen?«, fragte sie Anna, als sie bei einem Waldstück angelangt waren.

Anna schüttelte den Kopf. Sie konnte es sich lebhaft vorstellen. Es war niemandem geholfen, wenn die beiden jetzt verschwinden würden. Also gingen sie weiter am Waldrand entlang. Anna überlegte fieberhaft, was sie Frau Wellek sagen sollte. Die beiden waren eben Jagdhunde, das Jagen machte sie glücklich. Es würde schwer werden, das Problem zu lösen. Sie bezweifelte, dass das im Wald wirklich in den Griff zu bekommen war. Vielleicht hatten sie eine Chance bei Jimmy, der war noch jung. Aber für Jacky sah Anna schwarz.

14. Kapitel

Anna hatte Frau Wellek angeboten, es sich ein paar Tage zu überlegen, ob sie die Arbeit auf sich nehmen wollte. Dann würde sie ihr gern helfen und sie unterstützen, wo sie konnte.

In der Nähe des kleinen Ladens in Milmersdorf entdeckte Anna eine Bäckerei – Einzelbetriebe wie diesen gab es in Berlin kaum noch. Perfekt, sie wollte ohnehin noch Kuchen für Heinz' Besuch kaufen. Zum Glück hatte der Laden gleich mehrere Sorten Blechkuchen im Sortiment. Anna entschied sich für Eierschecke und Kirschkuchen. Zusätzlich nahm sie ein paar Spritzkuchen mit. Die liebte sie sehr. Zudem hatte sie Hunger, da war die Auswahl des Bäckers doppelt so verführerisch. Sie verließ schnell den Laden, ehe sie schwach wurde und noch mehr kaufte.

Auf dem Weg nach Hause fiel ihr Blick immer wieder auf die Tüte neben ihr, die einen fast unwiderstehlichen, süßen Duft verströmte. Ihr lief das Wasser im Mund zusammen. Fast wie von selbst bewegte sich ihre Hand zu der Tüte und nahm einen Spritzkuchen heraus. Die klebrige Süße in ihrem Mund ließ Anna wohlig aufseufzen.

Zehn Minuten später stellte sie das Auto hinter Eddis Wagen ab. Hoffentlich waren er und Pino wieder gut miteinander ausgekommen.

In der Küche erwartete sie eine Überraschung. Es waren zwar weder Eddi noch der Hund zu sehen, aber dafür standen auf dem Herd eine Pfanne mit appetitlichem Inhalt und ein Topf, in dem Reis köchelte. Der

Kuchen hatte nicht gereicht, ihren Hunger zu stillen. Aber wo war Eddi?

Pino kam ihr entgegen, als sie die Treppe zum Obergeschoss hochstieg. Er wedelte und schleckte über ihre Hand. Sie lächelte den Hund an. Er machte immer mehr Fortschritte. Demnächst konnte sie mit seinem Training anfangen. Um den Wesenstest zu bestehen, musste er unbedingt zuverlässig hören.

Eddi fand sie in seinem Zimmer. Sie staunte nicht schlecht, als sie sah, dass er mit den Fliesen weitergemacht hatte. Die ganze Wandfläche von der Mittellinie bis zum Boden war fertig gefliest. Es sah grandios aus.

Eddi sah ebenfalls grandios aus. Er trug eine Shorts, die wie seine Beine einiges an Fliesenkleber abbekommen hatte. Er war barfuß. Sein graues T-Shirt war mit dunklen Schweißflecken übersäht. Auf seiner Oberlippe und seiner Nase standen kleine Schweißperlen. Noch hatte er Anna nicht bemerkt. Momentan versuchte er, das letzte bisschen Kleber aus dem Eimer zu kratzen.

Pino hechelte, und jetzt sah Eddi auf. Sein Blick schien Anna förmlich zu durchbohren. Er pustete sich eine Haarsträhne aus dem Gesicht und flüsterte »Hi«. Auf einmal runzelte er die Stirn und trat einen Schritt auf sie zu. Er hob die Hand, und Anna wich automatisch ein Stück zurück. Sanft strich er mit einem Finger über ihre Wange. Anna hielt den Atem an. Dann lächelte Eddi. »Du hattest da einen Krümel.«

Anna holte Luft. Für eine Sekunde hatte sie vergessen, was sie von ihm gewollt hatte. Sie unterbrach den Blickkontakt. »Du hast Mittagessen gemacht?«

»Was meinst du?«, flüsterte er verständnislos.

Anna sah ihn erstaunt an. Da unten kochte doch ein Mittagessen.

Eddis Reaktion kam gänzlich unerwartet. Er sprang wie vom Blitz getroffen auf, ließ die Kelle mit dem Kleber fallen und spurtete Richtung Treppe.

Gemeinsam mit Pino folgte sie ihm und fand ihn in der Küche, wo er hektisch in der Pfanne rührte.

»Das hab ich ganz vergessen«, erklärte er seine Reaktion flüsternd.

»Ist alles okay?« Annas Frage konnte er verstehen, wie er wollte. Entweder bezogen auf das Essen oder auf seinen Allgemeinzustand.

Er nickte. »Ja, war gerade noch rechtzeitig.«

Annas Magen knurrte vernehmlich. Deshalb beeilte sie sich, den Tisch zu decken. Sie hoffte einfach, dass Eddi für sie beide gekocht hatte.

Sie bedankte sich und probierte hungrig. Sie schmeckte Fleisch, vermutlich die Hähnchenfilets, die sie im Kühlschrank gehabt hatte, und viel Gemüse. Fetakäse war auch dabei. Es war würzig und lecker. Sie selbst hätte Mischgemüse und Tomaten zwar nicht unbedingt zusammen in einem Gericht verwendet, aber es ergänzte sich besser, als sie gedacht hätte. In Nullkommanichts war ihr Teller leer.

Sein Angebot, ihr noch mehr zu aufzutun, lehnte sie ab. Sie hatte viel zu schnell gegessen und fühlte sich pappsatt. Eddi dagegen hatte weniger auf dem Teller gehabt und ließ mehr als die Hälfte davon übrig. Dass es ihm nicht schmeckte, schloss Anna aus. Schließlich hatte er selbst gekocht. Was war es dann? Bei allen Mahlzeiten, die sie gemeinsam zu sich genommen hatten, hatte Eddi sehr wenig gegessen. Er trank auch nicht viel. Jedenfalls, wenn man ihren Vorrat an Wasserflaschen beurteilte. Oder er trank Leitungswasser.

Sie sagte nichts. Schließlich war sie weder sein Arzt noch seine Mutter. Er musste wissen, was er tat.

Annas Handy vibrierte in ihrer Hosentasche. Suzi hatte ihr geschrieben.

Kann ich heute Abend vorbei-kommen? Hab endlich Neuigkeiten! Ist der Sprachlose noch da?

Anna grinste und tippte eine Antwort:

Ja, noch da und noch sprachlos. Und natürlich kannst du vorbeikommen.

Sie freute sich auf Suzis Besuch und war gespannt. Ihr Blick fiel auf Eddi. Er ließ Wasser in die Pfanne laufen und sah irgendwie geknickt aus. Auch sonst wirkten seine Bewegungen eher langsam und ungeschickt. Vorhin beim Essen hatten sie wieder einmal größtenteils geschwiegen. Es musste schlimm für Eddi sein, dass seine Stimme noch immer nicht richtig da war. Hatte er nicht damit gerechnet, dass nach zwei Tagen alles okay sein müsste? Er machte sich bestimmt Sorgen, dass er dauerhafte Probleme davontragen könnte.

Pino schien auch zu merken, dass Eddi traurig wirkte. Er stand direkt neben ihm und sah zu ihm hoch. Anna freute sich, dass die beiden sich so schnell angefreundet hatten. Und das nach diesem etwas holprigen Start.

In diesem Moment fiel ihr etwas ein und sie entsperrte ihr Handy noch einmal.

Du musst vorn am Tor klingeln, wenn du nachher kommst. Nicht, dass mein Wachhund dich auffrisst!

tippte sie eine weitere Nachricht.

Suzi wusste ja noch nichts von Pino. Kurze Zeit später kam Suzis Antwort, ein Tränen lachender Smiley.

Als Anna aufblickte, zuckte sie erschrocken zusammen. Eddi sah sie an. »Ich würde gern kurz rausgehen. Kann ich Pino mitnehmen?«

Sie nickte und sah ihm nach, wie er verschwand. An der Tür drehte er sich um, blickte Pino an und klopfte leicht auf seinen Schenkel. Die beiden verstanden sich offenbar ohne Worte, denn Pino trabte sofort hinter Eddi her.

Als Anna hinter ihnen in den Hof trat, verschwanden sie gerade im Wald, allerdings nicht in Richtung Tor. Eddi hatte Pino an der Leine, aber wo wollte er denn hin? Das Grundstück war doch überall mit einem Zaun gesichert. In der Richtung, in die er lief, befand sich zwar das Tor, aber es war abgeschlossen, und Anna hatte auch noch keinen Schlüssel gefunden.

Na ja, er wird schon wissen, wohin er will, dachte sie schulterzuckend. Sie sah sich auf dem sonnigen Hof um. Es wäre schön, eine Sitzgruppe zu haben. Etwas weiter hinten auf der rechten Seite, direkt am Nebengebäude.

Die Zeit bis zu Heinz' Ankunft verbrachte sie damit, das Internet nach passenden Außenmöbeln zu durchsuchen. Zwischendurch kamen Eddi und Pino zurück. Oder vielleicht auch nur der Hund, denn von Eddi sah und hörte sie nichts, aber Pino stand plötzlich schwanzwedelnd und hechelnd neben ihr im Büro.

»Na, Kleiner? Hast du dich ausgetobt?« Anna strich ihm über den Kopf. »Du musst nachher, wenn Heinz kommt, brav sein, hörst du?«

Um Punkt drei Uhr klingelte es. Anna legte Pino vorsichtshalber die Leine und den Maulkorb an. Er ließ alles brav über sich ergehen. Er durfte zum Tor mitkommen und benahm sich mustergültig, jedenfalls bis zu dem Moment, in dem er Heinz erblickte. Sofort nahm er seine übliche Abwehrhaltung ein, knurrte aber wenigstens nicht.

Anna ging entschlossen weiter, damit er gar nicht die Zeit bekam, sich zu überlegen, was er tun wollte. Er sollte sich an Anna orientieren und nicht selbst entscheiden. Zum Glück funktionierte es und Pino machte keine Anstalten, Heinz zu nahe zu kommen. Die hielt sich zurück und grüßte Anna mit einem Handschlag über den Zaun.

Dann öffnete Anna das Tor, hielt Pino aber weiter an der kurzen Leine. Erst als sie ein paar Schritte weiter gegangen war, ließ sie ihn an der Stelle schnuppern, an der Heinz bis eben gestanden hatte. Sie fragte sich, ob Pino Heinz mit unangenehmen Erinnerungen ans Tierheim verband. Doch der Hund entspannte sich, nachdem er draußen schnuppern durfte.

»Zumindest will er mich nicht gleich fressen, das ist schon mal ein Fortschritt«, kommentierte Heinz mit einem dröhnenden Lachen. Anna war froh, dass sie Pinos Verhalten sportlich nahm. Gemeinsam gingen sie den Waldweg entlang bis zum Haus. »Schön haben Sie es.«

Heinz sah sich alles an. Vor allem die Ställe nahm sie genau in Augenschein. Sie fragte Anna das eine oder andere zum Gebäude, zu ihren Plänen und zum Stand der Renovierung.

Auch drinnen machte Anna einen Rundgang, ließ Eddis Zimmer aber aus, mit dem Hinweis, sie hätte gerade einen Gast. Sie waren ziemlich laut, denn Heinz hatte ein gewaltiges Stimmorgan. Eddi musste sie also definitiv hören, doch er ließ sich nicht blicken.

Später saßen die beiden Frauen am Küchentisch. Pino war draußen geblieben, ihm war es drinnen wohl schon zu heiß. Oder vielleicht war ihm die Nähe zu Heinz nicht geheuer – Anna wusste es nicht.

Sie ließen sich Kaffee und Kuchen schmecken und Heinz erzählte von den Hunden, die Anna während ihrer Besuche kennengelernt hatte. Sie hatte auch Neuigkeiten von Rex. Es ging ihm gut. Er hatte sich schnell eingewöhnt. Sogar seine übermäßige Ängstlichkeit schien sich weitgehend gelegt zu haben. Anna freute sich, das zu hören.

Sie erzählte von ihrem Ausflug mit Pino in den Baumarkt und brachte Heinz damit zum Lachen. Sie konnte gar nicht mehr aufhören, als Anna von Pauli und Frau Schmidt sowie von Frau Wellek und ihren Jack-Russell-Terriern berichtete.

»Ja, der Horst. An den erinnere ich mich noch genau.« Heinz konnte vor Lachen kaum sprechen. »Er hält sich für den größten Hundeversteher, dabei hat er die Jackys am Anfang mit Rehpinschern verwechselt.«

Jetzt musste Anna auch lachen.

Heinz blieb nicht lange. Anna brachte sie mit Pino zum Tor. Der Hund fand den Besuch nun auch nicht mehr aufregend, sodass sie ihn nicht einmal mehr an die Leine nahm.

15. Kapitel

Die Zeit bis zu Suzis Besuch verbrachte Anna damit, das mittlerweile trockene Heu auf der Wiese zu kleinen Stapeln aufzuschichten und mit einer Schnur zu bündeln. Da sie keinen Heuboden hatte, wollte sie eine der Boxen dafür nutzen, es trocken zu lagern. So schnell würde sie die drei leeren Pferdeboxen sowieso nicht brauchen. Leider.

Es war warm und sonnig. Der Staub legte sich auf sie wie eine schützende Schicht, in Kombination mit dem Schweiß war er aber auch ziemlich eklig.

»Zumindest brauche ich keine Sonnencreme«, sagte Anna zu Pino, der im Schatten unter einem Obstbaum vor sich hin döste.

Sie arbeitete verbissen, bis das komplette Heu im Stall verstaut war. Während sie sich eine Strähne, die sich aus ihrem Zopf gelöst hatte, nach hinten strich, seufzte sie laut auf. Vor ihr lag jetzt ein kleiner Haufen Heubündel, die für ein Pferd wahrscheinlich nicht mal einen Monat lang reichen würden. Dabei hatte sie so viel Arbeit hineingesteckt. Erst das Mähen, später das Heuwenden und jetzt das Einholen. Es wäre bequemer, die Wiese mit dem Rasenmäher zu mähen und das Heu zu kaufen.

Erst als sie Pino bellen hörte, merkte Anna, dass er von seinem Platz im Schatten verschwunden war. So wie er klang, ging es mal wieder um Leben oder Tod. Also beeilte sie sich.

Sie musste lachen, als sie auf den Hof trat. Hinter Eddis und ihrem Auto parkte Suzis hellblauer Käfer. Suzi saß noch darin und starrte mit ähnlich erschrecktem

Blick auf Pino, wie Eddi es vor ein paar Tagen in der gleichen Situation getan hatte. Immerhin sprang Pino nicht am Auto hoch, sondern begnügte sich damit, mit hochgezogenen Lefzen böse zu bellen.

Anna nahm Pino am Halsband, der sich sofort beruhigte und nur noch leise knurrte. Dann winkte sie Suzi, dass sie gefahrlos aussteigen konnte.

Mit einem skeptischen Blick auf Pino öffnete Suzi die Autotür.

»Du hast ja wirklich einen Wachhund«, war alles, was sie zur Begrüßung sagte. Sie sah ziemlich erschrocken aus.

»Ja, klar. Hab ich doch geschrieben. Deshalb solltest du ja eigentlich vorne klingeln.« Anna grinste.

Suzi zuckte mit den Schultern. »Ich dachte irgendwie, du meinst Eddi.« Dann grinste sie auch und ging mit Todesverachtung auf Anna und Pino zu, um ihre Freundin zu umarmen.

Pino wusste nicht, was er davon halten sollte. Wurde Anna angegriffen? Warum wehrte sie sich nicht? Und warum hielt sie ihn davon ab, sie zu verteidigen?

Annas Griff an seinem Halsband war eisern. »Geh ein Stück zurück und hock dich hin!«, wies sie ihre Freundin an. »So wirkst du weniger bedrohlich auf ihn.«

Suzi zog eine Augenbraue hoch, tat aber, was sie sollte. Erst dann ging Anna langsam mit Pino auf ihre Freundin zu. »Ganz ruhig bleiben!«

Die Anweisung war für beide gedacht. Weder Suzi noch ihr Hund fühlten sich wohl. »Sieh ihm nicht direkt in die Augen und halt ihm die Hand hin, damit er schnuppern kann. Ich passe auf, dass nichts passiert.« Annas ruhig gesprochene Anweisungen zeigten Wirkung, sowohl Suzi als auch Pino entspannten sich zusehends.

So konnte Anna es Pino ermöglichen, an Suzis ausgestreckter Hand zu schnuppern. Das tat er ausgiebig.

Währenddessen glättete sich sein Fell wieder, seine Rute sank nach unten und auch seine Haltung wurde lockerer. Suzi stellte für ihn keine Bedrohung mehr dar.

Ein kleiner Schreckmoment entstand noch, als Suzi plötzlich aufstand und Pino zurückzuckte. Doch dann verlor er das Interesse an dem neuen Menschen und nahm stattdessen das Auto genauer in Augenschein.

»Sorry, meine Knie. Ich konnte nicht mehr länger hocken bleiben«, entschuldigte sich Suzi.

Die beiden Mädels gingen Arm in Arm ins Haus.

»Hey, ich glaub, du brauchst mal eine Dusche«, bemerkte Suzi schnuppernd, sobald sie in der Küche waren.

Anna grinste und bat ihre Freundin, sich schon mal etwas zu trinken zu besorgen, so lange sie im Bad war.

»Und wo ist er jetzt?«, rief Suzi ihr hinterher, bevor Anna in Richtung Bad verschwand.

»Oben«, rief sie zurück und schloss die Tür hinter sich.

Frisch geduscht und mit neuen Klamotten kam sie eine Viertelstunde später zurück in die Küche. Suzi war nicht mehr da. Anna fand sie im Hof, wo sie zwei Stühle aufgestellt hatte. Auf einem saß sie, in der Hand ein Glas Wein, und sah Anna entgegen. »Hab dir auch ein Glas geholt.« Sie zeigte neben den zweiten Stuhl, auf den sich Anna gleich fallen ließ.

Zuerst quatschten sie über Suzis Fahrt hierher und über die Arbeiten auf dem Hof. Dann besprachen sie, was es zum Abendessen geben könnte.

»Grillen wäre nicht schlecht, aber ich habe noch keinen Grill. Was hältst du von Auflauf à la Markgraf mit Brot?«, fragte Anna, weil ihr eine Idee gekommen war.

»Auflauf à la Markgraf?«

Anna erklärte ihr, dass Eddi am Mittag gekocht hatte und dass sie aus den Resten einen Auflauf zaubern wollte.

»Wow, er kocht für dich? Du scheinst ihn ja ganz schön beeindruckt zu haben.«

Anna glaubte, sich verhört zu haben, doch Suzi sah nicht aus, als hätte sie einen Witz gemacht.

»Quatsch!«, winkte sie ab. »Womit soll ich ihn beeindruckt haben? Mit meinen Wahnsinns-Kochkünsten?« Suzi hatte Anna, als die beiden zusammen gewohnt hatten, immer damit aufgezogen, dass Anna nur drei Gerichte kochen konnte.

»Nein, aber mit dem, was du hier alleine auf die Beine stellst.« Mit einer weit ausholenden Geste schloss Suzi das Haus, den Hof und das umliegende Land ein. »Ich meine, wer kann das schon? Und dann auch noch alleine? Ich jedenfalls hätte mir das nie zugetraut. Und ich hätte das auch nie hinbekommen.«

Anna errötete bei dem Kompliment. »Klar hättest du das auch ge...«, wollte sie einlenken, doch Suzi ließ sie nicht aussprechen.

»Und dann ist da noch dein Talent, mit solchen Hunden wie deinem Ungetüm hier umzugehen. Das soll dir erst mal jemand nachmachen. Wo hast du den überhaupt her? Ist er dir zugelaufen?«

Anna schüttelte den Kopf. »Das ist Pino. Der aus dem Tierheim, falls du dich erinnerst. Mein erster Fall. Ich habe ihn so lieb gewonnen, da hab ich ihn zu mir geholt. Ich hatte Angst, dass er an jemand anderen vermittelt werden könnte.«

»Na siehst du!« Suzi nickte bekräftigend. »Die Frau aus dem Tierheim hat gesagt, er sei ein hoffnungsloser Fall. Du musst also schier Unmögliches vollbracht haben. Das beeindruckt Eddi bestimmt auch.«

Anna lachte hart auf. »Der? Der bemerkt das alles nicht mal. Sitzt den ganzen Tag in seinem Zimmer und macht nichts. Zumindest habe ich keine Ahnung, was er macht. Ich sehe ihn eigentlich nur zum Essen. Dabei isst er fast nichts. Bestimmt schmeckt es ihm nicht. Wahrscheinlich hat er heute gekocht, weil er mein Essen ungenießbar findet.«

Suzi musterte Anna skeptisch. Doch sie ging nicht weiter darauf ein, sondern erzählte endlich, was sie bei Universal herausgefunden hatte. »Ich sag dir, es war diesmal nicht so leicht. Tom hat einen auf den Deckel bekommen, weil er interne Informationen an mich weitergegeben hat. Ich weiß gar nicht, woher sie das wissen wollen.«

Anna konnte es sich allerdings schon vorstellen. Sie dachte an ihr Gespräch mit Stephan Brandt. Doch sie unterbrach Suzi nicht.

Diese fuhr fort: »Jedenfalls musste ich mit allen Tricks arbeiten, doch letztendlich hat Tom nachgegeben.« Sie grinste. Für ein paar Sekunden hing sie ihren Gedanken nach, doch dann sah sie Anna wieder an und setzte sich aufrecht hin. »Die Entscheidung muss innerhalb der Band gefallen sein. Am Samstagabend nach dem letzten Konzert hat Tom einen Anruf von Nick, dem Gitarristen, bekommen. Und der hat ihn darüber informiert, dass Eddi aus gesundheitlichen Gründen nun doch entschieden hätte, das Angebot von Universal anzunehmen und für einige Tage eine ärztlich betreute Auszeit zu nehmen. Das war alles. Tom war also zu diesem Zeitpunkt auch nicht schlauer als wir. Und er hatte mir ja zumindest mitgeteilt, dass Eddi auf dem Weg zu dir wäre und ich dich bitte vorwarnen soll.« Sie nahm einen Schluck Wein. »Wollen wir Essen machen? Ich hab den ganzen Tag nur von Kaffee gelebt. Alkohol ist auf leeren Magen nicht so gut.« Dabei sah sie in ihr halbvolles Glas. Zusammen gingen sie in die Küche. Während Anna den Auflauf vorbereitete, erzählte Suzi weiter. »Tom hat später mit dem Manager von *Damn*

Silence gesprochen, um zu klären, wie das Ganze ablaufen soll, wann der Arzt kommt und solche Sachen. Er hat mir erzählt, dass er wissen wollte, warum Eddi seine Meinung geändert hatte, aber darüber wollte der Manager nicht reden.«

Schade, dass sie nicht mehr wusste. Eine Sache interessierte Anna noch brennend. »Wie lang will er hierbleiben?«

Suzi zuckte mit den Schultern. »Keine Ahnung. Soweit ich weiß, haben sie darüber nicht gesprochen. Wenn er auf die Empfehlungen der Ärzte hört, würde ich sagen, mindestens ein paar Wochen. Aber Tom hat etwas gesagt, das mich daran zweifeln lässt.« Sie sah Anna vielsagend an.

»Was denn?«

Suzi blickte sich um, als würde sie neugierige Mithörer vermuten. Sie senkte ihre Stimme. »Nächste Woche Freitag ist ein Konzert angesetzt. Und bisher hat niemand davon gesprochen, dass es abgesagt werden soll. Kann also sein, dass er in ein paar Tagen schon wieder von hier verschwinden will.«

»Hm«, meinte Anna nur und legte sorgfältig die Käsescheiben auf den Auflauf. Mit so etwas hatte sie schon gerechnet. Sie hatte ja selbst gesehen, dass man noch immer Tickets für das Konzert kaufen konnte. Suzis Worte bestätigten ihre Vermutung nur.

»Ach ja, hätte ich beinahe vergessen zu sagen«, fiel Suzi ein. »Der Arzt will morgen etwas früher kommen als ursprünglich vereinbart. Kannst du Eddi Bescheid sagen?«

»Was soll Anna mir sagen?«, fragte eine Stimme hinter ihnen, und beide Mädels zuckten erschrocken zusammen.

Eddi stand im Türrahmen und grinste sie breit an.

»Eddi, du hast deine Stimme zurück«, freute sich Anna und wollte ihn glücklich umarmen. Im letzten

Moment überlegte sie es sich anders, drehte sich zum Schrank um und tat so, als würde sie in der Schublade etwas suchen.

»Sie ist noch nicht wie vorher, aber schon deutlich besser«, bestätigte er. Man hörte leichte Unsicherheiten in seinem Stimmtonus heraus, so als wäre er gerade erst der Pubertät entwachsen. Aber alles in allem klang er wieder so, wie sie ihn von Interviews und aus den Ansagen bei seinen Konzerten kannte. Der Bass in seiner Stimme verursachte ihr eine leichte Gänsehaut.

»Hi, ich bin Eddi. Aber ich glaube, wir haben uns schon mal gesehen?«

Mit ausgestreckter Hand ging er auf Suzi zu. Sie nickte, begrüßte ihn ebenfalls, stellte sich vor und sagte, dass sie bei Universal arbeitete und sie sich dort begegnet waren.

»Jetzt erinnere ich mich. Du bist das Mädchen, das die Jungs davon überzeugt hat, mich hierher zu schicken!«

So wie er es sagte, klang es, als ob er es witzig meinte. Ganz sicher war sich Anna da aber nicht. Sie beschloss, das Thema zu wechseln, und fragte ihn, ob er mitessen wollte. Sie errötete leicht, als sie ihm erklärte, dass sie einfach sein Gericht vom Mittag genommen und in einen Auflauf umgewandelt hatte.

»Gute Idee!« Er grinste.

Überhaupt wirkte er gelöster als an den Tagen zuvor. Er setzte sich zu ihnen und nahm dankbar den Wein, den Suzi vor ihn hinstellte. Zu dritt stießen sie an. Dann griff Suzi das Thema von vorhin noch einmal auf. »Der Arzt kommt morgen früher, hat er gesagt. Er wird deine Stimme checken und auch alles andere.«

Natürlich hatte Suzi keine Probleme damit, vor Eddi loszuplaudern. Da war sie das vollkommene Gegenteil von Anna, die sich über alles Gedanken machte und lieber nichts sagte, bevor sie sich blamierte.

Eddi schien die Nachricht positiv aufzufassen. Jedenfalls stieß er mit Suzi darauf an. Dann grinste er Anna an. »Vielleicht wirst du mich ja schon bald wieder los. Ich hoffe es jedenfalls.«

Anna zwang sich zu einem Lächeln. Seine Ankündigung stimmte sie alles andere als glücklich. Jetzt hatte sie sich gerade an seine Anwesenheit gewöhnt, und er wollte sie schon wieder verlassen?

Während sie darauf warteten, dass das Essen warm wurde, erzählte Suzi die neuesten Anekdoten von ihrer Arbeit und brachte damit sowohl Eddi als auch Anna zum Lachen. Danach berichtete Anna von ihrem Erlebnis mit Pauli und vor allem mit seiner Besitzerin.

Zu dritt ließen sie sich das Essen schmecken. Ganz im Gegensatz zu heute Mittag schaufelte Eddi Unmengen in sich hinein. Zum Schluss kratzte er mit den letzten Brotkanten die Auflaufform aus. Anna und Suzi sahen ihm staunend zu. Sie hatten beide schon aufgegeben und lehnten nun satt und zufrieden auf ihren Stühlen.

Leider musste Suzi bald aufbrechen. Anna hatte ihr zwar angeboten, bei ihr zu übernachten, aber Suzi musste am nächsten Tag arbeiten, da wollte sie lieber nach Hause.

Anna begleitete ihre Freundin bis zu ihrem Auto. Ganz wohl war ihr nicht bei dem Gedanken, dass Suzi trotz der zwei Gläser Wein, die sie getrunken hatte, noch fahren wollte. Doch die winkte ab.

»Ich hab seit dem Essen nur noch Wasser getrunken. Und auf dem Auflauf war so viel Käse, dass ich den Alkohol gar nicht mehr spüre. Aber wenn ich jetzt hierbleibe, komme ich morgen zu spät, und dann killt Tom mich.«

Anna fiel noch etwas ein. »Du hast mir nicht erzählt, wie du Tom dazu gebracht hast, dich in alle Geheimnisse einzuweihen.«

Suzi lächelte geheimnisvoll und versonnen. »Du weißt doch, dass Tom auf mich steht?«, fragte sie und strahlte. »Sagen wir es so: Damit steht er jetzt nicht mehr alleine da. Ich habe ihn gestern Abend zum Essen eingeladen. Eigentlich wollte ich ihn abfüllen und dann aushorchen. Aber wie sich herausgestellt hat, ist er privat sehr nett und wirklich interessant. Wir haben den ganzen Abend geredet und dabei festgestellt, dass wir dieselben Interessen haben. Ich habe sogar vergessen, nach Eddi zu fragen. Na, und dann sind wir zusammen nach Hause gegangen.« Sie machte eine bedeutungsvolle Pause. »Und heute Morgen beim Frühstück hat er mir alles erzählt.«

Anna blieb der Mund offen stehen. »Beim Frühstück? Heißt das, du hast die Nacht mit ihm verbracht?«

Suzi nickte. »Er war traurig, als ich ihm gesagt habe, dass ich heute Abend bei dir bin. Ich musste ihm versprechen, ihm dafür gleich den morgigen Abend zu reservieren.«

So eine Neuigkeit – und damit rückte Suzi erst jetzt raus? Die zwei hatten eine Affäre? Oder war da sogar mehr? Jetzt ärgerte sich Anna, dass sie Tom nie hatte kennenlernen wollen. Sie wusste fast nichts über ihn. Sie hätte Suzi gern ausgefragt, doch die gähnte und blickte demonstrativ auf ihre Uhr. »Ich erzähle dir mehr, sobald es mehr zu erzählen gibt, okay?«

Anna nickte, umarmte ihre Freundin und sah zu, wie diese ins Auto stieg. Kurz bevor Suzi die Tür schloss, sagte sie: »Sei nicht so hart zu Eddi. Er hat es zurzeit nicht leicht. Normalerweise ist er ein lustiger Typ. Er würde gut zu dir passen.«

Bevor Anna Gelegenheit hatte, etwas zu erwidern, startete Suzi den Käfer. Sie winkte und wendete gekonnt auf dem schmalen Weg.

Anna sah Suzi lange nach. Selbst als sich der Staub gelegt hatte, stand sie noch da. Suzis letzte Worte hallten in ihrem Kopf nach. Als ob sie mehr von Eddi wollen würde. Nie im Leben! Die Erfahrung mit Marco hatte ihr gereicht. Und jetzt dachte Suzi allen Ernstes, sie würde sich auf jemandem wie Eddi Markgraf einlassen? Eddi brauchte eine Frau, die ihr Leben komplett zurückstellte. Die für ihn da war, wenn er sie brauchte, und in den Zeiten, in denen er unterwegs war, dafür sorgte, dass sein Haus zu einem Heim wurde, in das er immer gern zurückkehrte.

Außerdem hatte er diese Model-Freundin, und das seit vielen Jahren. Auch wenn Anna stark bezweifelte, dass dieses Model Eddi all das geben konnte, was er brauchte, sie selbst war auf keinen Fall die richtige Frau für ihn.

16. Kapitel

Es wurde langsam kalt. Pino war den ganzen Abend durch den Wald gestromert und lag jetzt erschöpft vor den Stufen zur Eingangstür. Er erhob sich langsam und streckte sich ausgiebig, als Anna an ihm vorbeiging und die Tür öffnete. In der Küche bereitete sie ihm sein Futter zu.

Eddi war so glücklich gewesen, dass seine Stimme wieder da war. Aber dass er vielleicht morgen schon abreisen wollte, stimmte Anna traurig. Schluss! Daran wollte sie jetzt nicht denken. Sie räumte das Geschirr in die Spülmaschine und stellte sie an. Dann ging sie duschen und ins Bett, um noch ein bisschen zu lesen. Sie schaffte zwei Seiten, dann merkte sie, dass sie denselben Absatz schon zum dritten Mal angefangen hatte, ohne zu verstehen, was darin geschrieben stand. Sie legte das Buch zur Seite und schaltete das Licht aus. Pino lag neben ihrem Bett und schlief.

Obwohl sie müde war, kamen ihre Gedanken einfach nicht zur Ruhe. Sie dachte an die Zeit mit Marco und verglich Eddi unwillkürlich mit ihm. Neben den körperlichen Unterschieden spielten beide auch charakterlich in verschiedenen Ligen. Marco dachte rational und karriereorientiert. Für ihn spielten Zahlen eine große Rolle, vor allem wenn es um Geld ging. Eddi hingegen handelte nach Annas momentanem Eindruck nur nach Bauchgefühl. Dadurch war er schwerer einzuschätzen, was sie oft frustrierte, aber auch ihre Neugier weckte. Außerdem fühlte sie eine körperliche Anziehung, die sie immer schwerer unterdrücken konnte. Allein beim Gedanken an Eddi fing ihr Körper an verräterischen Stellen an zu prickeln. Frustriert stand sie auf und ging in die Küche, um etwas zu trinken, anschließend auf die Toilette. Als sie auf die Uhr sah, war es bereits nach vier.

Irgendwann danach musste sie eingeschlafen sein. Lärm aus der Küche ließ sie auffahren. Sie bekam kaum ihre Augen auf, so müde war sie. Im Nachthemd und barfuß tappte sie in die Küche, Pino am Halsband haltend. Wenn es Einbrecher waren, hatte sie besser ihren Wachhund dabei. Der wirkte allerdings entspannt.

Anna öffnete die Tür. Ihr Blick fiel auf ein Stück nackte Haut. Sofort war das Kribbeln wieder da. Eddis Shirt war nach oben gerutscht, weil er sich streckte, um etwas aus dem Schrank zu nehmen. Sein Anblick irritierte sie dermaßen, dass sie sich nicht rührte. Eddi zuckte zusammen, als er sie im Türrahmen stehen sah.

»O Gott, hast du mich erschreckt!«, rief er und fuhr sich mit der Hand durch die Haare, die dadurch in alle Richtungen abstanden. Er sah absolut sexy aus. Anna spürte, wie ihr die Hitze ins Gesicht schoss. Ihre Müdigkeit war wie weggeblasen. Himmel, was war nur los mit ihr?

Eine Entschuldigung murmelnd, flüchtete sie ins Bad. Sie warf die Tür hinter sich zu und lehnte sich dagegen. »O mein Gott, o mein Gott, o mein Gott.« Ihr Spiegelbild sah sie mit aufgerissenen Augen und hochrotem Kopf an. »Warum muss er so gut aussehen?«

Es brauchte einiges an kaltem Wasser, bis sie wieder eine normale Hautfarbe angenommen hatte. Danach hatte sie sich zumindest so weit im Griff, dass sie mit ihm frühstücken konnte, ohne ihn die ganze Zeit unbewusst als Nachtisch zu betrachten.

Sicherheitshalber vermied sie, ihn öfter anzusehen als unbedingt notwendig, und beschäftigte sich lieber intensiv mit ihrem Kaffee.

Nach dem Frühstück fragte Eddi gut gelaunt, ob er mit Pino hinausgehen könnte.

Kurz darauf sah Anna den beiden hinterher. Es war erstaunlich, dass sie sich so sehr angefreundet hatten. Sie räumte die Reste vom Frühstück weg und folgte ihnen in den Hof. Eddi warf einen Stock, dem Pino zwar begeistert hinterherrannte, jedoch das Interesse verlor, sobald er ihn erreicht hatte.

Anna setzte sich auf die Stufen vor ihrer Tür und sah zu. Eddi gab sich wirklich Mühe. Anna kicherte, als sie hörte, wie er dem Hund zu erklären versuchte, dass der den Stock zurückbringen musste. Nach einigen Versuchen gab er auf und kam zu ihr. »Dein Hund versteht mich nicht«, klagte er sein Leid.

»Soll ich dir helfen?« Anna stand mit leisem Bedauern von ihrem Zuschauerplatz auf. Sie hätte dem Schauspiel noch eine ganze Weile länger zuschauen können. Sie holte aus der Küche den neu erstandenen Futterbeutel, den sie mit Trockenfutter und Wurststückchen füllte.

Eddi und Pino hatten brav draußen auf sie gewartet. Eddi stand an das Stallgebäude gelehnt und Pino saß daneben, die Zunge weit aus dem Maul hängend. Es sah aus, als ob der Hund lachte. Am liebsten hätte sie das fotografiert, aber sie hatte ihr Handy nicht griffbereit.

Sie zeigte Pino das neue Spielzeug, das er erst mäßig interessiert musterte und plötzlich voller Eifer gründlich beschnupperte. Aha, da hatte jemand den Braten gerochen. Sie warf den Beutel etwa anderthalb Meter weit weg. Pino lief sofort hinterher.

»Er weiß jetzt, dass da etwas Leckeres drin ist. Und bald wird er merken, dass er nicht von allein rankommt«, erklärte sie Eddi. Als Pino begann, auf seiner Beute herumzukauen, hockte Anna sich hin und machte den Hund durch Klopfsignale und leises Rufen auf sich aufmerksam.

Wahrscheinlich mehr aus Neugierde als aus wirklichem Verständnis heraus kam Pino näher. Sie lobte ihn ausgiebig, verließ aber ihren Platz noch nicht. Erst als Pino den Beutel fallen ließ, war sie mit ein paar Schritten bei ihm und gab ihm ein paar Futterbröckchen. Während sie das Spiel einige Male wiederholte, erklärte sie Eddi, dass sie im Moment noch jede Bewegung in ihre Richtung belohnte.

»Und jetzt versuch du es!«, forderte sie ihn auf.

Er versuchte, es so zu machen wie sie, reagierte jedoch zu langsam.

»Nicht ziehen«, rief Anna.

»Was?«

»Nicht am Beutel ziehen«, wiederholte Anna, und Eddi ließ tatsächlich los. Zumindest einer ihrer Schüler hörte schon sehr gut. Sie grinste bei dem Gedanken.

Beim nächsten Mal klappte es besser. Eddi und Pino übten noch ein paar Minuten, dann beschloss Anna, dass es für das erste Mal genug war. Pino durfte einen großen Happen fressen und dann nach Herzenslust über die Wiese toben.

Eddi und Anna beobachteten einträchtig nebeneinander stehend, wie der große und manchmal so gefährlich aussehende Hund Schmetterlinge jagte.

Es fiel ihr schwer, diesen wunderbar friedlichen Ort zu verlassen. Die Sonne schien warm, Schmetterlinge flatterten, und Pino hatte sich hechelnd im Schatten eines Baumes niedergelassen. Doch die Arbeit würde sich nicht von allein erledigen. Also verabschiedete sich Anna mit einem kurzen »Ich bin dann wieder oben« von Eddi. Er erwiderte nichts, sie spürte jedoch seine Blicke im Nacken, als sie langsam auf das Haus zuging. Als sie an der Eingangstür angelangt war, hörte sie, wie Pino zu ihr aufschloss.

Frauchen geht einfach? Nicht ohne ihren Wachhund. Und wie erwartet kam auch Eddi in kurzem Abstand hinterher. Das Rudel musste eben zusammenbleiben. Anna lächelte in sich hinein und ging nach oben, dicht gefolgt von Pino und Eddi. Auch gut, dann war sie wenigstens nicht allein.

»Möchtest du mir helfen?«, fragte sie, als sie sah, dass Eddi unentschlossen zwischen seinem Zimmer und dem Flur hin und her sah.

»Okay«, murmelte er und zuckte gleichmütig mit den Schultern.

Ein wenig mehr Enthusiasmus hätte sie schon erwartet. Wenn er nicht helfen wollte, musste er ja nicht. Doch er schüttete bereits den Fliesenkleber aus dem schweren Sack in den Eimer, den Anna gerade mit Wasser gefüllt hatte. Heute war die Wandseite im Bad dran. Außerdem musste der obere Bereich in Eddis Zimmer fertig gefliest werden.

Zu zweit ging es schneller. Während Anna das Bad in Angriff nahm, begann Eddi mit den Arbeiten in seinem Zimmer. Sie hörte ihn leise vor sich hin summen, dann hustete er und war wieder still. Ganz ausgeheilt war seine Stimme nicht. In neun Tagen stand das nächste Konzert an.

Die Sonne schien mit aller Kraft durch die Fenster und heizte die Räume auf. Anna schwitzte. Als sie die Anfangsreihe fertig hatte, sah sie durch die Türöffnung zu Eddi. Bei seinem Anblick wurde ihr noch heißer. Er hatte sein T-Shirt ausgezogen und schmierte konzentriert Kleber auf die Wand, dann drückte er die Fliesen fest an. Seine Haare waren an den Seiten nass, ihm schien die Hitze noch mehr zuzusetzen. Jedes Mal, wenn er eine Fliese an die Wand presste, traten die Muskeln an seinen Armen und seinem Bauch deutlich zutage.

Er wandte sich ihr zu. Anna bemerkte erst jetzt, dass sie ihn anstarrte, und wurde rot. Peinlich berührt suchte sie fieberhaft nach etwas, womit sie ihre Hände beschäftigen konnte. Dann flüchtete sie ins Bad, wo sie sich kaltes Wasser über die Handgelenke laufen ließ. Sie glaubte, Eddi hinter sich leise lachen zu hören. Was musste er nur von ihr denken? Schweigend arbeiteten sie weiter. Obwohl Eddi jetzt wieder sprechen konnte, war es, als hätten sie sich an das gegenseitige Schweigen gewöhnt.

Ab und zu warf Anna ihm Seitenblicke zu, war jetzt aber darauf bedacht, das möglichst unauffällig zu tun.

Ohne sich groß abzusprechen, legten beide ihre Arbeit gegen Mittag nieder, wuschen sich die Hände und gingen in die Küche. Dort sah Anna ratlos in den Kühlschrank. Eddi trat hinter sie und blickte über ihre Schulter ebenfalls hinein. Seine Nähe war ihr über die Maßen bewusst, vor allem, weil er immer noch kein T-Shirt trug. Sie konzentrierte sich mehr auf seine Wärme und seinen Atem in ihren Haaren als auf den Inhalt des Kühlschranks. Als er sie an der Schulter streifte, weil er über sie hinweg griff, sog sie scharf Luft ein.

»Ich kann uns ein Omelett machen.« Eddis Stimme klang fröhlich und unbeschwert und stand damit gänzlich im Gegensatz zu Annas aufgewühltem Inneren. Sie riss sich zusammen und holte Fetakäse, Schinken und Tomaten heraus. Zusammen mit einer Dose Champignons und einer kleingeschnittenen Zwiebel würde das leckere Omeletts geben.

Nebeneinander stehend schnitten sie die Zutaten. Eddi verquirlte das Ei. Anna deckte den Tisch und wartete, bis Eddi die Omeletts fertig hatte.

»Bist du eigentlich Psychologin?«, begann Eddi ein Gespräch, sobald sie einander gegenübersaßen. Anna schüttelte den Kopf und musste unwillkürlich lachen. Sie konnte sich vorstellen, wie er auf die Idee kam.

»Nein. Ich bin Verhaltenstherapeutin. Ich arbeite mit schwierigen Hunden.« Dabei nickte sie zu Pino, der es sich unter dem Tisch gemütlich gemacht hatte.

»Und mit mir«, fügte er grinsend hinzu. Anna grinste zurück. Sie mochte seinen Humor.

»Du hast es schön hier, ideal um sich zu erholen«, sagte Eddi zu Annas Überraschung. Sie war erfreut. Es gefiel ihm hier. Ihr kleines Reich, so unfertig es auch war. Vielleicht mochte er auch sie und Pino. Pino ganz sicher, so selbstverständlich, wie er mittlerweile mit dem Hund umging.

Mit einem guten Gefühl aß Anna die Reste ihres Omeletts. Eddi hatte ebenfalls alles bis auf den letzten Krümel aufgegessen. Ein gutes Zeichen.

Während sie gemeinsam das Geschirr abräumten und in die Spülmaschine stellten, klingelte es am Tor. Pino hob den Kopf, stand aber nicht auf. Erst als Anna zur Tür ging, folgte er ihr. Ergeben schnappte sie sich die Leine und ging nach draußen. Bis zum Tor konnte Pino frei laufen.

Ob Pino inzwischen die Klingel mit dem Tor in Verbindung bringen konnte oder einfach nur beobachtet hatte, wohin sie wollte, wusste sie nicht. Jedenfalls lief er voraus und rannte die letzten Meter den Waldweg entlang, sodass er kurz vor ihr am Tor ankam. Der Weg machte hier eine kleine Biegung, und die Bäume versperrten die Sicht. Anna wunderte sich, dass Pino nicht bellte. War niemand mehr da?

Als sie die Kurve erreicht hatte, sah Anna Karl, der ihr zuwinkte. »Hallo Anna. Ich wollte nicht einfach reinkommen. Hast du das Tor wegen des Hundes verschlossen?«

»Ja, genau«, bestätigte sie, während sie Karl hereinließ.

Der alte Mann war lediglich zum Schwatzen gekommen. Zudem richtete er ihr Grüße von Thomas aus sowie eine Entschuldigung, dass er sich so lange nicht gemeldet hatte.

»Thomas hat einen Auftrag in Thüringen. Ich soll dir aber sagen, dass er dich bald wieder besuchen kommt.«

Als sie am Haus ankamen, hatte Anna den Eindruck, dass Karl etwas suchte. Jedenfalls sah er sich genau um und versuchte, unauffällig einen Blick in jedes Zimmer zu werfen. Wenn sie es nicht besser gewusst hätte, würde sie vermuten, dass er nach Eddi Ausschau hielt. Aber warum interessierte er sich für ihn? Er war ja bestimmt kein Fan der Band. Außerdem hatte sie ihm oder Thomas gegenüber nie erwähnt, dass ihr Gast der Sänger von *Damn Silence* war, da war sie sich sicher. Wahrscheinlich war er einfach nur neugierig.

Karl wurde jedoch enttäuscht. Eddi blieb außer Sichtweite. Anna bot Karl einen Kaffee an, den dieser gern annahm. Er erzählte ihr gerade von seinem Leben mit Tante Elisa, als es wieder klingelte. Sie entschuldigte sich bei Karl und stand auf. In diesem Moment polterte auch Eddi die Treppe hinunter.

»Das ist der Arzt. Ich gehe schon!«, rief er ihr zu und verschwand nach draußen. Anna fragte sich zwar, woher er das wissen wollte, zuckte aber mit den Schultern und ging zurück zu Karl in die Küche. Einige Minuten später hörte sie Eddi wieder hereinkommen. Er sprach mit jemandem, und beide verschwanden nach oben. Karl lauschte ebenfalls.

»Ist noch jemand hier?«, fragte er neugierig.

War das jetzt sein Ernst? Er wusste doch, dass sie Besuch hatte. Vielleicht war er wirklich neugierig und wusste nicht, wie er Anna darauf ansprechen sollte. Also erzählte sie, dass Eddi auf Empfehlung seines Arztes ein paar Tage zur Erholung blieb, sie ihn vorher nicht gekannt hatte und er weder mit ihr verwandt noch ihr Freund war. Die letzte Frage fand Anna ziemlich persönlich und war erst recht verwundert. Hatte der Alte etwa ein Auge auf sie geworfen? Nein, das konnte nicht sein. Vielleicht wollte er sie mit Thomas verkuppeln?

Eine Stunde später verabschiedete sich Karl. Anna brachte ihn zum Tor. Dann ging sie mit Pino auf die Wiese, um mit ihm zu trainieren. Der Hund verstand schnell, was sie von ihm wollte. »Sitz« klappte gut, »Komm« funktionierte auf kurze Strecke auch schon. Es fiel ihm schwer, »Sitz« und »Platz« zu unterscheiden, doch dafür, dass es die erste Trainingseinheit war, hatte sie viel erreicht. Zum Schluss übte sie eine Viertelstunde lang Apportieren.

Noch immer war von Eddi oder seinem Besucher nichts zu sehen. Der Arzt war schon fast anderthalb Stunden hier. So lange dauerte doch keine Behandlung?

Als sie später am Laptop saß und ihre Termine koordinierte, hörte sie jemanden die Treppe herunterkommen. Sie war versucht nachzusehen, ob es der Arzt war oder Eddi. Vom Büro aus konnte sie den Durchgang zwischen Hof und Waldweg einsehen. Wer hinausging, musste unweigerlich dort entlang. Doch es kam niemand an ihrem Fenster vorbei. Stattdessen hörte sie ein leises Klopfen.

»Frau Diemer? Sind Sie da?«

»Ja, ich bin hier, einen Moment«, antwortete sie, sperrte Pino ins Büro und ging zur Haustür. Dort stand ein kleiner, schmächtiger Mann mit schütterem Haar und einer dunkel umrandeten Brille. Er trug eine weiße Leinenhose und ein hellgrünes Polohemd und hielt eine zerschlissene, braune Ledertasche unter den Arm geklemmt. Er streckte ihr die Hand entgegen. »Ich bin Anton Laikkonen. Ich arbeite an der Charité. Darf ich vielleicht einen kurzen Moment reinkommen? Ich müsste etwas mit Ihnen besprechen.«

Sie nickte und bedeutete ihm, in Richtung Küche zu gehen. Auf dem Tisch standen noch immer die benutzten Kaffeetassen. Anna räumte sie in die Spüle und bot dem Arzt etwas zu trinken an. Er lehnte ab und kam gleich zur Sache. »Ich habe Herrn Markgraf Medikamente verschrieben, die er unbedingt nehmen muss. Er hat mir aber deutlich zu verstehen gegeben, dass er das nicht tun wird.« Er sah sie prüfend an.

»Und was hat das mit mir zu tun?«

»Ich muss ein Gutachten schreiben und beurteilen, wann Herr Markgraf wieder auf Konzerten singen darf. Wenn er die Tabletten nicht nimmt, muss ich ...«, er brach ab.

Anna wartete, doch er sprach nicht weiter. »Was müssen Sie dann?«

Sein Blick schweifte unstet durch die Küche.

»Ich kann nur helfen, wenn ich weiß, was los ist.«

Weitere Sekunden vergingen, dann nickte er. »Sie haben recht. Die Sache ist die: Wenn sich Herr Markgraf an alles hält, was ich ihm geraten habe, spricht nichts dagegen, dass er in etwa drei Wochen wieder auftreten darf. Wenn er seine Stimme vorher zu sehr strapaziert, riskiert er eine chronische Stimmbandentzündung. Das könnte das Ende seiner Karriere als Sänger sein. Aber das will er nicht wahrhaben.«

Das Konzert in der nächsten Woche würde also auf keinen Fall stattfinden können. Sie konnte sich vorstellen, dass Eddi diese Nachricht nicht so gut aufgenommen hatte.

»Was sind das für Tabletten?«

»Das darf ich Ihnen leider nicht sagen. Sie sind weder eine Verwandte noch Ärztin oder pflegerisches Personal. Bitte überzeugen Sie Herrn Markgraf, dass er kürzertreten und seine Tabletten regelmäßig nehmen muss. Und natürlich, dass er seine Stimme weiter schonen soll.«

Anna sah ihn stirnrunzelnd an. Wie stellte er sich das vor? Warum sollte er auf sie hören? Sie kannten sich kaum.

Anton Laikkonen stand auf und hielt Anna die Hand hin. »Ich danke Ihnen für Ihre Zeit und wünsche Ihnen viel Glück mit unserem Patienten. In zwei Tagen komme ich wieder, so lange sollten die Tabletten reichen. Kümmern Sie sich gut um ihn! Ich finde allein hinaus.« Damit ließ er sie wie bestellt und nicht abgeholt stehen.

Anna ließ Pino wieder aus dem Büro und setzte sich an den Küchentisch. Sie musste das Gesagte zuerst einmal verdauen. Pino stellte sich neben sie und legte seinen Kopf auf ihren Schoß. Sie kraulte ihn abwesend hinter den Ohren.

17. Kapitel

Irgendwann raffte sie sich auf und ging noch eine Weile mit Pino spazieren. Als sie bei dem kleinen Tor im Wald vorbeikam, stellte sie verwundert fest, dass es nicht verschlossen war. Bei näherem Hinsehen bemerkte sie, dass das Schloss aufgebrochen war. Der Schaden war nicht groß. Sie dachte nicht weiter darüber nach und ging weiter. Der Spaziergang half ihr, ihre Gedanken zu ordnen.

Zurück am Haus gab sie Pino Futter und frisches Wasser. Dann ging sie, immer zwei Treppenstufen auf einmal nehmend, nach oben und klopfte laut an Eddis Zimmertür. Ihr Enthusiasmus wurde jäh gebremst, denn er reagierte nicht. Einfach eintreten wollte Anna auch nicht, also gab sie nach einem erneuten Klopfen auf und kehrte zurück in die Küche. Sie bereitete einen Teller mit belegten Broten vor und brachte ihn nach oben. Sie stellte sich nah an die Tür und lauschte. Sie hörte nichts. »Eddi? Ich habe Abendessen gemacht. Kommst du?«

Keine Reaktion. Sie wartete eine halbe Minute, vergebens. »Du kannst auch hier oben essen, wenn du willst.« Sie stellte den Teller vor die Tür und ging geknickt zurück nach unten. Gedankenverloren knabberte sie an einer Scheibe Brot. Warum reagierte Eddi so überzogen? Lag es wirklich nur daran, dass das geplante Konzert nächste Woche ausfallen würde? Für Anna war das schwer nachvollziehbar.

In der Nacht wachte sie auf, weil sie schlecht geträumt hatte. Ein Blick auf den Wecker sagte ihr, dass es zwei Uhr war. Sie drehte sich auf die andere Seite und hoffte, bald einschlafen zu können. Müde genug war sie. Plötzlich hörte sie ein Geräusch. Erst konnte sie es nicht richtig zuordnen, doch dann erkannte sie, dass es die Haustür war. Ihr Herz raste.

Kurze Zeit später schlug eine Autotür zu und ein Motor sprang an, brummte und wurde nach einer Weile leiser. Es konnte nur Eddi gewesen sein. Weit würde er nicht kommen. Schließlich hatte sie das Tor bei ihrem Spaziergang mit einer massiven Kette verschlossen, und er hatte keinen Schlüssel.

Sie lauschte eine Weile, doch er kam nicht zurück. Inzwischen hatte sich ihr Puls normalisiert. Wahrscheinlich hatte er nicht schlafen können und brauchte einen klaren Kopf. Da er mit dem Auto nicht wegkam, blieb ihm nur übrig, sich zu Fuß auf den Weg zu machen. Während sie sich vorstellte, wie er über das Tor kletterte, schlummerte sie endlich ein.

Am nächsten Morgen fiel ihr sofort wieder ein, was am vergangenen Abend und in der Nacht losgewesen war. Entgegen ihrer Gewohnheit, es morgens eher langsam angehen zu lassen, zog sie sich hastig an, putzte notdürftig die Zähne und sah dann als Erstes nach draußen. Eddis BMW fehlte. Vielleicht hatte er ihn am Tor stehenlassen und war zu Fuß zurückgekehrt. Pino war ebenfalls aufgeregt und rannte vor Anna die Treppe hoch. Bis sie oben war, schnüffelte er schon an den belegten Broten, die noch immer dort standen. Mittlerweile sahen sie nicht mehr ganz so lecker aus. Die Flasche und das Glas fehlten. Also hatte Eddi immerhin etwas getrunken. Von ihm selbst fehlte jede Spur. Seine Zimmertür stand einen Spalt offen, so konnte sie einen Blick hinein werfen. Drinnen war es sehr unordentlich, aber verlassen.
Wo war Eddi?

Sie rannte die Treppe hinunter, dicht gefolgt von Pino. Der war mittlerweile ebenfalls in heller Aufregung. Wenn sein Frauchen so außer sich war, musste etwas Schlimmes passiert sein. Anna hastete in Hausschuhen den ganzen Waldweg bis zum Tor. Doch auch dort stand kein Auto. Dafür sah sie schon von Weitem, dass die Kette lose herunterbaumelte. Als sie näher kam, erkannte sie, dass das Schloss zerbrochen war. Ein Stein lag daneben.

Eddi.

Wo war er? Er war seit heute Nacht unterwegs. Da konnte er mittlerweile schon in Hamburg oder gegen einen der hier reichlich vorhandenen Bäume gefahren sein. Anna wurde flau im Magen. Was, wenn ihm etwas passiert war?

Sie hatte seelenruhig geschlafen, hatte sich keine großen Sorgen gemacht, weil das Tor verschlossen war. Sie hätte wissen müssen, dass das für Eddi kein Hindernis darstellen würde.

Anna schob das Tor zu, damit Pino nicht weglaufen konnte. Sie brauchte dringend ein neues Schloss. Vorerst konnte sie nur warten und hoffen, dass Eddi zurückkam oder sie zumindest hörte, dass es ihm gut ging.

Und wenn nicht? Sie würde sich ihr Leben lang Vorwürfe machen.

Entschlossen verdrängte sie den Gedanken. Im Moment konnte sie nichts ausrichten. Also ging sie langsam zurück zum Haus und machte sich Frühstück, auch wenn sie keinen Hunger hatte. Sie musste sich beschäftigen. Und dann wollte sie Suzi anrufen. Vielleicht wusste die mehr. Obwohl sie sich vermutlich gemeldet hätte, wenn ihr irgendetwas zu Ohren gekommen wäre.

Anna hatte ihren Tee gerade ausgetrunken, als sie ein Auto hörte. Sie stürzte nach draußen.

Es war Eddi. Sowohl er als auch sein Auto schienen keinen Schaden genommen zu haben. Er wirkte geknickt, als er ausstieg und Anna sah. Schatten unter seinen Augen zeugten von einer schlaflosen Nacht.

Pino stand jetzt ebenfalls vor Eddi. Der vermied, Anna anzusehen, und streichelte stattdessen den Hund. »Es tut mir leid«, murmelte er so leise, dass Anna ihn kaum verstand. »Ich wollte ... dein Schloss ... tut mir leid«, sagte er etwas lauter, aber noch immer mit gesenktem Blick. Seine ganze Körperhaltung drückte sein schlechtes Gewissen aus.

Anna lächelte ihn aufmunternd an, sie war erleichtert, ihn wohlbehalten zurück zu haben. »Nicht schlimm. War ja nur ein Schloss, das kann man ersetzen.«

Jetzt hob Eddi zum ersten Mal den Kopf. »Ich kaufe dir heute noch ein neues«, setzte er etwas enthusiastischer an.

Anna winkte ab. Eddi im hiesigen Baumarkt! Mit Ruhe und Erholung wäre es dort für ihn vorbei. »Nein, lass mal! Das kaufe ich schon. Es ist besser, wenn du nicht in der Öffentlichkeit auftauchst.«

Er nickte ergeben. Dann suchte er seine Hosentaschen ab und zog ein schwarzes Lederetui heraus. Anna fielen fast die Augen aus dem Kopf, als sie die vielen grünen Scheine darin sah. Mit wie viel Geld war der Mann unterwegs? Einen Schein zog Eddi heraus und hielt ihn ihr hin. »Für das Schloss.«

Anna schüttelte den Kopf. Um ihrer Weigerung Nachdruck zu verleihen, drehte sie sich um und ging hinein. Eddi und Pino folgten ihr.

»Bitte, nimm das Geld an.«

»Das ist viel zu viel.«

»Es ist nicht nur für das Schloss. Auch für die Fahrt zum Baumarkt ... und deine Zeit!« Er sah sie treuherzig an.

Anna musste schmunzeln. Dennoch schüttelte sie den Kopf. »Eddi, willst du darüber reden, was der Arzt gestern zu dir gesagt hat?« Sie blieb stehen und drehte sich um.

Eddi starrte sie an. Dann senkte er den Blick, schüttelte den Kopf und flüchtete förmlich in Richtung Treppe.

Ihr Blick fiel auf den Hundert-Euro-Schein, den er auf dem Treppenabsatz hatte liegen lassen. Sie musste über seine Sturheit lächeln, obwohl ihr wegen all ihrer Sorge um ihn eigentlich gar nicht zum Lachen zumute war.

Bis zum Mittag sah Anna nichts von Eddi. Auch zum Essen kam er nicht herunter. Sie fand sein Verhalten immer merkwürdiger. Doch sie hatte keine Zeit, sich darüber Gedanken zu machen. Heute hatte sie einen Termin bei einem weiteren potenziellen Kunden. Sie informierte Eddi durch die geschlossene Tür, dass sein Mittagessen in der Küche stand. Als sie fragte, ob sie Pino wieder dalassen könnte, brummte er irgendetwas, das sie als Zustimmung wertete.

Anna kam später zurück, als sie gedacht hatte.

Unterwegs hatte Frau Wellek angerufen. Anna war gleich bei ihr vorbeigefahren, um die ersten Trainingsschritte abzusprechen. Danach musste sie Lebensmittel einkaufen. Sie musste das nächste Mal unbedingt daran denken, Eddi ihre Handynummer zu geben, damit er sie im Notfall erreichen konnte.

Sie fand Eddi und Pino auf der Wiese hinter dem Haus beim Apportiertraining. Erleichtert suchte sie nach einem unverfänglichen Thema, weil sie vermeiden wollte, dass er wieder die Flucht ergriff. Also erklärte sie ihm, wie er erreichen konnte, dass Pino den Beutel sofort zurückbrachte.

Eddi hörte aufmerksam zu, stellte einige Fragen und war voll bei der Sache. Er wirkte wieder normal. Sie übten gemeinsam weiter und schafften einige fehlerfreie Runden.

Es klingelte.

»Da ist jemand am Tor«, bemerkte Eddi überflüssigerweise.

Anna nickte und stapfte ergeben erst ins Haus, um Pinos Leine und seinen Maulkorb zu holen, und dann in Richtung Tor. Pino rannte schon voraus, und auch Eddi folgte ihr in kurzem Abstand. Sie hoffte, dass der Besucher ihren Gast nicht gleich erkannte. Doch Eddi blieb an der letzten Wegbiegung stehen, sodass er zwar das Tor sehen konnte, jedoch unsichtbar blieb für jeden Besucher.

Es war eine weitere Lieferung für Anna, diesmal die Gartenmöbel. Sie wollte das Tor öffnen, doch der Fahrer winkte ab, murmelte nur, dass er nicht länger warten könne, und öffnete kurzerhand seinen Laderaum. Er holte seine Fracht heraus, stieg in seinen LKW und fuhr grußlos weg.

Anna sah ihm empört nach. Neben ihr lagen mehrere in Plastikfolie eingewickelte Stühle, die passenden Auflagen und der große Tisch. Versuchsweise hob sie einen Stuhl an. Der Weg bis zum Haus war lang. Jetzt war Anna froh, dass Eddi mitgekommen war.

Er tauchte neben ihr auf und schnappte sich den Tisch. »Der Typ war ja unfreundlich!«

Anna nickte und nahm den ersten Stuhl. Bis sie beim Haus war, schwitzte sie bereits stark und verfluchte den langen Weg.

Sie mussten ihn noch zweimal gehen, bis alles im Hof war. Anna schimpfte mittlerweile lautstark auf denjenigen, der das Haus so tief in den Wald gebaut hatte. Eddi sagte nichts dazu, grinste aber die ganze Zeit. Er sah aus, als würde ihn die Schlepperei überhaupt nicht anstrengen. Anna nahm sich vor, mehr Sport zu machen.

Sie holte ein Messer und schnitt die Verpackungen auf. Zum Glück waren die Stühle und der Tisch größtenteils bereits zusammengebaut. Sie musste nur die Tischbeine anschrauben. Das übernahm Eddi für sie. Anna riss in der Zwischenzeit die Folie von den Auflagen und legte sie auf die Stühle. Dann rückte sie mit Eddis Hilfe alles an seinen Platz. Schweigend bewunderten sie ihr Werk. Die Ecke sah plötzlich richtig gemütlich aus. Sie ließen sich auf die Stühle fallen.

»Musst du immer zum Tor laufen, wenn jemand klingelt?«, fragte Eddi unvermittelt.

Anna nickte.

»Das ist nicht gut.«

Da musste sie Eddi recht geben. Sie erklärte ihm, warum sie das Tor geschlossen und dass sie noch keine bessere Lösung gefunden hatte.

Er nickte ebenfalls, kommentierte es aber nicht weiter.

Wieder schwiegen sie. Anna überlegte, ob jetzt der geeignete Zeitpunkt gekommen war, den Besuch des Arztes anzusprechen. Sie wollte ihn nicht verschrecken, und er musste ja auch nicht mit ihr darüber reden, wenn er nicht wollte. Sie hatte aber das Bedürfnis, ihm zu sagen, dass sie für ihn da war und ihm helfen würde, wo es nur ging.

Vorsichtig sah sie zu ihm. Er starrte ins Nichts und wirkte nachdenklich. Seine Haare hingen ihm in die Stirn. Die Beine in den kurzen Hosen hatte er entspannt von sich gestreckt. Sie musste daran denken, ihn nach seiner Wäsche zu fragen. Für ihn zu waschen gehörte zwar nicht zu ihren Aufgaben, zumindest konnte sie sich nicht daran erinnern, darüber etwas in dem Vertrag gelesen zu haben, aber sie würde es tun. Für ihn.

Seine Füße steckten in ausgetretenen Turnschuhen. Keine Markenschuhe, soweit Anna das erkennen konnte. Auch sein T-Shirt war eher Discounterqualität. Es war ihm ein bisschen zu klein, jedenfalls klebte es förmlich an seiner Haut. An der Brust und unter seinen Armen war es feucht vom Schweiß. An ihm wirkte das jedoch nicht abstoßend, sondern attraktiv und sexy.

Moment, was dachte sie da?

Sie hatte ihn die letzten Minuten schon wieder angestarrt. Hoffentlich hatte er das nicht bemerkt.

Jetzt reiß dich aber mal zusammen, rief Anna sich innerlich selbst zur Ordnung. Er war Eddi Markgraf, Musiker und Schwarm vieler tausend Mädchen. Er war nicht hier, weil er Anna toll fand, sondern weil seine Plattenfirma das so wollte. Außerdem hatte er gerade andere Probleme als einen weiteren liebestollen Fan, der ihn anhimmelte. So würde sie ihm garantiert nicht helfen. Sie zwang sich, an etwas anderes zu denken. Bei einem Blick auf den Stall fielen ihr die abgeplatzten Stellen an den Holztüren auf. Sie musste bald weiterarbeiten. Und die Fliesen im Obergeschoss könnten auch mal fertig werden. Sie dachte daran, wie Eddi ihr geholfen hatte. Er hatte so gut dabei ausgesehen. Und auch da hatte sie ihn die ganze Zeit angestarrt. Kein geeignetes Thema, um sich abzulenken.

Sie entschloss sich zum direkten Angriff. »Eddi? Herr Laikkonen hat mir gestern grob erklärt, was los ist. Dass du in nächster Zeit nicht singen darfst. Es tut mir leid, dass dein Konzert deshalb ausfällt. Aber wenn du dich weiter schonst und deine Tabletten nimmst, wird das bestimmt bald wieder werden. Du nimmst die Tabletten doch?«

Eddi drehte sich nicht zu ihr um und zeigte auch sonst mit keiner Regung, ob er sie gehört hatte.

»Eddi? Er hat gesagt, die Medikamente sind wichtig.«

»Du weißt nicht, wovon du redest.«

»Dann sprich mit mir! Was ist denn mit diesen Tabletten?«

Eddi wollte sich abwenden, aber Anna hielt ihn fest. Bis eben hatte sie es nur vermutet, aber nun hatte er es bestätigt. Da war irgendwas, mit dem er ein Problem hatte. Auf der anderen Seite hatte der Arzt keinen Zweifel daran gelassen, dass Eddis Genesung von den Medikamenten abhing.

Obwohl er viel stärker war als sie, blieb Eddi, wo er war. Er lachte freudlos. »Sie helfen gegen Depressionen.« Das letzte Wort betonte er besonders. Dabei sah er ihr direkt in die Augen.

Anna schluckte. »Aber warum?«

Eddi verdrehte die Augen. »Offensichtlich ist dieser sogenannte Doktor der Auffassung, ich bräuchte sie.«

Anna war irritiert. Was hatte seine Stimmbandentzündung mit Depressionen zu tun? »Das ist doch kein Weltuntergang«, sagte sie mit fester Stimme. Eddis Reaktion verriet jedoch etwas gänzlich anderes. Er sank förmlich in sich zusammen und legte den Kopf auf die Tischplatte. Anna verspürte den starken Drang, ihm über den Kopf zu streicheln. In letzter Sekunde zog sie ihre Hand zurück.

»Er hat von einem Burn-out gesprochen«, murmelte Eddi so leise, dass Anna ihn kaum verstand. Sie riss erschrocken die Augen auf. Ein gemeinsamer Freund und Kollege von Suzi hatte vor zwei Jahren die Plattenfirma wegen eines Burn-outs verlassen müssen. Er hatte eine große Karriere vor sich gehabt. Anna erinnerte sich, wie Suzi ihr damals fassungslos erklärt hatte, dass er sein Leben komplett umkrempeln musste. Jetzt arbeitete er als Postbote. Wenn es bei Eddi das Gleiche war, konnte das unter Umständen bedeuten, dass er mit der Musik und seiner Band aufhören musste. Seine Reaktion nach dem Arztbesuch war auf einmal mehr als verständlich.

»Dann ist es doch umso wichtiger, dass du diese Tabletten nimmst.«

Zu ihrer Überraschung schüttelte Eddi den Kopf. Er sah unendlich müde aus. »Damit würde ich ihm doch recht geben. Ich habe keine Depressionen. Ich bin einfach nur überarbeitet.«

Anna öffnete den Mund, sagte dann aber doch nichts. Es war seine Entscheidung. Sie konnte froh sein, dass er ihr gegenüber so offen war. Sie hatte kein Recht, über ihn zu urteilen. Vielleicht brauchte er nur jemanden, der ihm zuhörte. »Wenn du mit jemandem darüber reden möchtest, ich bin da.«

Eddi reagierte nicht. Erst ein paar Atemzüge später sah er sie kurz, aber eindringlich an. »Nein«, sagte er nur und senkte den Blick. »Ich möchte nicht darüber reden.«

Anna verspürte einen leichten Stich der Enttäuschung. Er vertraute ihr noch immer nicht.

Kurz überlegte sie, ob sie noch etwas sagen sollte, verkniff es sich aber. Sie zählte in Gedanken langsam bis zwanzig und stand auf. »Ich gehe rein.«

Ob er registrierte, dass sie aufgestanden war, wusste sie nicht, denn er blickte gedankenverloren in die Ferne.

Das nächste Mal sahen sie sich beim Abendessen.

Eddi verhielt sich, als wäre nichts gewesen. Vielleicht war das aus seiner Sicht auch so.

Anna erzählte von ihrer Abneigung gegen das Kochen. Er bot an, das gerne hin und wieder zu übernehmen. Sie sprachen darüber, was es in den kommenden Tagen geben könnte und was Anna einkaufen musste. Sie war froh zu hören, dass seine Planung zumindest die folgende Woche umfasste.

Die Themen Arzt, Konzert und Burn-out vermied Anna. Wenn sie auf einer neutralen Ebene blieben, waren die Gespräche mit Eddi unterhaltsam und lustig. Er hatte einen feinen Humor und brachte sie öfter mit Spitzfindigkeiten zum Lachen. Sie fragte sich, welch ein Leben Eddi führte. Klar, er hatte seine Band, mit der er viel unterwegs oder im Studio war. Ebenso Interviewtermine und Fernsehauftritte. Aber wie war es mit seinem Privatleben? Wahrscheinlich wohnte er in einem schicken Haus und genoss die Vorzüge seines Lebens in vollen Zügen. Die Frage war, ob es ihn glücklich machte.

Wenn sie den Artikeln glaubte, die sie über ihn gelesen hatte, hatte er all seine Ziele erreicht, seine Träume erfüllt. Anna konnte sich nicht vorstellen, dass jemand, der keine Träume mehr hatte, glücklich sein konnte.

Ihre Gedanken hielten sie in der Nacht lange wach. Hatte Eddi noch Träume? Hatte er ein Ziel im Leben, das über die Band hinausging?

Sie überlegte, wie es bei ihr gewesen war. Erst als sie ihr Leben geändert und sich neue Ziele gesetzt hatte, war sie mit sich ins Reine gekommen. Sie war glücklicher und zufriedener geworden, weil sie das Haus renovierte und einen Therapiehof daraus machen wollte. Keine leichte Aufgabe, aber jede ihrer Handlungen war ein Schritt nach vorn. Jeden Morgen wusste sie, warum sie aufstand. Jedes Mal, wenn ihr der Rücken wehtat, wusste sie, dass sie etwas erreicht hatte.

Doch Eddis Weg führte zu keinem Ziel. Jedenfalls zu keinem für Anna erkennbarem.

Vielleicht lag sie falsch. Vielleicht hatte er Träume und Wünsche, wollte sie aber nicht an die große Glocke hängen.

Mit diesen Gedanken schlief Anna schließlich beruhigt ein.

18. Kapitel

Am nächsten Vormittag hatte Anna zwei Termine und kam mit dem Auto voller Einkäufe um halb eins auf dem Hof an. Pino rannte ihr entgegen, als sie ausstieg. Sie kraulte ihn, dankbar für die nette Begrüßung. Von Eddi war nichts zu sehen. Sie hatte etwas zum Mittag mitgebracht, also ging sie nach oben, um ihn zum Essen zu rufen. Er steckte den Kopf nach draußen, als sie anklopfte. »Ich habe keinen Hunger«, sagte er kurz angebunden und schloss die Tür vor Annas Nase.

Sie starrte ein paar Sekunden ungläubig darauf. Was war das denn gewesen? Sie hatten sich doch gestern Abend gut verstanden. Und jetzt war er wieder so abweisend? Nicht mit ihr! Sollte er doch verhungern.

Wütend stapfte sie die Treppe hinunter und setzte sich an den Tisch. Inzwischen war ihr der Appetit vergangen, deshalb stopfte sie nur einige Happen in sich hinein und ließ den Rest stehen.

Eigentlich wollte sie am Nachmittag endlich die Fliesenarbeiten beenden, doch jetzt hatte sie keine Lust, auf Eddi zu treffen. Also ging sie in den Stall und machte dort weiter. Das Hämmern, Sägen und Schleifen tat ihr gut. Durch die körperliche Anstrengung verrauchte ihr Zorn auf Eddi. Der Stall nahm langsam Formen an. Die Trennwände zwischen den Boxen waren wieder fest und von Verletzungsquellen befreit. Alle Löcher im Boden und in den Wänden waren verputzt. Die Fenster ließen wieder Licht ein, nachdem Anna sie gründlich geschrubbt hatte, und mit Gewalt und viel Öl ließen sie sich auch öffnen. Im Moment war sie dabei, die alte, abblätternde Farbe von den Boxentüren zu schleifen.

Später wollte sie eine automatische Tränke installieren und eine Sattelkammer sowie einen Heuboden einrichten. Dann war der Stall einsatzbereit und Anna konnte sich nach einem eigenen Pferd umsehen, wie sie es sich schon als kleines Mädchen erträumt hatte.

Als es am Tor klingelte, war sie gerade mit der oberen Boxentür fertig geworden. Sie legte das Schleifpapier zur Seite und ging, gefolgt von Pino, zum Tor. Dort stand Professor Laikkonen. Er grüßte freundlich und wartete, bis Pino ihn als ungefährlich eingestuft hatte und hereinließ.

Auf dem Weg zum Haus überlegte Anna, ob sie den Arzt auf Eddis Depression ansprechen sollte. Sie hätte gern gewusst, wie sie damit umgehen sollte. Doch sie fand nicht die richtigen Worte. Im Haus ging er nach oben, um nach Eddi zu sehen. Wenig später kam er schon wieder herunter. »Herr Markgraf ist nicht da oder zumindest macht er die Tür nicht auf. Wissen Sie etwas?«

Anna war erstaunt und ging, dicht gefolgt vom Arzt, nach oben. Sie klopfte zweimal laut an. »Eddi? Mach auf, Professor Laikkonen ist da.«

Keine Reaktion.

»Vielleicht schläft er«, mutmaßte sie und zögerte, dann öffnete sie vorsichtig die Tür. Von Eddi fehlte jede Spur. Anna sah auch ins angrenzende Bad. Nichts.

Sie und Professor Laikkonen wechselten einen Blick. Der Arzt blickte auf seine Armbanduhr. »Ich kann eine halbe Stunde warten, wenn das für Sie in Ordnung ist.«

Anna nickte und schlug vor, nach draußen zu gehen, dort würden sie ihn bei seiner Rückkehr auf jeden Fall sehen.

Eddis Sportwagen stand noch immer da, wo er ihn nach seiner letzten Spritztour hatte stehen lassen. Er musste also zu Fuß unterwegs sein.

Sie setzten sich auf die neuen Stühle, und Anna besorgte etwas zu trinken. Um das Schweigen zu brechen, fragte sie Laikkonen nach seinem Leben in Berlin. Er erzählte von seiner Arbeit und seiner Familie. Sie stellten fest, dass Annas alte Wohnung in der Nähe seines Hauses lag. So kannten sie dieselben Geschäfte und Cafés und hatten für die nächsten Minuten ausreichend Gesprächsstoff.

Professor Laikkonen sah immer wieder auf seine Uhr, und Anna hielt weiter Ausschau nach Eddi, doch der ließ sich nicht blicken.

Wie angekündigt stand der Arzt nach einer halben Stunde auf. »Ich muss Sie jetzt leider wieder verlassen. Schade, dass Herr Markgraf nicht aufgetaucht ist. Vielleicht hat er unsere Verabredung vergessen.«

Oder er versteckt sich vor Ihnen, dachte Anna.

»Bitte richten Sie ihm aus, dass er auf jeden Fall die Medikamente nehmen soll, die ich ihm beim letzten Mal gegeben habe. Das ist wichtig!«

»Was passiert, wenn er sie nicht nimmt?«

Professor Laikkonen wiegte bedächtig den Kopf hin und her.

»Das Wichtigste für Herrn Markgraf ist erst einmal, dass er versteht, dass er sich helfen lassen muss. Die Tabletten sind ein Anfang. Die Sitzungen mit mir sind ein weiterer wichtiger Schritt. Ich komme am Montag wieder. Vielleicht können Sie ihn in der Zwischenzeit davon überzeugen, dass ich nicht beiße und er ruhig mit mir sprechen kann.« Der Arzt zwinkerte ihr bei seinen letzten Worten verschmitzt zu. Dann verabschiedete er sich und ging.

Anna blieb sitzen und dachte nach. Erst eine Stunde später tauchte Eddi auf. Er schlenderte quer über die Wiese auf das Haus zu. Pino lief ihm schwanzwedelnd entgegen, und er hockte sich hin, um den Hund zu

streicheln. Als er Anna sah, hielt er inne, kam dann
aber auf sie zu.

»Wo warst du?«, schleuderte sie ihm wütend entgegen, sobald er in Hörweite war.

Er setzte sich zu ihr und vermied es, ihr in die Augen
zu sehen. »Weg«, nuschelte er.

»Aha.« Anna wurde immer wütender. »Dein Arzt war
hier, hattest du das vergessen?«, presste zwischen zusammengebissenen Zähnen hervor, um innere Ruhe
bemüht. Es brachte nichts, wenn sie ihn anschrie.

Zu ihrem Erstaunen schüttelte er den Kopf und
blickte auf seine Füße. »Nein. Ich wollte nicht mit ihm
reden.« Anna verstand ihn kaum.

»Eddi, du verhältst dich absolut kindisch, weißt du
das?«, fragte sie entnervt.

Jetzt sah er auf. »Was meinst du damit?«

»Ich meine«, erklärte sie, um Ruhe bemüht, »dass du
dich aufführst wie ein trotziger, kleiner Junge. Weglaufen wird deine Probleme nicht lösen! Im Gegenteil, davon werden sie nur schlimmer!«

»Ich habe keine Probleme!«, konterte er heftig, sank
aber gleich darauf in sich zusammen. Er wirkte mit einem Mal so verletzlich, dass Annas Wut verpuffte.
Stattdessen verspürte sie heftiges Mitleid mit ihm. Wie
er da saß, den Blick gesenkt und mit zitternden Händen, war er ein Schatten seiner selbst. Mit seinen Worten wollte er sich selbst davon überzeugen, dass alles in
Ordnung war. Aber tief in seinem Inneren musste er
wissen, dass das nicht stimmte.

Anna verspürte den starken Drang, Eddi in den Arm
zu nehmen. Eine Weile kämpfte sie dagegen an, doch je
länger sie Eddi musterte, desto stärker wurde er, und
schließlich gab sie nach. Sie stand auf und ging einen
Schritt auf Eddi zu. Der sah nicht auf, als sie sich vor
ihn hockte und ihn ziemlich unbeholfen umarmte.

Zuerst reagierte er nicht. Aber dann spürte sie, wie er ebenfalls seine Arme um sie legte und sie an sich drückte. Sogar ziemlich heftig. Mittlerweile zitterte er am ganzen Körper. Erstmals bröckelte seine Fassade. Es fiel ihm schwer, Schwäche zugeben, er schien ihr viel zu hart mit sich zu sein. Aber sie verstand es. Im Showbusiness konnte man nur Erfolg haben, wenn man über eine eiserne Disziplin verfügte. Nun ließ er sie zum ersten Mal hinter die Mauern blicken, die er um sich herum errichtet hatte.

Bevor er Anna endgültig die Luft abdrückte, ließ er los. Sie stand auf und lockerte ihre Beine. Er hatte den Kopf abgewandt, aber sie sah, wie er mit seiner Fassung kämpfte. »Es tut mir leid!«, flüsterte er.

Anna spürte, dass er es aufrichtig meinte. »Professor Laikkonen hat mich gebeten, dich daran zu erinnern, deine Tabletten auf jeden Fall zu nehmen.«

Eddi grinste schief. »Mir geht's gut ...«

»Nein, Eddi. Das tut es nicht«, unterbrach sie ihn. »Du musst sie nehmen, das ist wichtig!« Sie sah ihn eindringlich an. »Für dich! Und für deine Fans. Die Medikamente helfen dir, gesund zu werden.« Jedenfalls hoffte sie das. Den kommenden Besuch des Arztes erwähnte sie lieber nicht.

»Ich brauche keine Medikamente!«, blockte Eddi ab.

Anna hatte genug. »Eddi, du bist krank! Die Zusammenbrüche und der Stimmverlust waren nur erste Symptome. Wenn du dich nicht behandeln lässt, wird es immer schlimmer werden!« Es fiel ihr schwer zu verstehen, warum er sich so wehrte. Was hatte er jetzt noch zu verlieren? »Wenn du dich nicht behandeln lässt und weitermachst wie bisher, wirst du vielleicht bald gar nicht mehr singen können. Dann kannst du deine Karriere vergessen. Willst du das?«

Anna hatte sich in Rage geredet. In ihren Augen schwammen Tränen der Wut und der Verzweiflung.

Sie musste zu ihm durchdringen und ihm bewusst machen, dass er sich falsch verhielt. Es gab im Moment niemand anderen, der das tun konnte. Und sie wollte ihm unbedingt helfen. Als sie zu ihm aufblickte, sah sie, dass er sie anstarrte. Seine Augen schimmerten.

Hatte sie es geschafft? War sie durch seinen Panzer gedrungen? Er war deutlich aufgewühlt, atmete schnell und flach.

Anna wusste nicht, was sie jetzt tun sollte. Sie hielt seinem Blick stand und bewegte sich nicht. Er musste das erst einmal verarbeiten.

Irgendwann stand Eddi abrupt auf. »Entschuldige mich«, war alles, was er murmelte, bevor er sich abwandte und ins Haus ging.

Anna starrte ihm hinterher. Nun zitterte sie selbst. Den ganzen Nachmittag hatte sie damit zugebracht, sich mit Eddi, seinen Problemen, Ängsten und Sorgen zu beschäftigen. Sie hatte versucht, sich in ihn hineinzuversetzen und seine Gedankengänge zu verstehen. Sie hatte Mitleid mit ihm gehabt und überlegt, wie sie ihm helfen könnte.

Während all der Zeit hatte sie nur an ihn gedacht, ihre eigenen Gefühle dabei ignoriert. Jetzt brach alles auf einmal und mit immenser Wucht über sie herein. Da war vor allem unbändige Wut. Wut, die sie zittern ließ und ihr die Tränen in die Augen trieb. Wut, die ihr einen dicken Kloß im Hals bescherte und ihr das Atmen erschwerte. Wut vor allem auf den Arzt, weil er sie allein ließ. Mit einem Mann, der psychisch krank war, der sie nicht an sich heranließ und für den sie trotzdem irgendwie verantwortlich war.

Wie sollte sie zu jemandem durchdringen, der komplett blockte?

Durfte sie ihn überhaupt anschreien? Ihm Vorwürfe machen?

Vielleicht hatte sie ihm eben viel mehr geschadet als geholfen. Sie war Verhaltenstherapeutin für Hunde. Aber Eddi war ein erwachsener Mann, der wesentlich mehr Lebenserfahrung hatte als sie, und als Mensch so viel komplexer als ein Tier. Er konnte sie in einem Moment umarmen und im nächsten von sich stoßen. Niemand stand ihr zur Seite und sagte ihr, was sie tun sollte, was ihm helfen würde.

Anna war auch wütend auf Suzi. Für sie war das hier ein großer Spaß. Sie stand jetzt als große Retterin von Eddi und *Damn Silence* da, weil sie gewusst hatte, wohin man ihn schicken könnte. An Anna hatte sie dabei keine Sekunde gedacht. Daran, was sie ihr aufbürdete. Anna hatte genug mit sich und ihrem neuen Leben zu tun, mit den Renovierungsarbeiten und ihrem Job als Verhaltenstherapeutin. Sie brauchte nicht noch mehr Probleme.

Und Eddi? Er scherte sich keinen Deut darum, wie sie sich fühlte, wenn er sie mit seinem Arzt und ihren Sorgen um ihn alleinließ. Er machte einfach, was er wollte.

Der Herr wollte reden? Bitte sehr, Anna war ja da und hatte nichts Besseres zu tun. Der Herr wollte nicht reden? Dann musste Anna das verstehen. Und sollte sich bitte aus seinem Leben raushalten!

Ihre Gedanken rasten. Die Wut in ihrem Bauch war wie ein Wirbelsturm, der alles mitriss. Aber irgendwann ging auch der schlimmste Orkan vorbei und hinterließ nichts als Chaos und Zerstörung. Als Annas Wut abebbte, machte sie einer tiefen Hilflosigkeit Platz.

»Was soll ich nur tun?« Sie wiederholte diesen Satz wie ein Mantra, umschlang ihre Knie mit den Händen und wiegte sich sachte vor und zurück.

Sie wusste nicht mehr, wie lange sie so dagesessen hatte. Sie erwachte erst aus ihrer Starre, als Pino ihr langsam und gewissenhaft die Beine ableckte. Als er damit fertig war, machte er mit ihren Armen weiter. Sie strich ihm über den Kopf.

»Mein Guter, du bist für mich da, nicht wahr? Du würdest mir immer helfen. Du lässt mich nicht im Stich!«

Pino wedelte. Erst als er wirklich jeden Quadratzentimeter ihres Armes abgeschleckt hatte, sah er sie an. Er legte sogar den Kopf schief. Anna wäre nicht erstaunt gewesen, wenn sie jetzt seine Stimme gehört hätte: »Und? Alles wieder gut?« Genau diese Frage las sie in seinen Augen.

Sie nickte. Dann musste sie über sich selbst lachen. Hatte sie gerade wirklich auf eine Frage ihres Hundes geantwortet, die dieser nie gestellt hatte? Wurde sie jetzt verrückt?

Als sie wenig später in der Küche stand und sich ein Brot schmierte, sah sie, dass es schon spät war. Ob Eddi etwas essen wollte oder ob er überhaupt heute etwas gegessen hatte, war ihr im Moment ziemlich egal. Sie konnte sich nicht um ihn kümmern wie um ein Kind. Er war erwachsen und für sich selbst verantwortlich, ob krank oder nicht. Wenn er Hunger hatte, wusste er, wo er suchen musste. Und wenn nicht, konnte sie ihn nicht zwingen.

19. Kapitel

Am nächsten Tag hatte Anna drei Termine mit gestressten und ratlosen Hundebesitzern und ihren Lieblingen vereinbart.

Unmittelbar nach dem Frühstück fuhr sie los. Pino rannte ihr bis zum Tor nach und sah ihr verdattert hinterher, als sie es vor seiner Nase schloss, ihn ermahnte, lieb zu sein, und dann in ihr Auto stieg. Jetzt hatte sie keine Bedenken mehr, den Hund zuhause zu lassen. Es würde alles gut gehen.

Die ersten zwei Termine bereiteten Anna kein Kopfzerbrechen. In beiden Fällen handelte es sich um schlecht erzogene Hunde und überforderte Halter. Sie fragte sich zwar, warum sich Leute, die keine Ahnung von Hunden hatten, so schwierige Rassen wie Rhodesian Ridgebacks oder Border Collies zulegen mussten, andererseits sorgte eben diese Tatsache dafür, dass ihr die Kunden nicht ausgingen.

Bei ihrem dritten Fall handelte es sich um einen jungen Mann und seinen schwarzen Labrador namens Pepper. Michael – er hatte Anna sofort das Du angeboten – saß bedrückt auf seinem Sofa. Er hatte bereits einen Labrador besessen, der im Gegensatz zum anderthalbjährigen Pepper keine Probleme bereitet hatte.

Obwohl Pepper wie ein echter Labrador das Wasser liebte, hatte er sonst nichts von dem rassetypischen braven und anhänglichen Familienhund. Er war ein Rüpel, bellte, zerstörte Einrichtungsgegenstände, lief ständig weg und war auch sonst kaum zu bändigen. Anna wollte es bei einem Spaziergang beobachten, obwohl sie bereits in Michaels Wohnung sehen konnte, was der Hund anstellte, wenn ihm langweilig war. Anscheinend war das oft der Fall, denn die Tischbeine wiesen Nagespuren auf, der Teppich war total zerfleddert und alle Schuhe waren angekaut. Dazu noch diverse Kratzer an den Türen und Schränken.

Anna hatte Mitleid mit Michael. Pepper stand die ganze Zeit vor ihr und versuchte, sie durch Anstarren auf sich aufmerksam zu machen. Als sie nicht reagierte, wurde er deutlicher und stupste sie mit der Nase an. Dann stellte er eine Pfote auf Annas Fuß. Als er dann auch noch ihre Hand in sein Maul nahm und darauf herumkaute, wurde es ihr zu viel und sie gab ihm durch ein sehr deutliches *Nein* zu verstehen, dass sie genug hatte. Der ließ sich jedoch nicht beeindrucken und musste an der Heizung angebunden werden.

Draußen lief es nicht viel besser. Pepper zerrte an seiner Leine, zog hierhin und dorthin und blaffte alles an. In seinen Augen hatte offenbar kein anderes Lebewesen das Recht, hier zu sein. Das Leben mit diesem Hund war sicher nicht einfach. Anna hatte keine Idee, wie sie Michael helfen konnte. Der junge Mann reagierte auf Peppers Verhalten angemessen und mit richtigem Timing. Das Problem lag eindeutig auf Seiten des Hundes.

Anna war unzufrieden, als sie Michael zwei Stunden später verließ und ihm nichts anderes sagen konnte, als dass sie sich Gedanken machen würde, wie man ihm helfen könnte. Ihr Magen knurrte. Sie hatte seit dem Frühstück nichts mehr zu sich genommen. Mittlerweile war es halb vier. Michael und Pepper wohnten in Liebenwalde, es war also noch ein Stück zu fahren. Und zuhause wartete mit Eddi nur ein weiterer Sorgenfall auf sie. Darauf hatte sie wenig Lust.

Einer plötzlichen Eingebung folgend wählte sie Suzis Nummer. Bis Berlin war es nicht weit. Mit Suzi würde sie über alles reden können. Die Wut, die sie gestern noch auf ihre Freundin verspürt hatte, war verflogen.

»Hi Suzi, ich bin es, Anna. Wo bist du?«

»Anna? Du kommst wie gerufen. Bist du unterwegs?«

Anna war erstaunt, dass Suzi so aufgeregt klang. »Ich war gerade bei einem Kunden in der Nähe von Berlin. Hast du Zeit, mit mir zu essen?«

»Jetzt? Es ist halb vier! Da haben normale Menschen entweder schon gegessen oder noch lange keinen Hunger.«

»Dann bin ich ja froh, dass du kein normaler Mensch bist.« Anna kicherte.

»Haha. Aber klar kannst du kommen. Ich bin bei Universal. Wie können zum Mexikaner gehen, wenn du willst. Hier ist echt was los, sag ich dir. Aber ich erzähle es dir lieber nachher in Ruhe. Wann bist du da?«

»Kurz vor halb fünf spätestens. Bist du dann draußen? Ach nein, ich hole dich oben ab, so lerne ich Tom gleich mal kennen.«

»Nein, Tom ist auf einem Termin, der kommt erst später zurück. Ich warte unten. Vielleicht siehst du ihn nachher, wenn wir fertig sind.«

Als Anna auf dem Parkplatz vor dem Universal-Gebäude parkte, war es fast fünf. Der Verkehr war grauenhaft gewesen. Suzi saß draußen auf der breiten Treppe und tippte auf ihrem Handy. Dabei lächelte sie versonnen. Sobald sie Anna erblickte, steckte sie das Handy ein, stand auf und ging ihrer Freundin entgegen. »Wollen wir das kurze Stück fahren oder willst du lieber laufen?«, fragte sie durch das heruntergelassene Fenster.

»Laufen, wenn das für dich okay ist.« Anna stieg aus und umarmte ihre Freundin.

Suzi schob sie ein Stück von sich weg und sah ihr prüfend ins Gesicht: »Hey, was ist los? Alles okay mit dir?«

Anna spürte, wie ihr die Tränen in die Augen schossen. Sie schüttelte den Kopf. »Ich musste einfach mal weg von zuhause. Zurück nach Berlin, in die Normalität.«

Suzi zog überrascht die Augenbrauen hoch. »Wenn du Berlin als die Normalität bezeichnest, stimmt etwas ganz und gar nicht. Was ist los? Keine Lust mehr auf Umbau? Oder liegt dir unser Patient auf dem Magen? Du hast dich aber nicht in ihn verliebt, oder?«

Anna schüttelte entsetzt den Kopf. »Quatsch! Aber es geht tatsächlich um Eddi. Ich komme einfach nicht an ihn heran.«

Suzi hakte ihre Freundin unter und zog sie mit sich vom Parkplatz in Richtung Hauptstraße. »Mach dir nicht so viele Gedanken wegen Eddi! Wenn du nicht an ihn herankommst, was immer das heißen soll, dann lässt du es eben bleiben. Er wohnt bei dir, na und? Ihr könnt euch doch aus dem Weg gehen.«

»Aber Suzi! Eddi hat Probleme.«

»Es sind seine Probleme, nicht deine. Und wenn du nicht in ihn verliebt bist, sehe ich auch keinen Grund, warum du sie zu deinen machen solltest. Eddi steht unter ärztlicher Betreuung. Professor Laikkonen ist der Beste auf seinem Gebiet, das kannst du mir glauben. Er wird schon dafür sorgen, dass es unserem Superstar bald besser geht.«

Damit war für Suzi das Thema erledigt. Anna sah ihre Freundin erstaunt von der Seite an. Verstand sie denn nicht, warum sie sich nicht heraushalten konnte? Sie wollte zu einer Erwiderung ansetzen, doch Suzi hatte schon ein neues Thema. »Weißt du, dein Eddi sorgt auch bei uns ganz schön für Aufregung. Er hat uns nämlich immer noch nicht gesagt, ob er das Konzert am nächsten Freitag nun spielen kann oder nicht. Der Arzt rät davon ab, aber die Entscheidung liegt natürlich bei Eddi und seinem Manager. Erreichbar ist aber keiner von beiden. Dass bei uns alle Amok laufen, weil sie vielleicht ganz kurzfristig ein Konzert absagen müssen, das mittlerweile ausverkauft ist, scheint sie nicht zu kümmern.« Suzi rollte theatralisch mit den Augen.

Den Rest des Weges schwiegen sie.

Anna spürte den Blick ihrer Freundin, als sie sich beim Mexikaner gegenüber saßen. »Was ist?«

»Geht es dir wirklich so nahe, was mit Eddi los ist?« Aus Suzis Mund hörte es sich an, als wäre Annas Sorge unerklärlich.

»Ja. Na und?«, antwortete sie trotzig.

Suzi legte den Kopf schief. Sie sah aus wie Pino gestern. »Die eigentliche Frage ist: Aus welchem Grund geht es dir nahe?« Der analytische Tonfall ihrer Freundin ließ Ärger in Anna aufwallen.

»Ich sage dir warum!«, antwortete sie aufgebracht. »Ich kann mir vorstellen, wie er sich fühlen muss. Er hat sein ganzes Leben lang hart dafür gearbeitet, da hinzukommen, wo er jetzt ist. Er musste bestimmt einiges in Kauf nehmen und auf vieles verzichten. Aber er hat es geschafft. Und jetzt, an der Spitze seines Erfolges, ist es ihm nicht gegönnt, das auszukosten. Jetzt macht plötzlich sein Körper nicht mehr mit und Konzerte werden über seinen Kopf hinweg abgesagt. Und dann eröffnet ihm auch noch sein Arzt, dass es für die Zusammenbrüche und den Stimmverlust eine weit schlimmere Ursache gibt als bloße Überforderung.« Sie erschrak. Letzteres hatte sie nicht verraten wollen.

Suzi griff die Neuigkeit wie erwartet sofort auf. »Was genau meinst du damit?«

»Vergiss es einfach!«, versuchte Anna, sich herauszureden.

Suzi legte den Nacho, den sie sich gerade in den Mund hatte schieben wollen, zurück auf den Teller und beugte sich näher zu Anna. »Hör mal, Süße. Wenn du mehr weißt, rück damit heraus! Hier geht es um einiges. Da hängen Arbeitsplätze dran. Wir müssen unbedingt wissen, ob Eddi das nächste Konzert und auch die anderen dieser Tour spielen kann. Wenn wir das nämlich absagen, sollte es schnell geschehen. Andernfalls wird es einen riesigen Aufruhr geben und dermaßen negative Schlagzeilen für *Damn Silence*, dass die sich davon die nächsten Jahre nicht mehr erholen.«

Anna trank einen Schluck Cola, um sich Zeit zu verschaffen. Sie steckte in der Zwickmühle. Wenn sie Suzi alles erzählte, würde sie vertrauliche Informationen preisgeben. Das wäre Eddi bestimmt nicht recht. Und wenn sie es Suzi nicht erzählte, würde die ihr noch ewig deswegen Vorhaltungen machen und ihre Freundschaft würde einen empfindlichen Knacks erleiden. Warum hatte sie auch unbedingt nach Berlin fahren müssen?

Auf der anderen Seite, war sie nicht genau aus diesem Grund hier? Um mit jemandem über alles zu reden? Sie musste ja vielleicht nicht alles erzählen.

Zögernd begann sie: »Ich gehe nicht davon aus, dass er das Konzert am Freitag spielen kann. Seine Stimme ist wieder da, theoretisch würde es also funktionieren. Aber er würde damit eine chronische Stimmbandentzündung riskieren.«

»Oh, das ist nicht gut«, bestätigte Suzi.

»Was die anderen Konzerte angeht«, fuhr Anna fort, »habe ich keine Ahnung, wann er wieder singen darf. Der Arzt hat von drei Wochen gesprochen. Aber die letzte Entscheidung liegt bei Eddi, und darüber hat er mit mir nicht geredet.«

Suzi überlegte. »Okay, wir werden noch mal versuchen, ihn zu erreichen. Und parallel bereiten wir die Stellungnahme für die Fans vor. Wenn es so gut wie sicher ist, dass das Konzert am Freitag ausfällt, können wir uns jetzt darauf vorbereiten.«

Anna nahm einen großen Bissen. Die Enchilada schmeckte köstlich. Sie hoffte, dass sie Suzis Neugier ausreichend befriedigt hatte.

»Was genau meintest du damit, dass das Ganze eine schlimmere Ursache hat?« Suzi hatte ihre Nachos noch nicht einmal heruntergeschluckt, als sie die Frage stellte, vor der Anna sich gefürchtet hatte.

Anna verfluchte, dass ihre Freundin stets so genau zuhörte.

Was sollte sie jetzt sagen? Wenn sie das Wort Burnout in den Mund nahm, konnte Suzi sonst etwas damit anstellen. Anna war sich in diesem Moment nicht einmal sicher, dass Suzi damit nicht gleich an die Presse gehen würde. Sie entschloss sich für einen Kompromiss. »Professor Laikkonen meinte, dass Depressionen dahinter stecken könnten. Aber bitte Suzi, das bleibt unter uns!«

Warum sah Suzi sie jetzt schon wieder so abschätzend an?

Sie stellte ihr Glas umständlich ab und lehnte sich zurück. »Eddi Markgraf bedeutet dir viel mehr, als du zugibst.«

Anna wollte protestieren, doch Suzi ließ sie nicht zu Wort kommen. »Wenn Jon Bon Jovi plötzlich bei mir einziehen würde, ich glaube, ich würde keinen Tag damit warten, ihn zu vernaschen. Ich wäre sofort verliebt.«

»Liebe und Sex sind nicht dasselbe«, warf Anna ein.

Suzis Auffassung war, dass man mit jemandem ins Bett gehen konnte, weil man gerade in ihn verliebt war, aber es war eben auch möglich, dass man das am anderen Morgen nicht mehr so sah. Unzählige abendfüllende Diskussionen hatten Anna jedoch gelehrt, dass Suzi nicht vom Gegenteil überzeugt werden konnte.

»Ich habe mich nicht in Eddi Markgraf verliebt!«, kam Anna auf das eigentliche Thema zurück. Sie wollte das unbedingt klarstellen. Nicht, dass Suzi auf irgendwelche verrückten Ideen kam und etwas zu Eddi sagen würde. Das wäre ihr durchaus zuzutrauen. Sie meinte es nicht böse, sie wollte nur helfen. Trotzdem wäre das äußerst peinlich, selbst wenn sie wirklich in Eddi verliebt gewesen wäre.

Zum Glück wechselte Suzi das Thema und schwärmte ihrer Freundin in höchsten Tönen von ihrer noch frischen Liebe zu Tom vor.

Anna hoffte, dass sie Tom nachher noch zu Gesicht bekam. Sie wollte sich unbedingt den Mann ansehen, der es geschafft hatte, ihre beste Freundin für sich zu gewinnen. Suzi hatte es immer schwer gehabt, Männer zu finden, die nicht von ihrer selbstbewussten Art abgeschreckt wurden. Aber sie war optimistisch geblieben. Hoffentlich meinte Tom es ernst mit ihr. Sonst würde er es mit Anna zu tun bekommen.

Erst nachdem sie wusste, welche Musik Tom in seiner Freizeit hörte, dass er gern Fußball sah, jeglichen Sport für sich aber kategorisch ablehnte, dass er Science-Fiction-Fan war und in einer »schnuckeligen Altbauwohnung im Dachgeschoß« wohnte, machten sie sich endlich auf den Weg zurück zu Suzis Büro.

Sie hatten Glück, Tom war da. Suzi klopfte an seine offene Bürotür und trat sofort ein. Anna zog sie mit sich.

In den nächsten Sekunden musste sich Anna von einem kleinen Schock erholen. Tom entsprach so gar nicht ihrer Vorstellung. Bei Suzis Erzählungen war ein Bild in ihrem Kopf entstanden, das ihn als Mischung aus Bruce Willis und Ozzy Osbourne zeigte. Der reale Tom war dünn und schlaksig, trug ausgetretene graue Chucks, eine schlecht sitzende Jeans und ein braungraues T-Shirt ohne Aufdruck. Er hatte eine dunkel umrahmte Hornbrille auf der Nase und die Haare nachlässig hochgegelt. Kurzum, er wirkte wie ein Nerd.

Es dauerte einige Sekunden, bis Anna den entsetzten Ausdruck aus ihrem Gesicht gewischt hatte und die ihr dargebotene Hand schütteln konnte. Kein Wunder, dass Suzi so lange gebraucht hatte, Tom interessant zu finden. Er sah langweilig aus.

Suzi schien das nicht zu stören. Sie setzte sich auf Toms Schreibtisch und ließ sich von ihm im Vorbeigehen auf den Mund küssen. Anna glaubte ihren Augen nicht zu trauen: Ihre ausgeflippte Freundin küsste einen Nerd. Allein für dieses Bild hatte es sich gelohnt, nach Berlin zu fahren.

Nach einer Weile hatte Anna sich so weit gefangen, dass sie normal mit Tom reden konnte, der sehr an Eddi und dessen derzeitiger Situation interessiert war. Sie berichtete noch einmal, was sie wusste, natürlich ohne den Burn-out zu erwähnen. Das war Eddis Sache. Als sie sich von Tom verabschiedete, hatte sie ihn in ihr Herz geschlossen, denn er war wirklich nett und schien Suzi aufrichtig zu lieben. Die Blicke, die er ihr zuwarf, sprachen eine deutliche Sprache.

Anna ging noch mit in Suzis Büro. »Ist eure Beziehung hier eigentlich öffentlich? Ich meine, er hat dich vorhin geküsst. Habt ihr dadurch keine Probleme?«

Suzi kicherte. »Wir halten es geheim. Das vorhin war echt die Ausnahme, weil du ja von uns weißt. Normalerweise behandelt er mich wie eine normale Mitarbeiterin. Vielleicht übertreibt er es manchmal etwas, aber er will keinen Verdacht aufkommen lassen. Dafür muss er sich zuhause doppelt und dreifach entschuldigen.« Bei ihrem letzten Satz wackelte Suzi vielsagend mit dem Kopf. Anna konnte sich lebhaft vorstellen, was sie damit meinte.

Als sich Anna von Suzi verabschiedete, wünschte sie ihr von Herzen alles Gute. So glücklich wie ihre Freundin im Moment wirkte, hatte sie schon lange nicht mehr ausgesehen.

Auf dem Heimweg dachte sie über das Gespräch beim Essen nach. Sie, Anna – in Eddi verliebt? So ein Quatsch! Er war ein attraktiver Mann, selbst jetzt, wo er erschöpft und krank aussah. Und sie genoss das Zusammensein mit ihm, jedenfalls, wenn er nicht dermaßen blockte. Aber Verliebtsein fühlte sich definitiv anders an. Mit Schmetterlingen im Bauch und einem Gefühl wie Watte und Sonnenschein im Kopf. Nicht voller Sorgen und Zweifel.

Nein, sie war nicht verliebt.

20. Kapitel

Zurück zuhause sah sie Eddi schon von Weitem. Er saß auf einem der Stühle im Hof. Neben ihm stand seine Gitarre und vor ihm lagen sein Handy, ein Zettel und ein Stift. Genauso hatte sich Anna einen Künstler beim Songschreiben immer vorgestellt. Er blickte gedankenverloren in die Ferne und spielte nebenher mit dem Stift. Am liebsten hätte sie ein Foto gemacht, aber wie so oft hatte sie ihr Handy nicht dabei.

Plötzlich sah er in ihre Richtung und grinste kurz, wurde aber gleich wieder ernst. Seine Gesichtszüge waren entspannt, doch seine Augen wirkten traurig. Seltsam. Früher hatte sie gedacht, dass Eddi Markgraf nur fröhlich sein und herumblödeln konnte. Aber er lachte nur selten. Interessanterweise gefiel er ihr so sogar besser. Nicht, dass er traurig war. Aber er wirkte ehrlicher, wenn er nicht ständig Witze riss.

»Hey«, begrüßte sie ihn.

Er strich Pino über das weiche Fell hinter den Ohren, dann sah er zu ihr hoch. Er musste seine Augen dabei abschirmen, weil sie die Sonne im Rücken hatte. »Hey«, antwortete er. Es war ihre erste Begegnung seit gestern Abend, und Anna wusste nicht richtig, was sie sagen oder tun sollte. Also setzte sie sich.

Sie schielte auf den Zettel vor Eddi und war erstaunt, dass er komplett leer war. Sie hatte ein paar gekritzelte Zeilen erwartet. Vielleicht durchgestrichene Wörter. Schade, irgendwie hätte sie der Gedanke gefreut, dass sein potenzieller nächster Hit bei ihr auf dem Hof geschrieben werden könnte.

Sie räusperte sich. »Weißt du, dass die Leute von Universal versuchen, dich zu erreichen?« Sie wartete ab, aber er antwortete nicht. »Sie müssen wissen, ob das Konzert am nächsten Freitag stattfindet oder nicht.« Sie bildete sich ein, dass sie ein verstecktes Schulterzucken wahrnahm, aber da konnte sie sich auch getäuscht haben. »Es geht mich ja auch nichts an«, redete sie weiter, um die Stille zu überbrücken. »Aber du solltest dich vielleicht bei denen melden und zumindest sagen, ob du auftreten kannst oder nicht. So wie ich es verstanden habe, müssen sie in beiden Fällen noch einiges organisieren.«

Eddis Blick fiel auf den Tisch. Dann straffte er sich, sah Anna an und nickte leicht. »Du hast recht. Ich werde es ihnen sagen.«

In der Nacht träumte Anna davon, mit Eddi Hand in Hand an einem endlosen Strand entlangzulaufen. Sie redeten nicht viel. Es fühlte sich gut an, mit ihm Händchen zu halten, dennoch hatte sie Angst vor dem Wasser, das in sanften Wellen um ihre Füße spülte. Doch Eddi beruhigte sie und zog sie tiefer mit sich hinein. Als Anna den Boden unter den Füßen verlor, schrie sie um Hilfe, doch Eddi war weg. Sie konnte sich nicht mehr bewegen und wurde unter Wasser gezogen.

In diesem Moment wachte sie schweißgebadet auf. Ihre Beine hatten sich in der Decke verheddert. Im ersten Moment war der Traum noch präsent, und sie dachte verwundert darüber nach. Doch mit jeder Sekunde entglitt er ihr mehr. Sie schlief wieder ein, und als sie das nächste Mal erwachte, konnte sie sich nur noch vage daran erinnern, dass sie von Eddi geträumt hatte.

Die Uhr auf dem Nachttisch zeigte an, dass es nach neun war. Aber es war Sonntag, also gab es keinen Grund, sich unnötig zu beeilen. Sie hörte Eddi im

Obergeschoss durch sein Zimmer laufen. Er war also auch schon wach. Schön. Dann konnten sie zusammen frühstücken.

Sie schwang ihre Beine aus dem Bett und tapste ins Bad. Schnell waschen und Zähne putzen. Heute wollte sie endlich oben die Fliesenarbeiten beenden. Ein kurzes, altes T-Shirt und eine fleckige Shorts mussten also ausreichen.

Sie machte Kaffee und schaltete den Ofen für die Brötchen an. Eddi kam die Treppe herunter. Anna musste laut lachen, als sie ihn sah. Er trug wie sie kurze Hosen und ein T-Shirt, aber er hatte einen Schal umgebunden, eine Mütze auf dem Kopf und eine dunkle Sonnenbrille auf der Nase. Er sah aus, als könnte er sich nicht entscheiden, ob Sommer oder Winter war.

»Lach nicht«, brummte er verstimmt. »Ich dachte, ich hole uns frische Brötchen zum Frühstück.«

Anna fand sein Angebot sehr nett. Nur, wo wollte er an einem Sonntag Brötchen holen? Hier im Niemandsland?

»Ich dachte einfach, ich fahre ein bisschen mit dem Auto rum und versuche, irgendwo einen Bäcker zu finden.«

Anna konnte ihn verstehen. Er saß hier seit Tagen fest. Wahrscheinlich wollte er einfach mal was anderes sehen. Ob ihm nicht bewusst war, dass bei seinem Aufzug jeder zweimal hinsehen würde? Aber das musste er selbst wissen. Solange er nicht ihre Adresse preisgab, wenn er erkannt wurde, konnte es ihr egal sein. Sollte er also seinen Spaß haben.

»Ich würde dir ja jetzt den Schlüssel zum Tor geben, aber irgendjemand hat das Schloss vor Kurzem aufgebrochen, also ist kein Schlüssel mehr notwendig.«

Die kleine Spitze musste sein. Zu ihrer Freude ging er darauf ein. »Wirklich? Das war aber nicht nett von dieser Person! Sie sollte dir wenigstens das Geld für ein neues Schloss geben.« Er grinste sie unter seiner Sonnenbrille breit an.

»Oh, das hat sie«, antwortete sie zuckersüß. »Aber ich habe ein bisschen Angst, dass sie auch ein neues Schloss zerstören würde, wenn es ihr im Weg stünde. Zum Beispiel, wenn sie unbedingt am Sonntag zum Bäcker fahren möchte.«

Eddi setzte die Sonnenbrille ab. »Nein, das wird nicht passieren«, flüsterte er ernst. »Ich war nicht ich selbst. Ich hoffe du weißt, wie leid es mir tut.«

»Ja, das weiß ich, Eddi. Ich möchte mich auch entschuldigen. Darüber macht man keine Scherze.«

Sie hoffte, dass er ihr den Spaß nicht übel nahm. Sie kamen gerade so gut miteinander klar. Sie wollte nicht, dass er sich erneut vor ihr verschloss.

Eddi setzte seine Sonnenbrille wieder auf die Nase und schenkte ihr sein typisches Eddi-Markgraf-Grinsen. »Mach dir keine Sorgen! Es ist mir lieber, du lachst darüber, als dass du deswegen traurig bist.«

Er drehte sich schwungvoll um und tänzelte in Richtung Tür. Anna konnte nur den Kopf schütteln. Bei ihm wusste man nie, woran man war. In einem Moment war er zugeknöpft und bereit zur Flucht. Im nächsten kam der lebenslustige Spaßvogel durch, als der er in den Medien präsentiert wurde.

Anna schaltete den Herd aus. Wenn Eddi wirklich frische Brötchen auftrieb, musste sie keine aufbacken. Und wenn nicht, konnte sie das später immer noch tun. Also nahm sie sich nur eine Tasse Kaffee und ging damit nach draußen.

Pino fegte durch die Tür und rempelte sie aus Versehen an, sodass sie ein paar Tropfen Kaffee auf der Türschwelle verschüttete. Bei Milch soll es ja Glück bringen, dachte sie bei sich, hoffentlich hilft auch die im Kaffee. Etwas Glück konnte sie wahrhaftig gebrauchen.

Schon jetzt war es so warm, dass man es in der Sonne nicht lange aushielt, aber Annas neu erworbene Sitzgruppe stand im Schatten. Der Zettel lag noch immer auf dem Tisch. Was hatte Eddi wohl gestern aufschreiben wollen?

Sie trank ihren Kaffee in kleinen Schlucken und stellte sich wieder einmal vor, wie es wäre, wenn ihr aus dem Stall ein Pferdekopf entgegenblicken würde. Vielleicht hätte sie doch Mona zurückholen sollen? Nein, Mona gehörte zu Karl, das hatte man gesehen. Sie hätte damit wahrscheinlich nicht nur dem alten Mann das Herz gebrochen, sondern auch dem Pferd. Es war definitiv die richtige Entscheidung gewesen.

Sie hatte einen Hund. Und sie hatte Eddi, obwohl der in ihrer ursprünglichen Planung nicht vorgesehen gewesen war. Es war schön, dass sie nicht mehr allein war. Noch schöner wäre es, wenn er für immer oder zumindest länger hierbleiben könnte, aber das war utopisch. Sein Job war es, durch Europa zu reisen, Konzerte und Interviews zu geben und Songs zu schreiben. Das hier war nur ein Intermezzo, ein Urlaub vom richtigen Leben. Auch wenn er selbst diese erzwungene Auszeit wohl kaum als Urlaub bezeichnen würde.

Von Eddi drifteten ihre Gedanken zu Pepper. Sein Verhalten gab ihr Rätsel auf. Er blockte jede Form der Kommunikation ab. Fast wie Eddi.

Anna lächelte bei dem Gedanken in sich hinein.

Worin lag nur die Ursache für Peppers sonderbares Verhalten?

Sie beschloss, im Internet über Labrador Retriever und ihre Eigenschaften zu recherchieren. Sie war sich zwar sicher, alles Wichtige über die Rasse zu wissen, aber manchmal hatten Probleme ohne erkennbare Ursache einen genetischen Hintergrund. Sie zog mitsamt Kaffee nach drinnen um und fuhr den Laptop hoch.

Eine erste oberflächliche Suche ergab keinerlei neue Erkenntnisse. Doch dann stieß sie auf den Bericht eines Mannes, der ähnliche Erfahrungen, wenn auch mit einer anderen Rasse, schilderte. Bei ihm hatte sich die Situation erst gebessert, als er angefangen hatte, mit seinem Schäferhund für Rettungseinsätze zu trainieren. Zwar war ihm ursprünglich davon abgeraten worden, weil das Tier so ungebärdig war, aber dann hatte sich herausgestellt, dass eben hier die Lösung des Problems lag: Der Hund war unterfordert gewesen.

Anna fiel ein, dass es bei Retrievern zwei genetische Linien gab: eine Arbeitslinie und eine Familienhund-Linie. Die meisten Retriever entsprangen der zweiten Linie, aber es gab auch jene, die für den Einsatz als Arbeitshund gezüchtet wurden. Vielleicht, nur vielleicht, war Pepper ein Labrador aus der Arbeitslinie. Dann wäre er natürlich als reiner Begleit- und Familienhund total unterfordert. Das würde die aufgetretenen Schwierigkeiten erklären.

Anna fand das plausibel und wollte auf jeden Fall etwas ausprobieren. Sie machte sich die Notiz, am nächsten Tag bei Michael anzurufen.

Sie surfte noch ein wenig im Internet und gab Eddis Namen ein. Überrascht durch die Fülle der Schlagzeilen klickte sie die ersten Artikel an.

Wo ist Eddi Markgraf? stand da. Oder *Konzerttermin in Hannover auf der Kippe.*

Auf mehreren Seiten wurde vermutet, er wäre in Australien. Als möglichen Grund gab man gesundheitliche Probleme an. Kopfschüttelnd las Anna weiter. Der nächste Artikel war in seinen Mutmaßungen um einiges wagemutiger. Eddi wäre »wie vom Erdboden verschluckt«. Entweder weil er sich in einer geschlossenen psychiatrischen Anstalt befände oder weil er nach einer Trennung von seiner Freundin derzeit außerhalb Europas weilte, in Amerika oder Australien.

Anna war nun klar, weshalb die Mitarbeiter von Universal so erpicht auf Eddis Entscheidung für oder gegen das Konzert waren. Nur wenn sie diese kannten, konnten sie gezielte Informationen herausgeben.

Als sie Eddis Auto hörte, klappte sie den Laptop zu. Ihr Magen knurrte. Hoffentlich hatte er Brötchen gefunden, wenn sie jetzt noch welche aufbacken musste, würde sie verhungern. Durch das Bürofenster sah es so aus, als hätte er wirklich eine Papiertüte vom Bäcker dabei. Frühstück! Schnell schaltete sie die Kaffeemaschine ein.

Eddi kam entspannt und glücklich in die Küche. Seine Verkleidung hatte er mittlerweile abgelegt. Man sah an seiner Stirn deutlich den Abdruck seiner Mütze.

Er hob die Tüte in die Höhe und grinste triumphierend. »Ich habe auch Kuchen bekommen. Gratis!« Er freute sich wie ein kleines Kind.

Anna liebte Kuchen. »Echt? Der hat nichts gekostet?«

Eddis Grinsen wurde noch breiter, falls das überhaupt möglich war. »Lediglich ein Foto und drei Autogramme«, gab er zu.

Anna grinste jetzt auch. Er war also erkannt worden. Na ja, bei dem Aufzug war das nicht verwunderlich gewesen. Aber egal, wenn es dafür Kuchen gab. Vielleicht sollte sie Eddi öfter einkaufen schicken.

Gemeinsam machten sie sich über die Brötchen, den frischen Kaffee und den Kuchen her. Als alles verputzt war, lehnte sich Anna pappsatt zurück. Eddi strich sich über seinen nicht vorhandenen Bauch.

»Das war großartig.« Er sah Anna an. »Was für Pläne hast du für heute?«

»Ich möchte die Fliesen oben fertig machen.«

»Okay, ich helfe dir.« Er wirkte mit sich zufrieden.

Gut, sollte er ihr ruhig helfen, dann ging es schneller. Vielleicht wurden sie noch vor der Mittagshitze fertig. Im Moment war es gerade noch auszuhalten.

Heute war Eddi wirklich gut drauf. Er machte kleine Witze und pfiff fröhlich vor sich hin, während er den Fliesenkleber auf der Wand verstrich. Einmal jagte er Anna durch alle Zimmer, weil er ihr Fliesenkleber auf die Nase streichen wollte. Sie hatten viel Spaß. Während Eddi die letzte Fliese andrückte, fragte sich Anna, was der Grund für seine Fröhlichkeit sein könnte. War es wegen des kleinen Ausfluges vorhin oder hatte er einfach Spaß an der Arbeit? Oder es war eine Mischung aus beidem. Sie konnte sich vorstellen, dass das dauernde Nichtstun und Herumsitzen ihm schlechte Laune verursachte. Der einzige Nachteil an Eddis guter Stimmung war, dass sich Anna öfter dabei erwischte, ihn anzustarren. Außerdem hatte sie ständig den Drang, ihn zu berühren. Einmal wollte sie ihm eine Haarsträhne zur Seite streichen, hielt sich aber im letzten Moment zurück.

Als er sie vorhin mit dem Fliesenkleber verfolgt hatte, war sie nicht so schnell gelaufen, wie sie gekonnt hätte, in der Hoffnung, dass er sie einholte. Er hatte sie auch erwischt und ihr den Kleberklecks auf die Nase gedrückt. Dann hatten sie beide gelacht. Anna hatte sich mit ihm in diesem Moment sehr verbunden gefühlt.

Das Mittagessen kochte Eddi. Er scheuchte Anna nach draußen, um die Sonne zu genießen. Viel lieber hätte sie drinnen bei ihm gesessen und seinen Anblick genossen, doch das traute sie sich nicht. Vielleicht hatte er sie absichtlich weggeschickt, weil sie ihm langsam lästig wurde. Andererseits hatte er selbst angeboten zu helfen.

Ach, sie wusste nicht, woran sie bei ihm war. Seitdem Suzi ihr diesen Floh ins Ohr gesetzt hatte, gingen Annas Gedanken viel zu oft in die Richtung *Was wäre wenn.*

21. Kapitel

Den Nachmittag verbrachten Anna und Eddi einträchtig nebeneinander draußen sitzend und lesend. Anna in einem Buch und Eddi in seinem iPad. Ein leichtes Lüftchen wehte, und Anna fühlte sich richtig wohl. Eddi hingegen regte sich immer mal wieder über etwas auf, das er las. Zwar sagte er nichts, aber sein Stöhnen und Fluchen verriet genug.

Irgendwann wurde es so heftig, dass Anna nur noch ihn beobachtete. Sein Mienenspiel und die ganze Körpersprache waren interessant und sehr unterhaltsam. Sie vermutete, dass er die Artikel über *Damn Silence* und seine Abwesenheit gefunden hatte.

Plötzlich blickte er auf. »Hey, was ist so lustig?«

»Nichts!« Anna versuchte, ihr Grinsen zu unterdrücken, scheiterte aber kläglich. Jetzt prustete sie sogar los. »Tut mir leid«, entschuldigte sie sich, als sie sich wieder im Griff hatte. »Wirklich, ich wollte nicht lachen. Es sah lustig aus, wie du dich beim Lesen aufgeregt hast. Ich kenne nur wenige Personen, die so stark auf etwas reagieren, wenn sie lesen. Was war es denn?«

Als Antwort hielt er ihr sein iPad unter die Nase. Er hatte die *Damn-Silence*-Website geöffnet und zeigte auf die Kommentare unter seinem letzten Blog-Eintrag. Sie überflog die drei obersten Kommentare.

»Wieso können sie nicht auf das offizielle Statement warten?«, regte sich Eddi auf. »Immer diese Mutmaßungen. Als wäre alles, was ich mache, sage oder singe, hochinteressant und skandalös. Können sie nicht einfach akzeptieren, dass ich ein normaler Mann mit normalen Problemen und definitiv nicht perfekt bin?«

Er klang desillusioniert und wirkte ausgebrannt, als wünschte er sich einfach nur, in Ruhe gelassen zu werden.

Da war es wieder, dieses Wort: Burn-out. Ausgebrannt. Er tat ihr unheimlich leid.

»Ich weiß nicht, wie sich das anfühlt, aber ich kann mir vorstellen, dass es auf die Dauer anstrengend sein muss.«

Weil Eddi nicht sofort abblockte, wurde sie mutiger: »Ich habe mir früher oft Gedanken darüber gemacht, was alle anderen über mich denken und ob sie das, was ich sage, dumm finden. Dabei war ich mir eigentlich sicher, dass kaum einer einen zweiten Gedanken an mich verschwendet hat. Du hingegen weißt, dass jedes Wort, jede Geste von dir auf den Prüfstand kommt und in jedem Detail durchgekaut und analysiert wird.«

Er lauschte mit schräg gelegtem Kopf, eine kleine, steile Falte zwischen den Augen. Dann nickte er. »Genau! Ich hasse das. Sie stellen mich auf ein Podest und erwarten, dass ich mich dementsprechend verhalte. Aber ich bin weder ein Engel noch eine Art Gott oder Superheld. Ich bin einfach Eddi. Keinen zweiten Blick wert. Alles, was ich tue, hat mit Musik zu tun. Darüber können sie reden. Ob sie die Musik mögen oder nicht, was auch immer. Aber manchmal habe ich den Eindruck, der ganze öffentliche Rummel dreht sich nur noch um meine Person. Ich frage mich, wie das passieren konnte.«

Anna war erstaunt. Einerseits über die Tatsache, dass Eddi sich ihr gegenüber öffnete, und andererseits über seine Worte.

»Meinst du das ernst?«

»Na klar. Kannst du es mir vielleicht erklären?«

Anna war sich nicht sicher, ob er sie veralberte oder nicht. Er wirkte ernst, aber wahrscheinlich war er ein guter Schauspieler. Nun ja, sie würde nicht daran sterben, wenn er sie auslachte.

»Eddi, es muss dir doch klar sein, dass die Leute nicht nur Interesse an deiner Musik haben«, begann sie. »Millionen Menschen sehen dich auf Konzerten und im Fernsehen. Sie wollen mehr über dich erfahren. Sie verlieben sich in das, was du darstellst: einen gutaussehenden, erfolgreichen Musiker.«

Sie schwieg, weil er plötzlich lächelte. »Du denkst, ich sehe gut aus?«, fragte er sie mit schelmischem Blick.

Anna spürte, wie sie rot wurde. Doch Eddi bohrte weiter. Er war wieder ernst, doch ein verräterisches Glitzern lag in seinen Augen. »Und was ist mir dir? Magst du unsere Musik? Kennst du unsere Songs? Oder bin ich für dich nur der unlustige Gast mit einer Menge Problemen?«

Was sollte sie jetzt sagen?

Im Moment fühlte sich jede Antwort irgendwie falsch an. Es würde die Sache unnötig verkomplizieren, wenn er erfuhr, dass sie ein Fan war. Sie konnte allerdings auch nicht so tun, als würde sie ihn nicht kennen.

»Ich mag deine Stimme«, antwortete sie nach einer kleinen Pause wahrheitsgemäß. Das konnte er interpretieren, wie er wollte.

Er lachte laut. »Du magst meine Stimme? Ich bin hergekommen, weil ich meine Stimme verloren hatte. Das ist schon irgendwie lustig, oder?«

Anna fand das nicht wirklich, also verzog sie nur kurz den Mund, um ein Lächeln anzudeuten. Dann steckte sie ihre Nase wieder in ihr Buch. Das würde Eddi hoffentlich verraten, dass sie nichts weiter zu dem Thema sagen wollte. Sie hatte das Gefühl, sie würde sich auf zu dünnem Eis bewegen.

Ein kurzer Blick zeigte ihr wenig später, dass sich auch Eddi wieder seinem iPad gewidmet hatte.

Den Rest des Nachmittages verbrachten sie in einträchtigem Schweigen.

Das Abendessen bereiteten sie gemeinsam zu. Sie sprachen nur das Nötigste, lächelten aber viel, und es war angenehm und entspannt.

Nach dem Abendessen wollte Anna einen Film ansehen, und zu ihrem Erstaunen fragte Eddi, ob er dabei sein dürfe. Vielleicht hatte er keine Lust, den Abend allein zu verbringen.

Anna trank eine Weinschorle, Eddi bat um Wein. Dann saßen sie nebeneinander auf Annas Couch und starrten auf den Fernseher. Jedenfalls in den ersten Minuten.

In dieser Zeit wurde sich Anna Eddis Nähe immer stärker bewusst. Sie konnte die Wärme seiner Oberschenkel an ihren spüren, obwohl sie sich nicht berührten. Ihre ganze Aufmerksamkeit war auf den Mann neben sich gerichtet und nicht mehr auf den Film.

Auch Eddi konzentrierte sich nicht lange auf die Worte und Bilder aus dem Fernsehen. Er ließ seinen Blick durch den Raum schweifen, dann sah er Anna an. Sie zwang sich, weiter starr auf den Fernseher zu blicken.

»Ich bin froh, dass ich hier sein kann.«

Seine tiefe Stimme jagte ihr einen Schauer über den Körper. Schlagartig stieg ihr Puls und ihr Mund wurde trocken. Sie schluckte und versuchte, normal weiter zu atmen. Sie schloss für einen Moment die Augen, dann drehte sie sich zu ihm. Was sie in seinen Augen las, konnte sie nicht deuten. Sie hatte etwas sagen wollen, doch jetzt wusste sie nicht mehr was. Ihre Gedanken rasten, gleichzeitig bekam sie keinen einzigen davon zu fassen. Sie nahm jedes Detail an ihm überdeutlich wahr. Den kleinen Punkt auf dem Ohrläppchen, wo er normalerweise einen Ohrstecker trug. Die dunkelblonden Haare, die sich über seinem Ohr kringelten. Tausende Lachfältchen um seine blauen Augen. Außen war die Iris dunkler als innen, direkt an der Pupille wechselte das Blau in Türkis.

Bei der ersten Werbepause zog Anna die Notbremse und entschuldigte sich halbherzig damit, müde zu sein. Sie flüchtete ins Bad und stellte sich unter die Dusche.

Das Wasser half ihr, halbwegs klar im Kopf zu werden.

Warum reagierte sie so stark auf Eddi? Mittlerweile konnte sie sich kaum noch kontrollieren. Als er sie so angesehen hatte, hatte sie für einen kurzen Moment erwartet, dass er sie küssen würde.

Ihre Flucht war eine Erleichterung. Dummerweise musste sie an Eddi vorbei, wenn sie ins Bett gehen wollte. Also verbrachte sie unnötig viel Zeit im Bad und tat Dinge, für die sie sonst weder die Zeit noch die Muße hatte: Sie rasierte sich die Beine, schnitt und feilte ihre Fingernägel und lackierte sogar ihre Fußnägel. Das war zwar völlig sinnlos, da spätestens am nächsten Tag die ersten Kratzer und Kerben darin sein würden, aber für den Moment sah es gut aus. Dann jedoch nahm sie die Flasche mit dem Nagellackentferner und rubbelte die Farbe entschlossen wieder ab. Wie sollte das denn aussehen, wenn sie jetzt aus dem Bad kam und sich so offensichtlich hübsch gemacht hatte.

Hübsch für Eddi? Den Eindruck wollte sie auf keinen Fall erwecken. Erst nach einer halben Stunde traute sie sich heraus. Er wunderte sich bestimmt schon, was sie so lange machte.

Ihre Bedenken waren umsonst gewesen. Als Anna ins Wohnzimmer kam, war Eddi längst verschwunden. Nur Pino lag auf dem Läufer vor der Couch. Sie kniete sich neben den Hund und streichelte ihm den Bauch. Pino hatte entspannt auf der Seite gelegen, doch jetzt drehte er sich weiter auf den Rücken, bis alle vier Pfoten in die Luft ragten. Seine Lefzen hingen herab und präsentierten ein beachtliches Gebiss. Er brummte vor Behagen. Anna lächelte in sich hinein. Dieser Hund hatte eine Hundertachtzig-Grad-Wendung hingelegt. Er hatte überhaupt keine Ähnlichkeit mehr mit dem sich wild gebärdenden Ungeheuer, das sie bei ihrem ersten Besuch im Tierheim angetroffen hatte.

Auch Eddis Verhalten hatte sich in den letzten Tagen stark verändert. Er war offener ihr gegenüber, vielleicht fing er an, ihr zu vertrauen. Er war eindeutig auf dem Weg der Besserung. Alles könnte so schön sein, wenn sie nicht so stark auf ihn reagieren würde.

Es war Montag und damit wieder Zeit, zu arbeiten.

Gleich nach dem Frühstück rief Anna bei Michael an, dem Besitzer des rüpelhaften Labradors, und vereinbarte einen weiteren Termin mit ihm. Sie war sich sicher, die Lösung für Peppers Probleme gefunden zu haben und wollte nun seine Meinung hören.

Als sie aufbrechen wollte, kam Eddi die Treppe herunter. Anna hielt unwillkürlich die Luft an. Doch er ließ mit keiner Geste durchblicken, dass er den vergangenen Abend merkwürdig gefunden hatte. Im Gegenteil, er lächelte. »Hi, musst du wieder zu einem Hund mit schlechten Manieren?«

Die Formulierung ließ Anna grinsen. Sie nickte. »Ich lasse Pino bei dir, ja? Kaffee steht noch in der Maschine. Mach dir was zum Frühstück, ich bin gegen Mittag zurück.«

Als sie hinausging, lächelte sie immer noch. Sie war erleichtert, dass sich ihr Zusammenleben nicht unnötig verkompliziert hatte, nur weil sie nicht mehr sicher war, was ihr Gefühlsleben anging. Ihr kurzer Wortwechsel hatte fast etwas von Eheleben: Sie verabschiedete sich zur Arbeit und ließ noch letzte Anweisungen für *ihren Mann* zurück.

Beim Anblick von Eddis Auto fiel ihr ein, dass Professor Laikkonen heute Vormittag kommen wollte. Sie war schon halb auf dem Weg zurück ins Haus, als sie es sich anders überlegte. Eddi sollte keine Chance haben, dem Arzt aus dem Weg zu gehen. Also war es besser, sie sagte nichts.

Als sie bei ihrem heutigen Kunden klingelte, wurde sie direkt an der Tür von einem aufdringlich hochspringenden und rempelnden Pepper und seinem geknickten Besitzer erwartet. Allerdings meinte sie, einen Hoffnungsschimmer in Michaels Miene wahrzunehmen. Sie ging mit ins Haus. Bei einem Kaffee und Keksen erzählte sie ihm von ihrer Vermutung, bei Pepper könnte es sich um einen Retriever aus einer Arbeitslinie handeln. »Und damit wäre sein Verhalten einfach ein Ausdruck davon, dass er unterfordert und gelangweilt ist«, schloss sie ihren Monolog.

Das Leuchten in Michaels Augen verstärkte sich. »Meinen Sie wirklich, dass es so einfach ist? Ich gebe Pepper eine Beschäftigung, und dann benimmt er sich besser?«

Sie schüttelte den Kopf. »So leicht, wie es klingt, ist es nicht. Für einen Arbeitshund reicht es nicht, hin und wieder auf den Hundesportplatz zu gehen oder Apportieren zu üben. Er braucht eine richtige Aufgabe. Arbeit sozusagen. Einen Job, so wie wir, dem er den ganzen Tag lang nachgehen und dann abends seine Freizeit genießen kann.«

Michael sah sie ungläubig an. „Welche Jobs gibt es denn da überhaupt?"

Sie erzählte ihm von dem Mann, der jetzt mit seinem Schäferhund im Rettungsdienst arbeitete. Er hörte ihr geduldig zu, und sie sah, wie es in ihm arbeitete. Genau an diesem Punkt war sie auf Michaels Mithilfe angewiesen. Sie konnte nicht entscheiden, welche Aufgabe für Pepper und ihn angemessen war. Schließlich musste es beiden Spaß machen, sonst würde es auf Dauer nicht gutgehen.

»Hm, ich weiß nicht, ob ich in einer Rettungshundeeinheit mitmachen will. Das ist eigentlich nicht so mein Ding«, gab er zu bedenken.

»Er muss nicht als Rettungshund arbeiten. Es gibt viele andere Aufgaben für Hunde. Es gibt Wach- und Schutzhunde, Hütehunde, Rettungshunde, Therapie- und Begleithunde ...«

»Moment«, unterbrach Michael sie. »Ich habe mal von einem Hund gehört, der kranken und behinderten Kindern hilft. Für die Kinder war schon die bloße Anwesenheit des Hundes heilsam. Würde so etwas auch als Arbeit für Pepper infrage kommen? Oder ist er dafür zu unerzogen?«

»Klar, für so was ist Pepper sicher geeignet«, beruhigte sie ihn. Sie war froh, dass er so schnell einen Bereich gefunden hatte, für den er sich interessierte. »Natürlich muss er zuerst einmal ausgebildet und trainiert werden. Es erfordert viel Selbstdisziplin von einem Hund, in solchen Situationen ruhig zu bleiben. Und genau die Art Training ist es, die Pepper braucht. Haben Sie im Beruf mit kranken und behinderten Kindern zu tun?«

Michael schüttelte den Kopf. »Nein, aber ich arbeite in der psychiatrischen Klinik in Berlin. Vor allem mit Demenzkranken. Vielleicht würde den alten Menschen so ein Hundetherapeut auch helfen?« Da hatte Anna zwar keine Erfahrungen, konnte es sich aber gut vorstellen. Sie hoffte, dass sie richtig lag, denn Michael war Feuer und Flamme. Sie unterbrach seine Zukunftsträume, indem sie aufstand und sagte: »Lassen Sie uns rausgehen und ein paar Tests machen. Dann sehen wir ja, ob er sich für eine so schwierige Ausbildung eignen würde.«

Ausgerüstet mit einigen Leckerli und einer langen Leine machten sie sich auf in den nahen Wald. Pepper benahm sich genauso rüpelhaft wie zuvor.

Anna zeigte ihm als Erstes ein Stück Futter und warf es, sobald sie seine Aufmerksamkeit hatte, an den Wegrand. Pepper sah sie an, als hätte sie ihren Verstand verloren. Dann senkte er jedoch seine Nase. Kurz darauf hatten sie seine Aufmerksamkeit schon wieder verloren. Michael war enttäuscht, doch Anna beruhigte ihn. Diese Übung stellte für Pepper keinerlei Herausforderung dar.

Auch beim nächsten Test mit dem Futterbeutel brauchte er nur drei Versuche. Selbst Anna war überrascht, wie schnell er die Zusammenhänge zu begreifen schien. Sie hatte es hier anscheinend mit einem Genie unter den Vierbeinern zu tun. Im nächsten Schritt musste Michael Pepper anbinden und den Beutel im Wald verstecken.

Sie beendeten die Trainingseinheit nach einer halben Stunde, in der Pepper viel weiter gekommen war als andere Hunde an mehreren Tagen.

Auf dem Rückweg wirkte Michael gelöst und erleichtert.

»Was mich am meisten fasziniert hat, war, dass er die ganze Zeit bei der Sache war. Er hat nicht ein Mal randaliert. Nicht mal, als das Pärchen mit dem Mops vorbeigegangen ist.«

Sie redeten über Ausbildungsmöglichkeiten für Michael selbst und Pepper, dann waren sie auch schon bei ihm zuhause angekommen und Anna verabschiedete sich. Sie vereinbarten ein weiteres Treffen in zwei Wochen, damit sie die Fortschritte begutachten und gegebenenfalls korrigierend eingreifen konnte. Sie legte Michael nahe, sie jederzeit anzurufen, falls sich das Verhalten des Hundes verschlechterte oder neue Probleme dazukamen. Bei ihrem nächstem Besuch wollten sie sich dann Peppers Unarten widmen. Insgeheim hoffte sie, dass sich einiges bereits durch das Training erledigen würde.

Der Weg nach Milmersdorf war lang. Anna hatte genug Zeit, über Pepper, dessen Probleme sie vermutlich lösen konnte, und über Eddi, dessen Probleme sie nicht lösen konnte, nachzudenken.

Schade, dass sie Eddi nicht auch einfach eine Aufgabe geben konnte. Er hatte bereits einen Job, der ihn forderte. Sogar so sehr, dass es letztlich zu viel gewesen war. Er war bei ihr, um sich zu erholen. An Arbeit und Herausforderungen hatte es ihm nie gemangelt. Höchstens jetzt.

Der Arzt hatte gesagt, Eddi müsse kürzertreten. Aber konnte er überhaupt kürzertreten? Wie sollte das gehen? Er musste nun mal all diese Termine, Interviews und Konzerte absolvieren. Die Band brauchte all das, um weiterhin Erfolg zu haben. Wenn der ausblieb, würde die Plattenfirma sie nicht weiter unterstützen. Es war ein Dilemma. In diesem Business ging es immer nur darum, voranzukommen. Jeder Rückschritt konnte das Aus bedeuten.

22. Kapitel

Zuhause fand Anna einen Zettel mit der Nachricht, dass Eddi mit Pino spazieren gegangen war. Auch gut, dachte sie, da hatte sie einen Moment Ruhe. Das Telefon klingelte, als sie sich gerade erschöpft hinsetzen wollte. Sie war versucht, nicht abzuheben, griff dann aber zum Hörer.

»Anna Diemer am Apparat.«

»Hier ist Thomas Schubert von Universal Music. Ist es bitte möglich, mit Herrn Markgraf zu sprechen?«

»Äh nein, tut mir leid«, antwortete Anna. Sie war verwundert. Hatten die von Universal Eddis Handynummer nicht? »Er ist gerade nicht da.«

Sie hörte Stimmengemurmel am anderen Ende. Es klang aufgebracht. Dann war da ein Kratzen und Schaben und eine Frauenstimme.

»Lass mich mal mit ihr sprechen.« Suzi.

Thomas Schubert war Tom.

»Anna? Hier ist Suzi. Ist Eddi wirklich nicht da? Bitte, es ist wichtig.« Suzis klang aufgeregt. Etwas musste geschehen sein.

»Nein, sorry, Süße«, antwortete sie. »Er ist gerade unterwegs mit Pino und ich weiß nicht, wann er zurückkommt.«

»O nein! So ein Mist!«

Anna musste den Hörer ein Stück weghalten. Da lag etwas im Argen. »Was ist denn los?«, fragte sie vorsichtig nach.

Suzi antwortete nicht gleich. Stattdessen redete sie wieder mit Tom. Oder vielmehr: Sie stritt. »Nein, natürlich sage ich ihr, was los ist! Sie ist meine Freundin. Außerdem ist sie die Einzige, die uns helfen kann.«

Was Tom darauf erwiderte, verstand Anna nicht.

Suzis Stimme war klar und deutlich, als sie sagte: »Ich pfeif auf die Vorschriften! Wir brauchen die Unterschrift, und du weißt genau, dass dein Job davon abhängen könnte. Und meiner auch!« Das klang ziemlich ernst. Anna musste dennoch grinsen, als sie hörte, wie Suzi mit Tom umsprang, der ja ihr Chef war. Der hatte es bestimmt nicht leicht mit ihr. »Anna?«

»Ja?«

»Entschuldige die Unterbrechung. Tom meint, dass ich dich nicht einweihen dürfte, aber mit dieser Meinung steht er allein da.« Anna konnte sich bildlich vorstellen, wie Suzi ihrem Freund bei ihren Worten giftige Blicke zuwarf. »Jedenfalls«, fuhr sie fort, »hat dein Eddi uns eine E-Mail geschickt und uns mitgeteilt, dass das Konzert am Freitag ausfallen muss.«

Anna verdrehte die Augen, als Suzi *dein Eddi* sagte. Er war nicht *ihr Eddi*.

»Leider stellt er sich seitdem tot. Aber wir brauchen seine Freigabe, damit wir die Stellungnahme zur Absage des Konzertes rausschicken können. Du bist unsere letzte Hoffnung!«

Bei diesem Satz klang Suzi regelrecht verzweifelt.

»Könnt ihr die Stellungnahme nicht einfach so rausschicken? Oder kann sie nicht jemand anderes von der Band freigeben?«, versuchte Anna, eine Lösung zu finden.

»Nein!« Suzi klang genervt. »Wir haben einen Vertrag mit der Band, und da steht klipp und klar drin, dass jegliche Meldung an die Öffentlichkeit der schriftlichen Freigabe durch Eddi Markgraf bedarf. Den Passus hat Eddi damals durchgesetzt. Bisher gab es da auch keine Schwierigkeiten, aber diesmal ...«

Anna war ratlos. Eddi würde bald zurückkommen. Das sagte sie Suzi auch. Die war allerdings nicht halb so beruhigt, wie Anna gedacht hatte. »Anna, du musst uns helfen!«, bat sie eindringlich. »Du musst ihn dazu bringen, die Stellungnahme zu unterschreiben. Ich habe sie dir eben zugemailt. Und – Anna? Bitte lass dir nicht zu lange Zeit damit. Wenn er Änderungswünsche hat, muss das hier auch wieder intern abgesegnet werden, bevor es rausgehen kann. Die Meldung sollte spätestens morgen früh in den Zeitungen stehen. Sonst kommen immense Schadensersatzforderungen auf uns zu. Die Kosten sind jetzt schon in astronomische Höhen gestiegen.«

Anna versprach, Eddi die Stellungnahme zu geben und ihn auf die Dringlichkeit hinzuweisen. Nachdem sie das Gespräch beendet hatte, warf sie das Telefon wütend auf den Tisch. Schon wieder hatte sie sich eine Verantwortung aufgeladen, von der sie keine Ahnung hatte, ob sie ihr gewachsen war. Vielleicht hatte Eddi seine Gründe, warum er die Stellungnahme nicht unterschrieb. Und nun verließen sich sowohl Suzi als auch Tom auf sie, dass sie seine Meinung ändern konnte.

Von Eddi war immer noch nichts zu sehen. Wohin war er mit Pino gegangen? Und hatte er nicht auch einen Arzttermin gehabt? Hoffentlich war er da nicht schon unterwegs gewesen. Sie hätte ihm Bescheid geben müssen. Alles machte sie falsch! Sie war einfach nicht die richtige Person für diese Aufgabe.

Missmutig setzte sie sich nach draußen. Eigentlich hätte sie im Garten arbeiten oder im Stall weitermachen können. Aber ihr fehlte die Motivation. Lieber grübelte sie weiter.

Es ging ihr gut. Sie hatte diesen tollen Hof geerbt und eine Menge Geld dazu. Endlich konnte sie ihren Traum leben und als Verhaltenstherapeutin arbeiten. Nicht ganz erfolglos, sollte man meinen. Sie hatte einen Hund, und ihr Lieblingssänger wohnte bei ihr. Außerdem war Sommer.

Was wollte sie mehr?

Kein Grund, Trübsal zu blasen.

Annas gute Laune kehrte zurück. Sie streckte sich und schloss die Augen. Jetzt spürte sie die Wärme auf ihrer Haut. Hörte die Bienen um sich herum summen. Sie meinte sogar, diesen typischen Sommergeruch nach Heu und Jasminblüten von dem Busch hinter dem Haus wahrzunehmen.

Sie müsste den Rasen mähen, das Gras stand schon wieder mehr als knöchelhoch. Außerdem wollte sie das kleine Gemüsebeet hinter dem Haus von Unkraut befreien. Aber das alles hatte noch Zeit. Es war niemand da, der sie dafür kritisierte, hier zu sitzen und nichts zu tun. Niemand, der ihr mit Sprüchen wie *Zeit ist Geld* oder *Nichtstun macht dumm* kam, nur weil sie sich fünf Minuten Pause gönnte. Sie war froh, ihrer früheren Arbeit den Rücken zugekehrt zu haben.

Sie hörte ein Geräusch und öffnete die Augen. Pino rannte auf sie zu. Die Zunge hing ihm bis zum Anschlag aus dem Maul und die Ohren flogen bei jedem seiner Galoppsprünge. Er bremste kurz vor ihr ab und ließ sich zur Begrüßung ausführlich streicheln.

»Jetzt gerade wünsche ich mir, ich wäre Pino«, hörte sie Eddis tiefe Stimme neben sich.

Sie hatte nicht bemerkt, dass auch er nähergekommen war, und sah ihn an. Pino nutzte den unbeobachteten Moment und fuhr einmal mit seiner Zunge quer über ihre Nase.

»Bäh!«, rief Anna aus.

»Meine Küsse wären auf jeden Fall sanfter«, kommentierte Eddi lachend die Situation.

Wie kam er denn auf so etwas? Doch weil er immer noch lachte, beschloss Anna, dass sie seinen Kommentar nicht ernst nehmen musste, und lachte mit.

Eddi ließ sich auf den Stuhl ihr gegenüber fallen und streckte seine langen Beine unter dem Tisch aus. »Ah, das tut gut«, seufzte er behaglich.

»Wie lange wart ihr unterwegs?«

»Hm, wie spät ist es?«, fragte Eddi nach kurzem Überlegen und massierte dabei seine Oberschenkel.

»Es ist fast vier.«

»Dann zwei Stunden. Wir sind losgelaufen, als Professor Laikkonen gegangen ist.«

Er hatte den Arzt also getroffen. Was war passiert? War Eddi deshalb unterwegs gewesen? All die Fragen brannten Anna auf der Zunge, aber sie traute sich nicht, sie zu stellen. Also wartete sie ab, in der Hoffnung, dass Eddi von sich aus mehr erzählen würde. Das hatte er offenbar nicht vor, denn er schloss die Augen.

»Eddi? Heute hat Tom von Universal Music angerufen. Thomas Schubert«, fügte sie hinzu, falls er mit *Tom* nichts anfangen konnte. Von ihm kam keine Reaktion. »Eddi?«

Er öffnete ein Auge und sah sie an.

»Es geht um eine Stellungnahme zu dem Konzert am Freitag. Sie brauchen eine Freigabe von dir, damit die Meldung, dass es abgesagt wird, an die Presse gehen kann. Sie sagen, dass sie versucht haben, dich vergeblich zu kontaktieren.«

Eddi hatte die Augen wieder geschlossen und reagierte nicht. Was sollte das jetzt?

»Eddi? Ich weiß nicht, ob du das verstanden hast ...«, begann sie erneut.

Er öffnete die Augen und sah sie durchdringend an. »Oh, ich habe dich sehr gut verstanden! Aber es ist egal.«

Was war egal? Dass er verstanden hatte? Oder dass Universal eine Unterschrift von ihm wollte?

Eddi setzte sich aufrechter hin und lächelte plötzlich. »Warst du schon mal im Wald jenseits des Grundstücks? Da ist es wunderschön. So ruhig und friedlich. Ich mag es sehr.«

Anna glaubte, sich verhört zu haben. Sie hatten nichts geklärt. Was sollte das? Doch was er konnte, konnte sie schon lange. Sie ignorierte seine Frage und kam auf das ursprüngliche Thema zurück: »Eddi, ich glaube, dass die Freigabe, die Tom von dir braucht, wichtig ist. Ohne können sie den Fans keine Erklärung für das ausgefallene Konzert geben ...«

Wieder unterbrach Eddi sie, diesmal mit einer unwirschen Handbewegung. »Bitte! Ich möchte darüber nichts mehr hören!«

Anna blieb vor Erstaunen und Empörung der Mund offen stehen. Wahrscheinlich hatte er all die Versuche, ihn zu erreichen, absichtlich ignoriert. Weil der Herr keine Lust hatte, sich mit dem Thema zu beschäftigen. Verdrängung. Den Kopf in den Sand stecken. War das seine Taktik, mit der Situation umzugehen? Neben der Tatsache, dass er flüchtete, wenn es ihm zu viel wurde?

Ärger stieg in Anna empor und suchte sich einen Weg nach draußen. »Sag mal, bist du noch ganz klar im Kopf? Ich glaube es nicht! Denkst du wirklich, alles würde verschwinden, wenn du es ignorierst?«

»Anna, bitte lass es!«

Doch es war zu spät. »Du verhältst dich wie der letzte Vollidiot! Mir gegenüber, deinen Fans gegenüber und gegenüber allen, die es gut mit dir meinen. Jeder versucht nur, dir zu helfen. Und was machst du? Du blockst alles ab! Oder du fliehst. Aber so funktioniert das nicht im Leben. Mag ja sein, dass es dir schlecht geht. Und dass du all deine Träume aufgeben musst. Mag sein, dass du nicht so weitermachen kannst wie bisher und dir das eine Heidenangst einjagt. Aber was du jetzt tust, ist viel schlimmer. Du riskierst alles, deine Band und die Treue deiner Fans. Sie werden dir vieles verzeihen, aber nicht, dass du sie einfach im Stich lässt. Ohne ein Wort der Erklärung!«

Annas Herz klopfte ihr bis zum Hals und ihre Kehle war wie zugeschnürt. Während ihrer heftigen Worte hatte der Ausdruck in Eddis Gesicht von verwundert über entsetzt bis hin zu trotzig gewechselt. Jetzt saß er ihr mit verschränkten Armen gegenüber. »Du verstehst das nicht«, setzte er an, doch Anna ließ ihn nicht ausreden.

»Ach nein? Kann schon sein, dass ich deine verqueren Gedankengänge nicht nachvollziehen kann. Das will ich aber auch nicht. Alles was ich will, ist, dass du endlich kapierst, wie sehr dein Verhalten allen schadet.«

Ihre Wut ebbte ab. Wollte er sie nicht verstehen oder konnte er es nicht?

Sie starrten sich ein paar Minuten gegenseitig an. Dann stand Eddi auf. »Ich denke, ich werde jetzt reingehen ...«

»Ja, tu das! Du verschwindest ja immer, wenn es für dich unangenehm wird!« Anna hatte für sein Verhalten kein Verständnis mehr.

Zu ihrem Erstaunen setzte sich Eddi wieder hin. »Du willst reden? Gut, dann rede! Aber erwarte nicht, dass ich dir auf alles antworte! Weißt du, was ich denke?«

Anna schüttelte den Kopf. Zu einer anderen Reaktion war sie im Moment nicht fähig.

Eddi wirkte mit einem Mal nervös. Sein Blick wanderte unstet von rechts nach links. Er atmete schnell und flach, und die kleine Kerbe auf seiner Stirn war tiefer als sonst.

Anna war angespannt. Warum sagte er nichts? Seine Augen glitzerten verdächtig.

»Ich denke ...« Er machte eine Pause, um dann etwas zu sagen, womit sie nie im Leben gerechnet hätte. »Ich sollte dich küssen!«

»Warum?«, fragte sie perplex.

Am liebsten hätte sie sich für diese unqualifizierte Reaktion auf seine offensichtliche Provokation geohrfeigt.

Ein Lächeln umspielte Eddis Mundwinkel. Er lehnte sich ein Stück vor und ergriff ihre Hand. Seine Berührung war wie ein Stromstoß. Sie sah abwechselnd zwischen ihren Händen und seinem Gesicht hin und her, unfähig, einen klaren Gedanken zu fassen. Sie träumte das alles. Sie hatte ihn falsch verstanden. Oder er machte sich über sie lustig. Sie wünschte, jemand würde ihr sagen, wie man sich in so einer Situation verhielt. Wie man cool wirkte, obwohl man sich fühlte, als würde man sich gleich in einen Schwarm bunter Schmetterlinge auflösen.

»Weil ...« Er hatte seine Stimme gesenkt, sodass der Bass darin deutlicher zu hören war als zuvor. Die Härchen in ihrem Nacken stellten sich auf. Er drückte ihre Hand. »Weil du dich nicht mit meinen Problemen herumschlagen solltest. Eine schöne Frau wie du sollte sich für andere Dinge interessieren.«

Obwohl sie sich am liebsten dagegen gewehrt hätte, konnte sie sich seiner Anziehungskraft nicht entziehen. Sie wandte den Blick ab, in der Hoffnung, dass sich die Verwirrung in ihrem Inneren auflösen würde. Doch all ihre Sinne waren auf diese Berührung gerichtet, auf ihre Hand in Eddis.

Sie fragte sich, ob er sie küssen würde.

Unwillkürlich fuhr sie sich mit der Zungenspitze über die Lippen. Sie sah ihn schlucken, dann zog er ihr Gesicht sanft näher, bis sich ihre Lippen in einem zarten Kuss trafen.

Obwohl er sie kaum berührt hatte, brannten ihre Haut wie Feuer. Auf einmal vertieften sich die Fältchen um seine Augen und als er sich zurücklehnte, bemerkte Anna, dass er lächelte. Er hielt noch immer ihre Hand und drückte sie leicht. »Und jetzt ... sag, was du sagen wolltest!«, forderte er sie auf.

Anna wusste es nicht mehr. Sie wusste nicht einmal mehr, was sie denken sollte. So lange er ihre Hand hielt, war sie viel zu abgelenkt. Vorsichtig zog sie ihre Finger aus seinen und verschränkte die Arme vor der Brust.

Sein Lächeln wurde breiter. Machte er sich über sie lustig?

Anna kratzte ihren letzten Rest Selbstbeherrschung zusammen und konzentrierte sich darauf, was sie eigentlich von ihm wollte. Außer ihn hier und jetzt bis zur Besinnungslosigkeit zu küssen natürlich. »Die ... Stellungnahme. Du musst die Stellungnahme freigeben«, sagte sie lahm. Das klang nicht überzeugend.

Dennoch nickte er. »Okay. Wenn es dir so wichtig ist.«

Anna brauchte ein paar Sekunden, bis sie den Sinn seiner Worte begriffen hatte. Warum lenkte er jetzt ein? Sie hatte das dumpfe Gefühl, dass es etwas mit dem Kuss zu tun hatte. Auf einmal hatte sie es eilig, aufzuspringen und nach drinnen zu ihrem Drucker zu hasten. Sie hatte das Dokument vorhin ausgedruckt und dort liegen gelassen. Außerdem brauchte sie Abstand von ihm und den verwirrenden Gefühlen, die er in ihr auslöste.

Den Rückweg trat sie deutlich langsamer an. Sie wusste nicht, wie sie Eddi gegenübertreten sollte. Doch sie konnte unmöglich drinnen bleiben, also holte sie tief Luft und übergab ihm kurz darauf den Ausdruck samt Kugelschreiber.

Er las schweigend und ohne eine Miene zu verziehen. Dann legte er ihn auf den Tisch. »Das ist absoluter

Mist«, sagte er verächtlich, unterschrieb aber trotzdem. »Zufrieden?«, fragte er mit ironischem Unterton.

Anna nickte, nahm den Ausdruck an sich und ging damit wieder hinein. In ihrer Küche musste sie sich setzen und durchatmen. Die Stellungnahme hielt sie noch immer in den Händen, als könnte sie ihr Halt geben. Sie wollte nicht an den Kuss denken, musste sich ablenken. Das Naheliegende war wohl, Suzi das unterschriebene Dokument zukommen zu lassen. Sie suchte ihr Telefon und wählte. Es dauerte eine Weile, doch dann nahm ihre Freundin ab.

»Universal Music, Fröhlich am Apparat.«

Anna grinste wie immer, wenn Suzi das sagte.

»Hi, Süße. Er hat eure Stellungnahme freigegeben.«

»Was?«, brüllte Suzi ins Telefon und quietschte gleich darauf begeistert los. »Echt? Du bist so klasse, weißt du das? Ohne dich wäre ich verloren. Was heißt ich? Auch Tom und der ganze Laden hier. Und *Damn Silence* vermutlich auch. Wie hast du es geschafft?«

»Hm«, begann Anna. Sie malte mit dem Finger gedankenverloren kleine Kreise auf den Tisch. Sie würde Suzi auf keinen Fall von dem Kuss erzählen. Der hatte sowieso nichts zu bedeuten. »Ich habe ihn einfach gefragt.«

Das war zwar nur die halbe Wahrheit, aber das konnte Suzi ja egal sein. Schließlich hatte sie, was sie wollte. »Brauchst du die Unterschrift per Post?«, fragte Anna, um Suzi auf andere Gedanken zu bringen.

»Ja«, erwiderte ihre Freundin, »oder nein, warte. Ich hab eine bessere Idee. Kannst du ein Foto davon machen und es mir senden? Das Originaldokument kannst du mir geben, wenn wir uns das nächste Mal sehen.«

Anna zuckte mit den Schultern. »Gut.«

Kurz darauf beendete sie das Telefonat mit der Ausrede, noch zu einem Termin zu müssen. Sie hatte keine

Lust auf unangenehmen Fragen, die sie momentan weder beantworten wollte noch konnte. Jetzt musste sie erst einmal selbst alles für sich ordnen.

Was hatte der Kuss zu bedeuten? Wenn sie darüber nachdachte, kam ihr das alles ziemlich unwirklich vor. Hatte Eddi sie wirklich geküsst? Oder hatte sie sich das nur eingebildet? So oder so, es hatte sich wunderbar angefühlt. Sie lächelte glücklich, holte ihr Handy aus ihrer Handtasche und fotografierte Eddis Stellungnahme.

Jetzt packte sie die Neugierde. Wie viel würde die Plattenfirma preisgeben? Sie setzte sich und zog das Blatt zu sich heran. Interessiert begann sie zu lesen.

Zwei Minuten später legte sie es enttäuscht beiseite. Kein Wunder, dass Eddi es so verächtlich als großen Mist bezeichnet hatte, denn das war es. In der Stellungnahme stand, dass Eddi aufgrund einer verschleppten Erkältung eine akute Stimmbandentzündung erlitten hätte. Obwohl es ihm besser ging, wollte er auf seine Ärzte hören, die ihm geraten hätten, für einige Wochen nicht zu singen, um keine dauerhaften Schäden zu riskieren. Damit waren sie im Großen und Ganzen bei der Wahrheit geblieben, jedenfalls was die Gründe für die Konzertabsage betraf. Der Rest jedoch glich einem Märchen. Angeblich befand sich Eddi momentan mit Freundin und Familie in einem nicht benannten Kurort, wo er neben seiner Stimme den Stress der vergangenen Monate auskurierte.

Sie hatten das bestätigt, was die meisten vermutet hatten, und es mit halbseidenen Informationen unterlegt.

Anscheinend gab es keine andere Möglichkeit, als die Wahrheit auszuschmücken und zu verbiegen. Anna fand die Stellungnahme zwar enttäuschend, schickte Suzi aber das gewünschte Foto, ohne einen Kommentar dazu abzugeben.

23. Kapitel

Die nächsten zwei Stunden verschanzte sich Anna im Büro und arbeitete an ihrer Website. Sie wollte unbedingt einige Erfolgsgeschichten einbauen, und da hatte sie mit Rex, Pino und Pepper genug Stoff. Zunächst schaffte sie es, sich auf die Geschichten zu konzentrieren, aber nach etwas über einer Stunde ließ ihre Konzentration nach und ihre Gedanken kehrten zurück zu Eddi. Warum um alles in der Welt hatte er sie geküsst? Sie hatten vorher gestritten. Oder etwa nicht? So richtig konnte sich Anna nicht mehr erinnern. Hatte er mit dem Kuss von sich ablenken wollen? Aber das ergab doch keinen Sinn.

Egal von welcher Seite sie es betrachtete, die entscheidende Frage lautete: Was hatte Eddi dazu gebracht und was wollte er damit erreichen? Das würde sie allerdings nur erfahren, wenn sie ihm wieder gegenübertrat. Vielleicht würde er sich entschuldigen, weil er nicht Herr seiner Sinne gewesen war. Vielleicht hatte er auch ein schlechtes Gewissen und würde so tun, als wäre nichts gewesen. Dann wäre alles wie vorher. Vielleicht würde er auch versuchen, sie erneut zu küssen. Das wagte Anna kaum zu hoffen.

Sie zwang sich, sich wieder auf die Frage zu konzentrieren, ob sie Bilder von den Hunden einfügen sollte oder nicht. Aber das fiel ihr schwer, und es war sowieso langsam Zeit, sich über das Abendessen Gedanken zu machen.

Eine weitere Begegnung mit Eddi war unvermeidlich. Warum nur freute sie sich so darauf?

Sie fand ihn mit Pino auf der Wiese. Eddi warf den Futterbeutel und Pino tobte hinterher. Seitdem der Hund dieses Spiel begriffen hatte, war er begeistert bei der Sache. Anna musste schon die abendlichen Futterrationen einschränken, damit Pino nicht zu viel fraß. Er war zwar immer noch dünn, aber sein schwarzes Fell hatte mehr Glanz bekommen und seine Rippen stachen nicht mehr so deutlich hervor wie vor ein paar Tagen.

Anna lief extra langsam, um die Szene eine Weile zu genießen. Nicht nur Pino wirkte begeistert, sondern auch Eddi machte den Eindruck, als hätte er gute Laune. Er alberte mit Pino herum, wenn er den Beutel in der Hand hatte, und feuerte ihn an, wenn er ihn geworfen hatte.

Anna war nur wenige Meter von ihm entfernt, als er sie bemerkte. Im ersten Moment schien er etwas befangen, doch dann brach er das Eis, indem er Pinos Fortschritte im Apportiertraining begeistert lobte. Darauf konnte Anna eingehen, und schon kurze Zeit später plauderten sie wie alte Freunde über Pino.

Auf dem Weg zum Haus machte sie eine Bestandsaufnahme im Stall. Eddi gesellte sich zu ihr. Verstohlen musterte Anna ihn. Er war um einiges größer als sie, kam problemlos an die Decke und wäre ideal geeignet, sie zu weißen. Sie sah ihn schon vor sich, Farbspritzer auf dem Gesicht und in den blonden Haaren, die blauen Augen blitzend.

Warum eigentlich nicht? Mit den Fliesen hatte er ihr auch geholfen. Und fragen kostete nichts.

»Du, Eddi ...«, begann sie vorsichtig. Gerade verließ sie der Mut wieder und sie vermied es, ihm in die Augen zu sehen.

»Ja?«, fragte er neugierig.

Jetzt konnte sie keinen Rückzieher mehr machen. Sie räusperte sich und wagte nun doch, ihn anzusehen. Da war er wieder, der Blick aus diesen unglaublich blauen Augen, der ihr durch Mark und Bein ging. Beinahe hätte sie vergessen, was sie fragen wollte. Aber sie fing sich. »Hast du Lust, mir hier im Stall zu helfen?«

Das feine Lächeln auf seinen Lippen wurde stärker. »Sicher«, meinte er. »Was kann ich tun?«

Anna war erleichtert. »Ich hatte überlegt, hier morgen zu streichen. Innen fehlt noch die Decke und außen die Türen. Und weil du so groß bist, dachte ich, dass du vielleicht die Decke ...«

Er nickte. »Natürlich.«

Er würde ihr morgen helfen. Das war sehr schön, erklärte aber nicht die unbändige Freude, die sich in ihrem Inneren breit machte und lauter Schmetterlinge in ihrem Bauch tanzen ließ.

Zum Abendessen bestellten sie Pizza. Sie schlenderten zu dritt zum Tor, um dem Lieferanten entgegenzugehen, auch wenn sich Anna unwohl fühlte. Schließlich konnte es eine Weile dauern, bis der Pizzabote eintraf. Was sollten sie so lange tun? Worüber konnten sie sich unterhalten?

Sobald sie nebeneinander am Tor saßen, fragte Eddi: »Kann es sein, dass du nervös bist, weil ich dich geküsst habe?«

Anna verschluckte sich beinahe. »Äh ...« Wie gern hätte sie eine schlagfertige Antwort gegeben, aber ihr fiel nichts ein.

»Du solltest vielleicht wissen, dass ich nicht herumlaufe und alle Frauen küsse«, fügte er hinzu.

Für Anna allerdings erklärte das rein gar nichts.

Doch sie kam nicht dazu, sich eine Antwort zu überlegen, denn Eddi fuhr schon fort: »Aber du wirkst immer so selbstbewusst und sicher. Ich glaube, ich wollte dich einfach mal aus der Reserve locken.«

»Oh«, entfuhr es Anna wenig geistreich.

»Ich meine, du hast auf alle Fragen eine Antwort. Was auch immer passiert, du bleibst ruhig und vernünftig.« Eddi unterstrich seine Worte gestenreich. »Als ich vor ein paar Tagen angekommen bin, hat dich niemand vorgewarnt. Und du? Du hast mich einfach mit hineingenommen. Ich habe dein Schloss zerstört und du hast mich nicht mal angeschrien. Nichts scheint dich je aus der Ruhe zu bringen. Du hast vor nichts Angst. Du bist die couragierteste Frau, die ich je kennengelernt habe.«

Annas Augen waren bei seiner Erklärung immer größer geworden. Er konnte nicht sie meinen! Sie sollte vor nichts Angst haben und auf jede Frage eine Antwort wissen? Das Gegenteil war der Fall. Sie fühlte sich oft völlig verloren. Sie war nicht mutig, und vernünftig war sie in letzter Zeit auch selten gewesen. Da hatte Eddi einiges gründlich falsch verstanden.

»Allerdings«, meinte Eddi und grinste, »siehst du jetzt tatsächlich geschockt aus.« Er hob die Augenbrauen.

Anna prustete los. Sie konnte gar nicht mehr aufhören zu lachen. Es war ein befreiendes Lachen. Eines, in das Eddi mit einfiel.

Über ihnen bewegten sich die Zweige der hohen Kiefern. Pino stand vor ihnen und beobachtete irritiert seine beiden seltsamen Menschen. Sie beruhigten sich erst wieder, als der kleine Fiat des Lieferdienstes vor dem Tor hielt. Tapfer wartete der dünne, pickelige Junge mit den Kartons in der Hand, bis Anna ihm das Geld über den Zaun gereicht hatte. Pino führte sich währenddessen auf, als wolle er die Pizza samt Karton und Boten fressen, sollte dieser auch nur einen Millimeter näherkommen.

Auf dem Rückweg zum Haus wirkte Pino mit sich zufrieden. Er hatte dem armen Jungen ja auch die Pizza abgejagt. Wahrscheinlich hoffte er nun auf seinen Anteil der Beute. Da würde er lange warten müssen.

Sie aßen draußen, da es noch immer angenehm warm war. Die Pizza schmeckte hervorragend. Anna dachte an Eddis Worte. Er hatte gesagt, sie sei die couragierteste Frau, die er je kennengelernt habe. Er war beeindruckt von ihr. Das hätte sie nicht erwartet. Und dass sein Kuss nur als Provokation gedient hatte, fand sie beruhigend.

Einerseits. Andererseits musste sie zugeben, dass sie enttäuscht war. Ein kleiner Teil von ihr hatte sich gewünscht, Eddi Markgraf wäre unsterblich in sie verliebt. Noch ließ sich dieser Teil ignorieren, aber wenn sie sah, wie Eddi mit genießerischem Gesichtsausdruck in ein Stück Pizza biss, die Augen halb geschlossen und der Körper im Zustand purer Entspannung, spürte sie, wie der Wunsch wuchs.

Sie wandte den Blick ab. Eddi war wie ein Magnet, von dem sie sich kaum lösen konnte. Seine Haare hingen ihm bis in die Augen, aber im Moment schien ihn das nicht zu stören. Anna musste die Hände zu Fäusten ballen, um den Impuls zu unterdrücken, sie ihm aus der Stirn zu streichen. Als er einen weiteren Bissen nahm, wanderte ihre Aufmerksamkeit zu seinem Mund. Sie befeuchtete ihre Lippen und seufzte unhörbar. Ihre eigene Pizza wurde langsam kalt.

»Kann ich dich was fragen?«

Anna zuckte zusammen. Sie war dermaßen in ihren Tagträumen versunken gewesen, dass sie nicht bemerkt hatte, wie Eddi sie nun seinerseits musterte. Sie spürte, dass sie unter seinen Blicken rot wurde. O Gott, hatte er etwas bemerkt? Am liebsten wäre Anna im Erdboden versunken. Sie wünschte sich, irgendetwas würde ihn ablenken. Das Haus könnte abbrennen. Ein Erdbeben wäre auch nicht so schlecht. Aber natürlich geschah nichts dergleichen.

»Äh ... ja?«, erwiderte sie vorsichtig.

»Wie kommst du zu diesem Haus? Du hast nicht immer hier gelebt, oder?«

Erleichterung schlug über Anna zusammen wie Wellen im Meer. Er wollte sie nicht auf ihre unpassenden Gedanken ansprechen. Sie atmete ein paar Mal ein und aus, aber trotzdem klang ihre Stimme atemlos, als sie antwortete: »Stimmt. Ich habe es erst vor Kurzem geerbt. Von meiner Tante.«

»Aber du wolltest schon immer hier leben?« Das Interesse in seiner Stimme klang ehrlich.

»Nein, ich kannte weder das Grundstück noch die Gebäude. Ich kannte nicht einmal meine Tante richtig«, fügte sie mit aufrichtigem Bedauern hinzu.

»Aber was hat dich dann bewegt, hierher zu ziehen?«

Anna erzählte, wie sie von der Erbschaft erfahren hatte und dass ihre Familie damit nicht einverstanden gewesen war, vor allem, weil sie ihr vorheriges Leben komplett aufgegeben hatte. Sie erzählte von ihrer Arbeit als Projektmanagerin, in der sie mehr und mehr Aufgaben und Verantwortung übernommen hatte, bis ihr alles zu viel geworden war.

»Mit dem Erbe konnte ich mir meinen Traum erfüllen. Jetzt kann ich endlich als Verhaltenstherapeutin arbeiten und über meine Zeit frei bestimmen.« Anna lehnte sich zurück und trank einen Schluck von ihrem Rotwein. Die letzte halbe Stunde hatte sie beinahe ununterbrochen geredet. Eddi war ein aufmerksamer Zuhörer. Sie hatte keine Sekunde lang das Gefühl gehabt, ihn zu langweilen.

Eddi trank ebenfalls einen Schluck Wein und lächelte sie an. »Ich freue mich für dich. Du hast Träume und die Möglichkeit, einige davon zu leben. Das ist das Beste, was dir im Leben passieren kann. Ich weiß, wovon ich rede.«

Sie nickte. Er hatte in Interviews oft betont, dass seine Band sein Traum war. Es war schön, beruflich das tun

zu können, was man liebte. Anna war zwar noch weit
davon entfernt, von ihrem Traum leben zu können,
aber mit dem Geld von Tante Elisa kam sie noch eine
Weile über die Runden.

24. Kapitel

Am nächsten Morgen dachte Anna im Bett über den vergangenen Abend nach. Zum ersten Mal hatte sie das Gefühl, dem Menschen Eddi näher gekommen zu sein. Zur Verabschiedung hatte er sie sogar kurz an sich gedrückt. Die Geste hatte sich für sie nach viel mehr Nähe angefühlt als der Kuss am Nachmittag. Sie war gespannt darauf, was der neue Tag ihr bringen würde. Mittlerweile war sie überzeugt, dass die körperliche Arbeit Eddi guttat.

Beschwingt stieg sie aus dem Bett und tappte barfuß ins Bad. Es war bereits ziemlich warm im Haus, weshalb sie die Dusche auf lauwarm stellte. Ihr Körper reagierte prompt mit einer umfassenden Gänsehaut. Sie seifte sich gründlich ein und wusch sich die Haare. Das war zwar Unsinn, wenn sie heute streichen würde, aber sie wollte Eddi nicht mit strähnigem Haar gegenübertreten. Nicht einmal zum Arbeiten.

Von oben war nichts zu hören. Also machte Anna sich ein schnelles Müsli und kochte einen Tee. Nach dem Frühstück suchte sie in Ruhe die notwendigen Arbeitsmaterialien zusammen. Sie stellte alles im Stall bereit und ging eine kleine Runde mit Pino durch den Wald. Die Grundkommandos klappten mittlerweile gut. Aber noch war er weit davon entfernt, einen Wesenstest zu bestehen. Dafür musste er lernen, dass es andere Möglichkeiten als Angriff gab, auf eine Bedrohung zu reagieren. Und er musste das Vertrauen entwickeln, dass sein Mensch alle Probleme lösen konnte.

Als Anna eine Stunde später zurückkam, war es Zeit für Eddi, aufzustehen. Im Haus war alles ruhig. Also ging sie entschlossen hoch und klopfte an seine Zimmertür. Keine Reaktion.

Dann hörte sie im Bad nebenan das Wasser rauschen. Unwillkürlich lieferte ihr Kopf Bilder von Eddi unter der Dusche. Nackt, das Wasser tropfte aus seinen Haaren und lief an seinem Körper hinunter. Sie spürte, wie ihre Unterleibsmuskeln reagierten, und verdrängte das Bild entschlossen. Hastig ging sie wieder nach unten. Er würde sicher bald auftauchen.

Keine zehn Minuten später kam Eddi in die Küche. Seine Haare waren noch feucht, und auf seinem hellgrauen T-Shirt hatten sich dunkle Stellen gebildet.

»Guten Morgen«, begrüßte er sie lächelnd.

Anna lächelte zurück. »Kaffee?«

»Ja, gerne. Danke!«

Erfreut über seine gute Laune, goss sie ihm eine Tasse ein und fragte ihn, was er frühstücken wollte.

»Ich nehme das, was du nimmst«, erklärte er.

»Ich habe schon gefrühstückt. Müsli.« Sie musste lachen, als er angeekelt das Gesicht verzog. Haferflocken waren wohl nicht so sein Ding. Aber sie war ihm heute wohlgesinnt und bot ihm an, Toast und Rührei zu machen. Sein Lächeln wurde eine Spur breiter, was sie als Einverständnis wertete, also holte sie die Pfanne aus dem Schrank. Kurzentschlossen warf sie noch ein Würstchen, das eigentlich für Pinos Erziehung bestimmt war, mit hinein. Pino würde es verstehen.

Nachdem Eddi glücklich sein Frühstück verspeist hatte, machten sie sich an die Arbeit. Eddi begann damit, die Decke zu weißen, und Anna maß die Ecke aus, in der sie die automatische Tränke anbauen wollte. Sie hatte sich im Internet schlau gemacht und wusste nun, dass sie nur einen Wasseranschluss, Rohre und Tränken brauchte, bei denen die Pferde durch Druck selbst Wasser einlassen konnten.

»Was machst du da?«, fragte eine tiefe Stimme direkt neben ihrem Ohr.

Als sie sich umdrehte, stand sie so nah vor Eddi, dass sie seinen Atem auf ihrer Haut spürte. Ihr Körper spannte sich, und sie hielt unwillkürlich die Luft an. Da trat Eddi aber auch schon wieder einen Schritt zurück und sah lächelnd auf sie herunter.

Annas Herzschlag beruhigte sich etwas. Sie atmete noch einmal tief ein und aus. »Ich möchte eine automatische Tränke einbauen.« Weil sie den fragenden Ausdruck in seinen Augen bemerkte, fügte sie hinzu: »Für die Pferde.«

»Du möchtest Pferde haben?« Er klang aufrichtig verwundert.

Was dachte er, wozu sie einen Stall brauchte? Als exotisches Etablissement für Gäste? Oder als Lagerraum? Dafür müsste sie nicht renovieren.

»Ja«, antwortete sie zögerlich.

Er schaute noch immer ungläubig. »Hast du keine Angst?«

Jetzt war es an ihr, ihn verwundert anzusehen. »Angst vor was? Vor Pferden?«

Er nickte. Anscheinend mochte er die Tiere nicht besonders. Anna grinste in sich hinein. Jetzt dachte er sicher wieder, sie hätte vor nichts im Leben Angst.

Kopfschüttelnd setzte sie ihre Arbeit fort, und auch Eddi machte weiter. Sie hatte allerdings den Eindruck, dass er nun ein deutlich langsameres Tempo vorlegte.

Als es klingelte, sprang Pino, der bisher schlafend im Schatten vor dem Stallgebäude gelegen hatte, auf und bellte einmal scharf. Anna schnappte sich die Leine und ging mit dem Hund im Schlepptau zum Tor. Dort stand Thomas. Er hatte die Hand zum Gruß erhoben, hielt aber wegen des knurrenden Hundes gebührenden Abstand. Anna gab Pino das Kommando *Sitzen*, was er auch brav befolgte, allerdings stand er sofort wieder auf, als Thomas das Tor öffnete.

»Sitzen!«, ermahnte Anna ihren Hund streng. Er gehorchte beinahe sofort und wedelte leicht. Wo blieb das Leckerli? Dann fiel sein Blick erneut auf Thomas, der sich durch den Spalt zwängte. Er stand auf und machte sich steif, die Nackenhaare aufgestellt.

Anna zuckte mit den Schultern. So weit war sie einfach noch nicht mit Pino. Also griff sie nach seinem Halsband und bedeutete Thomas, dass er hereinkommen konnte.

Nachdem Pino an ihm geschnuppert hatte und sich entspannte, hielt Anna ihrem Besucher zur Begrüßung die Hand hin. Thomas verstand ihre Geste offenbar falsch und zog sie in eine feste Umarmung. Anna befreite sich hastig aus seinem Klammergriff, vor allem auch in Hinblick auf Pino, der Thomas gerade erst als ungefährlich akzeptiert hatte.

»Schön, dass du vorbeikommst«, begrüßte sie ihn.

»Endlich habe ich es mal wieder geschafft. Karl hat dir von meinem Auftrag in Thüringen erzählt?«

Anna nickte.

Er zuckte mit den Schultern. »Jedenfalls ist das jetzt geschafft und ich bin wieder mehr in der Gegend. Heute wollte ich nur kurz vorbeikommen und sehen, wie weit du schon gekommen bist mit deinen Renovierungsarbeiten.«

Sie gingen in Richtung Haus. »Ist das dein Hund?«, fragte Thomas beiläufig.

»Ja, ich habe ihn aus dem Tierheim«, antwortete sie etwas einsilbig, da ihre Gedanken bereits weiterwanderten. Sie hatte Thomas schon lange nicht mehr gesehen und war sich noch immer nicht sicher, ob er für sie mehr als Freundschaft empfand. Auf jeden Fall würde das Zusammentreffen mit Eddi aufschlussreich sein.

Als hätte er ihre Gedanken gelesen, fragte er: »Karl erwähnte, dass du einen Gast hast?«

»Ja«, antwortete sie erstaunt. »Er heißt Eddi.«

Als sie den Hof betraten, steckte Eddi neugierig den Kopf aus dem Stall. Als er Thomas sah, kam er heraus, die Malerrolle locker in der rechten Hand. Seine Haare waren mittlerweile nicht nur weiß gesprenkelt, sondern auch ziemlich wirr und standen nach allen Seiten ab. Die Erklärung dafür lieferte er kurz darauf, als er die Malerrolle in die andere Hand nahm und sich mit gespreizten Fingern durch die Frisur fuhr. »Hi.« Er hielt Thomas freundlich lächelnd die farbbeschmierte Hand hin. Der zögerte, nahm sie dann aber doch, und Anna atmete unwillkürlich aus.

»Hallo. Ich bin Thomas«, sagte er und wippte auf den Zehen auf und ab.

»Ich bin Eddi.« Eddi stellte sich breitbeinig hin, war aber noch immer einen halben Kopf größer als Thomas. Den rechten Daumen hakte er in die Tasche seiner Shorts ein. Sein Lächeln erreichte die Augen nicht.

Thomas schien sich unter Eddis Blick zu winden. Er ließ seinen Blick mal hierhin und mal dorthin schweifen und stammelte unzusammenhängendes Zeug: »Wollte Anna mal wieder besuchen ... schön hier geworden ... du brauchst einen Stall? Wofür? Mona ist doch bei ... übrigens schöne Grüße von Karl.«

Anna beschloss, ihn zu erlösen. »Möchtest du etwas trinken?«

Er nickte dankbar. »Hast du Bier da?«

Eddi hob verwundert eine Augenbraue und sah demonstrativ auf seine nicht vorhandene Armbanduhr.

Anna tat es ehrlich leid, Thomas enttäuschen zu müssen. »Leider nein.«

Eddi grinste schadenfroh: »Sorry Kumpel, kein Bier heute.«

Anna schüttelte innerlich den Kopf. Das Verhalten der beiden war fast schon bühnenreif.

Sie räusperte sich, um Thomas' Aufmerksamkeit auf sich zu lenken: »Möchtest du ein Wasser? Oder eine Cola?«

»Wasser wäre gut«, antwortete Thomas.

Anna beeilte sich, es zu holen. Irgendwie hatte sie kein gutes Gefühl dabei, die beiden draußen alleinzulassen.

Als sie zurückkehrte, hatte sich jedoch nicht viel geändert. Eddi wirkte vielleicht noch ein wenig selbstbewusster als zuvor, und Thomas begutachtete übermäßig interessiert sämtliche Neuerungen. Als er in den Stall ging, folgte Eddi ihm, als wollte er verhindern, dass Thomas sein Tagewerk zerstörte. Doch dieser hatte offenbar beschlossen, den blonden Hünen zu ignorieren, und redete ausschließlich mit Anna. »Hier ist viel passiert. Klasse, wirklich! So gut sah es viele Jahre nicht mehr aus.« Er inspizierte den Boden, die Wände, die Holzabtrennungen und die Stelle an der Wand, die sie für ihre neue Tränke markiert hatte. »Du baust eine automatische Tränke ein? Gute Entscheidung. Darüber haben wir früher immer am meisten geschimpft – dass wir so viel Wasser schleppen mussten. Vor allem im Sommer.«

Anna erklärte ihm in knappen Worten, wie sie die Tränke geplant hatte. Er hatte sogar noch einen guten Tipp für sie, wo sie die Automatik günstig bekommen konnte.

Später saßen sie zusammen und tranken Wasser. Thomas erzählte von seinem Auftrag in Thüringen, doch Anna hörte nicht richtig zu. Sie war damit beschäftigt, die Körpersprache der beiden Männer zu studieren, die besagte, wer hierher gehörte und wer nicht.

Bei Eddi war das eindeutig. Er saß locker zurückgelehnt auf seinem Stuhl, die Beine weit von sich gestreckt, die Hände über dem Bauch verschränkt. Alles an ihm schrie: Ich bin der Chef, du bist nichts!

Thomas reagierte mit Beschwichtigung. Er machte sich klein und hielt den Blick gesenkt. Die Füße hatte er ordentlich unter seinem Stuhl geparkt, um möglichst wenig Raum für sich zu beanspruchen.

Anna war ja der Meinung, dass sie als Einzige hier Ansprüche anmelden konnte, doch davon abgesehen genoss sie das Schauspiel zu sehr, um ihm ein Ende zu setzen.

Erst als sie Thomas sagen hörte »... Tor ist ja wirklich eine Zumutung für dich«, riss sie sich aus ihren Gedanken und nickte. »Hast du dir schon mal überlegt, eine Torautomatik anzuschaffen?«

»Wie genau soll die aussehen?«, fragte Eddi.

Jetzt legte Thomas richtig los. Er beschrieb verschiedene Möglichkeiten eines elektrisch gesteuerten Tores und ließ sich endlos über die Vor- und Nachteile der verschiedenen Modelle aus. Anna stieg gedanklich bald aus, doch Eddi hörte weiterhin interessiert zu und stellte Gegenfragen. Das war typisch Mann. Sobald es um Technik ging, waren alle zwischenmenschlichen Probleme überwunden und man bewegte sich auf einer Wellenlänge.

Anna holte eine weitere Flasche Wasser. Als sie zurückkam, unterhielten sich die beiden über Möglichkeiten, die lange Distanz bis zum Haus per Fernsteuerung zu überbrücken. Wo darin der Vorteil liegen sollte, verstand sie nicht.

»Äh, Jungs«, mischte sie sich ein, »leider kann ich von hier aus nicht sehen, wer vor meiner Tür steht. Ich werde aber mit Sicherheit nicht jedem öffnen, der bei mir klingelt. Dann kann ich mir das Tor auch sparen.«

Die beiden Männer sahen sie an, als hätte sie ihnen gerade auf Chinesisch erklärt, warum der Himmel blau war. Aber zumindest schwiegen sie für einen Moment. Ob sie über das Problem nachdachten oder darüber, warum Anna sich in ihre hochtechnische Diskussion einmischte, wusste sie nicht. Es war ihr auch egal. Sie hatte das Interesse verloren. Sie wünschte sich, Thomas würde sich verabschieden, damit sie mit Eddi im Stall weitermachen konnte.

»Wir müssen natürlich eine Kamera installieren«, sagte Eddi in einem Tonfall, als sei der Gedanke naheliegend gewesen. Thomas nickte.

Schön, dass es für die beiden so natürlich war. Auf die Idee wäre sie von alleine nicht gekommen. Das würde ihr das ständige Nach-Vorn-Gerenne ersparen. Jetzt musste sie nur noch jemanden finden, der das einbauen konnte. Alles, was mit Elektronik zu tun hatte, traute sie sich nicht zu.

Als Thomas endlich auf die Uhr sah und mit sichtlichem Bedauern verkündete, dass er gehen müsse, war Anna erleichtert. Sie hatte sich in der vergangenen Stunde gelangweilt.

Seine Verabschiedung von Eddi war weit herzlicher als die Begrüßung. Anna war froh, jemanden wie ihn zu kennen, vor allem, weil sie sich nun sicher war, dass er rein freundschaftliche Gefühle für sie hegte.

Sie begleitete ihn bis zum Tor und verabschiedete sich mit einer kurzen Umarmung von ihm. Er versprach, bald wiederzukommen, vielleicht schon mit dem Angebot einer Firma, die das elektrische Tor und die Kamera einbauen konnte.

Sie winkte ihm hinterher, nahm die Post aus dem Briefkasten und machte sich auf den Rückweg zum Haus.

Sie fand Eddi im Stall beim Streichen der Decke. Er hatte sein T-Shirt ausgezogen und arbeitete mit nacktem Oberkörper und nackten Füßen. Nur die Shorts ließen noch Raum für Spekulationen. War Anna eben noch müde und gelangweilt gewesen, so änderte sich das bei diesem Anblick schlagartig.

Sie konnte den Blick kaum von seinem Körper lösen und beobachtete seine geschmeidigen Bewegungen, als er die Rolle kopfüber an der Decke entlangführte. Vor allem die Muskelpartien an den Schultern und am Oberkörper waren deutlich angespannt und ließen ihn athletisch wirken. Mit jeder Bewegung regte sich auch in Anna etwas. Ihr Mund wurde trocken und ihre Atmung beschleunigte sich. Sie stellte sich vor, dass er zu ihr kommen und sie in seine starken Arme nehmen würde.

Und dann würde er sie küssen.

Sie fuhr sich unwillkürlich mit der Zunge über die Lippen und schloss die Augen. Tief in ihr formte sich ein Seufzer.

»Gefällt dir, was du siehst?«

Anna zuckte bei dem Klang von Eddis Stimme zusammen. Schlagartig kehrte sie in die Realität zurück.

Eddi sah sie mit leicht schräg gelegtem Kopf und einem Lächeln auf den Lippen abwartend an.

Anna grinste. Innerlich war sie jedoch in heller Panik. Was dachte er jetzt bloß von ihr? Er hatte gesehen, wie sie ihn angestarrt hatte. Zum Glück hatte sie nicht gesabbert. Andererseits war er solche Reaktionen bestimmt von seinen Fans gewöhnt und fand es nicht schlimm. Aber wollte sie, dass er sie für einen von denen hielt? Hoffentlich dachte er nicht, ihre Reaktion hätte irgendetwas mit dem Kuss gestern zu tun. Dass sie sich in ihn verliebt hatte. Das wäre ihr wirklich peinlich.

Krampfhaft überlegte sie, wie sie sich würdevoll aus der Affäre ziehen konnte, und räusperte sich. »Ich wollte dich nur nicht beim Streichen stören. Aber nun bist du ja fertig.« Sie inspizierte betont interessiert die Decke. »Sieht gut aus. Danke für deine Hilfe.«

»Gern geschehen«, antwortete er in ironischem Tonfall.

»Was ich dich fragen wollte: Möchtest du einen Kaffee? Ich wollte mir gerade einen machen.«

Wieder diese hochgezogene Augenbraue. Offensichtlich war sie nicht überzeugend. Dennoch nickte er. »Kaffee wäre super! Ich gehe vorher duschen, okay?«

Er stellte die Malerrolle in den bereitstehenden Wassereimer und wusch sich auch die Hände darin. Dann ging er so dicht an ihr vorbei nach draußen, dass er mit dem Arm ihre Seite streifte. Dann drehte er sich um und sagte mit einem Augenzwinkern: »Du kannst gern mitkommen.«

Vor Annas innerem Auge entstand das Bild von Eddi unter der Dusche, wie er ihr einladend die Tür aufhielt. Das Wasser perlte über seinen Körper und lief langsam nach unten ...

Anna schüttelte energisch den Kopf, um den Gedanken zu vertreiben, und beobachtete mit offenem Mund, wie er im Hauseingang verschwand. Sie wusste nicht, woran sie bei Eddi war, was er ernst meinte und was nicht.

Kopfschüttelnd und noch immer verwirrt ging sie in die Küche, warf die Post auf den Tisch und setzte Kaffee auf.

25. Kapitel

Während sie wartete, fiel ihr Blick auf einen Brief im Poststapel. Sie hatte ihn vorhin gar nicht wahrgenommen. Wahrscheinlich war er zwischen die Werbung gerutscht.

Er war von der Anwaltskanzlei, die sie über ihr Erbe informiert hatte. Ein ungutes Gefühl überkam sie. Sie versuchte sich damit zu beruhigen, dass das ein übliches Schreiben im Nachgang einer solchen Erbschaftsangelegenheit war. Angespannt öffnete sie den Umschlag und zog ein Blatt Papier hervor. Der Brief bestand aus nur wenigen Zeilen.

Sehr geehrte Frau Diemer,
leider muss ich Ihnen mitteilen, dass das Testament Ihrer Tante Elisa Reichert angefochten wird. Bitte setzen Sie sich schnellstmöglich mit mir in Verbindung, um das weitere Vorgehen zu besprechen.
Mit freundlichen Grüßen
Wolfgang Zangen, Rechtsanwalt Erbrecht.

Anna war geschockt. Nein, das traf es nicht. Sie war bis ins Mark erschüttert. Ihr Erbe wurde angefochten. Was bedeutete das für sie? Für ihren Traum? Ihre Zukunft?

Als Eddi nach unten kam, frisch geduscht und mit einem jungenhaften Grinsen im Gesicht, saß Anna immer noch am Tisch, den Brief in den Händen, und starrte darauf, als könne sie ihn mit Blicken verschwinden lassen.

Der Kaffee war längst durchgelaufen. Eddi schaltete die Maschine aus und goss ihn in die Tassen. Eine stellte er vor ihr ab. »Anna? Was ist los?«, fragte er besorgt.

Als sie nicht reagierte, nahm er ihr sanft den Brief aus den Händen. Es war, als wäre ihre letzte Stütze verschwunden, und sie sank in sich zusammen. Als sie nach einiger Zeit aufblickte, hielt Eddi den Brief in der Hand, und blickte sie aufmerksam an. »Was bedeutet das genau?«, fragte er mit sanfter Stimme.

Anna zuckte die Schultern. »Keine Ahnung. Jemand ficht mein Erbe an.«

»Wer?«

Die Frage hatte sich Anna auch schon gestellt. Wer sollte so etwas tun? Sie sah erschrocken auf, als Eddi ihr das Telefon reichte. »Du solltest tun, was da steht, und es herausfinden!«

Anna starrte Eddi mit verständnislosem Blick an. Sie sollte bei ihrem Anwalt anrufen? Jetzt?

Zögerlich nahm sie das Telefon und wählte die auf dem Brief angegebene Nummer. Nach kurzem Freizeichen meldete sich die Sekretärin ihres Anwaltes und erklärte ihr, dass Herr Zangen derzeit in einem Gespräch sei. Sie bat Anna, dranzubleiben. Nach nicht einmal einer Minute war die Dame wieder am Apparat. »Frau Diemer? Herr Zangen bat mich, Sie zu fragen, ob es Ihnen möglich sei, noch heute oder morgen in seine Kanzlei zu kommen. Er wird dann alles mit Ihnen im Detail durchgehen.«

Anna sagte zu und legte wieder auf.

»Was hat er gesagt?«, fragte Eddi sofort.

»Er war gar nicht dran. Nur seine Sekretärin. Aber er hat mir ausrichten lassen, dass ich zu ihm in die Kanzlei kommen soll. Am besten gleich.«

»Na, dann tu das!«

»Wie stellst du dir das vor? Die Kanzlei ist mitten in Berlin!«

Eddi stand auf, nahm den Brief und faltete ihn ordentlich zusammen. Dann schnappte er sich ihre Handtasche, die wie immer auf einem Stuhl am Esstisch stand, und drückte ihr beides in die Hand. Anna sah ihn verständnislos an. Ihre Gedankengänge waren wie gelähmt.

Eddi nickte ihr aufmunternd zu. »Du hast ein Auto und Berlin ist nicht Tokio. Du bist in spätestens zwei Stunden dort. Es ist besser, so was nicht auf die lange Bank zu schieben, glaub mir!«

Mit diesen Worten zog er sie zur Tür und begleitete sie bis zu ihrem Auto. »Soll ich mitkommen?«

Seine Frage ließ alle Dämme in Anna brechen. Sie begann, hemmungslos zu schluchzen. Auch wenn ihr Verstand Eddis Angebot stolz ablehnen wollte, nickte sie. Ihr Herz hatte entschieden. Und das brauchte jemanden an ihrer Seite.

Dankbar registrierte sie, dass er in Richtung Fahrerseite ging. Im Moment war sie so verheult, dass sie sich das Fahren nicht zutraute. Sie kramte in ihrer Handtasche und holte zuerst ein Taschentuch heraus und dann den Autoschlüssel, den sie Eddi über das Autodach reichte. Die Fernbedienung war schon lange defekt. Eddi musste per Hand aufschließen. Er quetschte sich hinter das Lenkrad, was Anna trotz allem leise auflachen ließ. Es sah lustig aus, wie er die Knie gegen das Lenkrad presste und durch tasten versuchte, den Hebel zu finden, mit dem man den Sitz zurückschieben konnte. Dabei stieß er mit dem Kopf gegen die Decke. Mit einem Ruck fuhr er zurück und fand endlich auch die Sitzhöhenverstellung. Anschließend beugte er sich zur Beifahrerseite und öffnete Anna die Tür. Sie ließ sich neben ihn fallen und schloss die brennenden Augen.

Eddi ließ den Motor an und fuhr los. Nun hatte auch Pino bemerkt, dass etwas im Gange war, denn er rannte ihnen bellend hinterher. Als Eddi am Tor anhielt, stieg Anna aus und ging zu ihrem Hund, um ihn zu beruhigen. Pino sah sie aufmerksam mit heraushängender Zunge an. Aber dann wedelte er. Anna interpretierte das als gutes Zeichen. Sie strich ihm über den dicken Kopf. Eddi war inzwischen durch das Tor gefahren, sie folgte ihm und stieg ein. »Bewach schön das Haus, ja?«, rief sie Pino zum Abschied zu, bevor sie die Tür schloss.

Eddi fuhr zügig, aber sicher. Zum ersten Mal erlaubte Anna sich zu überlegen, wer ihr diese Probleme eingebrockt haben könnte. Vielleicht ihre Tante Lisbeth, die sich bei der Testamentseröffnung so aufgeregt hatte. Was, wenn sie etwas gefunden hatte, das gegen Anna als Erbin sprach, und Recht bekam? Alles hier wieder aufzugeben, daran wollte Anna nicht mal denken. Sie musste abwarten.

Eine Weile fuhren sie schweigend. Doch auf halbem Wege begann Eddi, von seinen Erfahrungen mit Anwälten zu erzählen. In den Anfangstagen seines Erfolges mit *Damn Silence* war die Band von ihrem ehemaligen Schlagzeuger verklagt worden.

»Sei froh, wenn es niemand ist, den du kennst.« Er machte eine Pause und fuhr dann fort: »Bei mir es war mein bester Freund.« Obwohl er dabei schief grinste, hörte sich das überhaupt nicht lustig an. Seine Stimme war belegt. Fast wie vor ein paar Tagen, als er unter der Stimmbandentzündung gelitten hatte. »Das hat unsere Freundschaft zerstört. Für immer!« Anna blickte ihn betroffen an. Das war noch schlimmer. Dann grinste er schief. »Lange her«, meinte er lapidar.

»Was genau ist passiert?«, fragte Anna. Sie hatte zwar davon gelesen, dass es mal einen Rechtsstreit gegeben hatte, aber sie wusste nichts Genaues.

Eddi antwortete lange nicht, aber das musste sie akzeptieren. Also schwieg auch sie und sah auf die Straße. Doch dann begann Eddi zögernd zu sprechen. »Wir haben oft gestritten. Meist ging es um die Zukunft der Band. Unsere Pläne waren nicht mehr dieselben. Schließlich haben wir entschieden, dass es besser wäre, wenn einer von uns aussteigen würde. Ich bin der Sänger, er war nur der Schlagzeuger.« Bei dem Wort *nur* malte er mit den Fingern Gänsefüßchen in die Luft und zuckte entschuldigend mit den Schultern. »Eigentlich gab es da nichts zu entscheiden. Er musste gehen.«

Anna nickte.

»Einige Wochen später hat er jedem erzählt, dass wir ihn aus der Band gemobbt hätten. Das war absoluter Mist, aber seine Fans haben ihm geglaubt. Es hat viel Ärger in den Medien gegeben. Und als Krönung hat er uns vor Gericht gezerrt. Er wollte den Bandnamen einklagen, weil der angeblich seine Idee war.« Eddi schwieg wieder. Auf einmal lachte er trocken auf. »Er hatte keine Chance! Er hat verloren und musste alles bezahlen. Aber unsere Freundschaft war hin. Seitdem haben wir keinen Kontakt mehr. Stell dir vor, er war mein bester Freund! Wir haben die Band zusammen gegründet. Es war unser Traum. Seiner und meiner. Jetzt ist es nur noch meiner.« Zum Schluss brach seine Stimme. Man merkte deutlich, wie nahe ihm die Geschichte noch immer ging.

Anna schwieg. Was hätte sie auch sagen sollen? Dass es ihr leidtat? Das tat es zwar, aber was würde ihm das helfen?

Immerhin hatte es sie davon abgelenkt, was ihr womöglich bevorstand. Indem sie über seine Situation nachdachte, erschien ihr die eigene beinahe harmlos. Sie konnte höchstens etwas verlieren, das ihr bis vor Kurzem nicht gehört hatte. Natürlich hatte sie bereits ihr Herz an das Haus und alles, was damit in Verbindung stand, verloren. Aber sie könnte noch immer in ihr altes Leben zurückkehren, wenn es wirklich hart auf hart kommen würde.

Er hingegen hatte einen Freund verloren. Mehr noch, er war von seinem besten Freund verraten worden. Schlimmer ging es nicht.

Der zusätzliche Medienrummel musste hart gewesen sein. Sie hatte gelesen, dass die restliche Band und auch seine Familie zu einhundert Prozent zu ihm gehalten hatten und ihm das sehr geholfen hatte. Ob er sie vermisste? Und was war mit dieser Caroline? Waren sie noch zusammen? Er redete nie von ihr. Er gab allgemein sehr wenig über seine Gefühle preis.

Sie musterte ihn. Er wirkte entspannt. »Vermisst du deine Familie?« Die Frage erschien ihr am unverfänglichsten.

»Ja, klar.«

»Und deine Freunde?« Sie wollte gerne wissen, was mit seiner Freundin war, traute sich aber nicht, direkt zu fragen.

»Meine Freunde auch«, bestätigte er mit einem leichten Lächeln.

Was bedeutete das jetzt? Vermisste er nur seine Freunde oder auch seine Freundin? Wollte er nicht über sie reden? Eddi war der Traumtyp der meisten weiblichen Fans. Da bekam er sicher oft eingeschärft, dass er seine Freundin nicht thematisieren sollte. Auf der anderen Seite hatte er in diversen Interviews von ihr gesprochen. Sie waren erst vor ein paar Monaten gemeinsam im Urlaub gewesen – Anna hatte Fotos im Internet gefunden.

»Wollen wir etwas hören?«, fragte Eddi in das Schweigen hinein. Schon schaltete er die Musik ein. Entsetzt wurde Anna klar, was sie als Letztes gehört hatte. Zu spät. Schon drang Eddis Stimme aus dem Lautsprecher. Der echte Eddi wandte Anna den Kopf zu und hob verwundert seine Augenbrauen. »Du hast unsere Musik im Auto? Bist du ein Fan?« Er war eindeutig verwundert.

Anna wäre gerne im Erdboden versunken. Sie suchte kurz nach einer plausiblen Erklärung, entschloss sich dann aber zur Wahrheit. »Hm, ja. Bin ich wohl.« Sie zog eine Grimasse.

Eddi lachte. »Sehr interessant. Welche Art von Fan?« Was meinte er?

Weil sie nicht antwortete, hakte er nach: »Ich meine, geht es dir um die Musik?« Er grinste wieder. »Oder gehörst du zu den Fans, die mich heiraten oder Kinder von mir wollen ... oder beides?«

Obwohl Anna mit Sicherheit nicht zu dieser Gruppe gehörte, fühlte sie sich ertappt, denn es ging ihr ja wirklich nicht ausschließlich um die Musik. In einem plötzlichen Anfall von Mut antwortete sie: »Es sind die Musik und du als Person. Ich mag deine Stimme, das habe ich dir ja schon gesagt.«

Das war ehrlich, aber nicht verfänglich. Trotzdem grinste Eddi jetzt breit und summte leise mit. Die ganze Situation barg eine gewisse Komik. Auch Anna musste grinsen. Ab und zu warf Eddi ihr einen vielsagenden Seitenblick zu.

Sie waren schon kurz vor Berlin, als sie realisierte, wie wohl sie sich mit ihm an ihrer Seite fühlte. Ihre Ängste in Bezug auf die Zukunft und das bevorstehende Gespräch hatte sie komplett ausgeblendet. Eddi vermittelte ihr Sicherheit, weil er selbst so sicher wirkte. Sie hatte das Gefühl, nicht allein mit ihren Problemen dazustehen. Da war jemand an ihrer Seite, der sie beschützen konnte. Das war zwar Quatsch, denn auch Eddi konnte nichts dagegen ausrichten, wenn ihr jemand das Erbe wegnehmen wollte. Aber das Gefühl war trotzdem da.

Es lag an seiner Präsenz und Größe – nicht nur die körperliche.

»Wohin muss ich fahren?«, fragte er an der nächsten Ampel.

Die nächste halbe Stunde spielte Anna das Navi und lotste Eddi zur Anwaltskanzlei. Schließlich hielten sie auf dem Parkplatz und Eddi stellte den Motor aus.

»Soll ich im Auto warten?«, fragte er.

Anna zögerte. »Würde ... würde es dir was ausmachen, mit reinzukommen?«, traute sie sich dann zu fragen. Er gab ihr so viel Sicherheit, dass sie auf seine Begleitung nicht verzichten wollte.

Zu ihrer Erleichterung nickte er lächelnd und schnallte sich ab.

26. Kapitel

Testierunfähigkeit und Motivirrtum.

Mit diesen beiden Wörtern hatte Wolfgang Zangen sie in der letzten Stunde traktiert. Er hatte Anna und Eddi erläutert, was sie bedeuteten und was genau Annas Tante Lisbeth – sie war tatsächlich diejenige, die das Testament anfechten wollte – ausgesagt hatte.

Anna schwirrte der Kopf. Sie war froh, dass Eddi sie begleitet hatte. Er blieb ruhig und gab ihr damit Sicherheit. Ohne ihn wäre sie unweigerlich zusammengebrochen.

Tante Lisbeth gab an, dass Elisa nicht mehr in Vollbesitz ihrer Kräfte gewesen sei, als sie das Testament ändern ließ. Ursprünglich hätten sie und Annas Vater alles zu gleichen Teilen erben sollen. Testierunfähigkeit hieß das auf Anwaltsdeutsch. Außerdem zweifelte Tante Lisbeth an, dass Anna den letzten Wunsch der Verstorbenen so umsetzte, wie Elisa das gewollt hatte, weil sie alles umbauen ließ. Das war der Motivirrtum.

»Was kann denn im schlimmsten Fall passieren?« Anna hatte leise gesprochen. Die Frage fiel ihr schwer, weil sie die Antwort eigentlich gar nicht wissen wollte. Aber sie musste sich den Tatsachen stellen.

Sowohl Eddi als auch der Anwalt blickten sie an. Eddi mitfühlend, der Anwalt bedauernd.

»Wissen Sie, Frau Diemer«, sagte er, »es ist im Moment müßig, diese Frage zu stellen. Erst einmal müssen wir klären, ob diese Anschuldigungen überhaupt gerechtfertigt sind. Falls ja, und ich glaube absolut nicht daran, sehen wir als Nächstes, wie wir dagegen angehen. Selbst in so einem Fall sind Ihre Chancen, zumindest Anspruch auf einen Teil des Erbes zu haben, sehr gut.«

Warum wollte er ihr nicht sagen, was passieren könnte? War es so schlimm?

»Herr Zangen, bitte antworten Sie auf Annas Frage. Sie hat ein Recht, das zu erfahren.« Eddi sprach mit fester Stimme. Das machte Eindruck, auch auf Wolfgang Zangen.

»Natürlich, entschuldigen Sie.« Er räusperte sich und blätterte in den Unterlagen vor sich. Dann sah er auf. »Nun Frau Diemer, die Sache ist die: Wenn wir in allen Punkten verlieren sollten, müssen Sie das Haus abgeben und das gesamte Geldvermögen zurückzahlen.«

Für einen Moment war in dem kleinen Büro kein Ton mehr zu hören. Dann atmete Anna hörbar aus. Sie hatte bei Zangens Worten unwillkürlich die Luft angehalten. »Das ganze Geld?« Ihre Stimme klang piepsig. Sie räusperte sich und setzte sich aufrecht hin. »Ich meine, ich habe einen Teil davon schon für die Renovierung verwendet. Einen nicht unerheblichen Teil davon.«

Der Anwalt nickte mit bedauerndem Gesichtsausdruck. In diesem Moment wurde Anna das ganze Ausmaß dessen, was passieren konnte, auf einen Schlag bewusst. Die Erkenntnis haute sie buchstäblich vom Hocker. Sie schwankte. Zum Glück saß Eddi neben ihr und hielt sie besorgt fest.

»Leider habe ich noch eine schlechte Nachricht für Sie«, setzte der Anwalt nun zum finalen Todesstoß an.

Anna wollte es nicht hören, sie drückte Eddis Hand ganz fest.

»Bis die Sache verhandelt wird, kann ich Ihnen keinen Zugang mehr zu dem Geld gewähren. Im Haus können Sie natürlich wohnen bleiben, nur das Konto wird eingefroren.«

Anna nickte wie in Trance.

Das gesamte Geldvermögen zurückzahlen. Die Worte hallten wieder und wieder in ihrem Kopf. *Das gesamte Geldvermögen ...*

Sie war nicht imstande, einen anderen Gedanken zu formulieren.

Das alles kam ihr vor wie ein Albtraum. Nur am Rande registrierte sie, dass der Anwalt weitersprach, allerdings mehr mit Eddi, weil sie nicht mehr reagierte. Später verabschiedete sie sich automatisch und ließ sich von Eddi aus dem Büro und die Treppe hinunterschieben. Er setzte sie in den Beifahrersitz und schnallte sie sogar an.

Ein ganzes Stück hinter Berlin war Anna noch immer nicht richtig klar im Kopf. Eddi sah sie zwar immer wieder prüfend an, sagte aber nichts. Zu Konversation fühlte sie sich im Moment nicht imstande. Dafür war sie ihm dankbar.

Überhaupt war sie Eddi sehr dankbar für heute. Dass er sie begleitet hatte, bedeutete ihr viel. Sie wäre vermutlich nicht in der Lage gewesen, Auto zu fahren.

Natürlich würde sie ihre Probleme im Endeffekt allein lösen müssen. Aber wenigstens für heute konnte sie sich einbilden, dass jemand da war, der ihr einen Teil abnahm.

Einige Minuten lang schaffte sie es, das mögliche Ausmaß der Katastrophe zu verdrängen, doch dann sah sie ein Hinweisschild Richtung Milmersdorf und erinnerte sich an den Moment, in dem es zum ersten Mal gesehen hatte: auf dem Weg in ihr neues Zuhause, wo sie ihren Traum leben wollte. Nun drohte dieser Traum zu zerplatzen wie eine Seifenblase. Ihr Schicksal lag in den Händen eines Anwalts.

Wovon sollte sie ihn überhaupt bezahlen, wenn sie das Geld von Tante Elisa nicht mehr hatte? Sie würde über kurz oder lang mit einem Berg Schulden auf der

Straße sitzen. Dann hatte sie nichts mehr. Ihr Traum war vorbei.

In Annas Augen sammelten sich Tränen. Ihr Körper wurde von lautlosen Schluchzern geschüttelt.

»Anna?«, hörte sie Eddi fragen. Sie drehte sich ein Stück Richtung Fenster.

»Anna?«, wiederholte er. »Mist!«

Das Auto wurde langsamer und hielt an. Anna hörte Eddi am Gurt herumnesteln. Dann spürte sie zuerst seine Wärme und schließlich seine Arme, die sich um ihren Körper schlangen und sie an seine Brust zogen. Sie versuchte, sich zu wehren, hatte gegen seine Kraft aber keine Chance. Die Armstütze drückte sich schmerzhaft in ihre Seite, dennoch tat ihr die Umarmung gut.

Eddi hielt sie fest und streichelte mit einer Hand unbeholfen über ihre Haare und ihren Rücken. »Shhh«, murmelte er. »Es wird alles gut.«

Obwohl seine Worte sie beruhigten, wurden ihre Schluchzer lauter. Es war, als müsse sich all ihre Enttäuschung, ihre Angst und ihre Wut über die Ungerechtigkeit, die ihr widerfuhr, den Weg nach draußen bahnen.

Eddi murmelte etwas an ihr Ohr. Auch wenn sie seine Worte nicht verstand, war ihr die Bedeutung klar: Sie sollte sich beruhigen. Sie konnte nicht. Erst eine ganze Weile später ebbten ihre Schluchzer ab und sie entspannte sich etwas. Eddi lockerte seine Umarmung. Sie sah ihn an. Jetzt war es ihr egal, wie sie aussah. Vermutlich grauenhaft – verheult, mit rotem, fleckigem Gesicht. Aber er hatte ihren Tiefpunkt eben miterlebt, da würde es ihn nicht schockieren.

Sein Blick war sanft. Seine Augen hatten jetzt einen tiefen Blauton, wie zwei Bergseen. In seinem Gesicht fand sie keine Spur des üblichen Schalks, kein leichtes Lächeln.

Er war noch immer ihr Fels in der Brandung. Ihr Rettungsanker. Sie ließ sich wieder in eine enge Umarmung ziehen und schlang ihre Arme um ihn. Seine Wärme, die sie durch seine und ihre Kleidung hindurch spürte, beruhigte und tröstete sie.

»Alles wird gut«, wiederholte Eddi seine Worte.

Anna schüttelte den Kopf. »Ich weiß nicht, was ich jetzt machen soll.« Ihre Stimme klang brüchig.

»Am besten ist, ich fahre dich nach Hause, und dann machst du das, was der Anwalt dir geraten hat.«

»Was denn?«, fragte Anna verwirrt. Sie erinnerte sich nur an die schrecklichen Worte, dass sie alles verlieren könnte.

Eddi sah sie von der Seite mit hochgezogener Augenbraue an. »Deine Eltern anrufen und fragen, ob sie etwas über die Gründe deiner Tante wissen«, sagte er geduldig.

»Was? Nein!«, entfuhr es Anna. »Meine Eltern erwarten doch, dass ich scheitere. Sie würden nur sagen, dass sie gewusst haben, dass so etwas passiert.«

»Sie wussten, dass deine Tante die Erbschaft anfechten würde?« Eddis Stimme war durchdringend geworden.

»Nein, nein. Das hast du falsch verstanden. Sie wollten nicht, dass ich mein altes Leben aufgebe und in Tante Elisas Haus neu anfange. Als Verhaltenstherapeutin. Sie sind der Meinung, dass das kein richtiger Job ist und man davon nicht leben kann.«

Eddi nickte und grinste. »Frag mich mal! Meine Familie war auch nicht gerade begeistert, als ich Rockmusiker werden wollte. Wie auch immer, du solltest sie anrufen und um Hilfe bitten. Mehr als Nein sagen können sie nicht.«

Anna hatte gerade zu einer Erwiderung ansetzen wollen, doch seine letzten Worte nahmen ihr den Wind aus den Segeln. Sie musste ja nicht sofort entscheiden.

Als Eddi etwas später vor dem Tor anhielt und Anna ausstieg, um es zu öffnen, dachte sie an Thomas' Vorschlag vor ein paar Stunden. Da war ihre Welt noch in Ordnung gewesen. Und nun? Lohnte es sich überhaupt noch, über Verbesserungen wie ein automatisches Tor mit Kameraüberwachung nachzudenken?

Sie seufzte tief. In diesem Moment kam Pino um die Ecke gerannt, mit fliegenden Ohren und weit heraushängender Zunge. Er stürmte auf Anna zu, hopste wild wedelnd und bellend um sie herum und konnte sich nicht mehr beruhigen, dass sein Frauchen wohlbehalten zu ihm zurückgekehrt war. Für einen Moment vergaß Anna all ihre Sorgen und freute sich über die Wiedersehensfreude ihres Hundes. In den wenigen Tagen, die er bei ihr wohnte, war eine enge Beziehung zwischen ihnen entstanden. Was sollte aus Pino werden, wenn sie den Hof hergeben musste? Mit so einem Hund konnte sie nicht in die Stadt ziehen. Vielleicht musste er dann zurück ins Tierheim. Ein schlimmer Gedanke. Schon kehrten die Sorgen zurück. Sie drückte ihr Gesicht in Pinos Fell und flüsterte ihm zu, dass sie das nie zulassen würde.

»Ich finde eine Lösung. Versprochen, mein Hübscher!«

Sie lief mit Pino zum Haus, während Eddi langsam hinter ihnen her fuhr. Er parkte den Wagen ordentlich hinter seinem eigenen und stieg aus. Auch er hatte ein paar Streicheleinheiten für den Hund übrig.

Gemeinsam gingen sie ins Haus. Anna hatte vermutet, dass Eddi nach oben gehen würde. Er hatte einen langen und anstrengenden Tag hinter sich und sich eine Pause nun wirklich verdient.

Doch er folgte ihr wie selbstverständlich in die Küche. Während sie Tee vorbereitete, holte er Eier, Käse und Schinken aus dem Kühlschrank und bereitete ein Omelett zu. Während es in der Pfanne brutzelte, bestrich er eine Scheibe Brot großzügig mit Butter. Er schien sich in ihrer Küche wie zuhause zu fühlen. Das fertige Omelett teilte er, drapierte die Hälften sorgfältig auf zwei Tellern und legte das Brot dazu. Eine Portion stellte er vor Anna ab.

»Ich habe keinen Hunger«, knurrte sie. Sie war undankbar, dass wusste sie. Aber sie konnte nichts dagegen tun. Sie wollte einfach hier sitzen, in Ruhe Tee trinken und in Selbstmitleid baden.

»Iss!«, befahl Eddi mit Nachdruck in der Stimme. »Du musst etwas zu dir nehmen!«

Sie schüttelte den Kopf und schob den Teller ein Stück von sich weg. Eddi verzog den Mund und schob ihn zurück. »Ich werde hier sitzen bleiben, bis du aufgegessen hast«, drohte er ihr wie einem kleinen Kind. Dabei lächelte er zwar, aber Anna war sich bewusst, dass er es ernst meinte. Also nahm sie ihre Gabel und stocherte in dem Omelett herum. Es schmeckte gut, das musste sie zugeben, aber sie bekam kaum einen Bissen herunter. Ihre Kehle war wie zugeschnürt. Schon nach zwei Happen legte sie das Besteck zur Seite.

Eddi registrierte es mit einem Stirnrunzeln. »Nur noch ein wenig. Du machst mich sehr traurig, wenn du mein Eddilett verschmähst.«

Er war so nett. Er versuchte, sie zum Lachen zu bringen. Doch es bewirkte das totale Gegenteil. Anna fing an zu weinen.

Sie wollte das nicht, doch sie konnte die Tränen nicht mehr stoppen. Sofort sprang Eddi auf. Der Stuhl gab ein protestierendes Knarzen von sich. Mit zwei großen Schritten ging Eddi um den Tisch herum und neben Anna in die Hocke. Er nahm sie in den Arm und zog sie auf seinen Schoß. Dicht an sich gedrückt, wiegte er sie sanft vor und zurück. Ihre Schluchzer wurden heftiger, aber dennoch fühlte sie sich in seinen Armen wohl.

27. Kapitel

Eddi hielt Anna eine ganze Weile fest an sich gedrückt. Dann schob er sie ein Stück von sich und sah ihr ins Gesicht. »Gut, und nun sag mir, was dich wirklich bedrückt! Ich meine, diese Erbschaftsanfechtung ist eine böse Geschichte, aber nichts, was dich dermaßen verzweifeln lassen muss.«

Sie setzte sich aufrecht hin und putzte sich die Nase. Vielleicht half es ja wirklich, wenn sie mit jemandem über ihre Ängste sprach. »Weißt du Eddi, all das hier«, sie machte eine weit ausholende Geste, »hätte ich nie ohne das Geld meiner Tante geschafft. Ich hätte dann vielleicht ein Haus, aber keinen Cent, um es zu renovieren. Und ohne Geld kann ich nicht mehr weitermachen.«

Eddi wollte etwas sagen, doch Anna brachte ihn mit einer Handbewegung zum Schweigen.

»Und was noch schlimmer ist: Der Anwalt hat gesagt, dass ich vielleicht die komplette Summe zurückzahlen muss. Ich habe schon mehr als fünfzigtausend Euro in die Renovierung und den Umbau gesteckt. Ich habe überhaupt keine Ahnung, wo ich so viel Geld auftreiben soll.« Den letzten Satz flüsterte sie. Schon wieder schossen ihr die Tränen in die Augen.

Eddi nickte. »Das verstehe ich. Aber er hat auch gesagt, das würde nur im schlimmsten Fall passieren. Im Moment musst du dir darüber keine Sorgen machen.«

Anna zuckte mit den Schultern. »Ja, stimmt schon. Aber Tatsache ist, dass auch das restliche Vermögen eingefroren ist. Damit habe ich nicht gerechnet. Das Geld, das ich von Universal bekomme, stecke ich komplett in den Umbau, diesen Monat ist nichts davon übrig. Ich kann froh sein, wenn ich in den nächsten Tagen genug zu essen kaufen kann.« Plötzlich schämte sie sich. Dafür, dass sie offenbar nicht in der Lage war, ohne das geerbte Vermögen ihrer Tante zu überleben.

Eine Weile saßen beide da und hingen ihren Gedanken nach. Dann ließ Eddi sie unvermittelt los und stand auf. Für einen kurzen Moment befürchtete Anna, er wäre jetzt ebenfalls von ihr enttäuscht. Doch weit gefehlt. »Es ist doch gar nicht so schwer. Du musst deine Ausgaben einfach besser planen und gegen die Einnahmen aufrechnen. Ich kann dir helfen, mit so etwas habe ich Erfahrung!«

Anna wollte ihn in seinem Enthusiasmus keinesfalls bremsen, aber sie bezweifelte sehr, dass er sie mit seinen Erfahrungen aus ihrem Dilemma befreien konnte. »Ich weiß nicht ...«

»Denkst du, nur weil ich ein Rockstar bin, habe ich keine Ahnung von finanziellen Angelegenheiten? Tatsache ist, dass unsere Band nichts anderes ist als ein kleines Unternehmen.« Und schon war er mittendrin in einem Monolog über Steuererklärungen, Einnahmen-Ausgaben-Rechnungen, Bilanzen und Berichten, mit denen er sich in Zusammenhang mit dem Unternehmen *Damn Silence* mehrmals im Jahr beschäftige. Anscheinend liebte er so etwas und machte so viel er konnte selbst.

Anna war schon nach ein paar Minuten überzeugt davon, sich den besten Business-Berater ins Haus geholt zu haben, den sie hätte haben können.

Sie diskutierten bis tief in die Nacht. Eddi bat Anna um eine Aufstellung ihrer regelmäßigen Ausgaben sowie der weiteren geplanten Umbaumaßnahmen mit voraussichtlichen Kosten. Und schließlich sollte sie offenlegen, wie viel sie mit ihrer Arbeit als Verhaltenstherapeutin verdiente. Es war erschreckend wenig, viel weniger, als sie gedacht hatte. Es sah hoffnungslos aus. Doch Eddi wollte sich nicht so schnell geschlagen geben. »Was waren deine Pläne für die Zukunft? Wenn das Vermögen deiner Tante aufgebraucht wäre?«, wollte er von ihr wissen.

Anna zögerte. Sie wollte sich vor Eddi nicht lächerlich machen. Aber in diesem Moment empfand sie ihre Wunschträume für die Zukunft, in der sie von ihrer Arbeit als Verhaltenstherapeutin leben wollte, als lächerlich.

»Na ja«, begann sie zögerlich, »ich hatte geplant, das obere Geschoss als Gästebereich auszubauen. Für Kunden, die gemeinsam mit ihren Tieren für längere Zeit hierher kommen wollen. Ich könnte dann mit Tier und Halter gemeinsam intensiv und losgelöst von allen umgebungsbedingten Problemen arbeiten. Die Nachfrage nach solchen Angeboten ist in der Umgebung von Berlin hoch.« Sie zögerte nochmals, bevor sie etwas leiser fortfuhr. »Deshalb war ich auch einverstanden, als Universal mir diese Summe angeboten hat, damit ich dein Zimmer und das Bad oben so schnell wie möglich ausbaue. Es hat einfach ideal in meine Pläne gepasst.« Unsicher blickte sie ihn an.

Eddi wirkte ungerührt. Wenn er es nicht gewusst hatte, irritierte es ihn nicht weiter. Er fragte lediglich, ob von dem Geld noch etwas übrig sei, doch sie wusste es nicht.

Es war weit nach Mitternacht, als er gähnend das Ende der heutigen Besprechung ausrief.

Im Bett dachte Anna lange nach. Sie hatte bisher alles für selbstverständlich gehalten. Sicher, sie hatte sich über die unverhoffte Erbschaft gefreut und es eine ganze Weile nicht fassen können. Aber seitdem sie das Grundstück zum ersten Mal betreten hatte, war es *ihr* Haus gewesen. Sie hatte die Rechtmäßigkeit des Erbes nie angezweifelt. Doch es war schon seltsam, dass Tante Elisa ausgerechnet Anna begünstigt hatte, obwohl sie sich kaum gekannt hatten.

Sie wälzte sich von einer Seite auf die andere und beobachtete, wie die Minuten auf ihrem Wecker voranschritten. Bis auf Pinos Atemzüge herrschte absolute Stille. So etwas gab es in Berlin nicht. Aber sie hatte sich daran gewöhnt und es schätzen gelernt. Sie wollte das alles nicht aufgeben. Sie konnte nicht. Sie musste kämpfen. Um zu bleiben, würde sie alles tun. Wenn sie wirklich verlieren sollte, wollte sie wenigstens mit ihrem Job weitermachen und sich in der Gegend ein Häuschen suchen.

Mit dem Gedanken an die viele Arbeit schlief Anna gegen vier Uhr endlich ein.

Als sie erwachte, fühlte sie sich wie gerädert und kein bisschen erholt. Ein Blick auf den Wecker verriet ihr, dass sie nicht einmal vier Stunden geschlafen hatte. Egal. Sie musste ihre Ausgaben auflisten, so wie Eddi es ihr vorgeschlagen hatte. Erst dann wusste sie, was wirklich auf sie zukommen würde und ob es überhaupt eine Lösung gab. Mit der momentanen Unsicherheit wollte sie nicht länger leben.

Sie schwang die Beine aus dem Bett und tappte verschlafen in die Küche. Von Pino war nichts zu sehen, dafür lief in der Küche schon die Kaffeemaschine.

In diesem Moment kam Eddi durch die Tür. Er wirkte wesentlich erholter als sie und war sogar schon frisch geduscht. Noch vor ein paar Tagen hätte sich Anna Gedanken gemacht, dass sie ungeduscht und ungeschminkt herumlief, doch heute war ihr das völlig egal. Sie hatte andere Probleme. Und Eddi sah auch nicht aus, als ob es ihn störte.

Mit einem gebrummten »Morgen« ließ sich Anna auf einen der Stühle plumpsen und legte ihren Kopf auf die

Tischplatte. Sie schreckte auf, als Eddi schwungvoll eine Tasse vor ihr abstellte.

»Einen wunderschönen guten Morgen!« Er grinste sie an. »Kaffee?«

Anna nickte, dann ließ sie ihren Kopf wieder auf ihre Arme sinken. Sie war so müde.

Drei Tassen später hatte Anna ein Stück Toast gegessen und war so weit wach, dass sie in Richtung Bad verschwinden konnte. Als sie frisch geduscht und noch ein ganzes Stück wacher zurück in die Küche kam, schob sich Eddi gerade eine Scheibe Käse in den Mund.

»Okay«, meinte er, als er hinuntergeschluckt hatte, »setzt du dich jetzt an die Berechnungen?«

Anna nickte.

»Gut. Pino und ich machen einen Spaziergang und werden dabei ein bisschen trainieren.«

Anna starrte ihm verwundert hinterher. Was hatte er gemeint? Sport? Oder wollte er Pino erziehen? Na, wenn das mal gut ging. Sie hatte keine Zeit, sich zu wundern. Es wartete ein Haufen Arbeit auf sie.

Den ganzen Vormittag kämpfte sie sich durch Berge von Papier, Zetteln und Bons, tippte alles sorgfältig in eine Excel-Liste ein und kategorisierte die Einkäufe. *Wohnhaus unten, Zimmer Eddi, Bad Eddi, Stall, Garten* und weitere Kategorien – die Tabelle wurde länger, als Anna es für möglich gehalten hätte. So viel hatte sie eingekauft? Am Ende rechnete sie die Summen aus. Einerseits für Eddis Bereich, da kam sie auf knapp siebenundzwanzigtausend Euro. Die Summe war wesentlich geringer, als sie angenommen hatte. Die meisten Kosten hatte der Umbau oben verursacht. Für den Rest hatte sie insgesamt nicht einmal zwanzigtausend Euro verbraucht.

Beschwingt von diesem guten Ergebnis legte Anna gegen Mittag alles beiseite und machte sich auf die Suche nach Eddi und Pino. Sie wurde schnell fündig. Eddi arbeitete draußen an seinem Laptop. Pino lag zu seinen Füßen und sah interessiert zu Anna hoch.

»Wollen wir etwas essen?« Ihre Stimme klang eigenartig kratzig, nachdem sie sie den ganzen Morgen geschwiegen hatte. Eddi blickte auf und gab zusammen mit dem Hund ein süßes Bild ab. Zum wohl einhundertsten Mal nahm sich Anna vor, ihr Handy immer bei sich zu tragen, um solche Moment für die Nachwelt festzuhalten.

Nach dem Mittagessen sahen sie sich Annas Aufstellung an. Eddi kam zu demselben Ergebnis wie Anna. Es sah alles nicht so schlecht aus.

Gemeinsam erstellten sie eine weitere Liste mit den geplanten Ausgaben für den Umbau der oberen Etage. Wenn Anna vieles selbst machte, konnte sie mit knapp neuntausend Euro hinkommen. Die Heizung war fertig und auch der Trockenbau stand. Es fehlten der Fußboden in den zwei anderen Gästezimmern, die Tapete, neue Fenster und natürlich die Einrichtung. Alles in allem klang es absolut machbar.

Dann begann die eigentliche Arbeit. Eddi redete über Möglichkeiten, ihr Geschäft anzukurbeln. Er bezog auch schon ihre Idee mit ein, Kunden oder zumindest ihre Tiere für einen längeren Zeitraum herzuholen, und überschlug, was sie dafür verlangen konnte. Anna bewunderte seine Ausdauer und Kreativität. Sie hatte Mathe in der Schule zwar gemocht, aber Eddis Verhältnis zu Zahlen konnte man schon als liebevoll bezeichnen.

28. Kapitel

Trotz wenig Schlaf war Anna am nächsten Morgen optimistisch. Nun wusste sie, dass sie es schaffen konnte, egal wie die Sache mit dem Testamentsstreit ausging.

Es würde schwer werden, genügend Einnahmen zu generieren, um sich ein Haus wie dieses zu leisten, da ja immer wieder Reparaturen anstehen würden. Aber es war möglich. Sie musste mehr Werbung machen und sich um weitere Kundentermine kümmern. Und wenn sich der Erbschaftsstreit zu ihren Gunsten klärte, hatte es auf jeden Fall nicht geschadet, dass sie sich über ihre Finanzen Gedanken gemacht hatte.

Pino lief mit ihr in die Küche. Heute war Eddi noch nicht unten. Er schlief bestimmt noch. Anna schnappte sich ihre Handtasche. Bevor sie das Haus verließ, schrieb sie Eddi eine kurze Nachricht. Sie hinterließ auch ihre Handynummer – für alle Fälle.

Pino sah sie treuherzig an. Mit einem Seufzer forderte sie ihn auf, mitzukommen. Freudig trabte er an ihrer Seite und sprang auf den Beifahrersitz des Autos. Sie setzte sich hinters Steuer und fuhr langsam Richtung Tor.

Ihr Ziel war der Bäcker in Milmersdorf. Dort ließ sie Pino sicherheitshalber im Auto. Sie wollte nicht riskieren, dass die Bäckerei-Angestellte die Flucht ergriff und sie sich selbst bedienen musste.

Bepackt mit einer großen Brötchentüte, zwei Stück Streuselkuchen und einem Brot, dem sie nicht hatte widerstehen können, weil es so köstlich geduftet hatte, verließ sie die Bäckerei. Bevor sie ihren Autoschlüssel gefunden hatte, klingelte ihr Telefon.

»Anna Diemer«, meldete sie sich.

Es war Heinz. »Frau Diemer, schön, dass ich Sie erreiche«, flötete sie. Das war dermaßen untypisch für eine Frau ihres Kalibers, dass Anna hellhörig wurde. »Ich hoffe, es geht Ihnen gut. Mit unserem Pino und Ihrem Unternehmen, meine ich.«

Anna meinte, Nervosität herauszuhören. Sie fragte sich, warum Heinz anrief. Es schien etwas Wichtiges zu sein, wenn sie nicht gleich mit der Sprache rausrückte und stattdessen Small Talk hielt. Mit einer Hand schloss Anna das Auto auf, warf die Tüten auf die Rückbank und setzte sich hinter das Steuer. Endlich kam Heinz auf das eigentliche Thema zu sprechen.

Anna war überrascht, denn sie sollte ein Pferd retten.

»Meine Kollegen vom Oranienburger Tierschutzverein haben mich gerade angerufen, sie möchten das Pferd aus schlechter Haltung befreien. Sie haben mich gefragt, ob ich eine Unterbringungsmöglichkeit habe. Und da hatte ich an Sie gedacht. Sie haben doch Pferdeboxen auf Ihrem Hof, nicht wahr?«

Als ob sie das nicht genau wusste! Heinz war ein schlauer Fuchs. Sie überlegte. In ihrer momentanen Situation konnte sie es sich nicht leisten, ein Pferd aufzunehmen. Sie hatte kein Geld für Futter und Einstreu oder die Tierarztkosten. Aber wenn sie dem Tier damit half, konnte Anna nicht ablehnen. Irgendwie würde sie es schaffen.

Heinz war hörbar erleichtert. Ganz sicher schien sie sich ihrer Sache nicht gewesen zu sein. Dann erklärte sie, dass der Tierschutzverein schon heute Nachmittag auf dem betreffenden Hof sein würde, sodass Anna das Pferd dort gleich in Empfang nehmen konnte. Praktischerweise stellte Heinz ihr einen Anhänger zur Verfügung.

»Ich hab einen auf dem Hof. Den habe ich mal geschenkt bekommen. Er ist unheimlich hilfreich, wenn ich das Futter für die Tiere holen muss. Kommen Sie am besten einfach vorher bei mir vorbei und holen ihn ab. Dann kann ich Ihnen gleich die Adresse des Hofes geben.«

Jetzt, wo alles zu Heinz' Zufriedenheit geklärt war, beendete sie das Gespräch schnell wieder. Für Kinkerlitzchen und Drumherum hatte sie keine Geduld.

»Tja, mein Süßer«. Anna seufzte und sah Pino an. »Ich befürchte, wir haben bald einen weiteren Sorgenfall auf dem Hof.«

Eddi, Pino und jetzt ein Pferd. Zumindest konnte niemand sagen, dass ihr Kundenkreis nicht breit gefächert wäre.

Beschwingt fuhr Anna nach Hause. Sie hatte sich immer ein Pferd gewünscht. Und wenn sie dem Tier helfen konnte, war es umso besser.

Als sie wenig später mit den drei Tüten in die Küche kam, saß Eddi am Tisch, seinen Laptop und den obligatorischen Kaffee vor sich. Sein Lächeln wurde breiter, als sein Blick auf die Kuchentüte fiel.

Zusammen deckten sie den Frühstückstisch. Anna brannte darauf, ihm von den Neuigkeiten zu erzählen, doch vorerst kam sie nicht dazu.

»Ich habe gerade über etwas nachgedacht«, begann Eddi, als sie sich gesetzt hatten. »Vielleicht kann ich dir helfen!«

Er senkte seine Stimme: »Falls der schlimmste Fall eintritt – ich bin mir sicher, das wird niemals passieren – aber falls doch, wird deine Tante alles bekommen, oder? Das Haus und den größten Teil des Geldes, richtig?«

Anna nickte schwach. Sie wollte nicht darüber nachdenken.

Eddi setzte sich aufrechter hin. Er grinste von einem Ohr zum anderen. »Falls das passiert, werde ich deiner

Tante ein Angebot machen, dem sie nicht widerstehen kann!«

Anna sah ihn mit großen Augen an. Das konnte er nicht ernst meinen.

»Dann kannst du für immer hier wohnen bleiben. Ich verspreche dir, ich werde niemals Miete verlangen.«

Sie setzte zu einer Erwiderung an, schloss den Mund aber gleich wieder. Obwohl Eddis Idee absolut irrsinnig war, konnte sie das hoffnungsvolle Kribbeln in ihrem Magen nicht ignorieren. Leider konnte sie auf gar keinen Fall zulassen, dass Eddi so viel Geld ausgab, nur um ihr zu helfen. Doch da war auch dieser Gedanke, dass sie dann eine Verbindung zu ihm hätte. Eine Verbindung, die nicht abreißen würde, wenn er sich längst wieder auf den großen Bühnen dieser Welt herumtrieb. Kurz erlaubte sie sich, dieses Zukunftsszenario durchzuspielen. Für einen winzigen Moment kam der Wunsch auf, ihre Tante würde gewinnen, und alles würde genauso eintreten.

Ziemlich schnell siegte allerdings ihre Vernunft. »Eddi, ich weiß dein Angebot zu schätzen, aber dir ist sicher klar, dass ich das niemals annehmen könnte?«

Er nickte und hob einen Mundwinkel. »Das müssen wir ja nicht sofort entscheiden. Bisher ist nichts passiert, außer natürlich, dass du das Geld deiner Tante momentan nicht nutzen kannst, um mit der Renovierung weiterzumachen. Darüber habe ich auch nachgedacht.«

Anna seufzte. Dass sich Eddi zurücklehnte und die Beine voller Selbstsicherheit ausstreckte, machte ihr klar, dass sie diesmal nicht so einfach davonkommen würde. »Ich werde dir das Geld für die Renovierung geben!« Anna schnappte nach Luft, doch er fuhr fort, ohne auf sie zu achten: »Ich schenke dir das Geld nicht. Mein Plan ist, in den Hof zu investieren, weil ich wirklich schätze, was du tust und bisher schon geschafft hast.«

Anna schluckte. Das war sehr großzügig und würde ihr wirklich helfen, aber ihr Stolz verbot es ihr, sein Angebot anzunehmen.

»Nein, Eddi. Das möchte ich nicht. Wofür willst du dein Geld investieren? Was hättest du davon? Nichts! Deshalb wäre es keine Investition, sondern ein Geschenk.«

»Du denkst, ich hätte nichts davon?«

Anna nickte.

»Wenn ich dir das Geld gebe, schließen wir einen Vertrag. Darin wird geregelt, dass ich herkommen kann, wann immer ich eine Pause brauche. Dann wohne ich hier und darf bleiben, so lange ich möchte.«

Anna war nicht überzeugt. »Warum solltest du hierherkommen wollen?«

»Stell dir eine Zeit vor, in der unser Erfolg längst Geschichte ist und ich nach zu vielen Drogen und zu viel Alkohol in der Gosse gelandet bin. Ich werde kein Geld mehr haben und aus meinem Appartement geworfen werden. Dann wäre es gut, eine zweite Heimat zu haben. Und zusätzlich wäre das hier auch eine Therapie für mich. Also quasi eine Art Versicherung.« Er grinste lausbubenhaft. »Es wäre also kein Geschenk, denn du lebst ab jetzt mit dem Risiko, dass ein älterer, verbrauchter Rockstar mit massiven Problemen und ohne Geld hier jederzeit auftauchen kann.«

Obwohl die ganze Geschichte wirklich weit hergeholt war, klang es seltsam logisch. Anna war versucht, seiner Idee zuzustimmen.

»Du kannst gern ein paar Tage über mein Angebot nachdenken«, sagte Eddi. »Ich werde es mir nicht anders überlegen.«

Damit hatte er ihr fürs Erste die Entscheidung abgenommen.

Nach dem Frühstück teilten sie sich den Kuchen. Eddi strich über seinen Bauch. »Das war gut! Was steht heute an? Machen wir im Stall weiter?«

Anna musste grinsen, weil er ins Schwarze getroffen hatte. »Na ja, so ungefähr. Ich muss heute etwas für den Stall besorgen. Magst du mitkommen und mir helfen?«

Sie hatte plötzlich das Gefühl, Eddi würde eher mitkommen, wenn er nicht genau wusste, was sie holen wollte.

»Ja, gerne! Wollen wir gleich los?«

Anna schüttelte, grinsend über seinen Enthusiasmus, den Kopf.

»Nein, erst nach dem Mittagessen. Vorher hast du frei. Ich habe gleich noch einen Termin.«

»Wann rufst du deine Eltern an?«, wechselte Eddi unvermittelt das Thema.

Schlagartig verflog Annas gute Laune. Sie hatte es verdrängt.

Eilig schnappte sie sich ihre Handtasche und stand auf.

»Ich muss los«, sagte sie und verschwand aus der Küche, ehe Eddi darauf bestehen konnte, dass sie diesen Anruf jetzt gleich erledigte.

Der Kundenbesuch verlief ereignislos. Eine Halterin zweier Mischlingen brauchte Hilfe. Sämtliche Erziehung, die die Tiere einmal genossen hatten, vergaßen sie nach spätestens einem Tag wieder.

Das Problem war schnell gelöst – in Form von Einzeltraining und viel Konsequenz. Zumindest für Anna war es ein leichter Fall. Die Frau würde mit ihren Rabauken noch viel Arbeit haben. Da waren noch zwei oder drei Folgetermine notwendig. Es sollte ihr recht sein.

Bisher war der Tag erfolgreich verlaufen. Sie hatte fast nicht über die dunkle Bedrohung nachgedacht, die seit dem Brief des Anwalts wie eine Gewitterwolke über ihrem Hof hing. Und bald würde ihr erstes Pferd im Stall stehen.

Nach dem Essen brach Anna in Begleitung von Eddi und Pino auf.

»Wohin jetzt?«, versuchte Eddi, ihr das Ziel zu entlocken.

»Zuerst fahren wir ins Tierheim. Dort müssen wir einen Anhänger holen.« Sie spürte seinen fragenden Blick, aber solange er nicht weiter fragte, würde sie nicht mehr sagen.

»Das ist übrigens das Tierheim, aus dem ich Pino habe«, erzählte sie, als sie kurz darauf auf den Parkplatz einbog.

Heinz stand auf einer Wiese neben dem Gebäude und winkte wild. Schulterzuckend wendete Anna und fuhr in die angegebene Richtung. Sie riskierte einen Seitenblick auf Eddi, als sie auf den Hänger zufuhr. Ob er die richtigen Schlüsse zog? Seine Augen wurden größer. Oder war es der Anblick von Heinz, der ihn so irritierte?

Die dirigierte Anna mit forschen Gesten rückwärts an den Hänger heran. Mit ihrem kurzen Männerhaarschnitt, den unförmigen Klamotten und dem rotfleckigen Gesicht bot sie nicht gerade einen attraktiven Anblick. Das einzig Weibliche an ihr waren ihre riesigen Brüste, die bei jeder Bewegung auf und ab wippten. So etwas konnte einen Mann schon irritieren, da machte Anna Eddi keinen Vorwurf.

Auf Heinz' Signal hin hielt Anna an und schaltete den Motor aus. Sie musste noch einige Details klären. Schließlich wusste sie nichts, außer der Tatsache, dass es sich um ein verwahrlostes Pferd handelte und dass ein anderer Tierschutzverein die Herausgabe des Tieres erwirken würde.

Während sie mit Heinz redete, stieg Eddi aus und irritierte nun seinerseits Heinz. Anna konnte die plötzliche Veränderung in ihrem Verhalten erst nicht deuten, doch dann sah sie, worauf die ältere Frau wie gebannt starrte, und kicherte. Heinz war rot geworden. Außerdem stellte sie sich aufrechter hin, was die enormen Brüste noch mehr betonte. Auf ihrem Gesicht zeigte sich ein kleines, schüchternes Lächeln.

Eddi kam näher und hielt der Tierheimleiterin seine Hand hin. Er war sich seiner Wirkung auf sie bewusst, denn er hatte sein Eddi-Markgraf-Grinsen aufgesetzt und zeigte das kumpelhaft-nette Verhalten, für das er so berühmt war, diese Mischung aus Casanova und Lausbub, die ihm alle Herzen zufliegen ließ. »Hallo, ich bin Eddi Markgraf«, stellte er sich vor.

»Heinz ... äh ... Margarete Heinz, meine ich«, stotterte Heinz.

Anna lachte sich innerlich tot und erlöste die beiden, indem sie nach der Adresse fragte, wo sie das Pferd abholen sollten.

Nur mühsam schaffte Heinz es, sich von Eddis Anblick loszureißen. Hatte sie ihn erkannt? Auch jemand wie Margarete Heinz hörte Radio oder sah ab und zu fern.

Eddi stand mit den Händen in den Hosentaschen neben ihnen und sah nicht im Mindesten beeindruckt oder unsicher aus. Nachdem alles geklärt war und Anna die Zieladresse kannte, befestigten sie den schweren Hänger an ihrem Auto. Anna stellte sich dabei ziemlich unbeholfen an, denn nachdem sie eine Weile an der Kabelverbindung zwischen Auto und Hänger herumgefummelt hatte, zog Eddi sie zur Seite und erledigte das für sie.

»Bist du schon mal mit Anhänger gefahren?«, fragte er. Es klang zweifelnd. Als sie den Kopf schüttelte, streckte er die Hand nach dem Autoschlüssel aus. »Dann übernehme besser ich.«

Anna war froh darüber. Wenn sie ehrlich war, traute sie sich die Fahrt mit dem Pferdeanhänger wirklich nicht zu.

Zum Abschied hatte Heinz noch eine gute Nachricht für sie: Der Tierschutzverein würde für alle anfallenden Kosten aufkommen.

Als sie endlich auf dem Weg waren, spürte Anna Aufregung in sich hochsteigen. Sie war gespannt und neugierig auf das Pferd. Doch da waren auch Zweifel. Hoffentlich würde alles so reibungslos klappen, wie Heinz es ihr versichert hatte.

Würden die Leute vom Tierschutzverein das Pferd aus dem Stall holen und ihr dann übergeben? Oder würde das der Besitzer machen? Freiwillig? Zum Glück war Eddi dabei. Anna war froh, ihn an ihrer Seite zu haben.

29. Kapitel

»Wozu brauchst du den Anhänger?«, fragte Eddi.

»Wir fahren ein Pferd abholen. Es kommt aus schlechter Haltung, und der Tierschutzverein weiß nicht wohin damit. Also nehme ich es zu mir.«

Für einen Moment starrte er weiter auf die Straße. Doch dann drosselte er die Geschwindigkeit und sah sie an. »Wie bitte?«

»Was genau hast du nicht verstanden?«, fragte Anna. Sie konnte sich das Grinsen kaum noch verkneifen.

»Ich glaube, alles.«

Jetzt hatte Anna den Kampf verloren und grinste breit. »Ich denke, du hast sehr gut verstanden. Ja, wir holen wirklich ein echtes Pferd.«

Eddi blickte wieder nach vorn und trat auf das Gas. Glücklich sah er nicht aus.

»Du darfst im Auto bleiben, wenn du möchtest«, beruhigte Anna ihn.

»Darauf kannst du Gift nehmen.«

Die letzten Kilometer legten sie schweigend zurück. Als sie in dem Ort angekommen waren, in dem der Pferdebesitzer wohnte, holte Anna den Zettel mit der Wegbeschreibung heraus.

»Du musst einmal ganz durchfahren und dann am Ende der Straße nach links«, teilte sie Eddi mit.

Von den Leuten des Tierschutzvereins war nichts zu sehen, also wies Anna Eddi an, durch das Tor des Hofes zu fahren. Der Weg führte um eine Scheune herum. Auch hier waren niemand. Ob sie zu früh waren? Heinz hatte gesagt, ab spätestens zwei Uhr würden die Leute vor Ort sein, und es war schon Viertel nach zwei.

Plötzlich kam ein wütend aussehender Mann um die Ecke und auf sie zu. Das war bestimmt der Besitzer des Pferdes. Anna stieg aus und ging ihm ein Stück entgegen.

»Verschwinden Sie von meinem Grund und Boden!«, brüllte er. Anna wurde flau, als sie sah, dass er eine Heugabel in der Hand hielt, die er drohend in ihre Richtung schwang.

Sie hob die Hände. »Bitte entschuldigen Sie, ich war hier mit dem Tierschutzverein verabredet, ich soll ein Pferd abholen.«

Der Mann war nur noch wenige Schritte von ihr entfernt. Bei ihren Worten spuckte er aus. Jetzt bemerkte sie, wie verwahrlost er aussah. Er war weit älter, als sie zunächst gedacht hatte. Seine Kleidung war verdreckt und löchrig. Er hatte ungekämmte Haare und einen verfilzten Bart. Als er den Mund öffnete, sah sie deutlich die Lücken in seinen gelben Zähnen. »Diese Schweine! Ich habe ihnen beim letzten Mal schon klargemacht, was ihnen passiert, wenn sie nochmal auftauchen sollten. Mein Pferd bekommt niemand. Verschwinden Sie!« Die letzten Worte klangen so hasserfüllt, dass sie Angst bekam. Dennoch wollte sie nicht klein beigeben.

»Hören Sie«, begann sie, wurde aber unterbrochen, weil der Mann einen Schritt auf sie zutrat und sie unsanft am Arm packte.

In diesem Moment stieg Eddi aus und knallte die Tür hinter sich zu. Langsam drehte sich der Mann zu ihm um und zog Anna dabei mit sich.

Eddis Augen waren drohend verengt und sein Mund ein schmaler Strich. Sein Gang war auch anders als sonst, nicht locker und federnd, sondern steif und drohend. Mit drei schnellen Schritten stand er vor ihnen. Er überragte den Mann um mindestens einen Kopf, der wohl von seiner Haltung und Statur so beeindruckt war, dass er Anna losließ. Sie brachte sich hinter dem Auto in Sicherheit. Dann sah sie, wie der Alte seine Heugabel schräg nach oben stieß.

»Eddi! Vorsicht!«, rief sie ihm zu, doch er reagierte bereits. Mit der Linken wehrte er den Schlag ab und mit der Rechten schubste er den Alten von sich weg. Die Heugabel fiel mit lautem Scheppern zu Boden.

»Bleib ruhig, alter Mann!«, knurrte Eddi, woraufhin der ein Stück zurückwich. Obwohl Eddi keinerlei Anstalten machte, ihn zu schlagen, hob er schützend die Hände über den Kopf und duckte sich.

»Anna, steig ins Auto!«, befahl Eddi ihr.

»Aber ... das Pferd ...« Sie sah sich um. Das Gebäude rechts von ihr konnte der Stall sein.

»Dann geh in Gottes Namen und hol dieses verdammte Pferd! Ich bleibe hier und passe auf unseren Freund auf.«

Anna zögerte keine Sekunde.

Die Tür war zum Glück nicht abgeschlossen. Drinnen war es dunkel. Es stank bestialisch. Als sich ihre Augen an die Lichtverhältnisse gewöhnt hatten, erkannte sie, dass es sich um einen alten Kuhstall handelte. Alles war zerstört und verdreckt, die Boxen leer.

Dann aber hörte sie ein Knacken vom anderen Ende des Gebäudes und lief los. Als sie die gegenüberliegende Wand fast erreicht hatte, entdeckte sie einen Verschlag. Ein kleines graues Pferd mit dunkler Mähne blickte sie misstrauisch an und legte die Ohren zurück, als sie nähertrat. Es stampfte drohend auf und trat gegen die Boxenwand. Sein Fell war verdreckt, stumpf und glanzlos, die Mähne struppig. Am ganzen Körper, sogar am Kopf, hatte es Abschürfungen und an der Stirn sogar eine kahle Stelle. Es war wahrhaftig nicht schön. Soweit Anna erkennen konnte, war es stark abgemagert.

Sie überlegte, wie sie es aus dem Stall bekam. Sie konnte weder auf Eddis Hilfe zählen, noch hatte sie viel Zeit. Wer wusste schon, wie lange er den alten Mann in Schach halten konnte?

Ihr Blick fiel auf einen Strick. Damit konnte sie es versuchen. Schnell knotete sie ein behelfsmäßiges Halfter und näherte sich dem Tier von der Seite. »Hey, ho, ruhig mein Kleiner. Alles in Ordnung. Niemand tut dir was«, sagte sie mit tiefer Stimme.

Das Pferd hatte die Ohren noch immer zurückgelegt, aber es drohte zumindest nicht mehr mit den Hufen. Anna ärgerte sich, dass sie nicht daran gedacht hatte, eine Möhre oder einen Apfel mitzubringen. Sie hatte mit weniger Schwierigkeiten gerechnet. Das war naiv gewesen. Als sie an der Holztür stand, drehte sie sich seitlich zu dem Grauen. Dann wartete sie ab. Sie zwang sich, innerlich ruhig zu werden und ihre Atmung zu verlangsamen. Wenn das Pferd ihre Nervosität wahrnahm, würde es sich nur noch mehr aufregen.

Sie rief sich alles ins Gedächtnis, das sie im Studium über den Umgang mit ängstlichen Tieren gelernt hatte. Die Minuten verstrichen.

Und dann war es so weit. Der Graue machte einen kleinen, zögernden Schritt auf Anna zu. Und dann noch einen. Vorsichtig streckte er die Nase nach vorn und stupste damit gegen ihre Schulter.

Langsam hob sie die Hand mit dem improvisierten Halfter und streichelte vorsichtig seinen Hals. Er zuckte bei der Berührung zurück, blieb aber stehen. Anna legte den Strick über die Ohren des Pferdes. Es fror plötzlich ein. Sogar der Schweif, der die ganze Zeit unruhig hin und her gepeitscht war, blieb auf einmal ruhig. Welche schlimmen Erfahrungen es in ähnlichen Situationen schon hatte sammeln müssen?

Anna öffnete die Tür und zupfte sanft am Halfter. Keine Reaktion. Sie zupfte stärker und schnalzte mit der Zunge. Mit einem riesigen Satz sprang der Graue aus dem Verschlag und riss ihr den Strick aus der Hand. Schon stand er zitternd mitten im Stall und beäugte sie misstrauisch. Es war ein Hengst, wie sie jetzt erkannte. Sie versuchte es noch einmal. Zu ihrer Überraschung lief er nicht weg, sondern ließ sie den Strick in die Hand nehmen und folgte ihr, wenn auch zögernd. So schnell sie es wagte, ohne ihn nervös zu machen, verließ Anna das Stallgebäude.

Der alte Mann stand noch genauso da wie vorher und funkelte Eddi böse an, wagte aber nicht, sich zu rühren. Als er sie mit dem Pferd sah, bewegte er sich, wurde jedoch durch ein warnendes »Hey« von Eddi gestoppt. »Endlich«, sagte der dann zu Anna, als sie mit dem Pferd an den beiden vorbei in Richtung des Hängers ging.

Natürlich war die Klappe geschlossen. Anna schnaubte frustriert. Nach kurzem Nachdenken ging sie weiter zur Scheune, an der sich einige Haken befanden. Obwohl der Strick ziemlich kurz war, schaffte sie es, den Hengst festzubinden. Sie eilte zum Hänger und öffnete die Verschlüsse der Ladeklappe. Der Knall, mit dem sie auf dem Boden aufkam, ließ den Grauen zusammenzucken. Zum Glück ging er ohne zu zögern mit auf den Hänger und tauchte seine Nase in das von Heinz bereitgehängte Heunetz. Anna sprang durch die kleine Vordertür nach draußen und schloss die Ladeklappe.

»Ich bin fertig«, rief sie Eddi zu und stieg auf der Beifahrerseite ein. Eddi trat auf den alten Mann zu, der zurückwich und die Arme schützend erhob, dann drehte er sich um und kam mit schnellen Schritten zum Auto. Er schwang sich auf den Fahrersitz und ließ den Motor an. Ohne sich anzuschnallen, drehte er im Hof einen großen Kreis und fuhr an der Scheune vorbei. Mittlerweile hatte sich der Alte aufgerappelt, seine Heugabel geschnappt und lief ihnen schimpfend hinterher. Zum Glück waren sie mit dem Auto wesentlich schneller. Endlich konnte Anna aufatmen.

Warum waren die Leute vom Tierschutzverein nicht aufgetaucht?

Die Frage konnte ihr nur Heinz beantworten. Sie nahm ihr Telefon aus der Handtasche. Sechs Anrufe in Abwesenheit sowie zwei Nachrichten auf der Mailbox. Anna wählte zunächst die Nummer der Mailbox.

»Hallo Frau Diemer, hier ist Margarete Heinz vom Tierheim Mittenwalde. Bitte rufen Sie mich zurück.« Die Nachricht war von heute, etwa zehn Minuten nachdem sie beim Tierheim losgefahren waren.

Die zweite Nachricht hatte Heinz nur zwei Minuten später aufgesprochen: »Frau Diemer? Margarete Heinz nochmal. Ich wollte Ihnen mitteilen, dass der Tierschutzverein es nicht rechtzeitig schaffen wird. Sie sollen bitte vor dem Tor des Grundstücks warten. Die haben noch einen Notfall, kommen dann aber so schnell wie möglich hin. Ich melde mich, falls ich noch mehr Informationen bekomme. Bitte gehen Sie nicht allein hinein! Der Mann soll aggressiv sein.«

Anna lachte freudlos. Die Mitteilung hatte sie definitiv zu spät erreicht. »Gut, dass du dabei warst, Eddi. Wer weiß, was der Typ sonst noch gemacht hätte.«

»Ich bin ein prima Bodyguard. Aber du solltest öfter auf dein Handy gucken!« Er sah sie vorwurfsvoll an. Anna zuckte zerknirscht mit den Schultern. Sie war nicht gerade dafür bekannt, gut per Handy erreichbar zu sein. Es war zum Glück nichts passiert, aber wenn sie allein gewesen wäre, hätte die Sache schiefgehen können.

Anna rief Heinz zurück und erklärte ihr, dass sie das Pferd ohne den Tierschutzverein geholt hatte, weil sie die Nachricht zu spät erreicht hatte. Sie beruhigte die aufgebrachte Tierheimleiterin, dass alles gut gegangen war, und bat sie zudem, beim Tierschutzverein Bescheid zu sagen.

Heinz versprach, gleich dort anzurufen und sich um die Bezahlung der anfallenden Kosten zu kümmern. Den Hänger brauchte sie vorerst nicht zurück.

Auf dem restlichen Weg hing jeder seinen Gedanken nach. Anna dachte hauptsächlich an das Pferdchen. Es war vorhin so aufgeregt gewesen und auch nicht gerade freundlich. Würde sie mit ihm klarkommen? Eddi würde ihr keine große Hilfe sein, wenn er Angst vor Pferden hatte.

Auf einmal nahm sie wahr, dass Eddi angehalten hatte, und blickte sich erschrocken um. Sie standen vor dem Tor, und Eddi wartete darauf, dass sie es öffnete. Mit einem entschuldigenden Grinsen sprang sie aus dem Wagen und schloss auf. Von Pino war nichts zu sehen. Der schlief bestimmt irgendwo im Schatten.

Als Eddi hinter seinem Wagen einparkte, kam er um die Ecke gerannt und begrüßte sie angemessen. Der Hänger rumpelte und hatte sofort die ungeteilte Aufmerksamkeit des Hundes.

»Und jetzt?«, fragte Eddi.

»Jetzt hole ich das Pferd aus dem Hänger und überlege dann, wo ich Stroh herbekomme. Dafür hatte ich vorhin keine Zeit.«

Eddi ließ sich überreden, mitzukommen und ihr mit der schweren Klappe zu helfen. Aber als es daran ging, das unruhige Tier hinauszuführen, suchte er hinter seinem Auto Schutz. Pino hielt er am Halsband fest. So war sichergestellt, dass der Hund nicht unter die Hufe geriet.

Anna schlüpfte in den Hänger. Sie wurde mit angelegten Ohren begrüßt. Mit deutlichem Zähneklappern warnte der Hengst sie, ihm nicht zu nahe zu kommen.

Mit Schnalzlauten und durch eindeutige Gesten brachte sie ihn dazu, langsam rückwärts aus dem Hänger zu gehen. Kurze Zeit später und mit erstaunlich wenig Problemen führte sie ihn durch den Durchgang in ihren Hof. Die Hufe klapperten auf dem Kopfsteinpflaster. Ein schönes Geräusch.

Sobald sie im Stall waren, drehte sie sich samt Pferd um, ließ den kurzen Strick einfach baumeln und schlüpfte aus der Tür, die sie vorsorglich schnell hinter sich schloss.

Die Vorsichtsmaßnahme war unnötig, wie sich herausstellte, denn der graue Hengst steckte schon mit der Nase in der Futterraufe und kaute genüsslich. Ein gutes Zeichen.

Eddi hatte sich wieder in den Hof getraut und blickte mit ihr zusammen in die Box. Er stand so nah neben ihr, dass sie seine Körperwärme durch ihre Kleidung hindurch spürte. Eindeutig zu nah für ihren Seelenfrieden, denn sofort richteten sich all ihre Sinne auf ihn aus. Sie hörte seinen leisen Atem und spürte jede noch so kleine Bewegung. Ein Schauer nach dem anderen jagte ihren Rücken hinunter.

»Armer Junge«, sagte Eddi. »Er ist so dünn.«

Anna nickte, zu mehr war sie momentan nicht fähig. Wusste er eigentlich, welche Wirkung er auf sie hatte? Sie brachte vorsichtshalber etwas Abstand zwischen sich und Eddi. »Ich brauche Stroh«, sagte sie ein wenig atemlos, um die seltsame Stimmung zwischen ihnen zu normalisieren. »Und Heu und Hafer. Und ein richtiges Halfter.« Sie überlegte. »Putzzeug brauche ich auch. Und irgendwas, womit ich ein Stück der Wiese absperren kann, damit wir den Grauen mal rauslassen können.«

»Weißt du, wie er heißt?«, fragte Eddi.

Anna schüttelte den Kopf.

»Dann müssen wir uns einen Namen überlegen«, bestimmte Eddi.

»Was hältst du von Greyfell? Gandalf? Frodo? Aragorn?«

»Herr der Ringe?«, fragte Anna ungläubig.

»Nein, das ist ein blöder Name.«

Sie musste lachen.

Anna schlug Apple, Lucky, Dreamy und Amigo vor. Alle Vorschläge wurden von Eddi abgelehnt. Sie dachte weiter nach. »Was hältst du von Sirius?«

Er nickte nachdenklich. »Klingt gut. Und was ist mit Stormy?«

Sie sah überrascht auf. Der Name passte perfekt. Das Grau seines Fells erinnerte an einen stürmischen Himmel, und auch sein Leben war bisher sicher ganz schön stürmisch gewesen. So war es entschieden. Der Hengst hatte seinen Namen.

Eine Weile blickten beide auf den kleinen Stormy, der entspannt Heu kaute. Nur widerwillig riss sich Anna von dem Anblick los. »Ich muss noch mal losfahren und alles besorgen. Bleibst du hier?«

»Wäre vermutlich besser, nicht wahr?«, fragte Eddi mit traurigem Gesichtsausdruck.

Anna stellte sich Eddi im Reitsportgeschäft vor, mit all den weiblichen Kundinnen. Sie stimmte ihm zu.

»Dann kümmere ich mich um deine beiden Monster«, verabschiedete er sich, nachdem er ihr das Auto samt Hänger auf die Straße gefahren hatte. Da war schon wieder dieses lausbubenhafte Grinsen in seinem Gesicht.

Als ob Stormy und Pino Monster wären! Sie schüttelte amüsiert den Kopf.

30. Kapitel

Zwei Stunden später stand sie mit dem Auto voller Zaunpfähle, Elektroband, Putzzeug, zwei Halftern mit passenden Führstricken, einer Stalldecke und drei großen Hafersäcken vor Karls Haus und klingelte.

Im Hänger befand sich bisher nur der Stromgenerator. Hoffentlich hatte Karl Stroh für sie übrig. Sie hatte zwar noch die Adresse eines Bauern in der Tasche, die sie im Reitsportgeschäft bekommen hatte, aber dort hatte man ihr nicht viel Hoffnung gemacht, dass um diese Jahreszeit schon Stroh zu haben war. Der Frühsommer war keine Strohsaison.

Karl war in seinem Garten damit beschäftigt, Unkraut aus seinem Gemüsebeet zu zupfen. Sobald er Anna sah, wischte er sich die schmutzigen Hände notdürftig an seinen ohnehin dreckigen Hosen ab und begrüßte sie erfreut. Wie immer bot er ihr einen Kaffee an und reichte ein paar Kekse dazu. Er entschuldigte sich, dass er keinen Kuchen gebacken hatte.

Sobald sie am kleinen Küchentisch saßen, erzählte Anna von Stormy. Zum Glück konnte Karl ihr mit einigen Strohballen aushelfen. Wenn sie sparsam war, sollte das bis Ende August reichen. Dann würde sie Stroh normal beim Bauern kaufen können. Anna wollte die Ballen bezahlen, doch er winkte ab. Sie beschloss dennoch, sich für den Gefallen zu revanchieren.

Einige Minuten später wuchteten sie den ersten Strohballen auf eine Schubkarre und brachten ihn zum Hänger. Nach acht weiteren Fahrten wischte sich

Karl den Schweiß von der Stirn und Annas Arme fühlten sich an wie Wackelpudding.

Zuhause stellte sie das Auto samt Hänger einfach in ihre Einfahrt. Jetzt kam man zwar rechts und links kaum noch vorbei, aber besser bekam sie es nicht hin.

»Na, mein Süßer«, begrüßte sie Pino. »Wo ist denn Eddi?«

Pino ließ sich kurz streicheln, dann lief er vor ihr durch den Durchgang in den Hof. Eddi kam ihr entgegen.

»Hey, ich bin wieder da«, begrüßte sie ihn. »Kannst du mir tragen helfen?«

»Sicher«, sagte er und ging mit ihr zum Auto. Ihre Parkkünste kommentierte er mit einer hochgezogenen Augenbraue.

Sie bat ihn, sich um die Strohballen zu kümmern, und räumte das Auto aus. Gerade wollte sie ihm anbieten, die Schubkarre zu holen, als er ihr mit dem ersten Ballen entgegenkam. Wie es aussah, bewältigte er die schwere Last spielend.

»Lass uns etwas trinken«, schlug Anna vor, als das Auto leer war. »Dann streue ich Stormys Box ein und wir könnten vielleicht noch eine kleine Weide für ihn abstecken.«

Ihr Blick fiel auf die kleine Sitzgruppe im Hof. Dort standen Eddis Gitarre und sein Laptop.

»Es ist ein bisschen schwierig in letzter Zeit«, sagte er, nachdem er den Ballen abgesetzt hatte, und deutete auf die Gitarre. »Zu schreiben, meine ich. Neue Songs oder einfach eine Melodie. Ich habe keine Ideen mehr. Da ist nichts!«

Er zuckte mit den Schultern.

»Das ist furchtbar! Kommt das öfter vor?« Sie hoffte, dass sie mitfühlend geklungen hatte und nicht neugierig.

Er schüttelte den Kopf. »Nicht über so eine lange Zeitspanne.«

»Was meinst du damit? Wie lange schreibst du denn schon nichts mehr?« Jetzt klang sie definitiv neugierig.

Eddi mied ihren Blick. »Etwa seit einem halben Jahr«, sagte er zögernd. »Mindestens.« Er schüttelte gedankenverloren den Kopf. »Ende vergangenen Jahres, während unserer letzten Tour, hatte ich ein paar Ideen, aber es war nichts Brauchbares dabei. Ich dachte, ein Urlaub würde den Knoten lösen. Aber so war es nicht.«

Jetzt sah er ihr in die Augen. Sein Blick schien sich in ihr Innerstes zu bohren. Vermutlich war ihr außer Mitgefühl auch der Schock deutlich anzusehen. Er war der kreative Kopf der Band. Aus seiner Feder stammten alle Songs von *Damn Silence*. Wenn er keine Ideen mehr hatte, konnte es das Ende der Band bedeuten. Die Plattenfirma erwartete früher oder später ein neues Album. Im Moment hatte Eddi aufgrund seiner Zusammenbrüche Schonzeit, aber das würde nicht ewig so bleiben. Und dann? Würde es *Damn Silence* vielleicht schon bald nicht mehr geben?

Anna schnitt die Stricke an einem der Strohballen auf. »Vielleicht hat das was mit diesem Burn-out zu tun?«, überlegte sie halblaut vor sich hin. Sie nahm einen Arm voller Stroh und öffnete die Boxentür einen Spaltbreit.

Stormy riss den Kopf erschrocken hoch und sprang in die hinterste Ecke. Dort hob er drohend einen Huf und sah sie böse an. Anna ignorierte den kleinen Hengst, während sie das Stroh auf dem Boden ausbreitete.

Eddi beobachtete sie aus sicherer Entfernung. »Glaube ich ehrlich gesagt nicht. Eher ist es anders herum.«

Anna hielt inne und sah Eddi an.

Er zuckte mit den Schultern und reichte ihr einen weiteren Arm voller Stroh mit einer Selbstverständlichkeit, die sie aus dem Konzept brachte. Eddi schien gar nicht darauf zu achten, was er tat, und redete weiter: »Das Songschreiben ist wie eine Therapie für mich. In meinen Liedern spiegeln sich meine Sorgen und Emotionen. Sobald ich darüber schreibe, erscheinen sie mir weniger schwerwiegend, und ich kann wieder glücklich sein.«

Anna vergaß ganz, weiterzuarbeiten. Eddis Worte bewegten sie. Sie hatte das Gefühl, ihn etwas besser zu verstehen.

Stormy hingegen verstand überhaupt nicht mehr, was hier vorging. Erst drang die Frau trotz Drohung in diesen kleinen Bereich, den er gerade erst als sicher eingestuft hatte, und jetzt stand sie einfach da, Stroh in der Hand, und sah nach draußen. Langsam senkte er den Kopf und begann, an dem frischen Stroh zu knabbern.

»Es ist, als ob du zu einem Psychotherapeuten gehen würdest«, fasste Anna Eddis Worte zusammen.

»Was meinst du?«

»Na ja, wenn du Sorgen hast, redest du darüber. Wie mit einem Therapeuten. Du redest halt in deinen Songs darüber. Nicht mit einem Therapeuten, sondern mit der ganzen Welt. Aber das Ergebnis ist dasselbe.«

Eddi nickte.

»Aber jetzt«, fuhr Anna fort, »ist es, als wäre dein Therapeut nicht da und du kannst nicht mehr mit ihm reden. Also verstärken sich deine Probleme und machen dich krank.«

Stormy war mittlerweile zur Seite getreten, sodass sie den Rest der Box ausstreuen konnte.

Eddi hockte vor der Tür und kraulte Pino hinter den Ohren, den Blick in die Ferne gerichtet. Er wirkte so verloren, dass Anna den Wunsch verspürte, ihn in den

Arm zu nehmen und ihm zu versichern, dass alles gut werden würde.

»Vielen Dank. Es hilft, darüber zu reden«, sagte er und stand auf.

In Annas Magen kribbelte es plötzlich. Sie schluckte schwer und zwang sich, den Blick abzuwenden. »Wir müssen die Zaunpfähle nach hinten auf die Wiese bringen«, war alles, was sie herausbrachte. Ihre Stimme krächzte. Sie stolperte beinahe, so sehr beeilte sie sich, die Box zu verlassen. Der alberne Hopser, den sie dabei machte, verursachte ihr zu allem Überfluss auch noch einen roten Kopf.

Während sie die Teile sortierte, damit sie möglichst viele auf einmal tragen konnte, schalt sie sich selbst. Eddi schilderte ihr seine existenzbedrohenden Probleme – und sie? Sie führte sich auf wie ein verknallter Teenager. Davon hatte er in seinem Umfeld sicherlich genug. Er brauchte jemanden, der ihm half, und keinen verrückten Fan. Aus den Augenwinkeln heraus bemerkte sie, dass Eddi ebenfalls aufgestanden war. Sie schnappte sich einige Pfähle und ging los. Sie brauchte einen klaren Kopf. Dafür war seine Nähe eher kontraproduktiv.

Eddi schlug die Pfähle in den Boden, und Anna verband sie mit dem Elektroband. Die Arbeit half ihr, wieder einigermaßen klar zu denken. Sie überlegte, wie sie Stormy am besten auf die Wiese und später zurück in den Stall bringen konnte. Er war extrem nervös, wenn sie in seine Nähe kam. Spätestens morgen brauchte er Bewegung. Niemand wusste, wie lange er in dem Verschlag bei dem schrecklichen alten Mann gestanden hatte. Seine Muskeln mussten dringend beansprucht werden, damit sie sich nicht weiter zurückbildeten und er dadurch krank wurde. Außerdem war er erschreckend dünn. Die zusätzlichen Grasmahlzeiten hier draußen würden ihm gut tun. Im Herbst wurden auch die Äpfel reif.

Im Herbst, da würde Eddi sicher schon lange weg sein, dachte Anna wehmütig. Nein, damit wollte sie sich jetzt nicht belasten. Noch war er hier.

»Fertig«, stieß sie erleichtert aus, als sie den Generator an das Elektroband gehängt hatte und ihn probehalber anschaltete. Er funktionierte. Hier würde sich Stormy wohlfühlen.

»Sieht gut aus«, bestätigte Eddi. »Und jetzt solltest du deine Eltern anrufen«, erinnerte er sie an ihr Versprechen vom Vormittag.

Sie sah ihn erschrocken an. Daran hatte sie überhaupt nicht mehr gedacht. Oder vielmehr hatte sie es erfolgreich verdrängt. »Nein, ich ...«, begann sie, wurde aber von Eddi unterbrochen.

»Du musst! Dein Anwalt meint, es sei eine gute Idee, und ich finde das auch.« Er schob sie vor sich her in Richtung Haus. Widerwillig setzte sie einen Fuß vor den anderen.

Sie wollte jetzt keine Vorwürfe hören oder geheucheltes Mitleid. Und noch weniger, dass ihre Eltern die Pläne ihrer Tante guthießen oder gar etwas damit zu tun hatten. Ihr Vater war bestimmt froh, wenn Anna ihren »Wunschtraum«, wie er es nannte, aufgeben und in ihr früheres Leben zurückkehren musste. Nun ja, sie konnte die Ansichten ihrer Eltern nicht ändern.

Anrufen wollte sie trotzdem nicht. Was sollte das bringen?

Doch Eddi schob sie unerbittlich in die Küche. Dort drückte er ihr das Telefon in die Hand.

»Soll ich hierbleiben?«, fragte er freundlich, und sie glaubte, so etwas wie Mitgefühl in seiner Stimme zu hören.

Sie wollte lieber allein sein und hoffte, dass er das nicht persönlich nehmen würde.

Ergeben wählte sie die Nummer ihrer Eltern. Es klingelte einmal, zweimal, dreimal, dann nahm ihre Mutter ab.

»Hallo Mama, hier ist Anna.« Ihr fröhlicher Tonfall wirkte aufgesetzt.

»Anna, das ist aber schön, dass du anrufst.« Im Gegensatz zu ihr klang ihre Mutter aufrichtig erfreut.

Anna hielt sich nicht lange mit Small Talk auf, sondern schilderte kurz, dass Tante Lisbeth das Testament angefochten hatte und welche Gründe sie dafür angab.

»Was? Das kann doch nicht wahr sein!«, entfuhr es ihrer Mutter. Anna war sich sicher, dass ihre Überraschung und Empörung nicht gespielt waren.

»Was ist?«, fragte ihr Vater im Hintergrund.

Es war merkwürdig, seine Stimme nach so langer Zeit zu hören. Annas Mutter brachte ihn auf den neuesten Stand, während Anna geduldig wartete. Zumindest ihre Eltern schienen nichts mit der Anfechtung zu tun zu haben. Sofort wurde ihr leichter ums Herz.

»Gib sie mir mal!« Kurze Stille. »Anna? Hier ist dein Vater. Jetzt schildere noch mal genau, was passiert ist.«

Es tat so gut, ihn zu hören. Sie war sehr betrübt gewesen, dass sie in den vergangenen Monaten keinen Kontakt gehabt hatten. Ihr Vater war für sie immer ein Fels in der Brandung gewesen. Jemand, auf den man sich verlassen konnte, der einem half, egal was passiert war. Deshalb war sie froh, dass sie ihm jetzt alles erzählen konnte. Zum ersten Mal hatte sie wirklich Hoffnung, dass dieser Anruf helfen konnte.

»Hallo Papa. Schön, dich zu hören! Vorgestern habe ich einen Brief bekommen, von meinem Anwalt ...«, begann sie. Dann berichtete sie alles im Detail. Als sie mit ihrer Erzählung am Ende war, vergewisserte ihr Vater sich, dass er die beiden Anfechtungsgründe richtig verstanden hatte. Motivirrtum und Testierunfähigkeit. Die Worte verursachten ihr eine Gänsehaut.

»Gut, Anna. Deine Mutter und ich überlegen uns was und melden uns dann wieder bei dir. Du bist doch noch unter deiner Nummer erreichbar?«

Anna verkniff es sich, ihn darauf hinzuweisen, dass sie gerade mit dieser Nummer anrief. Also bejahte sie nur, verabschiedete sich und ging wieder nach draußen. Eddi wartete auf der Stufe vor der Haustür und kraulte Pino. Stormy blickte aus seiner Boxentür. Ein idyllisches Bild, daran könnte sie sich gewöhnen.

Eddi sah zu ihr hoch. »Alles okay?«

Sie nickte. »Ja, ich denke schon. Ich habe meinen Eltern alles erzählt. Sie wussten nichts von Tante Lisbeths Plänen. Sie wollen sich etwas überlegen und sich dann bei mir melden.«

»Klingt doch gut«, meinte er aufmunternd.

»Danke.«

»Wofür?«, fragte er erstaunt.

»Dass du mich gezwungen hast, meine Eltern anzurufen. Ich habe zum ersten Mal seit drei Monaten wieder mit meinem Vater gesprochen.«

Etwas später stand Anna vor dem Stall, als Eddi aus der Haustür trat. Er hatte eine Kappe auf, die ihm nicht stand, und schob sich eine riesige Sonnenbrille auf die Nase. »Was denkst du? Kann ich so einkaufen gehen?«

»Was?« Schon wieder flatterten tausende Schmetterlinge in Annas Bauch wild durcheinander. Sein Grinsen wirkte dermaßen jungenhaft und verschmitzt, dass sie sich noch mehr in ihn verliebte. Ja, sie gab es endlich zu. Sie war in Eddi Markgraf verliebt. Nicht in Eddi, den Sänger von *Damn Silence*, für den sie geschwärmt hatte, sondern in diesen manchmal so starken und dann wieder so verletzlichen Mann, der ihre Meinung zu seiner Verkleidung hören wollte. Sie hatte sich bis über beide Ohren in ihn verliebt, ohne es zu wollen. Sogar ohne es zu merken.

Nun war es passiert, und sie konnte nichts dagegen tun.

Sie hoffte nur, dass sie es vor ihm geheim halten konnte. Sie glaubte zwar, dass er sie auch mochte, aber das basierte wahrscheinlich eher auf Respekt. Sie musste sich zusammenreißen!

»Ich weiß nicht. Wenn dich jemand erkennt, ist es mit der Ruhe hier vorbei«, gab sie mit verräterischem Zittern in der Stimme zu bedenken.

Als sie sah, wie sich sein Gesichtsausdruck von freudig aufgeregt zu grenzenlos enttäuscht änderte, bereute sie die Aussage sofort. »Es sei denn ...«, fuhr sie fort. Ein hoffnungsvoller Schimmer trat in seine Augen. »... du nimmst Pino mit! Wenn du mit ihm in der Öffentlichkeit unterwegs bist, wird kaum jemand auf *dich* achten. Die sind dann damit beschäftigt, sich und ihre Familien in Sicherheit zu bringen«, fügte sie mit frechem Grinsen hinzu. Ihre Erfahrung mit Pino im Baumarkt stand ihr noch deutlich vor Augen. »Du musst ihn gut festhalten!«, ermahnte sie Eddi eindringlich.

»Natürlich«, sagte er. »Kann ich dein Auto ausleihen? Mit Hänger?«

»Was willst du denn kaufen?«, fragte sie verwundert.

»Überraschung!«, antwortete er schon wieder mit diesem unwiderstehlichen Grinsen.

Wenig später war Eddi samt Pino, ihrem Auto und dem Pferdehänger verschwunden. Anna blickte ihm kopfschüttelnd nach.

31. Kapitel

Annas nächste Aufgabe forderte ihre ganze Aufmerksamkeit: Stormy musste auf die Weide. Das Pferd brauchte im Moment vor allem eines: ausreichend Kontakt. Sonst würde es seine momentane Unart, den Menschen zu drohen, die ihm zu nahe kamen, eher verstärken und irgendwann gar nicht mehr zu handhaben sein.

Anna öffnete zuerst das Weidengatter. Dann holte sie sich das neue Halfter. Mit diesem und einer Möhre bewaffnet betrat sie Stormys Box. Der kleine Hengst drückte sich an die gegenüberliegende Wand und bleckte die Zähne. Seine Ohren waren zurückgelegt, sein Huf schon wieder drohend erhoben.

Vorsichtig ging sie auf ihn zu. Mit Hilfe einer Möhre und ihrer Taktik, die sie bereits bei dem Alten angewendet hatte, tauschte sie den Strick gegen das Halfter aus und ging einige Schritte in Richtung Ausgang. Sobald Stormy merkte, dass sie im Begriff waren, die Box zu verlassen, stemmte er seine Hufe in den Boden und bewegte sich keinen Millimeter.

Anna seufzte resigniert. Sie hatte gewusst, dass es nicht einfach werden würde.

Unzählige Minuten mit sanftem Zupfen und Überredungsversuchen später gab Stormy nach. Als sie vor der Box standen, machte er plötzlich einen Riesensatz nach vorn, sodass Anna ein Stück mitgeschleift wurde. Es schien, als würde er sich vor der Boxentür in Sicherheit bringen. Das hatte sie bereits erlebt, als sie ihn aus dem Verschlag des Alten geholt hatte. Was hatte der arme kleine Kerl Schlimmes hinter sich?

Um ihm zu zeigen, dass er keine Angst haben musste, drehte sie ihn um und ließ ihn vorgehen. Jetzt hatte er keine Probleme mehr mit der Tür. Er schnupperte sogar daran und wäre vermutlich wieder mit hineingegangen.

Anna nahm sich vor, in den nächsten Tagen mit ihm zu üben.

Für den Moment hatten beide genug Aufregung gehabt, deshalb durfte Stormy jetzt auf seine neue Weide.

Dort kam Leben in ihn. Erst lief er nur zögerlich, senkte den Kopf und zupfte probehalber Grashalme aus. Anna hatte erwartet, dass er sich hungrig auf das saftige Grün stürzen würde, doch weit gefehlt. Er schnaubte und tollte plötzlich mit übermütigen Bocksprüngen über die Wiese. Einmal stieg er sogar kurz, nur um dann loszupreschen, so schnell es zwischen den vielen Bäumen ging. Erst nach fünf Minuten hatte er sich so weit ausgetobt, dass er stehenblieb und die Nase ins Gras senkte. Wahrscheinlich bildete sich Anna das nur ein, aber er sah dankbar aus.

Sie setzte sich auf ihren Gartenstuhl. Von da aus hatte sie einen guten Blick auf die Weide. Es hatte etwas Meditatives, dem Pferd zuzusehen, wie es graste. Der leichte Wind spielte durch seine lange, zerzauste Mähne und den Schweif. Die Blätter der Bäume raschelten. Ansonsten war es still und friedlich.

Irgendwann drifteten ihre Gedanken zu Eddi. Sie dachte an den Tag, als er hier aufgetaucht war. Es kam ihr vor, als wäre das schon ewig her. Vor allem, weil sie am Anfang keinen richtigen Draht zueinander gefunden hatten. Die ersten Tage hatte er überwiegend auf seinem Zimmer verbracht. Jetzt war er nur noch zum Schlafen dort. Und er ging so ungezwungen mit ihr um, als würden sie sich schon lange kennen. Sie hatte das warme Gefühl, dass er ihr vertraute.

Wenn sie sich nur nicht in ihn verliebt hätte! Alles wäre so viel einfacher. Dann könnte sie es genießen, ihre Zeit mit Eddi zu verbringen. Aber so verhielt sie sich in seiner Nähe ständig kopflos und konnte nicht mehr logisch denken.

In ein paar Tagen wird er wieder weg sein, dachte sie wehmütig. Dann bleibe ich zurück, mit gebrochenem Herzen und vielleicht nicht mal mehr einem Zuhause wegen dieser blöden Tante.

Warum konnte das Leben nicht ausnahmsweise einfach sein? Ohne Probleme und ungewollte Gefühle, die ja doch nur für Ärger sorgten? Aber das war ihr scheinbar nicht vergönnt. Sie würde mit allem klarkommen müssen, egal wie schlimm es wurde. Niemand konnte ihr da helfen. Vor allem nicht bei ihren Gefühlen für Eddi. Sie musste versuchen, ihn sich aus dem Kopf zu schlagen. Nur leider war das nicht so einfach, wenn er ständig um sie herum war.

In diesem Moment kam Eddi in Pinos Begleitung auf den Hof. Insgeheim wünschte sie sich, dass er sich über das Wiedersehen genauso freuen würde wie der Hund. Sie hätte auch nichts dagegen gehabt, wenn er auf sie zurennen, sie in den Arm nehmen und küssen würde.

»Wie war es?«, fragte sie.

Eddi grinste von einem Ohr zum anderen. »Es war eine super Idee, den Hund mitzunehmen. Ich sollte ihn behalten. Niemand würde mich je erkennen«, berichtete er begeistert.

»Zumindest bis sie gemerkt haben, dass Pino zu dir gehört, dann wäre er dein Markenzeichen«, nahm Anna ihm die Illusion. Das fehlte noch, dass er ihr auch den Hund abspenstig machte.

Eddi tätschelte Pinos Rücken, während er erzählte, dass der sich wunderbar benommen hatte. »Leider war es schwierig, jemanden zu finden, der mir helfen konnte«, fügte er grinsend hinzu.

»Und was hast du gekauft?«, fragte Anna mit betont uninteressierter Stimme.

Auch wenn sie das nicht für möglich gehalten hätte – Eddis Grinsen wurde noch eine Spur breiter. »Komm mit und sieh es dir an«, forderte er sie auf und ging zum Auto. Sie stand seufzend von ihrem gemütlichen Platz auf und folgte ihm.

Ihr Auto stand nicht auf dem Parkplatz. Eddi ging weiter in Richtung Tor. Kein Wunder, dass sie es nicht gehört hatte.

»Wo ist mein Auto?« Ihre Stimme hatte einen beunruhigten Unterton.

Eddi drehte sich zu ihr um und nahm ihre Hand. Dann zog er sie weiter. Wenn es nach ihr gegangen wäre, hätte er sie nie wieder loslassen müssen.

Beim Tor standen Auto und Hänger, sonst war nichts zu sehen. Annas Verwunderung wuchs mit jedem Schritt. Erst am Hänger ließ Eddi sie los, was ihr ein leises Gefühl der Enttäuschung verursachte. Er öffnete die Ladeklappe und ließ Anna ins Innere des Hängers blicken.

Das hatte sie nicht erwartet. Wenn sie ehrlich war, wusste sie nicht einmal, was *das* genau war. Es sah aus wie ein Stapel merkwürdig geformten Metalls. Sie starrte es in der Hoffnung an, ihr Verstand würde dieses Puzzle zusammensetzen.

»Was sagst du nun?«, fragte Eddi, und Anna meinte, leichte Verunsicherung in seiner Stimme herauszuhören.

»Was ist das?«

Er kletterte in den Hänger und zog mit einiger Mühe ein größeres Metallstück nach vorn. Und endlich erkannte Anna, was es war: Eddi hatte ein neues Tor gekauft. Ein sehr stabiles Tor aus Metallstreben, die mit minimaler Verzierung aneinandergeschweißt worden waren.

»Ein Tor«, bemerkte sie wenig geistreich. Und wohl auch mit wenig Enthusiasmus, wenn sie Eddis enttäuschte Miene richtig interpretierte.

»Das ist dein neues automatisches Tor.« Er klang zunehmend verunsichert.

Annas skeptisches »Wirklich?« trug vermutlich nicht dazu bei, dass er sich besser fühlte. »Das ist ... toll! Wirklich. Danke! Aber ... wie ... ich meine ... warum ...«

Ein vorsichtiges Lächeln stahl sich auf sein Gesicht. »Ich habe im Internet recherchiert, und da hieß es, es sei nicht schwer, so etwas zu installieren. Klar, die elektrischen Sachen müssen von Fachleuten gemacht werden. Aber ich habe alles gekauft und werde es aufbauen. Eine Kamera ist auch dabei. Die kann ich installieren, ich habe Erfahrung mit sowas. Zuhause in unserem Studio habe ich fast alles selbst gemacht und ...«

»Wow! Danke!«, unterbrach Anna seinen Redefluss. »Ich weiß nicht, was ich sagen soll. Das hätte ich nicht erwartet. Sorry, dass ich vorhin so begriffsstutzig war.«

Jetzt war ihre Freude echt, denn mittlerweile hatte sie begriffen, was Eddi für sie tun wollte. Er hatte in Kauf genommen, möglicherweise erkannt zu werden, hatte ein Tor für sie ausgesucht, das wirklich schön war, und wollte alles für sie aufbauen und sogar die Kamera installieren. Und sie stand hier herum und begriff gar nichts. Der Arme.

»Also, freust du dich?«, fragte er.

Anna nickte glücklich. »Und wie! Das kann ich nie wieder gutmachen. Das ist die tollste Überraschung, die mir je jemand gemacht hat.«

Das drückte ihre Freude allerdings nur ansatzweise aus. Deshalb machte sie das Erste, was ihr in den Sinn kam und umarmte ihn. Sie wäre ihm gern um den Hals gefallen, wenn er nicht so groß wäre. Immerhin bekam sie seine Mitte umfasst und drückte ihn fest. Seine Arme legten sich ebenfalls um sie. Es fühlte sich wahnsinnig gut und richtig an. In ihrem Inneren tobte ein Aufruhr der Gefühle.

In diesem Moment wurde ihr bewusst, was sie tat. Erschrocken ließ sie Eddi los und kam ins Stolpern. Zum Glück verhinderte Eddi mit seinen starken Armen, dass sie hinfiel.

Peinlich berührt blickte sie ihn an. Was sie sah, verschlug ihr den Atem. Er lächelte zwar, aber nicht spöttisch, sondern sehr liebevoll.

»Bekomme ich zur Belohnung einen Kuss?«, fragte er mit rauer Stimme. Sie nickte ohne wirklich zu realisieren, wozu sie gerade ihr Einverständnis gegeben hatte. Wenn sie Eddi jetzt küsste, wäre sie endgültig verloren. Um ihn nicht zu enttäuschen, stellte sie sich blitzschnell auf die Zehenspitzen und küsste ihn kurz auf den Mund. Dann schlug sie die Augen nieder und wollte sich aus seiner Umarmung befreien.

Er verstärkte seinen Griff. »O nein«, murmelte er, »das war kein richtiger Kuss.«

Hatte sie sich verhört? Noch ehe sie einen weiteren Gedanken verschwenden konnte, senkte er seine Lippen auf ihre. Anna vergaß zu atmen. Ein warmes Gefühl breitete sich in ihr aus, wurde immer heißer und drohte, sie innerlich zu verbrennen. Einzig seine Lippen versprachen Erleichterung, und so küsste sie ihn begierig.

Viel zu schnell war der Kuss vorüber, und sie wurde wieder in die reale Welt zurückgeschleudert. In eine Welt, in der Eddi vor ihr stand und sie mit blitzenden, blauen Augen und verdattertem Gesichtsausdruck ansah.

»Wow«, hauchte er.

Dann drehte er sich um und ging zum Hänger, um das Tor auszuladen. Anna meinte ein »Yeah« zu hören, war sich aber nicht sicher. Ihr war jedenfalls nach »Yeah« zumute.

Für den Moment verbot sie sich, über Gründe und mögliche Konsequenzen des Kusses nachzudenken. Sie wollte das schöne Gefühl einfach so lange wie möglich festhalten. Sie ließ sich erschöpft gegen einen Baum sinken. Eddi schien zu wissen, was er da tat. Er zog das Tor aus dem Hänger und brachte es in die richtige Position. Immer wieder sah er zu ihr und lächelte sie an.

Kurz darauf hielt ein Transporter neben ihnen. Anna wollte aufspringen, doch Eddi war schon auf dem Weg, begrüßte die zwei Männer, die ausgestiegen waren, und führte sie zum Tor. Zu dritt hoben sie es aus den Angeln.

Anna schüttelte lächelnd den Kopf. Wie es aussah, hatte Eddi alles im Griff. Er hatte sogar Hilfe organisiert. Wie auch immer er das hinbekommen hatte. Hier war sie jedenfalls überflüssig. Langsam ging sie zum Haus zurück. Immer wieder leckte sie über ihre Lippen, die sich geschwollen anfühlten. Sie konnte sich an jede Einzelheit des Kusses überdeutlich erinnern, was ihr sogar im Nachhinein noch eine leichte Röte auf die Wangen zauberte.

Am Haus sah sie zuerst nach Stormy. Er stand noch immer auf der Weide und fraß. Einen interessanteren Anblick bot Pino, der zwei Meter vom Elektrozaun entfernt auf der Wiese lag, die Ohren gespitzt hatte und Stormy keine Sekunde aus den Augen ließ. Anna rief leise nach ihm. Er wandte kurz den Kopf, sah dann aber gleich wieder zu Stormy. Wollte er aufpassen, dass der Hengst blieb, wo er war, oder sich selbst und seinen Menschen schützen?

Wieder einmal fand Anna es sehr schade, dass sie nicht mehr über sein früheres Leben wusste. Es würde die Interpretation seiner Verhaltensweisen wesentlich vereinfachen. Jetzt allerdings war sie viel mehr damit beschäftigt, Eddis Verhalten genauer zu interpretieren. Warum hatte er sie küssen wollen? Sie war sich zumindest halbwegs sicher, dass er das gewollt hatte. Und was, wenn er von ihrer stürmischen Art einfach nur überrascht gewesen war? Oder zu höflich, um sie abzuwehren? Das wäre peinlich. Andererseits war er derjenige gewesen, der den Kuss intensiviert hatte.

Anna versuchte, sich alle Einzelheiten in Erinnerung zu rufen. Seltsamerweise konnte sie sich zwar an jedes Detail des Kusses erinnern, nicht jedoch an die Sekunden zuvor. Wer hatte was gesagt und getan? Alles war in einem grauen Nebel verschwunden. Jetzt war sie sich plötzlich nicht mehr sicher, dass Eddi sie wirklich hatte küssen wollen. Vielleicht hatte sie alles nur falsch verstanden. Was dachte er jetzt von ihr?

Sie steigerte sich immer weiter in ihre Zweifel hinein, bis sie am Ende überzeugt war, Eddi würde noch heute empört seine Sachen packen und zurück nach Hamburg fahren. Natürlich nicht ohne vorher seiner Plattenfirma zu berichten, wie sie über ihn hergefallen war und dass sie eine Gefahr für alle weiteren potenziellen Gäste wäre.

Am liebsten wäre sie im Erdboden versunken, als sie Eddi den Weg zum Haus heraufkommen hörte. Um ihm nicht in die Augen blicken zu müssen, tat sie extrem beschäftigt und räumte in der Box, die behelfsmäßig als Sattelkammer und Heuboden eingesetzt wurde, hektisch alles hin und her.

»Hey«, hörte sie seine sanfte Stimme von der Boxentür her.

Jetzt würde er ihr sagen, dass er abreiste. Umso überraschter war sie von seinen Worten. »Wo warst du? Ich habe dich vermisst! Ich arbeite viel besser, wenn du in der Nähe bist und mich motivierst.«

»Was?« Sie blickte nicht auf, doch jetzt hörte sie das Lächeln in seiner Stimme.

»Auf jeden Fall gefällt mir die Art, wie du mich motivierst. Wenn ich genauer darüber nachdenke, könnte ich in diesem Moment schon wieder etwas Motivation gebrauchen ...«

Nun musste Anna ihn doch ansehen. Das konnte er doch unmöglich ernst meinen! Ein warmes Gefühl breitete sich in ihrem Bauch aus. Waren ihre Sorgen umsonst gewesen?

Er sah nicht sehr verschreckt aus. Wie er da so stand, an den Türrahmen gelehnt und mit diesem vielsagendem Blick, war er dermaßen unwiderstehlich, dass Anna ihn am liebsten gleich wieder geküsst hätte. Und wenn sie ihn richtig verstanden hatte, war das auch genau, was er sich von ihr wünschte. War es für ihn ein Spiel?

Egal, sie hatte längst beschlossen, es mitzuspielen, auch wenn sie es in nicht allzu ferner Zukunft bereuen würde.

»Du brauchst Motivation? Und wie soll die deiner Meinung nach aussehen?« Sie versuchte einen koketten Augenaufschlag. Sie war schon mächtig aus der Übung, was das Flirten anging.

Eddi tat, als dachte er angestrengt nach, um dann mit tieferer Stimme als sonst zu sagen: »Hm, ich denke, ein weiterer Kuss wäre für den Moment ausreichend. Später können wir über andere Möglichkeiten der Motivation nachdenken.«

Obwohl alles in Anna bei seiner Ankündigung verrücktzuspielen schien, schaffte sie es, einigermaßen selbstsicher zu klingen. »Du willst noch einen Kuss? Den musst du dir verdienen. Ich vergebe meine Küsse nicht leichtfertig.« Sie machte eine dramaturgische Pause, bevor sie mit hochgezogenen Augenbrauen fortfuhr: »Was andere Arten der Motivation angeht, darüber brauchst du gar nicht erst nachzudenken. Meine Antwort lautet nämlich definitiv: Nein!«

In Wirklichkeit war sie sich nicht sicher, dass sie imstande wäre, nein zu sagen, wenn er wirklich mehr von ihr wollte. Seine Wirkung auf ihr Innenleben und vor allem auf ihren logischen Verstand war verheerend.

Für den Moment hatte sie jedoch gewonnen, denn er zog gespielt enttäuscht eine Schnute und murmelte: »Schade«. Dann drehte er sich auf dem Absatz um und ging. Über die Schulter rief er ihr zu: »Ich warne dich, ich bin niemand, der so schnell aufgibt!«

32. Kapitel

»Hallo? Anna, bist du hier?« Das klang verdächtig nach ihrem Vater.

Ungläubig trat sie aus dem Nebengebäude, in dem sie Platz für die neue Sattelkammer schaffte.

»Papa?«, fragte sie vorsichtig.

In diesem Moment sah sie ihre Eltern durch den Durchgang zwischen Haus und Nebengebäude treten. Freudestrahlend rannte sie auf ihre Mutter zu und fiel ihr um den Hals. Die Begrüßung ihres Vaters fiel zurückhaltender aus, aber das war immer so gewesen. Schon als kleines Kind hatte sie zu ihrer Mutter den besseren Draht gehabt. Suzi hatte mal behauptet, das sei kein Wunder, weil sie ihrem Vater so ähnlich sei, aber Anna stritt das vehement ab.

Ihr Vater sah sich interessiert um, während ihre Mutter sie prüfend musterte. Dann lächelte sie. »Gut siehst du aus. Die Haare sind länger geworden.«

In diesem Moment kam Pino, der im Nebengebäude geschlafen hatte, angeschossen. Ihre Mutter klammerte sich erschrocken an sie, und ihr Vater rettete sich in den Stall und schloss die Tür von innen.

»Pino, stopp!«, rief Anna mit ihrer strengsten Stimme. Er blieb stehen. Sie befreite sich aus dem Klammergriff ihrer Mutter und ging zu ihm. »Das sind meine Eltern, okay? Sei lieb zu ihnen!«

Sie nahm ihn am Halsband und lief langsam auf ihre Mutter zu, die sich keinen Millimeter vom Fleck gerührt hatte. Anna wusste, dass sie Hunde zwar mochte, aber auch einen gehörigen Respekt vor ihnen hatte, vor allem, wenn sie größer waren als ein Pudel.

Entgegen ihren Erwartung streckte ihre Mutter Pino ihre Hand entgegen, ließ ihn schnuppern und strich ihm kurz über den Kopf, als er wedelte. So viel Mut hätte sie ihr gar nicht zugetraut. Jetzt kam auch ihr Vater aus seinem Versteck. Er streichelte Pino zwar nicht, wirkte aber auch nicht ängstlich. Weil Pino entspannt blieb, wagte Anna, ihn loszulassen. Bald verlor er das Interesse und war auf dem Weg zu Stormys Weide.

»Das ist Pino, mein Hund«, sagte Anna. »Und das da hinten Stormy, mein neuester Mitbewohner«, fügte sie mit einer Handbewegung in Richtung Weide hinzu.

»Du hast ein Pferd?«, fragte ihre Mutter überrascht, während ihr Vater mit mahnender Stimme erklärte, dass sie einen Hund wie Pino unmöglich frei herumlaufen lassen konnte.

Anna hatte das Gefühl, sich verteidigen zu müssen. Wie so oft im Umgang mit ihrem Vater. »Hier kommt ja normalerweise niemand einfach so rein. Wie habt ihr das eigentlich geschafft?«

»Der nette Bauarbeiter vorn am Tor hat uns gesagt, du wärst hier, und wir sollten einfach nach hinten gehen«, sagte ihre Mutter.

Ob ihre Mutter mit dem Bauarbeiter Eddi gemeint hatte? »Mama, waren da noch andere Leute am Tor?«

Ihre Mutter schüttelte den Kopf und wollte gerade antworten, als Annas Vater ihr ins Wort fiel: »Anna, Kind. Du musst doch wissen, wer da arbeitet. Heutzutage kann man niemandem mehr trauen. Da habe ich meine Erfahrungen gemacht.«

Also doch Eddi. Sie musste ihren Eltern dringend etwas erklären. »Mama, Papa, das da vorn beim Tor ist kein Bauarbeiter. Das ist Eddi ... ein ... Bekannter.« Sie musste innerlich über das Wortspiel lachen. Ja, bekannt war er. Ihre Eltern kannten ihn aber wahrscheinlich nicht. Bei ihren nächsten Worten traute sie sich nicht, sie anzusehen, weil sie genau wusste, was sie davon halten würden: »Er wohnt auch hier.«

»Wie meinst du das?«, setzte ihre Mutter an, als Eddi um die Ecke bog. Er stellte sich neben Anna und legte einen Arm um ihre Hüfte. Himmel, wie sollte sie das ihren Eltern erklären, die sich bestimmt ihre Gedanken machten?

»Ja also ... das ist Eddi Markgraf«, stellte sie ihn ordnungsgemäß vor.

»Aha«, sagte ihr Vater. Ihre Mutter schwieg mit entsetzter Miene. »Jedenfalls wollten wir mal sehen, wie du hier so lebst«, versuchte ihr Vater, die merkwürdige Situation zu retten. Anna war ihm dankbar.

»Und ich habe einen Kuchen gebacken. Den können wir zusammen essen«, fügte ihre Mutter hinzu. »Der ist allerdings noch im Auto.«

»Ich kann ihn holen gehen«, schaltete sich Eddi ein.

»Ja, eine gute Idee! In der Zwischenzeit führe ich euch herum«, sagte Anna schnell. »Papa, gibst du ihm den Autoschlüssel?«

Nach kurzer Starre wühlte ihr Vater hektisch in seiner Hosentasche und hielt die Autoschlüssel dann Eddi hin. »Das ist ein VW Passat. Da müssen Sie hier auf den Knopf ...«

»Papa! Eddi kennt sich mit Autos aus. Gib ihm einfach den Schlüssel.«

»Der Kuchen steht im Fußraum hinter dem Fahrersitz«, rief ihre Mutter dem davoneilenden Eddi hinterher. Ihr Vater machte den Eindruck, als ob er ernsthaft glaubte, Eddi würde sich mit seinem geliebten Wagen davonmachen.

Anna hängte sich bei ihm ein: »Keine Angst, Papa. Euer Auto ist vor Eddi sicher. Er steht mehr auf Sportwagen.«

Sie führte die beiden zuerst durch das Haus. Ihre Mutter bestaunte die Einrichtung, und ihr Vater fragte sie über die Heizung aus und was sie noch alles umbauen wollte. Er schien beeindruckt, als er erfuhr, wie viele Arbeiten seine Tochter allein oder mit nur wenig Hilfe erledigt hatte. Als sie auch in der oberen Etage fertig waren – ihre Eltern hatten erleichtert zur Kenntnis genommen, dass Eddis Schlafzimmer in einer anderen Etage lag als Annas – war aus der Küche Geklapper zu hören. Eddi deckte die Kaffeetafel.

»Geht ihr ruhig weiter, ich seh mal nach dem Kuchen.« Mit diesen Worten eilte ihre Mutter die Treppe hinunter. Ein Mann in der Küche, das gab es bei ihr zuhause nicht.

Anna führte ihren Vater zurück nach draußen, um ihm das Nebengebäude und den Stall zu zeigen. Vor allem ihr Vorhaben, eine automatische Tränke zu installieren, interessierte ihn. Sie musste ihm alles im Detail erklären.

Als ihre Mutter zum Kaffee rief, waren sie gerade auf der Wiese. Ihr Vater hatte das großzügige Grundstück bewundert und einen kleinen Seitenblick auf Stormy riskiert, der schon wieder von Pino bewacht wurde.

In der Küche bot sich ein bemerkenswertes Bild. Eddi und ihre Mutter standen einträchtig an der Kaffeemaschine und lachten. Dann brachte Eddi den Kaffee und ihre Mutter den aufgeschnittenen Kuchen zum Tisch. Die beiden wirkten wie ein Herz und eine Seele. Sie ließen sich gegenseitig den Vortritt, als es darum ging, Annas Vater mit Kaffee und Kuchen zu versorgen, und lachten wieder.

Anna zuckte mit den Schultern und setzte sich. Es war gut, wenn sich ihre Mutter mit Eddi verstand. Dann würde sie es weniger schlimm finden, dass er hier wohnte und eine wie auch immer geartete Beziehung zu ihr hatte. So lange sie sich selbst noch nicht sicher war, wie man das zwischen ihnen nennen konnte, wollte sie es auf keinen Fall mit ihren Eltern ausdiskutieren. Das würde sie aber müssen, wenn diese Bedenken hegten.

Als alle am Tisch saßen, lehnte sich Annas Vater zurück und räusperte sich. »Nun, Anna. Ich muss sagen, du hast schon einiges geschafft, das hätte ich dir nicht zugetraut.« Er blickte in die Runde. »Wir wollten uns mit eigenen Augen davon überzeugen, was du hier machst und wie es dir geht. Ich bin beeindruckt. Seit meinem letzten Besuch sind viele Jahre vergangen, und ich nehme nicht an, dass Elisa in der Zwischenzeit etwas modernisiert hat. Also sind alle positiven Veränderungen wohl dein Verdienst.«

Anna verdrehte die Augen. Sie kannte seine Monologe. Er war vor seiner Rente Chef einer Baufirma gewesen und es gewohnt, große Reden zu schwingen. Seitdem er nicht mehr arbeitete, vermisste er das und beglückte seitdem regelmäßig Freunde und Verwandte damit. »Und wir sind auch froh, wenn du nicht allein bist.« Er warf Eddi einen Seitenblick zu. »So ein Mann kann in einem Haus ungemein nützlich sein.«

Anna war mittlerweile tomatenrot geworden. Sie wollte richtigstellen, dass Eddi nicht ihr Freund war, jedenfalls nicht so, wie ihr Vater es dachte.

»Was machen Sie eigentlich?«, fragte ihre Mutter. »Ich meine beruflich? Arbeiten Sie hier in der Nähe?«

Eddi schüttelte den Kopf. »Zurzeit arbeite ich nicht.«

»Arbeitslos? Ja, das ist in den heutigen Zeiten wirklich ein Problem geworden. Aber jemand wie Sie findet sicher auf dem Bau jederzeit einen neuen Job. Wenn Sie möchten, kann ich mich mal umhören. Ich habe früher ein Bauunternehmen geleitet ...«

»Papa!« Anna verdrehte die Augen. »Eddi ist Musiker. Er macht zurzeit Urlaub.«

Ihr Vater schüttelte missbilligend den Kopf. »Musiker? Das ist doch kein Beruf. Jedenfalls kein vernünftiger. Davon kann man nicht leben. Wie wollen Sie denn meine Tochter versorgen oder Ihre Kinder, wenn Sie mal welche haben?«

Das Gespräch bewegte sich eindeutig in die falsche Richtung. Anna bekam Kopfschmerzen. Eddi hingegen schien sich königlich zu amüsieren.

»Oh, das bekomme ich hin. Ich verdiene genug, um Anna versorgen zu können. Aber sie will nicht.« Er warf ihr einen schelmischen Blick zu.

Damit spielte er wohl auf sein Angebot an, Geld zu investieren oder gleich das Haus zu kaufen, sollte Tante Lisbeth den Erbschaftsstreit gewinnen.

»Möchten Sie Kinder?«, fragte ihre Mutter.

»Mama!«, rief Anna entsetzt.

Es wurde immer schlimmer! Ihre Mutter beachtete sie jedoch nicht, und Eddi nickte. Er versuchte, ernst zu bleiben, doch Anna kannte ihn inzwischen gut genug, um zu sehen, dass er sich das Lachen kaum noch verkneifen konnte. »Ja, ich möchte Kinder, irgendwann. Aber im Moment ist es noch zu früh, darüber nachzudenken.«

»Wie alt sind Sie denn, wenn ich fragen darf? Heutzutage warten die jungen Leute immer viel zu lange mit dem Kinderkriegen. Und irgendwann ist es dann zu spät.« Sie wandte sich Anna zu. »Denk nur an deine Cousine Jenny. Immer wollten sie nur reisen. Und als dann der Kinderwunsch kam, war es zu spät. Du bist auch nicht mehr so jung. Ewig kannst du nicht mehr warten.«

»Mama, es reicht jetzt!«, fuhr Anna sie an. »Ich werde definitiv nicht mit euch über Kinder reden. Das ist unpassend.«

»Da haben wir wohl einen wunden Punkt getroffen, nicht wahr?«, sagte ihr Vater schmunzelnd zu Eddi, der nun breit grinste.

Was musste er nur denken? Dass sie Torschlusspanik hatte und händeringend einen Mann suchte, mit dem sie Kinder bekommen konnte? Das war ja noch schlimmer als der liebestollste Fan!

Nachdem ihre Eltern weg waren, traute sich Anna kaum, Eddi anzusehen. Noch immer war ihr das Ganze äußerst peinlich.

Zum Glück hatte ihre Mutter die Kinderfrage schließlich fallen gelassen. Sie hatten Eddi aber noch eine Weile regelrecht verhört und ihn tatsächlich zu überzeugen versucht, das Musikerdasein hinzuwerfen und es mit einem in ihren Augen vernünftigeren Job zu versuchen.

Und Eddi? Der hatte genickt und versprochen, es sich zu überlegen. Vielleicht sollte er Schauspieler werden, wenn es mit der Band nicht mehr klappte. Die Rolle des perfekten Schwiegersohns hatte er jedenfalls hervorragend gespielt.

Aber irgendwann war der Kuchen gegessen, der Kaffee ausgetrunken und Annas Eltern hatten sich verabschiedet.

»Es tut mir so leid«, sagte Anna, während sie am Tor standen und ihren Eltern nachwinkten. »Sie haben da einiges in den falschen Hals bekommen.«

Eddi winkte ab. »Sie machen sich Sorgen um dich. Meine Mutter ist genauso.«

Das beruhigte Anna kaum. Um sich abzulenken, begutachtete sie das neue Tor. Die Kabel für die Kamera hingen noch lose in der Luft.

»Eddi, das sieht wirklich klasse aus. So schön hatte ich es mir nicht vorgestellt«, konnte sie nun endlich mit all dem Enthusiasmus in der Stimme sagen, den sie fühlte.

Er lächelte erfreut. »Soll ich dir zeigen, wie es funktioniert?«

»Geht es? Ich dachte, weil du es vorhin per Hand geöffnet hast ...«

»Ich wollte, dass du die Erste bist, die es in Aktion sieht. Als deine Eltern da waren, hast du ein wenig, nun ja, gestresst gewirkt. Da wollte ich lieber warten und es dir erst jetzt zeigen. Gute Entscheidung?«

Anna nickte. Eddi zog mit theatralischer Geste eine Fernbedienung aus der Hosentasche und hielt sie ihr hin. »Du musst hier drücken.«

Gehorsam nahm sie die Fernbedienung und betätigte den besagten Knopf. Die Automatik summte leise und tatsächlich, das Tor ging auf. Anna war begeistert. Sie drückte den unteren Knopf der Fernbedienung, und es schloss sich wieder. Sie öffnete es gleich nochmal. Als sie es erneut schließen wollte, hinderte Eddi sie daran. Die Wärme seiner Hand auf ihrer ließ die Schmetterlinge in ihrem Bauch aufflattern.

»Es schließt sich nach ein paar Minuten von selbst.«

Er schien nichts von seiner Wirkung auf sie zu merken. Seine Wärme breitete sich in ihr aus. Sie genoss es mit jeder Faser ihres Körpers, mit ihm Hand in Hand dort inmitten der vielen Kiefern zu stehen und zu warten.

Beide schwiegen. So konnte Anna ihren Gedanken nachhängen, die sich einzig und allein um den Kuss drehten.

Sie wünschte, Eddi würde sie wieder küssen. Vorhin im Stall hatte er bereits Andeutungen gemacht. Hoffentlich hatte der Besuch ihrer Eltern ihn nicht abgeschreckt. Andererseits wäre das vielleicht die beste Lösung für alle, denn sie war sich nicht sicher, ob sie ihre Gefühle für ihn noch kontrollieren konnte.

Die Automatik summte und das Tor schloss sich langsam. Eddi drückte ihre Hand ein wenig fester. »Für die Kamera muss ich noch die Fernsteuerung installieren und den Monitor bei dir im Eingang, dann sollte das funktionieren. Du kannst den Mechanismus vom Haus

aus in Gang setzen.« Seine Mundwinkel zuckten. »Zeit für ein weiteres Dankeschön?«, fragte er leise.

Anna nickte enthusiastisch und schloss die Augen in freudiger Erwartung. Die Sekunden verstrichen. Nichts geschah. Sie fühlte Enttäuschung in sich aufsteigen. Dann spürte sie seinen Atem auf ihrer Haut und stellte sich auf die Zehenspitzen, um die letzten Millimeter zu überwinden. Diesmal zog sie sich nicht gleich wieder zurück, sondern vertiefte den Kuss. Als sie seine Hand an ihrer Wange spürte, drückte sie sich genießerisch dagegen. Sie verschwendete keinen Gedanken daran, ob es richtig war, was sie hier taten.

33. Kapitel

Anna lag mit offenen Augen im Bett.

Sie hatte Eddi geküsst. Er hatte ihr ein Tor gekauft und eingebaut. Dann waren ihre Eltern gekommen. Und dann hatte sie ihn wieder geküsst.

Die Schmetterlinge in ihrem Bauch verursachten ein kribbeliges Gefühl. Sie warf sich von einer Seite auf die andere, doch an Schlaf war nicht zu denken. Nach einer Weile kamen auch die Zweifel zurück. Wie sollte es weitergehen zwischen ihnen? Eddi hatte zwar keinerlei Anstalten gemacht, mit ihr schlafen zu wollen, aber das würde sicher noch kommen.

Konnte sie Nein sagen? Und was würde in ein paar Tagen oder bestenfalls Wochen passieren, wenn er wieder in sein normales Leben zurückkehrte? Sofern man sein Leben als Superstar überhaupt als normal bezeichnen konnte.

Und was, wenn er doch eine Freundin hatte? Diese Caroline?

Er hatte sie zwar nicht ein einziges Mal erwähnt, aber das musste nichts heißen.

Wie sah denn die Beziehung mit einem Rockstar überhaupt aus? Vielleicht musste man damit leben, dass er andere Frauen küsste oder sogar mit ihnen ins Bett stieg. Anna seufzte. Dann wäre sie auf jeden Fall ungeeignet als Eddis Freundin.

Irgendwann fiel sie in einen unruhigen Schlaf. Sie träumte, konnte sich aber am nächsten Morgen nicht mehr daran erinnern. Es war alles ziemlich wirr gewesen. Eddi war definitiv darin vorgekommen.

Draußen strahlte die Sonne. Anna blieb noch eine Weile liegen und dachte über den vergangenen Tag nach. Insbesondere an die Küsse mit Eddi. Die Zweifel der Nacht verblassten.

Oben rauschte die Dusche. Am besten machte sie sich auch fertig, damit sie nachher zusammen frühstücken konnten.

Als Eddi in die Küche trat, setzte Anna gerade den Kaffee auf. »Guten Morgen. Gut geschlafen?«

»Nein, ich war die halbe Nacht wach«, antwortete Eddi. Er sah sie an, als wartete er auf eine Reaktion. Verunsichert hielt sie seinem Blick stand. Dann sah sie, dass er Mühe hatte, seine Mundwinkel zu kontrollieren. Seine Augen strahlten. »Nachts hatte ich plötzlich diese Melodie im Kopf«, erklärte er und fing an zu summen. Anna konnte sich vorstellen, was das für ihn bedeutete.

»Das ist ja großartig!«

Er nickte und summte weiter. Dabei tanzte er ungelenk um den großen Tisch herum, bis er direkt vor ihr stand. »Weißt du was?« Sein Blick ließ ihre Knie augenblicklich weich werden. »Ich denke, das habe ich dir zu verdanken! Du bist meine Inspiration!«

Sie schluckte, als er seine Hände auf ihre Arme legte. Die Berührung schien sie zu verbrennen. »Und ich denke auch, dass ich ...« Er biss sich für eine Millisekunde auf die Unterlippe. Seine Stimme war auf einmal viel rauer. »... noch mehr Inspiration brauche, um den Song beenden zu können.« Er zog sie an sich und senkte seine Lippen behutsam auf ihre. »Hmm«, brummte er genießerisch in den Kuss.

Zuerst war Anna vor Überraschung stocksteif, doch der sanfte Kuss riss sie aus ihrer Starre, bis sie das Gefühl hatte, zu schmelzen. Sie legte ihre Hände auf seine Schultern und klammerte sich an ihm fest. Wenn sie ihn losließ, würde sie zu Boden sinken; ihre Beine fühlten sich an wie Wackelpudding. Doch das würde nicht passieren, denn er hielt sie so fest, als wäre sie sein Rettungsanker.

Sein Kuss schmeckte nach Minze. Begierig sog sie seinen herben Duft ein und spürte die Bartstoppeln, die die empfindliche Stelle oberhalb ihrer Lippen kitzelten.

Die Zeit verlor an Bedeutung. Es mochten Sekunden vergangen sein oder Stunden, als sie sich wieder voneinander lösten und sich atemlos ansahen.

Sein Lächeln war atemberaubend. Er senkte den Blick. »Yeah!«

Ihr entfuhr ein Kichern. *Yeah* drückte es so ungefähr aus. Glücklich lächelnd drehte sie sich um, holte vier Brötchen aus der Packung und legte sie in den Ofen. Sie seufzte aus tiefstem Herzen, lehnte sich an den Schrank und beobachtete, wie Eddi das Geschirr aus dem Schrank holte, um den Tisch zu decken. Statt Gedanken schwirrten lauter bunte, glückliche Farbkleckse durch ihren Kopf. Am Rande bekam sie mit, dass Eddi auf einmal vor ihr stand, an ihr vorbei griff und den Ofen anschaltete. Dann nahm er ihre Hand und zog sie zum Tisch. Anna ließ sich auf einen Stuhl fallen. Sie fühlte sich rundum wohl.

Eine halbe Stunde später war das Frühstück verputzt und beide tranken ihren letzten Kaffee. Sie hatten während des Frühstücks nicht viel gesprochen, aber immer wieder die Blicke des anderen gesucht.

»Was willst du heute machen? Musik?«

Zu ihrer Überraschung schüttelte er den Kopf. »Ich werde mich um die Kamera kümmern. Heute Nachmittag sollte alles funktionieren, auch die Sprechanlage.«

Anna war gerührt, dass er zuerst an sie dachte. »Das ist wirklich lieb von dir, aber solltest du nicht an deinem neuen Song arbeiten?«, entgegnete sie vorsichtig. Sie wollte ihn auf keinen Fall verletzen oder ihm vorschreiben, was zu tun war.

Er zuckte mit den Schultern und lächelte. »Ach nein. Die Melodie ist so gut wie fertig. Jetzt muss ich mir Gedanken über einen passenden Text machen.« Dann legte er den Kopf schräg und meinte versonnen: »Vielleicht sollte ich einen Song darüber schreiben, ein Tor zu bauen?« Er lachte, als er Annas entsetzten Gesichtsausdruck sah. Dann stand er auf und ging hinaus.

Anna blieb kopfschüttelnd sitzen. Eddi war ein richtiger Kindskopf.

Anna war auf dem Weg zu Stormy, als das Telefon klingelte.

Es war kein Kunde, sondern Suzi. »Hi Anna. Süße, weißt du, wo Eddi ist?«

»Klar, er wohnt hier«, entgegnete sie ironisch.

»Mensch Anna, du bist blöd.« Suzi lachte. Das konnte aber nicht über ihre Nervosität hinwegtäuschen. »Ich meine, wo er im Moment ist. Kannst du ihn ans Telefon holen?«

»Das geht nicht. Der ist vorn am Tor und installiert meine Kamera.« Anna grinste, denn sie konnte sich die Fragezeichen in Suzis Gesicht gut vorstellen.

»Er macht was?«, kam es prompt zurück. »Ist ja auch egal. Kannst du ihm bitte ausrichten, dass er sich dringend bei seinem Manager oder bei seiner Band melden soll? Niemand kann ihn erreichen, weder per Handy noch per Mail. Es ist wichtig!«

Ihrer Tonlage nach zu schließen, war es das wirklich. Normalerweise machte sie sich über den Stress, den andere verbreiteten, eher lustig.

»Wieso? Was ist denn?« Annas Neugier war geweckt.

»Hast du noch keine Zeitung gelesen?«

Wo sollte sie die her haben?

»Was ist denn los?«, versuchte sie es erneut. Zum Glück war Suzi noch nie gut darin gewesen, Geheimnisse für sich zu behalten.

»Was los ist? Die Hölle ist los! Heute sollte doch das Konzert stattfinden. Irgendjemand muss das Gerücht losgetreten haben, dass die Meldung vom Montag nicht stimmt und es Eddi weit schlechter geht als angenommen. Manche reden sogar davon, dass sich die Band aufgelöst hat.« Sie unterbrach ihren Redeschwall, um Luft zu holen. »Du kannst dir sicher vorstellen, welche Unruhe es hervorruft, dass die nächsten Konzerte auch auf der Kippe stehen und Eddi wie von der Bildfläche verschwunden ist.«

»Echt?« Anna wusste selbst, dass ihre Frage dämlich klang.

»Ja, echt«, sagte Suzi. Heute schien ihr der Humor wirklich abhandengekommen zu sein. Dann wurde ihre Stimme wieder weicher. »Wie geht es ihm eigentlich? Immer noch die totale Krise? Oder meinst du, er wäre in der Lage, einen öffentlichen Auftritt zu absolvieren?«

Anna überlegte. »Keine Ahnung«, antwortete sie zögernd. »Ich würde sagen, dass es ihm besser geht. Die Stimme ist wieder da. Stell dir vor, er schreibt an einem neuen Song.«

»Na, wird ja auch Zeit, dass unser Wunderknabe was Neues abliefert.« Suzis Stimme klang ätzend.

Was war da nur los? Anscheinend musste sich ihre Freundin den Frust von der Seele reden, denn sie fuhr gleich darauf fort: »In letzter Zeit haben sie uns nur hingehalten. Das mag eine Weile okay sein, aber irgendwann brauchen wir ein neues Album von Damn Silence, sonst: Aus die Maus. Und das meine ich nicht mal böse. So ist es einfach. Aber das weiß dein Eddi auch, denke ich. Na ja. Wird schon werden. Und? Was ist bei dir so passiert, seit wir uns das letzte Mal gesehen haben? Wie läuft es mit deinem Monstervieh? Kann er schon Sitz und Platz?« Nun klang ihre Stimme ganz anders. Sie kicherte.

Das war die Suzi, wie Anna sie kannte. Nahm kein Blatt vor den Mund und war oft grob, aber sie meinte es nicht so. Außerdem war es Anna lieber, wenn jemand direkt war und nicht heuchelte, wie sie es von ehemaligen Freunden kannte.

»Kann er. Und ich habe jetzt auch ein Pferd.« Sie grinste, als sie sich vorstellte, wie Suzi große Augen bekam. Sie war ein riesiger Pferdefan. Sie hielt eine Sammlung kleiner Spielzeugpferde hinten im Schrank versteckt. Nur Leute, die sie gut kannten, wussten davon.

»Echt?«

»Ja, echt«, antwortete Anna grinsend. »Er ist ein kleiner, grauer Araber-Mix und heißt Stormy. Er ist allerdings etwas ... na ja ... schwierig.«

»War ja nicht anders zu erwarten, wenn er bei dir ist«, entgegnete Suzi. »Den sehe ich mir bei Gelegenheit auf jeden Fall an. Mensch, du hast ein Pferd. Das ist ja eine Neuigkeit!«

»Das war aber noch nicht alles.« Anna verspürte auf einmal den Wunsch, Suzi alles zu erzählen. Es tat gut, mit jemandem darüber zu reden, was in den letzten Tagen auf sie eingeprasselt war. »Meine Eltern waren gestern hier. Sie glauben, ich wäre mit Eddi zusammen«, berichtete sie kichernd.

Suzi lachte. Sie kannte Annas Eltern. »O mein Gott, wie kommen sie denn darauf?«

»Wahrscheinlich, weil er seinen Arm um mich gelegt hatte. Und außerdem wohnt er halt auch hier.«

»Anna! Läuft da was zwischen dir und Eddi?«

»Na ja. Ja. Nein. Irgendwie vielleicht schon.«

Suzi schrie förmlich durchs Telefon: »Irgendwie vielleicht schon? Kannst du das bitte präzisieren? Was hat er noch gemacht, außer dich vor deinen Eltern zu umarmen?«

Anna lächelte in sich hinein, als sie leise antwortete: »Er hat mich geküsst.«

Jetzt gab es auf der anderen Seite kein Halten mehr. Suzi quietschte auf. »Anna, Mensch. Und so was lässt du dir aus der Nase ziehen? Du hast was mit Eddi Markgraf, das ist der absolute Wahnsinn!« Sie machte eine kurze Pause. »War ja passend, dass deine Eltern gekommen sind. So haben sie den zukünftigen Schwiegersohn gleich kennengelernt.«

So aus dem Häuschen hatte Anna sie schon lange nicht mehr erlebt. Sie wollte protestieren, doch Suzi ließ sie nicht zu Wort kommen. »Was wollten sie überhaupt bei dir? Ich dachte, dein Paps redet nicht mehr mit dir, seitdem du das Haus deiner Tante geerbt hast?«

Also berichtete Anna Suzi in Kurzfassung die Sache mit Tante Lisbeth. Auch Eddis Rolle ließ sie nicht aus. »Er ist so lieb gewesen. War die ganze Zeit bei mir. Auch als ich Stormy geholt habe. Das ist noch so eine Geschichte, aber die erzähle ich dir ein anderes Mal. Und jetzt baut er mir ein automatisches Tor ein.« Anna seufzte aus tiefstem Herzen. Dann schwieg sie.

Suzi schwieg auch. Nach einer Weile fragte sie mit ernster Stimme: »Hast du dir das gut überlegt?«

»Was meinst du?«

Jetzt war es an Suzi, zu seufzen. »Ach Anna, Süße.« Ihre Stimme klang besorgt. »Ich höre doch, was los ist. Du bist bis über beide Ohren in Eddi verliebt! Aber wie denkt er darüber?«

»Ich weiß es nicht«, musste Anna zugeben. Dann schob sie schnell hinterher: »Er hat mich mehr als einmal geküsst. Und es ging immer von ihm aus.«

Wieder seufzte Suzi, diesmal klang es eine Spur ungeduldiger. »Süße, ich sage es nur ungern: Eddi Markgraf ist ein Rockstar. Und zwar einer, wie er im Buche steht. Er mag ja nach außen den netten Schwiegersohn mimen, aber in Wirklichkeit lebt er seinen Beruf. Der hat in seinem Leben schon mehr Frauen flachgelegt, als wir beide überhaupt kennen.«

»Woher willst du das wissen?«, protestierte Anna halbherzig. Denn eigentlich hatte Suzi nur das ausgesprochen, was sie selbst die ganze Zeit befürchtete.

»Als Mitarbeiterin seiner Plattenfirma bekomme ich leider mehr mit, als ich wissen will. Tom hat auch schon einiges erzählt. Diese Frauen daran zu hindern, an die Öffentlichkeit zu gehen, ist eine unserer Aufgaben. Und nicht immer die schönste, das kann ich dir versichern.«

»Wahrscheinlich behaupten sie alle nur, etwas mit Eddi gehabt zu haben«, ergriff Anna erneut Partei für ihn.

Suzi lachte trocken. »Na, wenn du meinst. Und dann ist da ja noch Caroline.«

»Du meinst das Schweizer Model, mit dem er mal zusammen war?«

»Ach sind sie das nicht mehr?«, fragte Suzi erstaunt. »Das wusste ich nicht. Bist du sicher?«

Sicher war sich Anna nicht. Sie hoffte es aber. Er hatte sie geküsst, das würde er doch nicht machen, wenn er eine Freundin hatte, oder doch?

»Jedenfalls weiß ich, dass es da vor zwei Jahren einen Vorfall gab. Damals war er auf jeden Fall noch mit ihr zusammen. Mit der Treue hat er es aber da nicht so genau genommen. Johanna hat damals jedenfalls groß getönt, dass sie mit der Frau reden musste, mit der Eddi sich zeitweilig vergnügt hatte. Johanna musste ihr sogar Geld anbieten, damit sie dichthält und Eddis Ruf nicht schadet. Ich glaube, sie hat ihr sogar gedroht. Mit einer Verleumdungsklage oder so. Egal, hat auf jeden Fall gewirkt. Es ist nie was davon an die Öffentlichkeit gedrungen.«

»Vorhin hast du gesagt, dass er dauernd mit irgendwelchen Frauen zusammen war. Und jetzt weißt du plötzlich nur von einem Vorfall vor zwei Jahren?«

»Ja, aber mach dir trotzdem nicht allzu viele Hoffnungen, Süße. Ich denke, er braucht vielleicht einfach jemanden zum Flirten und Spaß haben.«

Für eine Weile herrschte Stille. Anna fühlte sich, als wäre sie abrupt in die Wirklichkeit zurückkatapultiert worden. Suzi ging davon aus, dass Eddi noch immer mit dieser Caroline zusammen war. Es war nicht so, dass sich Anna allzu romantische Vorstellungen gemacht hatte, aber unterbewusst hatte sie gehofft, dass sie für Eddi mehr war als ein Zeitvertreib. Dass auch er sein Herz verlieren könnte. Stattdessen gehörte es wahrscheinlich einer anderen Frau.

Als Suzi weitersprach, war ihre Stimme leise. »Weißt du Anna, vielleicht irre ich mich auch. Es ist nicht unwahrscheinlich, dass er sich wirklich in dich verliebt hat. Ich meine, es ist großartig, was du da allein leistest. *Du* bist großartig. Und hübsch bist du noch dazu. Also, abwegig wäre es definitiv nicht.«

Anna hatte bei den Worten ihrer Freundin einen Kloß im Hals. Die Erkenntnis, dass Eddi ihr das Herz brechen würde und jetzt Suzis aufmunternde Worte waren zu viel für sie. Sie spürte, wie ihr die Tränen in die Augen stiegen. Suzi meinte es gut, aber jetzt konnte sie Anna nicht mehr vom Gegenteil überzeugen. Es war wirklich lieb, dass sie dachte, Anna wäre hübsch und großartig. Aber Suzi war da eben parteiisch. Sie waren Freundinnen.

In Wirklichkeit war sie nichts Besonderes. Sie war eher introvertiert, ziemlich pragmatisch und achtete nur mäßig auf ihr Aussehen. Sie fand sich durchschnittlich. Wenn sie dagegen an die Bilder von dieser Caroline dachte – die war alles, was Anna nicht war:

jung, hübsch und erfolgreich. Genau die Richtige für jemanden wie Eddi.

Es stimmte schon, ein Rockstar und ein Model passten einfach perfekt zusammen. Sie hatte noch nie davon gehört, dass sich ein Rockstar in eine Verhaltenstherapeutin aus einem kleinen Dorf im Niemandsland verliebt hätte, die absolut durchschnittlich war. In ihrer Welt mochte es Mut erfordert haben, aus ihrem alten Leben auszubrechen und etwas Neues anzufangen. Doch in den Maßstäben eines Eddi Markgraf war sie spießig.

Suzi redete noch eine Weile weiter, doch Anna hörte ihr nicht mehr richtig zu. Sie war in ihre Gedanken verstrickt. Sie beendete das Telefonat, sobald sie eine Gelegenheit dazu sah. »Tschüs, Suzi. Ich rufe dich wieder an. Ich richte Eddi aus, dass er sich melden soll.« Dann legte sie auf.

Den Telefonhörer noch in der Hand, stand sie da und starrte vor sich hin, ohne etwas zu sehen. Ihr Kopf war wie leer gefegt. Anstatt wie geplant nach draußen ging Anna zurück in die Küche und setzte Wasser für einen Tee auf. Den brauchte sie jetzt, damit ließ es sich besser nachzudenken, wie es weitergehen sollte. Plötzlich musste sie hysterisch lachen. Was war sie für eine Idiotin gewesen? Sie hatte ihre Träume von der großen Liebe mit Eddi Markgraf geträumt, wie jeder weibliche Fan. Nur mit dem Unterschied, dass sich die meisten Fans bewusst waren, dass es eine Wunschvorstellung bleiben würde. Und sie hatte für einen Moment geglaubt, dass das Märchen Wirklichkeit werden könnte.

Sie hatte nicht darüber nachgedacht, dass das erstens ziemlich unwahrscheinlich war und zweitens nie gutgehen könnte. Sie hatte ihr Haus und ihr Leben. Und Eddi? Sein Leben unterschied sich in jeder Hinsicht von ihrem. Keiner von ihnen passte in die Welt des anderen.

Zum Glück hatte sie es rechtzeitig gemerkt und konnte wieder vernünftig denken. Sie war Suzi dankbar, dass sie ihr den Kopf zurechtgerückt hatte. Sonst wäre sie womöglich noch weiter gegangen. Aber nun konnte sie Abstand von Eddi gewinnen, vor allem seelisch. Keine Küsse mehr. Das war ihr absolut klar. Sie würde ihm einfach aus dem Weg gehen.

34. Kapitel

Ihre Tasse war noch immer halb voll, als Suzi ein weiteres Mal anrief. Anna schnaubte genervt.

»Nein. Ich habe es Eddi noch nicht ausgerichtet, okay? Ein bisschen Zeit musst du mir schon geben.«

Am anderen Ende herrschte Stille. Dann hörte sie jemanden im Hintergrund. »Lassen Sie mich mit ihr sprechen, bitte«, sagte Suzi. »Hallo Anna. Du hast Herrn Brandt gerade etwas aus dem Konzept gebracht, fürchte ich.« Anna konnte das Grinsen in der Stimme ihrer Freundin deutlich hören. »Entschuldige bitte, dass wir schon wieder anrufen. Herr Brandt kam gerade in mein Büro, weil er wissen wollte, ob wir Eddi schon erreicht haben.«

»Wer ist Herr Brandt?«

»Du kennst ihn, er war gemeinsam mit Eddi bei dir. Jedenfalls kommen morgen die Jungs von Damn Silence nach Berlin. Das wird ein total wichtiges Meeting. Und na ja, weil wir Eddi nicht erreichen, hatte Herr Brandt die tolle Idee, dass es bei euch stattfinden könnte.«

»Okay?« Anna war nicht ganz sicher, was Suzi meinte.

»Prima. Sie werden dann morgen am späten Nachmittag bei dir ankommen.« Das Fragezeichen in Annas Antwort hatte Suzi offensichtlich überhört. Anna kam aber auch nicht mehr dazu, zu protestieren, denn Suzi redete schon weiter. »Du musst nichts vorbereiten. Es reicht, wenn sie sich irgendwo zusammensetzen können. Sie brauchen nicht lange. Und es tut Eddi bestimmt gut, alle mal wieder zu sehen. Dann halte ich dich mal nicht weiter auf. Tschüs, bis morgen!«

Aufgelegt. Anna starrte auf den Hörer in ihrer Hand. Sie fühlte sich ziemlich überfahren. Doch sie spürte auch freudige Erregung aufkommen bei der Aussicht, auch den Rest der Band bald persönlich kennenzulernen. Eddi würde sich auf jeden Fall freuen, seine Freunde wiederzusehen. Sie musste ihm die Nachricht gleich überbringen.

Auf dem Weg zu ihm kam ihr plötzlich der Gedanke, dass Eddi vielleicht gar nicht so erfreut sein könnte. Er hatte sämtliche Anrufe und andere Versuche, mit ihm Kontakt aufzunehmen, ignoriert, und das sicher nicht ohne Grund. Sie blieb stehen. Was nun? Sie hätte Suzi sagen müssen, dass sie das erst mit Eddi absprechen wollte. Jetzt war es zu spät dafür. Unentschlossen trat sie auf der Stelle. Vielleicht war es besser, nichts zu sagen. Wenn morgen alle auftauchten, würde er zwar überrascht sein, aber zumindest hatte er dann keine Zeit, wütend zu werden. Oder sie konnte so tun, als hätte sie von nichts gewusst.

Anna drehte um und ging zu Stormy. Der Hengst blickte ihr aufmerksam und mit gespitzten Ohren entgegen, wich allerdings ein paar Schritte zurück, als sie an seinen Zaun trat. Sie setzte sich, mit dem Rücken an einen Apfelbaum gelehnt, auf den Boden, streichelte Pino und verdrängte den Gedanken an den bevorstehenden Besuch. Was sie jedoch nicht verdrängen konnte, war die Erkenntnis, dass sie ihr Herz leichtfertig verschenkt hatte. »Ich bin so eine Idiotin, wisst ihr das?«, vertraute sie den Tieren an. »Ich habe mich in Eddi verliebt, dabei weiß ich doch, wie aussichtslos das ist.«

Die Worte auszusprechen machten sie noch realer. Pino sah sie mitleidig an. Stormy hingegen hatte den Kopf gesenkt und zupfte Gras. Ein Ohr war in ihre

Richtung gedreht. »Aber er sieht einfach so unfassbar gut aus«, fuhr sie fort. Vor ihren Augen entstand das Bild von Eddi, wie er sich die Haare aus dem Gesicht strich und lächelte.

Stormy schnaubte.

»Schön, dass du es auch so siehst, mein kleiner grauer Freund. Aber warte ab, bis wir dich auf Vordermann gebracht haben. Dann bist du auch bildhübsch und kannst dich vor verliebten Stuten kaum retten.«

Pino stupste sie mit der Schnauze an, um sie daran zu erinnern, dass er auch noch da war. »Ja, du bist natürlich auch ein Prachtkerl. Ich bin von lauter Prachtkerlen umgeben. Ich sollte mich glücklich schätzen.« Sie kicherte über ihre Worte. Eine Weile blieb sie sitzen und genoss die Stille und den Moment der Unbeschwertheit. Dann stand sie auf und streckte ihre schmerzenden Glieder. Sie musste jetzt etwas tun, um sich von Eddi und der bevorstehenden Katastrophe abzulenken. »So mein Süßer, jetzt arbeiten wir, okay?«

Sie holte das Halfter und einen Führstrick und ging damit zu Stormy auf die Weide. Dann allerdings wandte sie sich von dem kleinen Hengst ab, der sie alarmiert musterte, und beschäftigte sich mit allem anderen, nur nicht mit ihm. Mit den Gänseblümchen zu ihren Füßen, mit den halbreifen Äpfeln, die am Baum hingen, oder mit Pino, der hinter der Umzäunung stand.

Fast unmerklich näherte sie sich dem Hengst auf diese Weise. Als sie etwa vier Meter von ihm entfernt war, blieb sie stehen und starrte in die Ferne. Das Halfter hielt sie so, dass Stormy es sehen konnte. Es dauerte lange, bis sie im Augenwinkel bemerkte, dass er einige Schritte auf sie zu tat. Er machte den Hals lang, um ihren Geruch einzuatmen. Sobald sie sich seines Interesses sicher war, tat Anna etwas für den Hengst Unerwartetes: Sie entfernte sich von ihm.

Es passierte genau das, was sie beabsichtigt hatte. Verwirrt folgte er ihr. Sie blieb stehen und wartete, bis er so nah bei ihr war, dass sie ihn berühren konnte. Sie sah ihn nicht an und hob langsam die Hand mit dem Halfter an seinen Hals. Unter seiner Haut zuckte ein Muskel, doch er blieb stehen. Sie streichelte ihn ein wenig, dann ließ sie ihre Hand wieder sinken. Sie beschloss, es für den Moment gut sein zu lassen, schlüpfte durch den Zaun und streichelte Pino. Erst jetzt riskierte sie einen Blick auf Stormy. Beinahe hätte sie laut gelacht. Der Hengst sah ihr verwundert hinterher.

Sie hörte Eddi den Weg heraufkommen. Er summte fröhlich vor sich hin. Fieberhaft überlegte sie, wie sie ihm möglichst unauffällig aus dem Weg gehen konnte. Sie schnappte sich den Führstrick, der lose über ihrem Arm baumelte, und leinte Pino an.

Als Eddi um die Ecke bog, konnte sie nicht anders, sie musste ihn ansehen. Er wirkte zufrieden und glücklich und strahlte sie an. Seine Frisur war durcheinander, seine Kleidung hatte den einen oder anderen Fleck abbekommen, und quer über seine Nase zog sich ein schwarzer Strich. Er war unvergleichlich sexy.

Sie wandte sich schnell ab. Sie musste sich in Sicherheit bringen, ehe sie alle ihre Vorsätze über Bord warf. »Muss mit Pino trainieren«, waren ihre knappen Worte, bevor sie davoneilte.

Seine Antwort ließ sie innehalten: »Hey, möchtest du nicht wissen, ob alles fertig geworden ist?«, Er wirkte enttäuscht.

Sie zwang sich, zu lächeln. »Doch«, antwortete sie gepresst. »Bist du denn fertig geworden?«

Er grinste. »Ich muss nur noch den Monitor installieren, dann sollte alles funktionieren.«

Sie nickte und hoffte, dass es nicht zu unhöflich wirkte, als sie sich abwandte und mit Pino im Schlepptau in Richtung Wald marschierte.

»Hey!«, rief er ihr hinterher.

Sie zögerte, drehte sich dann aber doch noch einmal um.

»Was ist los?« Er sah sie verwirrt an.

»Nichts«, antwortete sie, während sie rückwärts ein paar Schritte weiter in Richtung Wald ging. »Wie gesagt, ich muss noch mit Pino trainieren.« Dann wandte sie sich endgültig um.

Eine Stunde später kam sie erschöpft und frustriert zurück. Heute hatte einfach nichts klappen wollen. Es schien, als hätte Pino alles verlernt. Sie war mehrmals kurz davor gewesen, ihn anzuschreien. Was sie davon abhielt, war die leise Erkenntnis, dass nicht der Hund das Problem war, sondern sie selbst. Sie war mit ihren Gedanken nicht bei ihm und ihrer Trainingseinheit gewesen, sondern bei Eddi und seinem enttäuschten Blick. Er hatte nicht ausgesehen wie ein Rockstar, der mit ihr seine Spielchen trieb. Eher wie ein Mann, den sie mit ihrem Verhalten verwirrt und verletzt hatte.

Diesen Blick hatte sie die ganze Zeit vor Augen gehabt. Kein Wunder, dass der Hund nicht machte, was er sollte. Er spürte genau, dass sein Frauchen mit den Gedanken woanders war.

Jetzt stand er wieder vor Stormys Weide. Auch Stormy schien Pinos Gesellschaft zu genießen. Die beiden mochten unterschiedlichen Tierarten angehören, aber sie hatten eine problematische Vergangenheit. Es war, als würde sie das miteinander verbinden. Anna lächelte, als sie an Hund und Pferd vorbei in Richtung Haus lief.

Und sie lächelte immer noch, als sie durch die Eingangstür trat und dort mit Eddi zusammenprallte.

Er trug eine Akustik-Gitarre in der linken Hand. Mit der rechten hielt er sie fest, weil sie das Gleichgewicht verloren hatte. Sie blickte erst auf seine breite Brust und von da aus weiter nach oben, bis sie bei seinem Gesicht angelangt war. Er lächelte nicht, aber sie glaubte, in seinen Augen ein belustigtes Funkeln wahrzunehmen.

Ihr war die Situation äußerst unangenehm. Sie wollte Eddi doch aus dem Weg gehen. Stattdessen ließ sie sich von ihm umarmen, spürte ihr Herz klopfen und ihre Knie weich werden. Halbherzig versuchte sie, sich zu befreien, doch gegen seine starken Arme hatte sie keine Chance.

»Was ist mit dir los? Warum bist du so nervös?«

Sie sah nur eine Chance, mit heilem Herzen herauszukommen: den Frontalangriff. »Hast du deine Freundin betrogen?«

Seine Augenbrauen ruckten in die Höhe. »Was zum Teufel ...« Er ließ sie los, fasste sie nun jedoch am Handgelenk. »Was redest du da?« Seine Stimme klang ernst.

Sie musste sich regelrecht zwingen, daran zu denken, dass er fähig war, seinen eigenen Spaß über die Gefühle seiner Freundin zu stellen. Das ernüchterte sie schlagartig. »Ich habe gefragt«, presste sie zwischen zusammengebissenen Zähnen hervor, »ob du deine Freundin betrogen hast.«

Sie ignorierte seinen perplexen Gesichtsausdruck und starrte demonstrativ auf ihr Handgelenk. Sein Blick folgte ihrem. Er ließ sie so plötzlich los, als hätte er sich verbrannt.

»Was soll das? Was willst du hören?« Jetzt klang er verärgert.

Anna rieb sich das schmerzende Handgelenk. Sie blickte ihm fest in die Augen. Sie würde sich nicht einschüchtern lassen.

»Es ist zwar schon eine Weile her, aber ich habe erfahren, dass du deine Freundin mit einem Fan betrogen hast. Und nur, weil dieser Frau Geld geboten und ihr mit einer Verleumdungsklage gedroht wurde, ist davon nichts an die Öffentlichkeit gedrungen.«

Sie hielt bewusst alle Gefühle aus ihren Worten heraus. Sie wollte ihn mit den Tatsachen konfrontieren und sehen, wie er reagierte. Wirkte er zerknirscht und bereute seine Tat? Oder tat er es mit einem Schulterzucken ab? In diesem Fall würde sie wenigstens wissen, dass Betrug für ihn keine große Sache war. Und das würde ihr helfen, schnell über ihn hinweg zu kommen.

»Ich habe keine Ahnung, wovon du redest.«

Anna wand sich unter seinen Blicken. Was nun? Er stritt es ab. Damit hatte sie nicht gerechnet. Aber so leicht würde sie sich nicht geschlagen geben. »Du brauchst es nicht zu leugnen. Ich weiß es genau. Suzi hat gesagt ...«

»Suzi? Das Mädchen, das letztens hier war?«, fiel er ihr ins Wort.

»Genau! Sie hat gesagt, dass du früher alle Frauen abgeschleppt hast, die nicht bei drei auf den Bäumen waren. Selbst während deiner Beziehung hast du mit mindestens einem Mädchen geschlafen.« Sie starrte Eddi herausfordernd an.

Er starrte zurück. Seine gute Laune schien wie weggeblasen. »Was ich in meiner Vergangenheit gemacht habe, war bestimmt nicht immer richtig. Ich war jung und habe die Gelegenheiten genutzt, die sich mir geboten haben. Aber ich war meiner Freundin niemals untreu.«

Seine Stimme war schneidend und kalt.

Anna wurde unsicher. Er klang überzeugend.

»Warum sagt diese Suzi solche Dinge über mich? Ich kenne sie nicht einmal richtig.«

Anna bekam ein schlechtes Gewissen. Stimmte es etwa nicht?

Ihre Stimme hatte viel von ihrer Sicherheit verloren, als sie antwortete: »Sie sagte nur, dass Johanna davon erzählt hat. Und Johanna hatte sehr viel mit euch zu tun, nicht wahr?«

Wenn sich alles als Lüge herausstellte, stand sie ziemlich dumm da.

»Johanna?«, fragte Eddi. Auf einmal schien er zu verstehen.

Er schloss die Augen. »Soll ich dir mal was über Johanna erzählen?«

Anna nickte.

»Johanna hat sich in mich verliebt und konnte es nicht ertragen, dass ich meiner Freundin treu bleiben wollte. Ich musste sie aus meinem Hotelzimmer werfen. Dort hat sie nach einem Konzert auf mich gewartet. Sie war nackt!« Beim letzten Satz hatte Eddi seine gute Laune wiedergefunden.

Anna stellte sich die Szene bildlich vor. Sie gönnte Johanna solch eine Schmach. Erleichterung machte sich in ihr breit.

Was Eddi sagte, klang glaubhaft. Johanna hatte ihm also eins auswischen wollen, indem sie zumindest innerhalb der Plattenfirma verbreitete, dass er fremdgegangen sei. Anna wusste nicht mehr, wo sie hinsehen sollte. Sie hatte sich vor Eddi mit ihrer Anschuldigung ganz schön lächerlich gemacht.

Er rettete die Situation, indem er vorschlug, ihr zu zeigen, wie die neue Gegensprechanlage zu ihrem Tor funktionierte. Dankbar über den Themenwechsel blickte Anna auf den Monitor, den Eddi im Treppenflur an die Wand gehängt hatte.

Er nahm die Fernbedienung und zeigte ihr zuerst, wie sie ihn einschalten konnte. Auf dem Bildschirm sah man den Wald und die Straße. »Mit den Pfeiltasten bewegst du sie.« Eddi ließ die Kamera einmal in jede Richtung wandern. Anna war beeindruckt, und Eddi schenkte ihr ein breites Grinsen. Er sah die Welt vielleicht manchmal wirklich als eine Art großes Spiel. Aber er spielte dabei nicht mit den Gefühlen anderer.

»Eddi? Bitte entschuldige«, sagte sie zerknirscht. Seine Haare waren ihm in die Stirn gefallen, er strich sie sich gedankenverloren aus den Augen. Anna räusperte sich. »Ich möchte mich bei dir entschuldigen. Dafür, dass ich Suzi geglaubt habe. Und dass ich dich so blöde angemacht habe.«

»Oh ... okay«, kam seine zögernde Antwort.

»Weißt du, ich glaube normalerweise nicht alles, was ich über dich höre, aber ich weiß eben fast gar nichts über dich.«

Noch während sie die Worte aussprach, merkte sie, wie merkwürdig das klang. Gerade über ihn, über den so viel geschrieben wurde, wusste sie aus ihrer Sicht nicht genug.

»Ich meine«, fuhr sie fort, »klar weiß ich die Sachen, die alle wissen. Über deine Band und deine Musik und so. Ich weiß, wie du mit Zweitnamen heißt ...« Sie merkte, dass sie plapperte, aber sie konnte nicht aufhören. »... und dass sich deine Eltern getrennt haben, als du noch ganz klein warst. Ich weiß, dass du zwei Katzen hast ...«

»Du weißt, dass ich Katzen habe?« Seine Verwunderung überraschte sie.

»Ja, du hast doch erst vor Kurzem in deinem Blog von ihnen gesprochen.«

Es fiel ihr selbst auf: All die anderen Sachen konnte man wissen, wenn man mal das eine oder andere Interview von *Damn Silence* gelesen hatte. Aber das mit den Katzen wusste nur, wer seinen Blog las. Und das waren im Normalfall nur die eingefleischten Fans.

»Ja, okay. Ich gebe es zu«, meinte sie schmunzelnd. »Ich bin ein großer Fan. Nicht nur von deiner Musik und deiner Band. Auch von dir persönlich.« Sie wagte es kaum, ihn anzusehen. Würde er lachen? Böse sein? Verwundert?

Eddi wirkte vor allem nachdenklich. Eine kleine Falte war auf seiner Stirn erschienen. Er nickte beinahe unmerklich und kam näher. »Du weißt nicht genug über mich? Dann frag mich!«, forderte er sie auf.

Seine Stimme war um eine Oktave nach unten gerutscht, was Annas Körper sofort mit Gänsehaut reagieren ließ. Was sollte sie fragen? Ihr Kopf war leer. Das ständige Auf und Ab der Gefühle hinterließ seine Spuren. Sie sagte das Erste, was ihr in den Sinn kam. »Erzähl mir von deiner Familie.«

Und dann erzählte er. Von seiner Mutter, seinen Geschwistern und deren Familien. Von seinem Vater, der ausgezogen war, als Eddi noch ein Kind gewesen war, und von dem anfangs schwierigen Verhältnis zu seinem Stiefvater.

Anna erzählte von ihren eigenen Erfahrungen und Erlebnissen. Endlich konnten sie in Ruhe miteinander reden.

Kurz darauf bestellten sie Pizza, weil keiner von ihnen Lust hatte zu kochen, und redeten weiter. Über Annas Kindheit und ihr Studium. Über Eddis Streiche als kleiner Junge. Sie lachten viel, als Anna Geschichten von ihrem Vater erzählte und Eddi von seinen Übeltaten mit Nick und den anderen Jungs. Wenn es nach Anna gegangen wäre, hätte der Nachmittag nie ein Ende gefunden. Aber aus dem Nachmittag wurde Abend und schließlich Nacht.

Es hatte sich merklich abgekühlt. Als Anna fror, zog Eddi sie an seinen warmen Körper und hielt sie eng an sich gedrückt. Sie lehnte mit dem Rücken an seiner Brust und genoss seine Nähe und das leichte Vibrieren, wann immer er etwas sagte oder lachte. Die Wärme machte sie schläfrig. Ihre Antworten wurden einsilbiger und blieben irgendwann ganz aus.

»Bett?«, fragte Eddi. Sie nickte, konnte sich jedoch nicht entschließen, von ihrem gemütlichen Platz aufzustehen. Konnte sie nicht hier schlafen? An ihn gelehnt? Das wäre himmlisch. Seine Hände streichelten sanft ihren Bauch, sodass sie ein wohliges Schnurren unterdrücken musste.

Er bewegte sich hinter ihr. Anna wollte protestieren, da hob er sie auch schon hoch. Ehe sie sich's versah, wurde sie von Eddi nach drinnen getragen, durch die Küche, das Büro und ihr Wohnzimmer bis ins Schlafzimmer. Erst vor dem Bett setzte er sie sanft auf dem Boden ab.

Doch anstatt ihn loszulassen und in ihr Bett zu fallen, hielt sich Anna an ihm fest, als wäre er ihre einzige Rettung vor dem Ertrinken. Als sie zu ihm aufsah, blickte sie direkt in das warme Blau seiner Augen.

»Bleibst du heute Nacht bei mir?«, fragte sie mit leiser Stimme, bevor er sie endlich sanft und liebevoll küsste.

35. Kapitel

Als Anna erwachte, war es draußen hell. Sie streckte sich genüsslich. Dabei stieß sie mit ihrem Arm an etwas Warmes. Ein Blick verriet ihr, dass es eine Schulter war.

Moment mal, eine Schulter? Eddi war in ihrem Bett! Panik kroch in ihr hoch. Was war passiert?

Er schlief noch. Seine Haare hingen ihm in die Stirn. Seine Gesichtszüge waren entspannt, und es sah aus, als würde er im Schlaf lächeln.

Langsam kam die Erinnerung zurück. Ihr fiel ein, dass sie ihn gebeten hatte, bei ihr zu bleiben und dass er sie geküsst hatte. Sie erinnerte sich auch wieder daran, dass sie wie ein kleines Mädchen gekichert hatte, als sie ins Bad musste. Sie hatte ihn beschworen, nur ja nicht wegzulaufen. Er hatte es ihr sogar schwören müssen. Gestern Nacht war ihr das noch nicht so peinlich erschienen. Dafür hatte vermutlich der Wein gesorgt, den sie getrunken hatten.

Später hatten sie nebeneinander im Bett gelegen und geredet. Gut, sie hatten sich auch geküsst. Nicht nur einmal. Aber dann war sie in seinen Armen eingeschlafen.

Eddi bewegte sich leicht und blinzelte. »Guten Morgen«, murmelte er.

Sein verschlafenes Äußeres ließ ihn noch attraktiver erscheinen. Er wirkte so jung, so verletzlich in diesem Moment.

»Guten Morgen«, antwortete Anna lächelnd. Da sie nicht widerstehen konnte, küsste sie ihn auf die Nasenspitze. Sie keuchte, als er sie eng an sich zog und – gar nicht mehr verschlafen – hungrig küsste.

Als sie ihn später beim Frühstück Unmengen an Toast und Rührei in sich hineinstopfen sah, dachte sie an ihre schrumpfenden Vorräte und das für heute geplante Meeting auf dem Hof. Der Gedanke daran verursachte ihr Magenschmerzen. Mittlerweile war sie sicher, dass Eddi ihr böse sein würde.

Hätte sie nur einen Moment länger nachdenken können, dann wäre ihr wahrscheinlich aufgegangen, dass sie ihm damit keinen Gefallen tat. Doch nun war es zu spät. Jetzt musste sie mit der Situation klarkommen, egal was passieren würde.

»Ich gehe nachher einkaufen. Unsere Vorräte gehen zur Neige.«

Eddi sah auf die Gabel voll Rührei, die er sich gerade in den Mund schieben wollte.

»Esse ich zu viel?« Sein Ton schwankte zwischen ehrlicher Bestürzung und Belustigung. Demonstrativ legte er die volle Gabel zurück auf seinen Teller und schob diesen ein Stück von sich.

»Nein, iss nur!«, beeilte Anna sich zu sagen. »Ich muss sowieso einkaufen. Willst du mit?« Die Frage hatte sie ohne groß nachzudenken gestellt. Es fiel ihr immer schwerer, sich vor Augen zu halten, wer er war.

Er schüttelte bedauernd den Kopf. »Ich glaube nicht, dass das eine gute Idee wäre. Nicht mal, wenn wir Pino mitnehmen würden. Zu viele Frauen im Supermarkt.«

Also fuhr Anna allein. Dabei hätte sie eine helfende Hand wirklich mehr als nötig gehabt. Andererseits wäre Eddi bestimmt stutzig geworden, wozu sie zwei Kästen Bier, etliche Kilo Grillfleisch und Grillsoßen, Brot und Brötchen brauchte. Ihr Auto platzte aus allen Nähten. Sie musste sogar eine Kiste auf dem Beifahrersitz unterbringen. Da hätte Eddi gar nicht mehr hineingepasst.

Auf dem Nachhauseweg wurde sie von einem neuen Kunden angerufen, der sie bat, schnell vorbeizukommen. Er hatte einen Hund aus dem Tierheim geholt, der jetzt die Kinder anknurrte. Er brauchte eine fachkundige Meinung, ob er das Tier gefahrlos behalten konnte oder zurückbringen musste. Den Kontakt hatte Heinz vermittelt. Anna sagte einen Termin für den frühen Nachmittag zu.

Es blieb ihr gerade genug Zeit, das Auto auszuladen, eine kurze Trainingseinheit mit Pino einzulegen und mit Eddi Mittag zu essen, dann musste sie wieder los. Eddi kündigte an, während ihrer Abwesenheit an seinem neuen Song zu arbeiten.

Sie verbrachte fast drei Stunden bei ihrem neuen Kunden und einem schönen, hellen Boxermischling namens Frodo.

Sie hatte alle möglichen Tests mit ihm gemacht und viele Situationen durchgespielt, um zu sehen, wie er reagierte. Ziemlich schnell wurde klar, was los war. Er war zwar im Grunde lieb, reagierte aber auf alles, was ihn überforderte, mit Aggression. Für einen geübten Hundehalter kein Problem, zumal die Angriffe nicht zielgerichtet waren, aber in dieser Familie gab es zwei kleine Kinder und damit viele Situationen, die dem Boxermischling bedrohlich vorkommen konnten. Niemand konnte garantieren, dass er seine Drohungen nicht eines Tages doch in die Tat umsetzte. So leid es ihr tat, hier musste sie der Familie die schlechte Nachricht überbringen, dass es besser wäre, den Hund zurückzugeben.

Der Mann und seine Frau saßen ihr mit langen Gesichtern gegenüber. Sie hatten ihn in der kurzen Zeit bereits lieb gewonnen. Anna versprach, bei Heinz anzurufen und die Situation zu erklären, was sie auch sofort in die Tat umsetzte.

Heinz war nicht böse oder enttäuscht. Sie würde das Tier zurücknehmen. Mit einem beinahe durchs Telefon hörbaren Zwinkern fügte sie hinzu, dass damit wieder ein Fall für Anna im Tierheim bereitstünde, wenn sie die Kapazität hatte, diesen zu übernehmen.

Auch wenn es traurig war, war sich Anna sicher, die richtige Entscheidung getroffen zu haben. Sie glaubte, dass die Familie ihrer Empfehlung folgen würde. Es war schade, wenn der Wunsch, einem Tier aus dem Tierheim zu helfen, scheiterte. Aber manchmal ging es eben nicht anders.

Erst kurz nach vier war sie wieder auf dem Rückweg. Insgeheim hoffte sie, dass der Besuch bereits angekommen war. Dann wäre der erste Schock bei Eddi abgeklungen und sie würde seinen Ärger nicht in voller Wucht abbekommen. Dass es welchen geben würde, davon war sie felsenfest überzeugt.

Doch als sie in ihre Einfahrt bog, wirkte alles genauso friedlich, wie sie es verlassen hatte.

Sie begrüßte Pino, der auf sie zugerannt kam. Eddi war also irgendwo draußen.

Im nächsten Moment sah sie ihn. Er saß mit der Gitarre in der Hand und dem Laptop am Tisch, grüßte freudig und forderte sie auf, sich seinen neuen Song anzuhören.

»Schließ deine Augen.« Sie kam seiner Bitte nach. Schon zupfte er die ersten Töne auf der Gitarre.

Anna erkannte die Melodie. Als seine Stimme einsetzte, war sie wie verzaubert. Es war ein ganz besonderes Gefühl, einen Song von Eddi vorgesungen zu bekommen, vollkommen ohne Technik. Ein Schauer nach dem anderen jagte ihren Rücken herunter. Sie konnte sich nicht richtig auf den Text konzentrieren, so sehr gefiel ihr die Melodie. Es war ein langsamer Song. Eddi sang davon, sich zu verlieren und einsam inmitten tobender Massen zu stehen. Er sang von sich selbst, von seiner Angst zu versagen und dem Druck, nicht gewachsen zu sein.

Dann kam der Refrain. Er setzte mit einer Stärke ein, die zunächst gar nicht zum Rest des Songs passen wollte. Sie erkannte die Melodiefolge wieder, nur diesmal ein ganzes Stück treibender und irgendwie hoffnungsvoller. Es ging darum, etwas Neues auszuprobieren. Dann summte Eddi nur noch. Kurz danach brach er ab und lächelte sie an.

»Das war's. Mehr habe ich nicht ... für den Moment. Wie war es? Hat es dir gefallen?« In seinen Augen lag ein hoffnungsvoller Schimmer. Täuschte sie sich oder war er wirklich unsicher?

Anna beeilte sich, zu nicken. »Der Song ist einfach ... grandios. Ich weiß gar nicht, wie ich das in Worte fassen soll. Es gefällt mir wahnsinnig gut. Eine wunderschöne Melodie. Und ...« Sie brach ab, weil sie merkte, dass sie schon wieder plapperte. Eddi lachte lautlos. Amüsierte er sich über sie?

»Also magst du ihn?«, vergewisserte er sich.

Anna nickte.

Glücklich sang er noch einmal den Refrain. Er brach an der Stelle ab, die noch nicht passte, und spielte eine andere Variante.

Anna lehnte sich zurück. Sie genoss den Frieden um sich herum.

Allzu lange währte er allerdings nicht. Die Torglocke riss sie unsanft aus ihren Tagträumen und ließ sie aufspringen. Jetzt war es also so weit. Ehe Eddi reagieren konnte, lief sie nach drinnen und schaltete den Monitor an. Eine große, schwarze Limousine stand in der Auffahrt. Ein Mann mit schwarzen Haaren blickte in die Kamera. Anna betätigte den Öffnungsmechanismus.

Sie fühlte sich, als wäre sie auf dem Weg zu ihrer eigenen Hinrichtung, als sie langsam nach draußen ging, dem Wagen entgegen. Eddi gesellte sich zu ihr.

Sie schloss die Augen. Jetzt würde alles herauskommen.

Er umarmte sie von hinten und legte sein Kinn auf ihren Kopf.

Pino, der natürlich auch mitgekommen war, saß vor ihr. Sie hielt ihn sicherheitshalber am Halsband fest.

»Wer ist das?«, fragte Eddi. Sie zuckte vage mit den Schultern.

Die Limousine hielt hinter dem Pferdeanhänger. Die Fahrertür öffnete sich und der schwarzhaarige Mann stieg aus. Dann öffneten sich auch die anderen Türen, und nacheinander stiegen die Jungs von Damn Silence – Bassist Ole, Schlagzeuger Andy und Gitarrist Nick – aus dem Auto.

Anna spürte, wie sich Eddi hinter ihr erst versteifte und sie dann losließ. Sein Mund stand vor Verwunderung offen. Er ging an ihr vorbei und langsam auf die Männer zu.

Unter lautem Hallo und mit breitem Grinsen kamen sie Eddi entgegen, um ihn in ihre Mitte zu nehmen. Vielleicht war alles nicht so schlimm. Vielleicht freute sich Eddi, seine Freunde wiederzusehen. Und es gab ja einen wichtigen Grund, warum sie hergekommen waren. Es ging um die Zukunft der Band.

In diesem Moment fuhr eine weitere Limousine den Waldweg entlang. Sicher stammten beide aus der Flotte von Universal Music.

Pino, der bisher bemerkenswert ruhig geblieben war, versteifte sich und stand auf. Zwei fremde Autos waren zu viel für ihn. Anna redete leise auf ihn ein.

Als Erstes öffnete sich die Beifahrertür und Tom stieg aus, gefolgt von Suzi. Stephan Brandt war gefahren.

Eine feenhafte Blondine schälte sich aus der letzten Tür. Anna hielt unwillkürlich die Luft an. Sie war jung und unglaublich schön. Zu einer engen, dunkelblauen Jeans trug sie einen hellbraunen Parka, über den ihre Haare in leichten Wellen fast bis zum Po fielen. Die Kleidung betonte ihre schlanke Figur. Komplettiert wurde das Outfit von schokoladenbraunen Lederstiefeletten mit bleistiftdünnen Absätzen. Anna erkannte sie von einem Foto, auf dem sie mit Eddi abgebildet war: Caroline, Eddis Freundin. Was wollte die denn bei dem Meeting?

Die Fee, wie Anna sie in Gedanken taufte, sah sich um. Anna erwartete, dass sie beim Anblick des schlammigen Waldbodens die Nase rümpfen würde. Doch nichts dergleichen geschah. In diesem Moment erblickte sie Eddi und lief auf ihn zu, ohne sich auch nur einen Deut darum zu scheren, dass ihre Schuhe durch den Schlamm ruiniert wurden. Anna wunderte sich, dass man mit solchen Absätzen überhaupt laufen konnte.

Eddi hatte die Neuankömmlinge bisher nicht wahrgenommen. Doch nun weiteten sich seine Augen vor Überraschung. Die Fee flog ihm um den Hals und schmiegte sich eng an ihn.

Eddi blieb stocksteif stehen. Sein Blick suchte den des schwarzhaarigen Mannes, der entschuldigend die Schultern zuckte.

»Kannst du deinem Bodyguard mal sagen, dass ich meine Freundin begrüßen möchte?«, fragte Suzi und lenkte Annas Aufmerksamkeit auf sich. Sie stand etwa zwei Meter entfernt und zeigte auf Pino. Er knurrte nicht, aber er fixierte Suzi. Und sobald sie auch nur einen Millimeter in Annas Richtung vorrückte, machte er sich sofort größer und versteifte sich.

»Pino, sitzen!«, befahl Anna. »Das ist Suzi, du kennst sie schon.« Weil er nicht gleich reagierte, berührte sie mit der Hand sanft sein Hinterteil, bis er nachgab. Sie umarmte Suzi. »Was machst du denn hier?«

»Tom wurde eingeladen, mitzukommen. Er wollte mich zwar nicht dabei haben, aber«, sie kicherte, »ich habe ihm klar gemacht, dass das Auswirkungen auf sein bisher erfülltes Sexualleben haben könnte. Negative Auswirkungen.« Suzi bekam immer, was sie wollte. Jedenfalls bei der männlichen Bevölkerung. »Außerdem wollte ich dir beistehen, weil sie«, sie betonte das letzte Wort besonders und wies mit dem Kopf auf die Fee, »dabei ist. Nick hat sich anscheinend bei ihr verplappert. Sie hat sich quasi selbst eingeladen.«

»Ist vielleicht ganz gut so«, bemerkte Anna leise.

Suzi schob sie ein Stück von sich. »Gut? Meinst du das etwa ernst?«

Anna nickte entschlossen. »So habe ich wenigstens Klarheit. Wenn er sie noch liebt, habe ich sowieso keine Chance, und dann ist es besser, ich schlage ihn mir gleich aus dem Kopf. Und wenn nicht«, sie machte eine Pause, »kann er das gleich hier mit ihr klären und wir werden sehen, wo das alles hinführt.«

Suzi sah sie unverwandt an und nickte zögernd. »Okay, ich glaube, ich kann deine Gedanken ein Stück weit nachvollziehen. Ich war trotzdem dagegen, dass sie mitkommt, aber auf mich hat natürlich keiner gehört.«

Sie ließ Anna los, wandte sich um und winkte Tom und Stephan Brandt zu sich. »Herr Brandt? Ich nehme an, Sie und Anna kennen sich bereits? Tom, du kennst Anna auch. Und das hier«, sie zeigte auf den Hund, »ist Pino. Er ist nicht so gefährlich wie er aussieht. Nicht wahr, mein Guter?« Sie wuschelte ihm durch das Fell. Er schüttelte sich und brachte sie damit zum Lachen. »Ich habe Lust auf einen Kaffee. Wer möchte auch einen?«

»Ich würde einen nehmen, wenn das ginge«, antwortete Stephan Brandt mit unsicherem Blick auf den Hund.

Anna sah, wie Eddi etwas zu seinen Jungs sagte, dann die Fee am Arm nahm und davonführte.

»Anna?«, brüllte Suzi ihr direkt ins Ohr.

»Äh … ja?« Anna musste sich gewaltsam von der Szene losreißen.

»Komm, wir machen jetzt Kaffee! Du musst mir schon helfen, so gut kenne ich mich bei dir noch nicht aus.« Sie lachte ihr glockenhelles Lachen, mit dem sie so manchem Mann den Kopf verdreht hatte. An Tom und Stephan Brandt gewandt sagte sie: »Geht ihr doch schon mal zu den anderen. Anna und ich werden für die Verpflegung sorgen. Nicht wahr, Anna?«

Die Männer trotteten gehorsam von dannen.

»Na, glücklich sieht der aber nicht aus.«

»Bitte?«, fragte Anna nach.

»Ich glaube, deine Chancen sind gerade gewaltig gestiegen.«

Suzi grinste Anna breit an. Anna verstand nicht, wovon ihre Freundin sprach. Suzi rollte mit den Augen. »Mensch, nach großer Wiedersehensfreude sah das bei Eddi nicht aus, als sie ihn abgeknutscht hat.«

Anna blickte in die Richtung, in der Eddi mit Caroline verschwunden war. Ein Funken Hoffnung keimte in ihr.

»Wir beide gehen jetzt rein und kochen Kaffee für alle«, bestimmte Suzi und zog Anna mit sich.

Anna erhaschte noch einen Blick auf die Männer, die auf die Sitzgruppe zugingen. Sie waren in eine Diskussion verstrickt.

In der Küche machte sich Suzi ans Kaffeekochen, während Anna Pino vorsorglich ins Büro sperrte. Sie stellte noch sein Futter und Wasser hinein.

»Und jetzt erzählst du mir alles.«

Anna drehte sich erschrocken um. Suzi stand hinter ihr.

»Was«, antwortete Anna perplex, »soll ich dir erzählen?«

Suzi hockte sich auf einen Küchenstuhl. Das sah ziemlich unbequem aus.

»Na, das mit Eddi natürlich. Du hast am Telefon was angedeutet, und jetzt will ich alles genau wissen. Jedes Detail. Und mag es dir noch so unwichtig erscheinen.«

»Es ist nicht mehr passiert, als ich dir schon gesagt habe«, antwortete Anna ausweichend.

»Blödsinn!« Suzi winkte ab. »Er hat sich total verändert, seitdem er hier ist. Nicht unbedingt zum Schlechten, will ich meinen.«

Anna verschränkte die Arme vor der Brust. »Woher willst du denn wissen, ob er sich verändert hat? Du hast ihn doch kaum eine halbe Minute gesehen und auch nur aus der Ferne.«

Suzi verdrehte die Augen und stand auf. Sie tigerte unruhig in der Küche auf und ab. »Das meine ich nicht. Ich rede von den Veränderungen, von denen du mir berichtet hast.« Als Anna nicht reagierte, fuhr sie in ungeduldigem Tonfall fort: »Na, am Anfang, als er herkam, hat er gar nichts gesagt ...«

»Da hatte er eine Stimmbandentzündung«, fiel Anna ihr ins Wort.

Suzi ließ sich nicht beirren. »Er ist jeder Auseinandersetzung aus dem Weg gegangen.«

Vor Annas Augen entstand das Bild des aufgebrochenen Schlosses am Tor und von Eddi, der mit schlechtem Gewissen vor ihr stand. Seitdem hatte sich einiges geändert.

»Und jetzt«, redete Suzi weiter, »hilft er dir, wo er kann. Und damit nicht genug. Er küsst dich und flirtet mit dir. Irgendwas muss passiert sein. Ohne Grund kommt es nicht zu so einer 180-Grad-Wende.«

Bevor Anna zu einer Antwort ansetzen konnte, betrat Stephan Brandt die Küche. »Entschuldigen Sie, Frau Diemer ...«

»Ja?«

»Wir bräuchten draußen noch einige Sitzgelegenheiten.« Sein Blick fiel auf die Küchenstühle.

Anna nickte. »Sie können die hier nehmen. Reicht das?«

Er nickte und trug den ersten Stuhl nach draußen.

Suzi sah Anna erwartungsvoll an. Doch an ein Gespräch war jetzt nicht mehr zu denken. Nach und nach kamen alle Bandmitglieder außer Eddi und holten die restlichen Stühle. Die Jungs von *Damn Silence* leibhaftig in ihrer Küche zu haben, kam Anna surreal vor.

Als der große Esstisch einsam dastand, war auch der Kaffee durch die Maschine gelaufen. Anna und Suzi hatten alle Hände voll zu tun, alles nach draußen zu bringen. Sie holten außerdem noch kalte Getränke und Gläser, damit die Herren beim Diskutieren keine trockenen Kehlen bekamen.

Eddi saß mittlerweile auch bei der Gruppe. Er wirkte gelassen und überhaupt nicht böse. Im Gegenteil, im Moment lachte er lauthals über einen Witz von Ole. Von der Fee war nichts zu sehen.

36. Kapitel

»Kannst du mir jetzt das Pferd zeigen?«

Suzi sah Anna mit riesengroßen Augen an. Sie wirkte wie ein kleines Mädchen.

Anna hatte sich schon gefragt, wann ihre pferdeverrückte Freundin endlich auf dieses Thema zu sprechen kommen würde. Gemeinsam gingen sie an den anderen vorbei zur Wiese.

Anna verspürte das Bedürfnis, Stormy vor Suzi zu verteidigen, dabei hatte die noch nichts zu seinem Zustand gesagt. »Ich warne dich, er ist sehr schreckhaft. Und er sieht total vernachlässigt aus. Sein Vorbesitzer war nicht gut zu ihm.«

Suzi hatte nur noch Augen für das Pferd. Ihre Augen blitzten vor Wut: »Nicht gut? Sieh dir den armen Kerl an – total abgemagert. Er hat wunde Stellen am Fell. Wann ist er zum letzten Mal geputzt worden? Und einen Hufschmied hat er auch schon länger nicht mehr gesehen.«

Anna musste ihrer Freundin beipflichten. »Er wurde wahrscheinlich nicht nur vernachlässigt. So schreckhaft und ängstlich wie er ist, wurde er bestimmt misshandelt.«

Suzi nickte. »Dabei könnte er so ein hübscher Kerl sein. Eine richtige Schönheit.«

»Jetzt soll er sich erst mal erholen und seine Angst verlieren, und dann kümmere ich mich um alles Weitere, Hufschmied, Tierarzt und so.«

»Bienchen? Kommst du mal her?«, rief Tom in Suzis Richtung.

»Bienchen?«, wiederholte Anna mit hochgezogenen Augenbrauen und zog das Wort dabei in die Länge.

Suzi zuckte mit den Schultern. »Ich mag es.« Sie warf noch einen Blick auf Stormy, ging dann zu den Männern und setzte sich. Natürlich nicht, ohne sich vorher ausgiebig in allen Blicken gesonnt zu haben. Tom drückte ihr ein iPad in die Hand und bat sie, Termine abzuklären. Weiter hörte Anna nicht zu. Sie hatte weder mit der Band zu tun, noch arbeitete sie bei der Plattenfirma. Sie war hier überflüssig.

Nun gut, dann konnte sie sich jetzt um andere Dinge kümmern. Die Weide von Pferdeäpfeln befreien zum Beispiel, das wurde langsam nötig. Durch ihre Anwesenheit übte sie ganz nebenbei mit Stormy.

Mit Harke und Schaufel bewaffnet, holte sie die Schubkarre aus dem Nebengebäude und bugsierte alles zur Weide, vorbei an der kleinen Versammlung. Ihr wurden zwar verwunderte Blicke zugeworfen, aber wirklich stören ließen sich die Herren nicht.

Stormy hingegen fand Annas Mitbringsel äußerst suspekt. Da hielt er lieber gebührenden Abstand. Nicht, dass ihn das komische Ding mit dem Rad noch anfiel. Anna kümmerte sich nicht weiter um ihn und begann zügig mit ihrer Arbeit. Sie musste daran denken, einen Misthaufen anzulegen. Vorläufig würden sich ihre Pflanzen über den Dünger freuen.

Stormy kam näher und schnupperte in ihre Richtung. Sobald sich die Schubkarre bewegte, bockte er und stob davon. Bald war sich Anna sicher, dass er gar nicht so ängstlich war, wie er gerade tat. Zu einem großen Teil schien er sich einen Spaß daraus zu machen, sich so übertrieben aufzuführen.

Anna sah die Fee erst, als sie die gefüllte Schubkarre von der Weide schob. Die junge Frau hatte ihr anscheinend schon eine ganze Weile zugesehen. Sie stand im Schatten eines Apfelbaumes und bewegte sich nicht.

»Hi«, grüßte sie mit sanfter, lieblicher Stimme. An ihr schien wirklich alles perfekt zu sein.

»Hi«, grüßte Anna unwillig zurück.

»Das ist ein schönes Pferd«, sagte die Fee mit einem Kopfnicken in Richtung Stormy. Sie trug dieselben hohen Stiefeletten und hatte es auch irgendwie geschafft, dass diese nicht voller Dreck waren. Auch der Rest ihrer Erscheinung war makellos.

Anna nickte.

Jetzt kam Leben in die Fee. Sie stieß sich vom Baum ab und ging auf Anna zu. Dabei hielt sie ihr die Hand entgegen. Perplex wischte sich Anna ihre Hände an der Jeans ab und ergriff sie.

»Ich heiße Caroline. Und du bist Anna, nicht wahr?«

Anna nickte wieder. Sie schaffte es in Gegenwart des Models kaum, ein Wort herauszubringen.

Caroline drückte Annas Hand. Dann umschloss sie mit einer weit ausholenden Geste das ganze Grundstück. »Das gehört alles dir? Wirklich schön. Ich verstehe, warum es Eddi hier gefällt.«

»Ist das so?«, fragte Anna erstaunt nach. Ihre Stimme war ein heiseres Krächzen. Sie räusperte sich.

Auf dem ebenmäßigen Gesicht der Fee erschien ein strahlendes Lächeln, das sie nochmal um einiges hübscher erscheinen ließ, als sie ohnehin war. »O ja! Das letzte Jahr war zu viel für ihn. Er brauchte dringend eine Pause. Urlaub. Irgendwo, wo es ruhig ist. Keine Presse, keine Medien, keine Band. So wie hier.« Sie lächelte Anna ungezwungen und offen an. Sie meinte, was sie sagte. Dennoch schmerzten ihre Worte. Eddi fühlte sich hier also wohl – für den Moment. Weil es das war, was er gerade brauchte.

Caroline lachte hell. »Normalerweise ist er ja mehr der Typ für Partys. Er liebt den Spaß und die Action, er will seine Freunde um sich herum haben und die ganze Nacht feiern. Genau so ist sein Leben in Hamburg.« Sie verdrehte theatralisch die Augen und kicherte. Dann legte sie Anna freundschaftlich die Hand auf den Unterarm und senkte die Stimme, als ob sie ein großes Geheimnis verriet. »Er hat Glück, dass er seine Familie und seine Freunde hat, wenn er zurück nach Hamburg kommt. Wir werden uns darum kümmern, dass er nicht so viel arbeitet und auch beim Feiern nicht übertreibt. Wir wissen ja, dass er noch mehr Ruhe braucht.«

Anna machte einen Schritt zurück, sodass Caroline sie loslassen musste. Die Nähe war ihr unangenehm. Sie hatte sehr wohl gemerkt, dass sich die Fee bei der Bezeichnung *Familie und Freunde* mit einschloss. Außerdem gefiel es Anna nicht, wie sie von Eddi redete. Obwohl Caroline nett wirkte und auch ihr Lachen nicht aufgesetzt klang, traute Anna ihr nicht. Einer spontanen Eingebung folgend beschloss sie, Caroline auf Eddis nicht gerade übermäßige Begrüßung vorhin anzusprechen.

»Es muss enttäuschend für dich gewesen sein, wie Eddi vorhin reagiert hat, als du angekommen bist. Er hat das aber bestimmt nicht böse gemeint.« Anna lächelte ebenfalls. Was die Fee konnte, konnte sie schon lange.

»Was?« Kurz schien Caroline aus dem Konzept zu kommen. Ihr Lächeln erlosch, war aber sofort wieder da, noch strahlender als zuvor, falls das überhaupt möglich war. »Ah, jetzt weiß ich, was du meinst. Nein«, sie zog das Wort unnötig in die Länge, »er hat nur nicht damit gerechnet, mich zu sehen. Er wusste, dass ich zurzeit in Barcelona arbeite. Unter normalen Umständen würde er mich niemals bitten, meinen Job zu unterbrechen. Wie ich das im Übrigen auch nie bei ihm machen würde. Die Arbeit kommt zuerst!«

»Ah«, war alles, was Anna erwidern konnte.

Caroline legte erneut die Hand auf Annas Arm und senkte die Stimme. »Aber ich konnte ihn nicht allein lassen, wenn er krank ist. So einfach ist das. Als ich ihm erklärt habe, dass er mir wichtiger ist als mein Job, war er sehr froh.« Bei ihren letzten Worten blickte sie verlegen zu Boden. Doch als sie wieder zu Anna hochsah, lächelte sie.

Anna konnte sich deutlich vorstellen, auf welche Weise Eddi seine Freude gezeigt hatte. Darüber wollte sie lieber nicht nachdenken. Doch die Bilder tauchten von selbst in ihrem Kopf auf. Noch während sie überlegte, wie sie sich auf möglichst diplomatische Art entfernen konnte, ohne dass es nach Flucht aussah, wurde sie von Suzi gerettet, die ihr zurief, ob sie Annas Passwort für das Internet haben könne.

»Klar«, rief Anna zurück, entschuldigte sich bei Caroline und ging zu Suzi.

»Sorry, mein Datenvolumen ist aufgebraucht«, erklärte die, als sie hineingingen. »Was wollte die denn von dir?«, fragte sie, als Anna im Büro nach dem Zettel suchte, auf dem sie das Passwort notiert hatte.

Anna hielt inne. »Keine Ahnung. Nichts Besonderes. Obwohl ... irgendwie habe ich das Gefühl, sie wollte mir klarmachen, dass Eddi hier niemals glücklich sein könnte.«

»Was? Die Kuh!«

Anna schmunzelte. Suzi wäre wahrscheinlich am liebsten sofort nach draußen gerannt und hätte Caroline entweder skalpiert oder sie zumindest kopfüber in den Pferdemist getaucht. Sie zuckte die Schultern. »Eigentlich kann ich mich nicht beschweren, sie war sehr freundlich zu mir. Vielleicht war ihr nicht klar, was ihre Worte für mich bedeuten.«

»Wenn du meinst«, sagte Suzi ohne rechte Überzeugung. Dann tippte sie das Passwort, das Anna mittlerweile gefunden hatte, in ihr Handy.

Während sie beschäftigt war, setzte sich Anna auf die Ecke ihres Schreibtisches und ließ die Beine baumeln.

Sie hatte keine Lust, nach draußen zu gehen. Die Männer ignorierten sie weitgehend und eine weitere Begegnung mit Caroline erschien ihr auch nicht sehr verlockend. Da beobachtete sie lieber ihre Freundin und kraulte nebenher Pino. Der Hund verhielt sich wirklich brav.

»Hey, hast du eigentlich daran gedacht, dass die Männer da draußen was essen müssen? Ich habe jedenfalls langsam Hunger«, meinte Suzi.

»Na ja, ich hatte an Grillen gedacht«, antwortete Anna.

Suzi fand die Idee, alles vorbereiten zu müssen, nicht gerade berauschend. Von den Männern würde wohl keiner die Zeit finden, das Fleisch und die Würste zuzubereiten.

»Können wir nicht Pizza bestellen? Oder gibt es hier so was nicht?«

Suzi wich Anna geschickt aus, als die ausholte, um ihrer Freundin einen kleinen Schlag zu verpassen. Sie hielten sich gar nicht erst damit auf, die Männer nach ihren Wünschen zu befragen, und bestellten mehrere verschieden belegte Pizzen.

Als die Lieferung kam, machten die Gäste eine kurze Pause. Die Gespräche beim Essen drehten sich ausschließlich um die Band und was alles in den letzten Tagen während Eddis Abwesenheit passiert war. Es gab die unvermeidlichen Anspielungen auf Eddi, der »Urlaub machen und sich erholen konnte«, während die anderen Bandkollegen sich »den Arsch aufreißen mussten«.

Eddi wirkte entspannt, beteiligte sich aber nicht an den derber werdenden Scherzen. Er lachte zwar mit, wehrte sich aber nicht gegen die Angriffe. Anna konnte ihn unbehelligt beobachten, weil er kein einziges Mal in ihre Richtung blickte. Allerdings auch nicht in Richtung der Fee, die ihr gegenüber zwischen Andy und dem dunkelhaarigen Mann, den sie nicht kannte, Platz genommen hatte. Deswegen machte es ihr nichts aus, ignoriert zu werden. Und es war ja nicht so, dass sie außen vor gelassen wurde. Suzi und auch Tom bemühten sich, sie in das Gespräch einzubinden. Anna war froh, dass ihre Freundin mitgekommen war. Sie fühlte sich in Suzis Anwesenheit sicherer.

37. Kapitel

Später saßen Anna und Suzi auf der Wiese und sahen Stormy beim Fressen zu. Jede hatte ein Glas Wein in der Hand. Sie redeten leise über alles Mögliche.

Die Männer waren immer noch in ihre Diskussion verstrickt. Caroline saß auf der Treppe zum Eingang und tippte auf einem iPad herum. Zwischendurch telefonierte sie. Anna hatte das Gefühl, dass sie ungehalten wurde. Wahrscheinlich, weil sie so umfassend von allen ignoriert wurde. Sie sah nicht aus wie jemand, der so etwas gewohnt war.

Als Tom plötzlich neben ihnen stand und etwas sagte, zuckte Anna zusammen.

»Hey ihr beiden. Wir sind demnächst fertig.«

Suzi zog ihn zu sich auf die Decke und drückte ihm einen Schmatzer auf den Mund. »Und? Habt ihr euch geeinigt?«, fragte sie neugierig.

Tom nickte. »Es wird am Montag eine Pressekonferenz geben, in der Eddi zu allen Meldungen Stellung nimmt. Vorher kommt Professor Laikkonen noch einmal her, und dann wird entschieden, ab wann und unter welchen Umständen Eddi wieder arbeiten kann.« Die letzten Worte hatte er mehr an Anna gerichtet.

Montag also.

»Wir fahren nachher zurück. Ich soll dich von Eddi fragen, ob die Jungs von der Band vielleicht bis Montag hierbleiben könnten.«

»Warum fragt er mich das nicht selbst?«, wunderte sich Anna.

Sie blickte zu Eddi, der in diesem Moment ebenfalls zu ihr herübersah, sodass sich ihre Blicke trafen. Sie lächelte, doch er erwiderte ihr Lächeln nicht, sondern nickte ihr nur zu und sah wieder weg.

»Keine Ahnung«, beantwortete Tom Annas Frage. »Und? Ist es möglich?«

»Was?« Anna war verwirrt.

Tom sah sie an, als ob er an ihrem Verstand zweifelte. »Na, ob die ganze Band bis Montag bleiben kann.«

»Äh … ja … klar«, stotterte Anna. Ihr ging Eddis Blick nicht aus dem Sinn. Sie konnte nicht klar denken. Er hatte so distanziert gewirkt. Als wären sie Fremde.

»Und *sie*?«, schaltete sich jetzt Suzi ein.

Tom zuckte mit den Schultern. »Keine Ahnung. Ich hatte es so verstanden, dass sie mit uns zurückfährt.«

»Na, ist doch klasse«, wandte sich Suzi strahlend an Anna.

Damit war Toms Audienz offenbar beendet, denn sie drehte ihm den Rücken zu. Er schüttelte den Kopf, stand auf und ging davon.

»Was ist klasse?« Anna war noch immer nicht ganz bei sich.

Suzi gab ihr einen derben Stoß gegen die Schulter, der Annas Weinglas überschwappen ließ. »Hey«, meinte sie entrüstet.

»Wo warst du gerade? Hast du überlegt, was du mit Eddi anstellst, wenn wir weg sind? Wenn seine Freundin nicht mehr hier ist, hast du freie Bahn. Weißt du mittlerweile, ob sie noch zusammen sind?«

Anna verzog das Gesicht. »Nein, keine Ahnung. Ich denke schon. Sonst wäre sie ja nicht hier, oder? Und wenn du es genau wissen willst, ich habe eher Angst davor, was Eddi mit mir anstellt.«

»Oh, *das* kann ich mir sehr gut vorstellen«, sagte Suzi verschwörerisch und konnte sich das Lachen nicht mehr verkneifen.

Anna verdrehte die Augen. »Haha. Nein, ich glaube, der ist total sauer und wartet nur auf eine Gelegenheit, mich allein zu erwischen und zur Rede zu stellen.«

»Warum sollte er sauer auf dich sein?«

»Weil ich ihm nichts davon gesagt habe, dass ihr herkommt.«

»Na und? Dann war es halt eine Überraschung für ihn. Und falls er wirklich deswegen sauer sein sollte, kannst du ihn bestimmt besänftigen. Notfalls musst du eben deine weiblichen Reize spielen lassen.«

Anna prustete los. Weibliche Reize? Sie? Wohl kaum. Mit was sollte sie ihn reizen? Mit ihrer durchschnittlichen Figur? Ihren Arbeitsklamotten? Ihrer verwegenen und wirren Frisur? Er würde wohl kaum auf die Reize eines Models verzichten, um sich mit ihr abzugeben.

Keine zehn Minuten später herrschte bei den Herren Aufbruchsstimmung. Suzi stand auf und reichte Anna ihr leeres Weinglas. »Ich werde sicherstellen, dass unsere Freundin auch wirklich mit uns fährt. Nicht, dass sie noch auf die Idee kommt, jemand wollte sie hier haben.« Sie ging zu Caroline, die noch immer auf der Haustreppe saß und so tat, als würde sie das Treiben um sie herum nichts angehen. Anna wollte sich das Aufeinandertreffen um nichts in der Welt entgehen lassen und schlenderte betont unbeteiligt in Richtung Haustür.

»... deshalb denke ich, dass ich besser bei Eddi und der Band bleibe«, sagte Caroline gerade mit strahlendem Lächeln zu Suzi.

Diese lächelte genauso strahlend zurück. »Und ich denke, du solltest mit uns kommen. Wenn du deinen Flug nach Barcelona morgen rechtzeitig erreichen willst, übernachtest du besser im Hotel.« Sie argumentierte absolut sachlich und hörte sich höchstens etwas besorgt an – besorgt um Carolines Wohlergehen.

Auch Caroline hatte ihre Emotionen im Griff. Ihr Gesichtsausdruck veränderte sich nicht, als sie antwortete: »Eddi braucht mich, also werde ich meinen Aufenthalt verlängern. Das ist kein Problem. Ich habe schon mit meinem Manager darüber gesprochen.«

Doch Suzi ließ sich nicht beirren. Auch sie klang nach wie vor absolut freundlich. »Wir wissen doch beide, dass es nicht du bist, den Eddi braucht. Er hat dich nie eingeladen und möchte, dass du verschwindest, so schnell es geht.«

Anna schnappte nach Luft. Diese Behauptung war mutig, zumal sie sicher war, dass Suzi genauso wenig wie sie wusste, was Eddi über den Besuch seiner Freundin dachte. Es war ein direkter Angriff, auch wenn sich Tonfall und Haltung nicht verändert hatten. Wenn man sie aus der Ferne sah, konnte man denken, dass sich zwei gute Freundinnen über belanglose Themen unterhielten.

Im nächsten Moment ließ Caroline ihre Fassade fallen.

Ihr Lächeln erlosch und sie zischte erbost: »Du weißt nichts über Eddi und mich! Du glaubst, er will *sie*? Sieh sie doch an! Auf den ersten Blick mag sie ganz hübsch wirken, aber sobald man genauer hinsieht, wird klar, dass sie absolut durchschnittlich ist. Eddi würde sich schon nach zwei Tagen langweilen!« Sie lachte gehässig.

Anna keuchte erschrocken auf.

»Vielleicht erinnerst du dich, dass Eddi seit mehr als zwei Wochen hier wohnt. Und er sieht nicht gelangweilt aus.« Nun klang auch Suzis Stimme kalt.

Carolines Lachen erinnerte Anna an eine Hexe. Wenn sie eine Fee war, dann definitiv eine böse. »Er ist hier, weil er dazu gezwungen wurde. Ich weiß das, er hat es mir selbst gesagt. Er würde nie hier sein, wenn er nicht müsste. Er möchte in Hamburg bei seiner Familie sein.

Nur dort fühlt er sich wohl. Oder vielleicht in Australien. Aber niemals hier, in diesem Niemandsland im Osten.«

Anna senkte traurig den Blick. Caroline spritzte nur Gift, dennoch lag sie mit dieser Auffassung nicht ganz falsch. Eddi wäre hier nie glücklich. Er hatte in Interviews oft genug betont, dass er sich nicht vorstellen könnte, aus Hamburg wegzuziehen.

Die beiden Frauen starrten sich an. Anna dachte, dass ihr Pulver nun verschossen war. Doch sie hatte sich getäuscht.

»Ich werde an Eddis Seite bleiben. Er braucht eine Frau, die seine Art zu leben versteht. Die weiß, was es bedeutet, in der Öffentlichkeit zu stehen. Er braucht jemanden, der repräsentativ ist. Kein Mauerblümchen, das in seinem Schatten steht. Er braucht mich!« Die letzten Worte schrie sie.

Anna stand vor Empörung der Mund offen. Sie war froh, dass nicht sie es war, die diesen Kampf auszufechten hatte, auch wenn sie zur Hauptperson geworden war. Sie hätte schon lange nicht mehr gewusst, wie sie reagieren sollte.

»Im Vergleich zu dir wird Anna immer die größere Schönheit sein, Caro«, erklang plötzlich eine tiefe Stimme von der Seite. »Ihre Schönheit beschränkt sich nicht auf Äußerlichkeiten.«

Erschrocken drehte Anna sich zu Eddi um, der seine Freundin mit bösen Blicken bedachte. Wie lange stand er da schon und was hatte er alles mitbekommen?

Ihr wurde warm ums Herz. Eddi verteidigte ihre Ehre wie ein Ritter in edler Rüstung.

Carolines Augen waren nur noch schmale, feuersprühende Schlitze. Ihr Mund war verkniffen. In diesem Moment sah sie überhaupt nicht mehr attraktiv aus, sondern einfach nur gehässig und gemein.

Als Eddi hinzufügte »Ich denke es ist besser, du verlässt uns jetzt!«, explodierte die zierliche Blondine und kreischte hysterisch, wie ungerecht sie behandelt würde. Suzi brachte sich mit zwei schnellen Schritten in Sicherheit.

Auch Anna beschloss, dass es besser war, aus der Schusslinie zu treten. Je hysterischer Caroline wurde, desto ruhiger wirkte Eddi. Doch an seiner angespannten Haltung erkannte Anna, dass auch er kurz vor dem Explodieren war.

Irgendwann hob er eine Hand und brachte Caroline mitten im Satz zum Schweigen. Anna war erstaunt, dass sie auf die Geste reagierte – dass sie überhaupt noch etwas wahrnahm.

»Du verhältst dich unhöflich!«, wies er sie zurecht. In seinen Worten lag eine Kraft, die keinen Widerspruch duldete. »Das ist mein letztes Wort in der Angelegenheit: Ich werde hierbleiben und du solltest gehen. Jetzt!« Er wies mit dem Kopf in Richtung des Durchganges. Dann fügte er leiser hinzu: »Ich will dich hier nicht wiedersehen.«

»Tja, wir gehen dann auch, denke ich«, sagte Stephan Brandt zu niemandem Speziellen. An Anna gewandt fuhr er fort: »Vielen Dank, dass Sie das Meeting ermöglicht haben. Es war sehr wichtig. Ich denke, wir haben eine gute Lösung für unsere Probleme gefunden.«

Anna war erleichtert, das zu hören. Vielleicht bedeutete dies mildernde Umstände für sie. Tom gab ihr die Hand, und Suzi umarmte sie noch einmal fest. Dabei raunte sie ihr ins Ohr: »Lass dich bloß nicht einschüchtern! Jetzt ist die größte Bedrohung für dein persönliches Happy End aus dem Weg geschafft. Ich würde ja liebend gern hierbleiben und Mäuschen spielen, aber irgendjemand muss dafür sorgen, dass die Hexe wirklich das Land verlässt. Die wäre imstande und wickelt die beiden Männer um den Finger.« Sie grinste Anna breit an und nickte ihr noch einmal aufmunternd zu, dann hängte sie sich bei Tom ein, und sie folgten Stephan Brandt. Caroline war wohl schon abgerauscht, jedenfalls war von ihr nichts mehr zu sehen.

Wenige Minuten später war Anna allein mit fünf Männern.

38. Kapitel

Eddi kam ihr mit einem Kasten Bier entgegen. Bei seinem Anblick zögerte sie, nahm allen Mut zusammen und sagte: »Danke, dass du dich vorhin bei Caroline für mich eingesetzt hast.«

Er kniff die Augen zusammen. »Danke, dass du mich vorgewarnt hast!« Dann ging er einfach weiter.

Sie blickte ihm nach. Er trug den Kasten zu seinen Freunden, die ihn johlend begrüßten. Der Mann, den sie nicht kannte, kam mit einer Flasche in der Hand auf sie zu. »Hallo Anna, ich bin Michael, der Manager der Band«, stellte er sich vor und hielt ihr seine Hand hin. Automatisch nahm sie sie. »Wäre es okay, wenn wir uns duzen?«

Anna nickte.

»Bitte entschuldige, dass wir hier alle eingefallen sind und jetzt auch noch bleiben wollen.« Er wirkte ehrlich zerknirscht.

Anna winkte ab: »Kein Problem.«

»Wenn du möchtest, kann ich versuchen, in der Nähe ein Hotel oder eine Pension zu finden.«

Anna schüttelte den Kopf. »Um die Uhrzeit? Da habt ihr keine Chance, dass noch jemand ans Telefon geht. Nicht auf dem Land. Mit spontanem Besuch rechnet hier niemand.«

»Oder wir fahren doch zurück nach Berlin?«

Annas skeptischer Blick auf seine Bierflasche ließ ihn innehalten. Er grinste.

»Ich habe eine doppelte Luftmatratze vom Camping. Wenn es für dich und deine Freunde okay ist, euch jeweils ein Doppelbett zu teilen ... in Eddis Zimmer steht eines, wir haben die Luftmatratze und einer kann im Wohnzimmer auf der Couch schlafen.«

Problem gelöst. Gut, dass ihr das mit der Luftmatratze eingefallen war. Und gut, dass sie die bei der Wohnungsauflösung doch nicht verschenkt hatte.

Mittlerweile waren sie ins Haus gegangen.

»Kann ich dir bei irgendwas helfen?«, fragte Michael höflich.

Anna überlegte. »Vielleicht könntest du helfen, die restlichen Getränke nach draußen zu tragen.«

Gemeinsam schleppten sie weitere Kisten. Während sie alles neben der Sitzgruppe platzierten, bemerkte Anna Eddis Blicke. Sie waren nicht gerade freundlich.

»Er ist böse auf mich«, sagte sie mehr zu sich selbst, doch Michael hatte sie deutlich gehört.

»Nein, nein, der kriegt sich schon wieder ein. Er weiß, dass dieses Treffen enorm wichtig war. Wir sind dir alle dankbar für diese Möglichkeit. Auch Eddi wird das einsehen.«

Sie zuckte nur halb beruhigt mit den Schultern. »Ich hätte es ihm sagen sollen.«

Michaels Aufmerksamkeit wurde von dem Gespräch am Tisch abgelenkt. Anna fühlte sich plötzlich wie ein Eindringling. So unauffällig wie möglich ging sie zurück ins Haus. Sollten die nur ihre Probleme klären, sie bereitete so lange schon mal die Schlafplätze vor.

Es war anstrengend, die Luftmatratze aufzupumpen. Anna kam dabei gehörig ins Schwitzen. Schnell holte sie sich aus der Küche ein Glas Wasser und trank es in einem Zug leer.

Als sie sich umdrehte, erschrak sie, da Eddi vor ihr stand. Diesmal wirkte sein Blick weniger feindselig, dafür nachdenklich.

Das Schweigen war Anna unangenehm, deshalb versuchte sie es mit Konversation auf neutralem Terrain: »Ich hoffe, es ist okay für deine Jungs, wenn sie zu zweit in einem Bett schlafen müssen. Ich habe nämlich keine andere ...«

»Warum fragst du mich?«, unterbrach er sie mit dermaßen schneidendem Tonfall, dass sie zusammenzuckte. »Entscheide selbst. So wie jeder.«

Hier hatte sie wohl einen wunden Punkt erwischt. Sicherheitshalber antwortete sie gar nicht.

Eddi sprach auch schon weiter. »Warum sollte man auch Eddi nach seiner Meinung fragen? Das ist sowieso sinnlos. Eddi ist verrückt.« Er deutete mit dem Zeigefinger einen Kreis an seiner Schläfe an. »Eddis Meinung ist irrelevant. Ob hier ein Meeting stattfinden sollte. Ob er in eine Reha gehen soll. Ob Konzerte gespielt werden sollten. Eddi ist momentan nicht zurechnungsfähig!« Sein Tonfall war mittlerweile ätzend.

Anna spürte, dass seine Wut nicht nur auf sie gerichtet war. Er lief unruhig in der Küche auf und ab. Eine Welle von Mitleid überspülte sie. Endlich verstand sie. Seit seinen Zusammenbrüchen war alles über seinen Kopf hinweg entschieden worden. Für jemanden, der normalerweise allein bestimmte, wo es lang ging und was gemacht wurde, musste das ein herber Schlag sein.

Und sie? Sie hatte sich eingereiht und ihm verschwiegen, dass alle herkommen würden.

»Du hast recht«, sagte Anna leise, als Eddi kurz stehen blieb.

Er sah überrascht auf.

Sie räusperte sich. »Entschuldige, dass ich diesem Meeting einfach zugestimmt habe, ohne dich zu fragen. Und noch mehr tut mir leid, dass ich nicht den Mut hatte, dich vorzuwarnen.« Sie schluckte und fuhr dann leiser, fast vorsichtig, fort: »Ich hoffe, du kannst mir verzeihen.«

Eddis Blick ruhte auf ihr. Er sagte nichts, zeigte mit keiner Regung, ob er ihre Entschuldigung annahm. Dann strich er sich mit beiden Händen durch die Haare und atmete geräuschvoll aus. »Das kam unerwartet.« Er sprach mehr zu sich selbst als mit ihr. Mit zwei großen Schritten überbrückte er die kurze Distanz zwischen ihnen.

Anna unterdrückte den Impuls, wegzulaufen. Seine Geste wirkte im ersten Moment bedrohlich, doch dann schloss er sie fest in die Arme und drückte sie an sich. Sie spürte seinen Atem in ihrem Haar ebenso wie seinen Puls und nahm seine feine Duftnote wahr. Am intensivsten jedoch war die Wärme, die er ausstrahlte. Anna legte ebenfalls ihre Arme um ihn.

Hieß das jetzt, dass er ihr verzieh?

Sie hörte jemanden hereinkommen. Es war Nick. Er starrte sie an. Dann drehte er sich wieder um und verschwand mit einem gemurmelten »Sorry«.

Anna wusste nicht, ob Eddi es mitbekommen hatte. Aber er lockerte seine Umarmung, als sie sich bewegte. In dem gelblichen Licht der Küche wirkten seine Augen fast schwarz.

Er lächelte nicht, aber sein Blick war glühend. Und dann tat er etwas, mit dem sie in diesem Moment nicht gerechnet hätte: Er senkte seinen Kopf, bis seine Lippen ihre trafen.

Der Kuss war sanft, aber er wühlte Annas Innerstes auf, bis sie glaubte, sie würde in seinen Armen schmelzen. Ihre Beine fühlten sich an wie Pudding. Sie spürte, wie er mitten im Kuss zu lachen begann. Schließlich schob er sie sanft von sich. Sie blickte auf seine Brust, die vor unterdrücktem Lachen bebte.

»Lady, du steckst voller Überraschungen«, sagte er und schüttelte den Kopf. »Wann immer ich denke, dass ich dich endlich verstehe, machst du das absolute Gegenteil von dem, was ich erwarte.« Er nahm ihre Hand und zog sie mit sich. »Komm mit, ich möchte dich meinen Freunden vorstellen!«

Anna stolperte hinter ihm her. Sie wusste nicht, was gerade vor sich ging. War ihr verziehen? Und warum wollte er sie gerade jetzt vorstellen? Sie hatte alle doch schon gesehen.

Dann fiel ihr etwas ein. Sie blieb abrupt stehen, sodass ihre Hand aus seiner glitt. Erstaunt drehte er sich um.

»Können wir Pino rauslassen?«

Die ganze Zeit hatte sie mit einer Ecke ihres Verstandes, die nicht von Eddi belegt worden war, mitbekommen, dass Pino an der Bürotür gekratzt hatte.

»Pino?«, fragte Eddi verwirrt, doch dann leuchteten seine Augen auf. »Nur wenn ich ihn nehmen darf.«

Als sie kurz darauf an Eddis Hand draußen vor der Tür stand und die neugierigen Männer sah, verstand sie seinen Wunsch. Vor allem, als er grinste, weil alle vor dem Hund, den er am Halsband hielt, zurückwichen.

Eddi zwinkerte ihr zu. »Das da ist Andy, unser geliebter Drummer. Er hat ein bisschen Angst vor Hunden.«

Den Eindruck hatte Anna auch. Andy starrte Pino an und wirkte, als überlegte er, auf welchen Baum er klettern konnte.

Anna hielt ihm höflich die Hand hin. Er sah in ihr anscheinend einen Rettungsanker, denn statt ihre Hand zu nehmen, zog er sie in eine innige Umarmung, die der von Eddi vorhin in nichts nachstand. »Hi«, murmelte er hinter ihrem Rücken.

Anna war froh, als er sie wieder losließ, denn Andy war kräftig und hatte ganz schön zugedrückt. Er grinste sie verlegen an.

Als nächstes war Michael dran. Der wirkte nicht ganz so ängstlich. Vielleicht war er auch nur ein guter Schauspieler.

»Das ist unser guter Freund Michael. Er ist ebenfalls ein Teil der *Damn-Silence*-Familie, auch wenn er kein Instrument spielen kann.« Eddi grinste Michael an und gab ihm einen freundschaftlichen Stoß mit dem Ellenbogen. »Aber er ist hilfreich bei all dem Management-Kram. Ich wäre ohne ihn total verloren.«

Anna nickte Michael zu. Eine weitere Umarmung würde sie nicht überleben. Außerdem hatte sie ihn vorhin schon kennengelernt.

Pino hatte jetzt genug. Er riss sich los, was ein allgemein erschrockenes Aufkeuchen zur Folge hatte. Doch anstatt sich auf die Männer zu stürzen und einen nach dem anderen zum Abendbrot zu verspeisen, trabte er gemütlich an ihnen vorbei, um bei Stormy nach dem Rechten zu sehen.

Eddi blickte ihm enttäuscht nach, zuckte dann aber mit den Schultern, nahm Annas Hand und zog sie zum Nächsten in der Runde. Es war Ole. Er wirkte geradezu klein, doch er war immer noch ein ganzes Stück größer als Anna.

»Hallo Ole, ich bin Anna«, stellte sie sich dem Bassisten vor. Der nahm ihre Hand und schüttelte sie kräftig. Dann grinste er sie breit an. »Hi Anna. Ich bin immer wieder froh, wenn jemand meinen Namen weiß. Normalerweise kennen sie immer nur Eddi oder Nick. Wir anderen sind nur der sogenannte Rest.«

Anna grinste. Sie war als Fan enttarnt.

Eddi zog sie weiter, bis sie vor Nick stand. Wieder musste sie ihren Kopf in den Nacken legen, um ihm ins Gesicht blicken zu können. Er zog eine Grimasse.

»Und das«, sagte Eddi, packte Nick kurzerhand am Kragen und zog ihn ein Stück herunter, »ist der neugierigste Mensch auf der Welt, der nicht mal hier draußen bleiben kann, wenn ich ihm das sage. Das ist Nick.«

Er hatte also doch mitbekommen, dass Nick vorhin drinnen gewesen war. Auch von Nick wurde Anna umarmt. Bei dieser Band konnte man froh sein, wenn man ohne gebrochene Rippen davonkam.

Eddi legte eine Hand an ihre Hüfte. Anna hielt unwillkürlich die Luft an. Sie fragte sich, als was er sie vorstellen würde.

»Das, meine Freunde, ist Anna. Sie ist diejenige, die unser kleines Meeting möglich gemacht hat. Diejenige, der ich noch viel mehr verdanke.« Er zog sie näher und küsste sie mitten auf den Mund.

Erst die Pfiffe und das Gejohle der Jungs machten Anna klar, was gerade geschehen war. Eddi hatte sie vor seinen Freunden geküsst und damit eindeutig Stellung bezogen. Sie fühlte sich überrumpelt, aber auch glücklich. Sie konnte nicht anders, als ihn anzulächeln. Er zog sie wieder in seine Arme.

»Jungs, benehmt euch!«, rief er. Anna war nicht sicher, was jetzt von ihr erwartet wurde. Doch sie hätte sich keine Gedanken machen müssen. Eddi setzte sich und zog sie auf seinen Schoß.

Er flüsterte ihr ins Ohr: »Danke.«

»Wofür?«

»Für alles!«, erwiderte er mit seiner tiefsten, samtigsten Stimme, und Anna schmolz dahin.

Es kam ihr merkwürdig vor, zwischen den Jungs von *Damn Silence* auf Eddis Schoß zu sitzen, doch die schienen es normal zu finden. Einige Sekunden später redeten alle durcheinander und überschlugen sich beinahe darin, Anna auf den neuesten Stand zu bringen. Ihr wurde klar, warum alle so gelöst waren.

Bei dem Gespräch nach der Abreise der anderen war es weniger um den kommenden Montag und die Pressekonferenz gegangen als vielmehr generell darum, wie es mit *Damn Silence* weitergehen sollte. Eddi hatte sich darüber in den vergangenen Tagen viele Gedanken und auch Sorgen gemacht. Er hatte zwar eine ungefähre Vorstellung, war sich aber sehr unsicher, wie die anderen sie aufnehmen würden. Er hatte ihnen seinen Plan erst vorstellen wollen, wenn er ausgereift und präsentierfähig war. Das hatte er nun getan – mit vollem Erfolg.

Anna war neugierig. »Und jetzt? Was wollt ihr denn nun genau tun?«

Wie auf Kommando sahen alle von ihr zu Eddi. Der drückte sie an sich und küsste ihre Haare. »Das ist der Punkt, an dem du ins Spiel kommst.«

»Ich?«

»Alles, was ich hier sehen und miterleben durfte, deine Arbeit, deine aufopferungsvolle Hingabe den Tieren gegenüber, deine Tatkraft und wie du all das liebst, was du tust. All das hat mir gezeigt, was ich brauche. Du hast mir gezeigt, dass das Wichtigste im Leben ist, einen Sinn zu haben, einen Traum, eine Bestimmung. Ohne all das hat man kein Leben, man lebt nur. In dem Moment, in dem man anfängt, all das infrage zu stellen, was man bisher getan hat, wird man krank. So wie ich es war.«

Anna starrte ihn gebannt an. Er sprach mit einer Ernsthaftigkeit, die sie an ihm in den letzten Tagen nur selten erlebt hatte. Er war überzeugt von dem, was er sagte.

Sie nickte bedächtig. Es konnte tatsächlich sein, dass es ihn krank gemacht hatte, kein richtiges Ziel mehr zu haben. Seine einzige Chance wäre dann, seinem Leben wieder einen Sinn zu geben.

Anna bekam große Augen. War es ihm gelungen? Er wirkte so entspannt. Und er hatte vorhin gesagt, dass sie als Band schon darüber geredet hatten, wie sich seine Träume und Ideen verwirklichen ließen.

»Was«, fragte sie leise, »möchtest du denn jetzt machen?«

Sie sprach nur mit Eddi, die anderen waren ihr egal. Sie hoffte für ihn, dass er einen neuen Sinn gefunden hatte.

Sein Blick ruhte lange auf ihr. Anna befürchtete schon, dass er gar nicht mehr antworten würde, als sich sein Mund erst zu einem feinen Lächeln und dann zu einem breiten Grinsen verzog. »Deine Arbeit ist meine Inspiration.« Er zwinkerte ihr zu.

»Du meinst, du willst Tieren helfen?«.

Schräg hinter sich hörte sie ein Glucksen.

Eddi schüttelte leise lachend den Kopf. »Tieren ... Menschen ... wer oder was auch immer unsere Hilfe braucht«, erklärte er.

Anna sah ihn verständnislos an.

Eddi drückte sie an seine Brust. »O Anna ...«, murmelte er in ihre Haare. Dann schob er sie ein Stück von sich. »Verstehst du nicht? Früher hatte ich Hilfe, damit ich meine Ziele erreichen konnte. Unsere Ziele«, fügte er mit einem Blick auf seine Freunde hinzu.

»Nun ist es an der Zeit, etwas zurückzugeben, das zu nutzen, was wir haben, und anderen zu helfen. Mit unserem Geld, unserer Berühmtheit, unserer Musik.«

Endlich verstand Anna, was er meinte. Sie war beeindruckt.

In ihrem Bauch flatterten tausend Schmetterlinge auf einmal los. Es machte sie glücklich zu sehen, wie glücklich er war. Was das für sie bedeutete, daran wagte sie im Moment nicht zu denken. Jetzt wollte sie nur genießen. Genießen, bei Eddi zu sein, seine Wärme und seine Berührungen zu spüren. Egal, was der nächste Tag bringen mochte.

Kurze Zeit später redeten wieder alle mit- und durcheinander. Sie lachten sehr viel. Dass Anna sich nicht an der Unterhaltung beteiligte, schien niemand zu bemerken. Sie beobachtete glücklich, wie nah sich alle standen und welch tiefe Freundschaft sie verband. Und sie war in diesem Moment ein Teil davon.

Sie schloss die Augen und driftete langsam weg. Es war einfach viel zu gemütlich auf Eddis Schoß.

39. Kapitel

Als Anna am nächsten Morgen erwachte, kam ihr der vergangene Abend wie ein schöner Traum vor. Dann bemerkte sie den Arm, der auf ihrer Taille lag, und die Hand, die leicht ihren Bauch berührte.

Sie war nicht allein im Bett. Schon wieder. Die Erkenntnis, dass Eddi bei ihr geschlafen hatte, zauberte ihr ein Lächeln ins Gesicht. Sie versuchte, sich daran zu erinnern, was gestern passiert war, nachdem sie auf Eddis Schoß eingeschlafen war. Vergeblich.

Sie trug noch die Kleidung vom Vorabend, bis auf die Schuhe. Der Arm auf ihrer Taille war nackt, doch wenn sie den Kopf drehte, sah sie, dass auch Eddi sein T-Shirt trug. Seine Atemzüge verrieten ihr, dass er tief und fest schlief. Zufrieden kuschelte sie sich enger an ihn. Er seufzte im Schlaf und zog sie ein Stück näher in seine Umarmung. Auf diese Art beschützt und gehalten erlaubte sich Anna, ebenfalls wieder einzuschlafen.

Das nächste Mal erwachte sie davon, dass jemand ihr behutsam ins Ohr pustete. Sie drehte den Kopf und wurde gleich darauf sanft geküsst. Sie blinzelte.

»Guten Morgen«, hauchte er an ihren Lippen.

»Hallo.« Anna lächelte ihn an. »Du hast in meinem Bett geschlafen«, war der erste, wenig geistreiche Satz, den sie zustande brachte.

Er nickte. Dann runzelte er die Stirn, als müsse er scharf nachdenken. »Ich musste«, sagte er mit gespielter Ernsthaftigkeit.

»Warum?« Nur zu gern ging sie auf sein Spiel ein. Sie wollte die Leichtigkeit zwischen ihnen so lange es ging genießen. Sie würden sich schon sehr bald wieder ernsthafteren Themen zuwenden müssen.

»Ich musste dich beschützen«, erklärte er. Dann fügte er mit einem Nicken in Richtung Tür hinzu: »Vor Michael. Er schläft draußen auf deinem Sofa. Er war betrunken. Ich hatte Angst, dass er versuchen könnte, in der Nacht über dich herzufallen.« Er lächelte verschmitzt.

Anna kicherte. »Du warst mein Bodyguard?«

»Ja.« Er nickte nachdrücklich. »Dein Bodyguard. Stets zu Diensten, Madam.« Er hob die Hand an seinen Kopf und salutierte.

Anna zog sich die Bettdecke über den Mund, um nicht laut loszulachen. Von draußen hörte man lautes Schnarchen. Das klang schon sehr gefährlich. Sie richtete sich auf und küsste Eddi auf den Mund. »Danke«, hauchte sie. »Du bist also nicht mehr sauer?«

»Warum?«, fragte er verständnislos.

»Na, wegen gestern. Weil ich dir nichts gesagt habe.« Unsicher lächelte sie ihn an.

Er schüttelte den Kopf. »Nein, bin ich nicht.«

Anna wollte schon erleichtert zurücksinken, als er plötzlich nachdenklich wurde. »Es tut mir sehr leid, dass meine Ex sich einfach eingeladen hat.«

»Ex?«

»Wir haben uns vor zwei Monaten getrennt. Direkt nach meinem letzten Urlaub mit ihr.«

Anna nickte erleichtert. Auch wenn sie es die ganze Zeit vermutet hatte, war es gut, das aus seinem Mund zu hören.

Eine Kissenfalte hatte einen Abdruck quer über seiner Wange hinterlassen. Auch sonst sah er noch etwas zerknittert aus. Sie nahm jede Einzelheit in sich auf. Er hatte sich schon einige Tage nicht rasiert, doch der Bartschatten stand ihm. Am Ansatz seiner Oberlippe hatte er einen kleinen Leberfleck, den sie noch nie bemerkt hatte. Seine Mundwinkel umspielte ein Lächeln. Ein honigwarmes Gefühl durchflutete sie und hinterließ ein Kribbeln auf ihrer Haut. In diesem Moment fasste sie einen Entschluss. »Irgendwie war ich sogar ganz froh, dass sie mitgekommen ist.«

Er lachte ungläubig. »Froh? Sie war gehässig und wirklich gemein zu dir.«

Anna verdrängte die Bilder, die seine Worte in ihr heraufbeschworen. Es war alles gut ausgegangen. Eddi hatte gestern zu ihr gestanden. Er verdiente die Wahrheit. »Als ich sie gesehen habe, war ich fest davon überzeugt, dass du sie noch immer lieben würdest. Und ich habe gehofft«, sie schloss verlegen die Augen, »dass mich der Anblick von euch beiden als Liebespaar von meiner Verliebtheit kurieren würde.«

Weil Eddi nichts sagte, öffnete sie vorsichtig ein Auge.

Er sah sie verdutzt an. »Habe ich das richtig verstanden? Du hast dich ... in mich verliebt und dachtest, du würdest dich wieder entlieben, wenn du mich mit einer anderen Frau siehst?«

Anna nickte und verzog beschämt das Gesicht. Jetzt erschien ihr der Gedanke zu weit hergeholt und absolut kindisch.

»Du hast dich in mich verliebt«, flüsterte Eddi.

Sie zog sich die Decke über den Kopf. Am liebsten hätte sie sich in Luft aufgelöst. Er zog den Stoff herunter, bis sie ihn wieder ansehen konnte. »Hey Kleine!«, sagte er. »Hat es funktioniert?«

Sie schüttelte den Kopf und versuchte, wieder unter der Bettdecke zu verschwinden. Leider verhinderte Eddi das. Er hob eine Hand an sein Herz. »Du machst mich sehr, sehr glücklich.« Er zog die Decke weiter nach unten und legte ihre Lippen frei. Dann senkte er seine darauf und küsste sie weitaus inniger und zärtlicher, als er das je zuvor getan hatte.

Ganz langsam verflüchtigte sich Annas Unsicherheit und machte einem wunderbaren Glücksgefühl Platz.

Eddi lächelte sie zufrieden an. »Ich habe mich auch verliebt«, gestand er ihr.

Diesmal verschwand Anna unter der Decke, um ihr erfreutes Quietschen zu dämpfen. Ihr Herz jubelte lautstark und sie musste sich ihm einfach anschließen. Eddi Markgraf war in sie verliebt. Das klang so unglaublich, so märchenhaft. Schnell tauchte sie wieder auf. Was, wenn alles nur ein schöner Traum war? Nun, dann wollte sie ihn voll auskosten, bevor sie geweckt wurde. Sie lächelte Eddi an und wurde mit einem weiteren Kuss belohnt.

»Anna?«, rief plötzlich eine wohlbekannte Stimme. »Anna, Kind, wo bist du?«

Anna biss Eddi vor Schreck beinahe auf die Zunge. Was machte ihre Mutter hier? Den Geräuschen nach zu urteilen, stand sie schon in der Küche.

»Wie spät ist es?«, fragte sie panisch.

Eddi sah verwirrt von ihr zur Tür und zu seinem Handy. »Halb elf. Ist das deine Mutter?«

Anna nickte. So lange hatte sie das letzte Mal als Teenager geschlafen. Ihre Mutter vermutete sie bestimmt nicht mehr im Bett. Schon gar nicht in Begleitung. Hoffentlich kam sie nicht ins Schlafzimmer. Die Hoffnung erlosch mit der klappernden Bürotür. Die Schritte kamen näher.

»Anna? Oh ... äh ... entschuldigen Sie bitte!« Ihre Mutter war auf Michael gestoßen. Zum Glück trat sie daraufhin den Rückzug an. »Anna? Wo bist du?« Ihre Stimme war jetzt weiter entfernt.

Anna schoss aus dem Bett und strich sich ihre Kleidung glatt. Während sie die Haare notdürftig zu einem Zopf band, fragte sie Eddi, wann sie gestern schlafen gegangen waren.

»Ich habe dich gegen halb zwölf hierhergetragen. Als ich ins Bett gekommen bin, war es gegen drei Uhr morgens, denke ich.«

Das erklärte zumindest, warum noch alle schliefen.

Mit einem gemurmelten »Morgen« lief Anna an Michael vorbei und in die Küche, um ihre Mutter zu suchen, bevor sie noch alle wecken konnte. »Mama?«

»Anna?«, erklang die Antwort aus dem Treppenhaus. Glück gehabt. Sie war noch unten. Sie trafen sich in dem kleinen Durchgangszimmer.

»Mama, was machst du hier?«

»Anna, wer ist der Mann in deinem Wohnzimmer?«

»Das ist Michael, ein Freund von Eddi«, erklärte Anna ungeduldig. Viel wichtiger war, was ihre Eltern am Sonntagmorgen hier wollten und wo ihr Vater war. Hoffentlich nicht oben.

»Und warum schläft er in deinem Wohnzimmer?«

Klar, dass ihre Mutter genau die Frage stellen musste, die nicht in einem Satz zu beantworten war.

»Wo ist Papa?«

»Der ist draußen. Er wollte im Stall etwas kontrollieren. Warum wir eigentlich hier sind ...« Ihre Mutter wurde von Eddi unterbrochen, der im Türrahmen hinter Anna auftauchte.

»Guten Morgen«, wünschte er höflich und hielt Annas Mutter die Hand hin.

Wenn sie überrascht war, ließ sie es sich nicht anmerken.

In diesem Moment war von oben Fußgetrappel zu hören, und kurz darauf kam Andy die Treppe hinuntergestolpert. Zu Annas Entsetzen trug er nichts außer einer Boxershorts und einem Handtuch um den Hals. Seine Haare waren feucht und standen in alle Richtungen ab.

»Kaffee?«, fragte er.

Das Lächeln von Annas Mutter wurde eine Spur gezwungener. Mit so vielen Männern hatte sie im Haus ihrer Tochter wohl nicht gerechnet. Anna hoffte, dass Nick und Ole nicht auch noch auftauchen würden.

»Mama, ich muss dir etwas erklären.« Sie führte sie in die Küche. Vorher warf sie Eddi einen kurzen, bittenden Blick zu. Sie hoffte, er würde verstehen, was sie von ihm wollte, und sich um Andy kümmern.

Dann berichtete sie, dass Eddis gesamte Band samt Manager gestern zu Besuch gekommen und über Nacht geblieben waren. »Der Mann im Wohnzimmer ist der Manager, das gerade eben war Andy, der Schlagzeuger. Und oben schlafen noch Nick, der Gitarrist und Ole, der Bassist.«

Es war besser, ihre Mutter erfuhr gleich das ganze Ausmaß.

Zum Glück gehörte sie zu den pragmatisch denkenden Menschen. »Dann machen wir jetzt am besten Frühstück! Dein Vater und ich haben zwar schon im Wohnmobil gegessen, aber eine Tasse Kaffee trinken wir noch mit. Wo sind die Brötchen?« Sie suchte in Annas Schränken.

»Mama«, versuchte Anna, sie zu bremsen, »ich habe keine Brötchen. Ich habe ja schon gesagt, dass ich nicht mit Besuch gerechnet hatte.« Jedenfalls nicht mit Übernachtungsbesuch, fügte sie in Gedanken hinzu.

Statt ihrer Tochter eine Moralpredigt zu halten, hatte ihre Mutter schnell eine Lösung gefunden. Wenn es darum ging, Überraschungsbesuch zu bewirten, waren ihre Eltern wahre Meister. Sie hatten einen großen Freundeskreis, und manchmal luden sich gleich mehrere Freunde überraschend ein.

»Gut Anna. Dann kochst du jetzt Kaffee und ich fahre schnell mit deinem Auto nach Milmersdorf und besorge Brötchen. Vorhin sind wir an einem Bäcker vorbeigekommen, der auch sonntags offen hat.« Sie sah auf ihre Armbanduhr. »Oh, schon fast elf. Das wird knapp. Sie haben, glaube ich, nur bis elf offen. Egal, das schaffe ich noch.«

Und schon war aus der Tür verschwunden. Dafür kam ihr Vater herein. »Guten Morgen, Anna. Machst du Kaffee? Ich trinke auch eine Tasse.« Er setzte sich seelenruhig an den Frühstückstisch und wartete darauf, dass Anna ihn bediente. »Wem gehört das riesige, schwarze Auto draußen?«, fragte er beiläufig. Er sah sich um, als ob der geheimnisvolle Besitzer sich materialisieren könnte. »Und wo ist dein Freund, dieser Eddi? Sein Wagen steht auch da, oder?«

Anna brachte ihren Vater auf den neuesten Stand. Der fand es überhaupt nicht seltsam, dass Anna so viele Besucher hatte. Im Gegenteil, so etwas gefiel ihm. Er hatte immer bemängelt, dass sie nicht so viele Freunde hatte wie er und ihre Mutter.

»Freunde sind wichtiger als Verwandtschaft«, pflegte er zu sagen. So war es nicht verwunderlich, dass ihr Vater sich eine halbe Stunde später, als alle in der Küche eingetroffen waren, pudelwohl fühlte.

Anna hatte mittlerweile den Tisch gedeckt und bereitete eine Pfanne mit Rührei zu.

Als ihre Mutter kurz darauf zurückkam – sie hatte wohl alle Geschwindigkeitsrekorde gebrochen –, wurde sie johlend begrüßt. Vor allem, weil sie außer den Brötchen noch eine große Packung Aufschnitt und eine riesige Tüte mit Bockwürsten dabei hatte.

»Die wollten wir Horst mitbringen«, erklärte sie, um gleich darauf zu kichern, »dann haben wir sie wohl vergessen. Na ja, der verhungert schon nicht.«

Damit mochte sie recht haben. Horst, der Nachbar ihrer Eltern, war ziemlich beleibt.

Die Bockwürste wurden in einem großen Topf auf Annas Herd warm gemacht, während die Männer sich über den übrigen Frühstückstisch hermachten.

Annas Vater fühlte sich sichtlich wohl. Er lachte über Witze, die er nicht verstand, und versuchte jeden in Diskussionen über Politik und Wirtschaft zu verwickeln, allerdings ohne großen Erfolg. Ihre Mutter wuselte die ganze Zeit herum. Sie konnte einfach nicht stillsitzen, wenn sie sah, dass der Brötchenkorb leer war oder jemand sein Rührei aufgegessen hatte, ohne dass die Pfanne mit Nachschub in Reichweite war.

Anna hatte es nach kurzer Zeit aufgegeben, es ihr nachmachen zu wollen, und saß zwischen Nick und Andy. Eben begutachtete Andy skeptisch eine Bockwurst, die er von Annas Mutter gereicht bekommen hatte.

»Wie isst man die?«, fragte er.

»So was kennen Sie wohl nicht?«, fragte Annas Vater überraschend verständnisvoll.

Er nahm sich eine Bockwurst und tunkte sie in den Senf, den er vorher auf seinen Teller gelöffelt hatte. Dabei nickte er Andy auffordernd zu.

Andy zuckte mit den Schultern und biss herzhaft hinein.

»Na hoffentlich schmeckt deinen Gästen unsere Wurst«, wandte Annas Mutter skeptisch ein.

Ihr Vater beugte sich nach hinten und gab ihr einen verspielten Klaps auf die Hüfte. »Ach Karin, das sind Männer. Klar mögen die Bockwurst.«

Eine halbe Stunde später war fast alles aufgegessen. Nur Anna, ihre Eltern, Eddi und Michael saßen noch am Tisch. Ihr Vater unterhielt sich angeregt mit Michael. Seitdem er wusste, dass der ein Ingenieurstudium absolviert hatte, redete er, ohne Luft zu holen. Michael war zu höflich, um einfach aufzustehen. Also nickte er scheinbar interessiert und unterdrückte nur hin und wieder ein Gähnen. Einzig ihre Mutter hatte Mitleid mit ihm.

»Jetzt hör doch endlich auf, den armen Mann zu langweilen. Der interessiert sich bestimmt nicht für Heizungen und Dämmung.«

Damit hatte sie erreicht, was sie wollte: Michael hatte endlich eine Gelegenheit, sich zu entschuldigen und aufzustehen.

»Warum wir eigentlich hier sind ...«, wechselte Annas Mutter geschickt das Thema. Damit hatte sie sowohl Annas Interesse als auch das von Eddi geweckt. Beide starrten sie erwartungsvoll an. »Also. Wir waren gestern bei deiner Tante Lisbeth«, ließ sie die Bombe platzen.

»Wir haben sie gefragt, was die ganze Aktion mit der Anfechtung überhaupt sollte«, fuhr Annas Vater fort. »Und«, er grinste zufrieden, lehnte sich zurück und streckte die Beine aus, »wir konnten sie davon überzeugen, dass sie ihren Einspruch zur Testamentsregelung zurücknimmt.«

Anna blieb vor Staunen der Mund offen stehen. Wort für Wort wiederholte sie in Gedanken das Gesagte. Sie konnte es gar nicht richtig fassen.

Eddi war da deutlich schneller. »Wirklich?«

Annas Eltern nickten synchron. Ihre Mutter kicherte. »Ihr hättet dabei sein sollen! Am Anfang war sie überheblich wie früher, aber nachdem dein Vater ihr ein paar Takte gesagt hat, hat sie dann doch klein beigegeben. Er hat ihr gedroht, dass sie sich bei keiner Familienfeier mehr blicken lassen kann, wenn sie das durchzieht. Das wäre eine Katastrophe für Lisbeth. Die Feiern sind doch die einzige Möglichkeit für sie, sich von allen bewundern zu lassen.«

»Dabei hatte ich noch viel mehr Argumente«, warf ihr Vater ein. Auch er grinste von einem Ohr zum anderen.

»Dein Vater war sehr überzeugend. Auch ich habe ihm abgekauft, dass die komplette restliche Familie hinter Anna steht und Lisbeth sich alle zum Feind machen würde, wenn sie vor Gericht zieht.«

Anna konnte es nicht glauben. Sollte damit ihr Problem gelöst sein?

»Und sie will jetzt wirklich das Testament nicht mehr anfechten?«, fragte sie nach. Sie musste es einfach nochmal hören – zur Sicherheit.

»Genau. Heute ist Sonntag, aber gleich morgen wird sie zu ihrem Anwalt gehen und die Sache regeln. Das hat sie mir versprochen«, versicherte ihr Vater und zwinkerte ihr zu. »Wenn nicht, habe ich etwas gegen sie in der Hand. Unsere Versicherung sozusagen. Karin, gib mir doch mal deine Handtasche.«

Annas Mutter reichte sie ihm, und er wühlte umständlich darin herum. Schließlich förderte er einen Briefumschlag zutage und zog einen maschinengeschriebenen Brief mit Unterschrift hervor.

»Das hier«, er wedelte damit vor Annas Nase herum, »ist Lisbeths unterschriebene Erklärung, dass unsere Schwester Elisa zum Zeitpunkt der Testamentserstellung im Vollbesitz ihrer geistigen Kräfte war und dass alles, was du hier tust, liebe Anna, zu einhundert Prozent dem entspricht, was sich Elisa vorgestellt hat, als sie dir den Hof vererbt hat.«

Weil Anna viel zu perplex war, nahm Eddi den Brief und überflog ihn. Dann nickte er glücklich. »Es stimmt. Das ist absolut phantastisch!« Er bedankte sich überschwänglich bei den Eltern.

Langsam sickerte die Erkenntnis in Annas Verstand: Ihre größte Sorge – den Hof wieder zu verlieren – hatte sich gerade, dank ihrer Eltern, in Luft aufgelöst.

»Wahnsinn, vielen Dank«, brachte sie heraus. Sie fiel erst ihrer Mutter und dann ihrem Vater um den Hals und vergoss sogar ein paar Tränen.

»Darauf sollten wir anstoßen«, schlug ihre Mutter vor. »Hast du irgendwo Sekt?«

40. Kapitel

Der Tag mit Annas Eltern verlief wie erwartet. Beide benahmen sich, als wären sie hier zuhause, und die Gäste wurden einfach mit einbezogen. Michael musste sogar helfen, als sich Annas Vater an der automatischen Tränke im Stall zu schaffen machte. Ursprünglich wollte er Eddi verpflichten, doch der redete sich raus. Angeblich hatte er mit seiner Band organisatorische Dinge zu klären. Am Ende hatte sich Michael breitschlagen lassen.

Anna wurde von ihrer Mutter in der Küche herumgescheucht. Es galt schließlich, viele Personen zu versorgen. Von Eddi sah sie fast nichts, obwohl ihre Gedanken ausschließlich um ihn kreisten. Mehr als einmal starrte sie verträumt in die Luft und musste von ihrer Mutter ermahnt werden, weiter Kartoffeln zu schälen oder Möhren zu putzen.

Alles fühlte sich unwirklich an. Seit drei Stunden wusste sie erst, dass Eddi in sie verliebt war. Seitdem hatten sie praktisch keine Zeit gehabt, die Zweisamkeit zu genießen oder darüber zu sprechen, wie es weitergehen sollte. Anna hatte keine Ahnung, wie lange ihre Eltern bleiben wollten. Sie wollte aber auch nicht undankbar erscheinen, indem sie ihnen signalisierte, dass sie lieber allein wäre. Sie hatte ihnen so viel zu verdanken.

Außerdem war ihre Mutter in der Küche wirklich eine Zauberin. Sie schaffte es, aus Annas mageren Zutaten ein Blech Zuckerkuchen zu backen, nur weil sie im Wohnmobil zufällig Hefe hatte. Was sie mit Hefe im

Wohnmobil wollte, war Anna ein Rätsel. Soweit sie wusste, befand sich dort kein Backofen.

Erst am Nachmittag, als die Kaffeetafel abgeräumt und Karin Diemer in der Küche mit dem Abwasch beschäftigt war – die Spülmaschine lief noch mit dem Geschirr vom Mittag – schaffte Anna es, sich eine Weile abzusetzen, um sich um Stormy zu kümmern.

Sie lief an den eifrig diskutierenden Musikern vorbei und hörte ihren Vater im Stall mit Michael reden. Eddi sah zu ihr, doch er war mitten im Gespräch mit Ole, da wollte sie nicht stören. Er hob kurz eine Augenbraue, dann wandte er sich wieder Ole zu.

Stormy hatte sich an die Menschenmassen auf dem Hof gewöhnt. Er graste seelenruhig am Zaun. Anna holte ihre Schaufel und die Schubkarre und machte sich daran, die Pferdeäpfel von der Weide zu sammeln.

Stormy sah nicht einmal auf. Anna verbuchte das als Erfolg. Dennoch wollte sie nicht zu viel erwarten und hielt an ihrer Taktik, das Pferd zu ignorieren, fest. Sie beobachtete seine Reaktionen aus dem Augenwinkel und achtete darauf, immer seitlich oder mit dem Rücken zu ihm zu stehen. So arbeitete sie sich langsam über die ganze Weide. Sie war dermaßen in ihre Arbeit vertieft, dass sie erschrocken zusammenzuckte, als Eddi plötzlich hinter ihr stand und sie umarmte.

»Hi«, hauchte er ihr ins Ohr. Das kitzelte. Sie kicherte und wand sich aus seinen Armen. Sie musste fürchterlich riechen. Eddi zog sie wieder näher. Anscheinend störte ihn der Pferdegeruch nicht sonderlich. Er drehte sie sanft zu sich um und küsste sie mitten auf den Mund.

»Endlich«, murmelte er an ihre Lippen. Sie spürte sein Lächeln. Für einen Moment vergaß sie, wo sie war. Es war so schön, Eddi zu küssen. Doch dann fror er mitten im Kuss ein und wurde unter Annas Armen ganz steif. Sie löste sich von ihm und sah über seine Schulter.

Direkt hinter ihm stand Stormy und schnupperte vorsichtig an seinem Rücken. Eddi hatte einen Ausdruck blanker Panik in den Augen.

»Keine Angst«, versuchte Anna, ihn zu beruhigen, musste sich das Grinsen dabei aber verkneifen. Für sie war es ein riesiger Erfolg, dass Stormy seine Scheu überwand und wissen wollte, was hier los war.

Eddi hingegen schien um sein Leben zu fürchten. Dass er Angst vor Pferden hatte, hatte Anna gewusst, umso schöner fand sie es, dass er trotzdem zu ihr auf die Weide gekommen war. Deshalb würde sie ihn jetzt retten. Sie trat vorsichtig zur Seite und zog Eddi hinter sich. Das Pferd war verwirrt und schnaubte. Anna hob langsam die Hand und streichelte Stormy am Kopf. Dann wurde ihm die Nähe zu viel, er drehte mit einem Satz um und trabte davon. Anna hörte Eddi erleichtert aufatmen.

»Er war neugierig. Es ist schön, dass er den Mut gefasst hat, näherzukommen.«

Eddi nickte zögernd und lächelte sogar wieder. Aber jetzt war ihm wohl nicht mehr nach weiteren Liebesbekundungen zumute. Er küsste Anna kurz auf den Mund und entschuldigte sich dann, dass er weitermachen müsse.

Bevor er ging, hielt sie ihn am Ärmel fest. »Wir müssen miteinander reden«, begann sie zögernd. »Nachher, wenn meine Eltern weg sind.«

Er sah sie sekundenlang an, dann nickte er. »Du hast recht. Wir müssen reden. Später.« Er wackelte mit den Augenbrauen. Anna war sich nicht ganz sicher, ob er sie ernst nahm. Kopfschüttelnd blickte sie ihm nach.

Abends grillten sie das Fleisch, das Anna am Vortag gekauft hatte. Ihre Eltern waren immer noch da. Anna war mittlerweile ziemlich gestresst. Dabei war nichts passiert. Abgesehen von der Tatsache, dass ihr Vater laut und deutlich seinen Unmut darüber geäußert hatte, dass Eddi so »faul« herumsaß und Anna, ihre Mutter, ihn selbst und Michael arbeiten ließ. Im Grunde meinte er alle Musiker.

Anna warf Eddi einen entschuldigenden Blick zu, doch er grinste nur. Hoffentlich nahm er ihren Vater nicht ernst. Und hoffentlich würden ihre Eltern bald verschwinden. Sie hatten das Wohnmobil dabei, es konnte also gut sein, dass sie hier übernachten wollten.

Sie hätte liebend gern auf Eddis Schoß gesessen, aber im Beisein ihrer Eltern traute sie sich das nicht. Öffentliche Liebesbekundungen, die über einen kurzen Kuss hinausgingen, waren in ihrer Familie verpönt. Dennoch wurde es ein schöner Abend. Es war nicht mehr so heiß wie tagsüber, aber nicht so kalt, dass man eine Jacke brauchte. Alle waren gut gesättigt und alberten herum.

Vor ein paar Minuten hatten Eddi und Nick zwei Gitarren von oben geholt.

Seitdem spielten und sangen sie. Andy klopfte den Takt auf Tisch und Stuhl und Ole nickte rhythmisch dazu. Sie spielten erst einige Songs von *Damn Silence*, worüber sich Anna sehr freute, dann Evergreens aus der Zeit, in der ihre Eltern noch jung gewesen waren. Der Blick ihres Vaters wurde verträumt.

Später grölten sie Partylieder. Die anderen fielen mit ein. Nach jedem Song stießen alle miteinander an. Sowohl Anna als auch ihre Mutter beobachteten skeptisch, wie ihr Vater mit den jungen Männern mithielt. Man sah ihm den Alkoholpegel bereits deutlich an. Bevor es ausarten konnte, stand Annas Mutter auf und verkündete entschlossen, dass sie heimfahren müssten. Sie hatte den ganzen Abend nur ein kleines Glas Weinschorle getrunken. Ihr Mann protestierte, doch ein strenger Blick seiner Frau ließ ihn verstummen, und er verabschiedete sich brav von allen. Anna bekam eine feste Umarmung, ein Schulterklopfen und ein derbes »Mach mir keine Schande«, was sie erröten ließ. Auch Eddi wurde umarmt. Anna verstand nicht, was ihr Vater zu ihm sagte, aber sie wollte es auch gar nicht wissen.

Ihre Mutter verabschiedete sich weitaus gesitteter.

Anna brachte ihre Eltern zum Wohnmobil und winkte ihnen nach. Ihr Vater hatte stark geschwankt. Im Wohnmobil war er statt auf den Beifahrersitz gleich in das Bett über der Fahrerkabine gesteckt worden.

»Da kann er heute Nacht schlafen. Ich ziehe mein eigenes Bett vor«, hatte ihre Mutter gemeint, bevor sie die Tür geschlossen hatte und langsam davongefahren war.

Zwei starke Arme schlossen sich um Annas Schultern und drückten sie an eine warme Brust.

»Ich mag sie«, brummte es hinter ihr.

Sie spürte Eddis leise Worte mehr, als dass sie sie wirklich hörte. Sie drehte sich um und versuchte, ihn zu küssen. Das war nicht so einfach, weil er viel größer war, also traf sie sein ziemlich stoppeliges Kinn. Mit dem Rasieren nahm er es nicht allzu genau, seitdem er bei ihr wohnte.

»Komm, lass uns zu den Jungs zurückgehen«, forderte Eddi sie auf. »Wir bleiben noch ein paar Minuten draußen und gehen dann ins Bett.« Das Wort *Bett* betonte er.

Anna bekam leichte Panikanfälle. Es hatte geklungen, als wollte er heute Nacht mit ihr schlafen. Sie wusste nicht, ob sie dazu bereit war. Nicht, dass sie es nicht auch wollte, aber sie hatte Angst, ihn zu enttäuschen. Er hatte so viel Erfahrung. Und außerdem würde sie gern vorher einige Dinge mit ihm klären. Sie wollte definitiv nicht als One-Night-Stand enden. Aber sie hatte auch keine Idee, wie eine Zukunft mit Eddi aussehen konnte. Zumal am morgen früh zumindest die

Möglichkeit bestand, dass Professor Laikkonen ihn als gesund erklärte.

Die Gespräche am Tisch waren mittlerweile ruhiger, sodass Anna nach kurzer Zeit wegdämmerte. Diesmal bemerkte Eddi es zum Glück, bevor sie eingeschlafen war.

»Hey!« Er stupste sie an. »Bett?«

Anna nickte und stand auf. Nebenbei registrierte sie, dass er ihr folgte. Sie verspürte keine Panik mehr, sondern nur noch Müdigkeit. Doch ihr war klar, dass sie jetzt nicht schlafen durfte. Sie hatten nur noch heute Abend, um alles zu klären.

Während er im Schlafzimmer verschwand, wankte sie ins Bad und spritzte sich kaltes Wasser ins Gesicht. Weil das nicht half, zog sie sich schließlich aus und zwang sich, kalt zu duschen. Wacher wurde sie davon nur wenig, dafür zitterte sie und klapperte mit den Zähnen. Sie trocknete sich schnell ab und schlüpfte in ihren Schlafanzug.

Skeptisch blickte sie an sich herunter. Der Schlafanzug war nicht unbedingt hässlich, aber als sexy würde sie ihn auch nicht bezeichnen. Auf ihrer Brust prangten Bambi und Klopfer in Rosa und Grau. Klopfer hatte ein weißes Puschelchen auf der Brust, das aus dem Stoff herausgearbeitet war. Als sie ihn gekauft hatte, war sie begeistert davon gewesen. Endlich ein Schlafanzug, der bequem und niedlich zugleich war.

Eddis Blick war göttlich. Er starrte zuerst ungläubig und dann amüsiert auf ihr Oberteil, legte dann den Kopf zur Seite und unterdrückte ein Grinsen. »Bambi?«

Anna zuckte mit den Schultern. Sie verzog den Mund zu einem schiefen Lächeln. Sie beschäftigte sich viel lieber mit dem, was er anhatte. Oder was er vielmehr nicht mehr anhatte.

Er trug nichts bis auf seine Jeans. Fasziniert blickte sie auf seinen flachen Bauch und die feinen Härchen, die sich von seinem Bauchnabel aus nach unten zogen und im Hosenbund verschwanden. Annas Mund wurde trocken. Jeder Gedanke an Schlaf war augenblicklich vergessen.

Eddi öffnete einladend seine Arme, und Anna krabbelte zu ihm aufs Bett. Sie schmiegte sich an ihn. Er hauchte federleichte Küsse auf ihren Scheitel, ihre Stirn, ihre Wangen und ihren Mund. Nebenher gab er leise, wohlige Brummgeräusche von sich.

Anna genoss seine Berührungen, seinen Atem auf ihrer Haut und das zarte Gefühl seiner Lippen. Sie konnte nicht mehr klar denken. Erst als er an ihrem Hals ankam, wo sie wahnsinnig kitzelig war, kicherte sie. Sie drückte ihn halbherzig von sich. Er machte einfach an ihrem Schlüsselbein weiter.

»Eddi, warte!«

Er hielt inne und atmete schwer an ihrer Schulter. Dann hob er den Kopf und sah sie fragend an.

Am liebsten hätte sie ihn gebeten, weiterzumachen. Aber es gab noch so vieles, was sie klären mussten, und sie hatten nur so wenig Zeit. »Bitte, lass uns erst reden. Wie soll es weitergehen?«

Ergeben küsste er ein letztes Mal den Ansatz ihres Schlüsselbeines. »Was meinst du?«

Anna wusste nicht, wie sie anfangen sollte. Sie wollte wissen, wie sie nun zueinander standen. Waren sie ein Paar? Wie stellte er sich ihre Zukunft vor? Oder gab es in seinen Augen keine gemeinsame Zukunft? War für ihn vielleicht schon klar, dass diese Beziehung beendet wäre, sobald er in sein normales Leben zurückkehrte?

Sie zuckte unsicher mit den Schultern. »Na ja, morgen ist doch die Pressekonferenz ...«

»Du kannst mit uns kommen«, unterbrach er sie.

»Oh, okay ... ja, aber was ist danach? Irgendwann wirst du wieder Eddi Markgraf sein, der Sänger von *Damn Silence*.«

»Wer bin ich denn jetzt?«, fragte er augenzwinkernd.

Sie schlug ihm spielerisch auf den Arm. »Mensch Eddi, du weißt, was ich meine! Das hier ist eine Ausnahmesituation für dich. Für mich nicht. Es ist mein Leben. Aber dein Leben ist anders. Weniger ... sesshaft.« Anna schloss die Augen und atmete geräuschvoll aus. Jetzt war es raus. Sie hatte ihre Ängste in Worte gefasst.

»Ich weiß, wie es weitergeht!«

Überrascht sah sie auf.

Er grinste sie verwegen an und senkte schon wieder seine Lippen auf ihre Haut, diesmal leicht oberhalb ihrer Brüste. Den Kragen ihres T-Shirts hatte er kurzerhand heruntergezogen. »Ich werde dich hier küssen«, murmelte er und küsste weiter rechts, »und hier.« Er sah auf und grinste. »Und dann werden wir sehen, wie weit es gehen kann.«

Anna wusste nicht, ob sie lachen oder weinen sollte. Er wollte sie einfach nicht ernst nehmen oder er konnte es nicht. Schließlich gab sie seinem Drängen nach und ließ sich das Oberteil über den Kopf ziehen.

»Tschüs Bambi!«, brummte er.

Neben dem Bett brummte es plötzlich auch. Anna sah über den Rand und musste lachen, weil das Shirt auf Pinos Kopf gelandet war. Er schüttelte sich, bis es auf den Boden fiel, und trabte mit vorwurfsvollem Blick aus dem Schlafzimmer.

»Der Anstandswauwau ist jetzt weg«, war Eddis trockener Kommentar.

Anna prustete los. Sie konnte sich nicht mehr beruhigen. Es war befreiend, zu lachen. All die Anspannung und die Bedenken fielen von ihr ab. Auf einmal wusste sie genau, was sie wollte.

Ein Blick in seine vor Verlangen verdunkelten Augen erstickte das Kichern in ihr. Sekundenlang sahen sie sich einfach nur an. Dann nahm sie sein Gesicht in ihre Hände und zog ihn behutsam näher. Seine Lippen waren leicht geöffnet, sein Atem streifte sie, dann versanken sie in einen tiefen Kuss. Erst vorsichtig, dann immer mutiger, ertasteten ihre Finger die empfindlichen Stellen unter seinen Ohren und am Hals. Sein Keuchen wies ihr dabei den Weg. Dann begann er sie zu streicheln. Er fuhr über ihre Kehle, ihr Schlüsselbein, und zog mit den Fingernägeln den Weg an ihrer Wirbelsäule entlang nach unten. In diesem Moment war es um ihre Beherrschung geschehen. Sie drängte ihre Hüften gegen seine Mitte. Noch nie hatte sie etwas so sehr gestört wie seine Jeans, die sie deutlich durch den dünnen Stoff ihrer Schlafanzughose spürte. Dabei wollte sie etwas ganz anderes spüren. Ungeduldig riss sie am Bund seiner Hose, fand jedoch den Knopf nicht. Frustriert stöhnte sie auf. Zum Glück hatte er Erbarmen und entledigte sich mit schnellen Handgriffen des störenden Stoffs. Gleich darauf befreite er auch sie von ihrer Hose. Und dann gab es kein Halten mehr. Jeder Zentimeter ihres Körpers prickelte in freudiger Erwartung, die nur durch seine Berührung gestillt werden konnte. Sie wollte alles, was er zu geben bereit war, und er war mehr als bereit für sie.

41. Kapitel

Der nächste Morgen begann ziemlich schrill mit dem Weckton von Eddis Handy.

Anna sprang erschrocken auf, doch Eddi brummte nur verschlafen und zog sich die Decke über den Kopf. Eine Hand tastete nach dem Handy, um es zum Verstummen zu bringen. Die andere griff nach Annas Arm und zog sie unter die Decke auf seinen schlafwarmen Körper. Sofort kehrte die Vertrautheit der letzten Stunden zurück, und sie durchlebte alle Gefühle wie im Zeitraffer noch einmal. Es war wunderschön mit ihm gewesen.

»Guten Morgen«, wünschte er ihr, bevor er sie liebevoll küsste.

Sie wuschelte ihm durch die Haare und genoss das Gefühl seiner Hände auf ihrem nackten Rücken. Viel zu schnell zog er die Decke beiseite und schob sie sanft von sich.

»Ich muss aufstehen. Professor Laikkonen will zeitig herkommen«, erklärte er. Er angelte nach seinem T-Shirt und bekam aus Versehen Bambi zu fassen. Fast hätte er versucht, es sich überzuziehen, bemerkte aber im letzten Moment seinen Fehler und warf das Oberteil fort, als hätte er sich verbrannt.

Eigentlich schade, fand Anna. Es hätte bestimmt dazu beigetragen, dass Eddi noch viele Wochen hierbleiben musste, wenn er im viel zu kleinen Bambi-Shirt bei Professor Laikkonen aufgetaucht wäre.

Kurz darauf war er im Bad verschwunden. Verzweiflung machte sich in Anna breit. Heute würde sich so viel entscheiden. Sie bereute die vergangene Nacht nicht, war sich aber bewusst, dass es nicht die beste Idee gewesen war, ihr Gespräch für Sex aufzuschieben. Vielleicht hatten sie damit die letzte Gelegenheit vertan.

Um sich von ihren Gedanken abzulenken, begann sie, das Frühstück für alle vorzubereiten. Ihrer Mutter sei Dank hatte sie noch genügend Reste, um damit auch heute alle satt zu bekommen.

Als Eddi mit feuchten Haaren und ohne T-Shirt aus der Dusche kam, sah sie ihn unsicher an. Doch sein breites Lächeln und ein inniger Kuss zerstreuten ihre Bedenken.

Sie ließ sich Zeit im Bad, duschte ausgiebig und wusch sich die Haare. Dann föhnte sie sie extra gründlich und legte sogar Make-up auf. Sie tat es für Eddi. Um ihm zu zeigen, was er zurücklassen würde.

Als sie wieder in die Küche kam, herrschte fröhliche Betriebsamkeit. Eddi fummelte an der Kaffeemaschine herum, daneben stand eine Thermoskanne. Ole deckte den Tisch. Nick holte Butter, Wurst und Käse aus dem Kühlschrank und richtete alles auf Tellern an. Michael rührte in Annas größter Pfanne. Neben ihm stand eine leere Eierpackung. Und Andy? Den konnte sie zuerst nicht entdecken, dann sah sie ihn aber vor dem Ofen hocken und die Brötchen darin hypnotisieren. Oder vielleicht war es seine Aufgabe, aufzupassen, dass nichts verbrannte.

Anna wollte gerade Wasser in den Kocher füllen, um sich einen Tee zuzubereiten, da stupste Eddi sie mit dem Ellenbogen an und wies nach rechts, wo eine Tasse Tee stand. Sie lächelte ihm dankbar zu.

Das Frühstück verlief in gelöster Stimmung. Eddi und Nick schleuderten sich gegenseitig Sprüche entgegen. Und Michael, Andy und Ole fragten Anna über das Haus, ihre Arbeit und ihre Ausbildung aus. Anna berichtete von ihren bisherigen Kunden und brachte sie mit den Erzählungen von all den kleinen Pannen bei der Renovierung zum Lachen. Sie konnte sich allerdings nicht richtig konzentrieren, weil sie ständig Eddi anstarrte, der ihr schräg gegenüber saß. Seine Augen strahlten und seine Mimik wechselte zwischen belustigt, empört und schelmisch hin und her.

Anna wurde warm ums Herz. Er war der Traumprinz vieler Frauen, hatte sich aber in sie verliebt! Allein der Gedanke daran stimmte sie euphorisch.

Es klingelte. Eddi erhob sich, murmelte etwas und verschwand aus der Küche.

Pino, der friedlich unter dem Tisch geschlummert hatte, sprang alarmiert auf und rannte Eddi hinterher. Na ja, er würde den Hund schon bändigen.

Wenig später stand der Arzt vor ihr und schüttelte ihr enthusiastisch die Hand. Er sah aus, wie gerade aus dem Bett gefallen, aber irgendwie passte das zu ihm. »Frau Diemer, schön, Sie wiederzusehen«, begrüßte er sie freundlich. Dann fragte er sie, wo er sich in Ruhe mit Eddi unterhalten könne. Anna dachte kurz an Eddis Zimmer oben, verwarf den Gedanken aber sofort wieder. Die anderen hatten ihre Sachen dort. Ruhe hätten sie da keine.

»Sie können gern in mein Wohnzimmer gehen.«

Das Angebot nahm der Professor an und ging mit seinem Patienten im Schlepptau durchs Büro ins Wohnzimmer. Michael eilte hinterher, um seine Tasche herauszuholen, dann schlossen sie die Tür hinter sich.

Die anderen standen nach und nach vom Frühstückstisch auf. Michael entschuldigte sich stellvertretend für alle. »Wir packen jetzt ein. Die Pressekonferenz ist für halb drei angesetzt, wir müssen direkt nach dem Mittagessen losfahren.«

Anna sah ihm nach, dann machte sie sich daran, die Reste in den Kühlschrank und das schmutzige Geschirr in die Spülmaschine zu räumen. Schmerzlich wurde

ihr bewusst, dass sie in wenigen Stunden allein zurück-
bleiben würde.

Eddi hatte ihr zwar angeboten, mit zur Pressekonferenz zu fahren, aber sie war sich nicht sicher, ob sie das
auch wollte. Zumindest gab es ihr ein wenig Sicherheit,
dass er sie nicht gleich wieder aus seinem Leben aus-
schließen wollte. Vielleicht hatte er vor, sich öffentlich
zu ihr zu bekennen. Aber das würde ihr zu schnell gehen.

Als Eddis Freundin würde sie schnell die Anfeindun-
gen einiger Fans zu spüren bekommen. Sie hatte keine
Lust, Gegenstand böser Kommentare von Leuten zu
werden, die meinten, darüber urteilen zu können, mit
wem Eddi zusammen sein durfte. Mit einem Anflug
von schlechtem Gewissen dachte sie daran, wie sie früher gehofft hatte, Eddi würde mit Caroline Schluss machen, so wie viele andere weibliche Fans auch. Und warum? Weil die vage Möglichkeit bestand, dass sie Eddi
durch einen Zufall über den Weg liefen und er sich unsterblich in sie verlieben könnte?

Für Anna war genau das eingetreten. Eddi hatte sich
von Caroline getrennt, war durch einen unglaublichen
Zufall bei ihr gelandet und hatte sich in sie verliebt.

Und sie? Sie stand hier, die Salamipackung in der einen und eine schmutzige Gabel in der anderen Hand,
und konnte ihr Glück nicht genießen, weil das unver-
meidliche Ende schon vor der Tür stand.

Schnell räumte sie den Rest weg und stöberte durch
ihre Küche auf der Suche nach einem brauchbaren
Mittagessen. Das Einzige, was ihr einfiel, waren Spa-
ghetti. Davon hatte sie auf jeden Fall genug da. Sie fand
Dosentomaten, Fetakäse, Sauerrahm, Thunfisch und
Karotten, die eigentlich für Stormy gedacht waren.
Aber zusammen mit der restlichen Salami und anderen
Kleinigkeiten würde sie eine Soße hinbekommen. Sie
musste eben improvisieren.

Während sie alles kleinschnitt, dachte sie an eine mögliche Zukunft mit Eddi. Irgendwie konnte sie es sich nicht vorstellen, anonym und versteckt hinter der Bühne oder im Hotelzimmer auf ihn zu warten, bis er mit seinem Konzert oder sonstigen öffentlichen Verpflichtungen fertig war.

Auf der anderen Seite war es für sie aber ebenso undenkbar, als seine Begleitung an solchen Veranstaltungen teilzunehmen, immer unter Beobachtung zu stehen und ständig sehen zu müssen, wie fremde Frauen ihren Freund begrapschten oder mit ihm flirteten. Keine sehr angenehme Vorstellung. Sie würde nur abwarten können, bis er zwischendurch ein paar Stunden oder Tage für sie erübrigen konnte.

Anna steigerte sich so stark in dieses Zukunftsszenario hinein, dass sie die Zwiebel mehr kleinhackte als kleinschnitt. Ihre Laune sank mit jeder Minute. Zur Ablenkung ging sie eine Runde mit Pino spazieren. Unterwegs warf sie einen Blick in den Stall. Ihr Vater und Michael hatten ganze Arbeit geleistet. Die automatische Tränke war installiert und schien zu funktionieren. Jedenfalls befand sich eine kleine Wasserpfütze in dem Trinkbehälter.

Die Runde durch den Wald tat sowohl Pino als auch ihr richtig gut. Sie kam erst kurz vor zwölf zurück. Da sie sich beeilen mussten, war bestimmt niemand böse, wenn es schon zeitig Mittagessen gab. Professor Laikkonen und Eddi waren noch immer im Wohnzimmer. Sie hörte gedämpfte Stimmen. Dann wurden sie lauter und die Tür öffnete sich. Eddi trat heraus. Anna erahnte an seinem glücklichen Lächeln, dass der Professor gute Nachrichten für ihn gehabt hatte. Er schloss Anna in seine Arme.

»Ich bin geheilt«, rief er aus und küsste sie auf den Scheitel und dann auf den Mund. »Ich bin gesund, kannst du dir das vorstellen? Das muss ich den anderen erzählen!« Schon eilte er nach draußen.

Professor Laikkonen kam in die Küche. Er wirkte ebenfalls glücklich. »Frau Diemer, was auch immer Sie gemacht haben, das war großartig«, bedankte er sich überschwänglich. Anna wurde verlegen.

»Ich habe doch gar nichts gemacht.«

»Also, da ist Herr Markgraf aber ganz anderer Meinung. Er hat mir gesagt, dass Sie einen großen, wenn nicht den größten Anteil an seiner positiven Entwicklung haben.«

Anna wurde rot. »Dann ... ist er jetzt wirklich wieder ganz hergestellt?«

Der Arzt nickte. »Keine Spur mehr von einem aufkommenden Burn-out. Im Gegenteil, er sprüht förmlich vor Ideen und Tatendrang. Und die Depressionen scheinen ebenfalls verschwunden zu sein. Das hätte ich so schnell und so umfassend nie erwartet.« Er zwinkerte ihr zu.

Anna nickte automatisch. »Er kann also weitermachen wie bisher?«

»Na ja, wie bisher vielleicht nicht«, schränkte der Arzt ein. »Sonst würde er über kurz oder lang in derselben Situation sein. Aber das hat er nicht vor, wie ich ihn verstanden habe. Er möchte kürzertreten: weniger Konzerte, weniger Druck. Es wird ihm guttun, eine neue Aufgabe zu haben. Ich habe ihm geraten, die Tabletten weiterhin zu nehmen und noch mal einen Arzt aufzusuchen. Und ich habe ihm einen ehemaligen Kollegen von mir empfohlen, der in Hamburg seine Praxis hat.«

Hamburg. Schlagartig wurde Anna bewusst, dass diese Stadt im Norden Deutschlands Eddis Heimat war.

Hamburg, nicht Berlin.

Eddi liebte seine Heimatstadt. Dort waren seine Freunde und seine Familie. Bestimmt würde er wollen, dass auch seine Freundin in Hamburg lebte. Aber Anna hatte hier ihr Zuhause. Sie wollte nicht weg. Es gefiel ihr im Niemandsland. Inmitten des Waldes. Umgeben von ihren Tieren.

Nachdem der Professor gegangen war, bereitete sie das Essen zu und schickte Michael los, um die anderen zusammenzutrommeln.

Eddi war oben bei Andy, Nick und Ole. Bestimmt freuten sich seine Freunde mit ihm, dass er endlich wieder ein aktiver Teil der Band sein konnte. Nicht wie Anna, die ihm die Freude nicht richtig gönnen konnte. Für sie bedeutete es eben vor allem das Ende einer kurzen Beziehung, die noch nicht einmal richtig begonnen hatte.

Plötzlich war *Damn Silence*, ihre erklärte Lieblingsband, zu einem Feind geworden, einem Feind im Kampf um ihre Liebe. Anna war klar, dass es ein ungleicher Kampf war. Die Band war Eddis Traum. Diesen würde er genauso wenig aufgeben wie sie ihren. Also hatte die Liebe verloren. So einfach war das. Einfach und schrecklich zugleich. Anna hatte das Gefühl, als wäre dies ihre Henkersmahlzeit.

Schon hörte sie die Jungs lautstark die Treppe hinunterpoltern. Angeführt von Pino kamen sie in die Küche gestürmt und diskutierten lautstark um die Plätze am Esstisch. Je länger Anna ihnen zusah, desto schlechter wurde ihre Laune. Eine Welle von Selbstmitleid drohte sie zu übermannen. War es Eddi egal, wie es mit ihnen beiden weiterging? Oder war ihm von Anfang an klar gewesen, dass ihre Beziehung, wenn man das so nennen konnte, vorbei war, wenn er wieder wegging? Dann gab es für ihn natürlich keinen Grund zur Traurigkeit. Ein bisschen Bedauern vielleicht, aber mehr nicht.

Missmutig knallte Anna den Spaghettitopf auf den Tisch. Das trug ihr verwunderte Blicke von Andy und Michael ein. Sie riss sich zusammen und stellte die

Soße betont vorsichtig ab. Im lustigen Geplänkel fiel nicht auf, wie still sie war.

Gleich nach dem Essen scheuchte Michael alle auf, die letzten Sachen zusammenzupacken und ins Auto zu bringen. Nur Eddi blieb bei Anna zurück. »Kommst du mit uns?«, fragte er. Sein Blick war schwer zu deuten. Anna hätte gern ein Signal von ihm empfangen, irgendetwas, das ihr sagte, dass er sie gern dabeihaben würde. Doch sein Gesicht glich einem Pokerface.

Sie schüttelte den Kopf. »Ich denke nicht. Das ist dein Leben, nicht meines.«

»Aber du bist jetzt ein Teil meines Lebens.« Eddi nahm sie in den Arm. Sie ließ es geschehen, erwiderte die Umarmung aber nicht. Wieder schüttelte sie den Kopf.

»Nein Eddi, bin ich nicht. Du warst eine Zeit lang Teil meines Lebens. Aber das war eine besondere Situation. Eine Art Auszeit für dich. Ich kann kein Teil deines normalen Lebens sein.«

»Warum nicht?«, fragte er.

Weil Märchen nicht wahr werden, hätte sie am liebsten gesagt, stattdessen schüttelte sie nur stumm den Kopf.

»Wir gehören zusammen«, versuchte er, sie umzustimmen. »Ich möchte bei dir sein.«

»Und wie soll das gehen?« Anna merkte, wie sich die Tränen ihren Weg bahnten. Ihre Stimme nahm einen leicht hysterischen Unterton an. »Du bist in ganz Europa unterwegs. Wenn nicht, wohnst du in Hamburg. Ich wohne hier. Ich habe mein Haus, meine Tiere, meine Arbeit. Ich kann hier nicht weg. Und ich will auch gar nicht weg.« Jetzt liefen die Tränen über ihre Wangen. Sie konnte nichts dagegen tun.

Eddi drückte sie fester an sich. »Du musst nicht weg«, murmelte er in ihre Haare.

Sie wollte antworten, stattdessen kam nur ein Schluchzer heraus.

»Wir schaffen das«, sagte er. »Ich weiß es!«

Seine Worte waren wie Balsam auf Annas verwundeter Seele, doch sie halfen nur kurz.

»Wie?«, fragte sie.

Er zuckte mit den Schultern. »Keine Ahnung.«

Sie senkte den Blick wieder, ihre vage Hoffnung erstarb. Es gab keine Lösung.

Michael rief nach Eddi. Er antwortete, dass er gleich kommen würde, und wandte sich wieder Anna zu. »Schau, ich habe keine Idee, wie das funktionieren könnte, aber ich will dich an meiner Seite haben. Ich will, dass du mein Zuhause bist. Ein Zuhause muss nicht unbedingt ein Ort sein. Es ist dort, wo man sich wohlfühlt und geborgen ist. Du willst hierbleiben? Kein Problem! Dann werde ich auch hier sein. Ich kann meine Arbeit von hier koordinieren. Meine Plattenfirma sitzt in Berlin. Das ist ein Katzensprung. Zu den anstehenden Konzerten kann ich auch von hier aus fahren.«

Es klang wunderbar. Sie würde seine Heimat sein. Nicht mehr Hamburg, sondern sie. Hier könnte er sich zwischen seinen Terminen erholen und neue Kraft schöpfen. Hier würden sie beide glücklich sein können. Doch Anna war sich bewusst, dass diese Idee einen entscheidenden Haken hatte. »Und deine Freunde? Deine Familie?«

Sie sah die Verunsicherung in seinem Gesicht. Sie hatte einen wunden Punkt gefunden. Einen, über den er noch nicht nachgedacht hatte.

Michael rief wieder, diesmal eindringlicher als zuvor. Außerdem hörte man auch die anderen im Treppenhaus rumoren. Eddi wurde unruhig. »Kommst du heute mit uns nach Berlin? Mit mir?«

Andy kam in die Küche. Eddi schüttelte nur unwillig den Kopf, und Andy verschwand wieder. Jetzt war es so weit. Eddi würde sie verlassen. In ein paar Minuten würde er aus ihrem Leben verschwunden sein. Denn auch wenn sie seinem Angebot, mit ihm zu kommen, kaum widerstehen konnte, so musste sie jetzt stark bleiben. Es würde den Abschied nur hinauszögern. Nach der Pressekonferenz würde er mit den anderen Berlin verlassen, und zu diesem Schritt war sie nicht bereit. Sie wollte sich nicht selbst belügen, indem sie daran glaubte, dass sie eine Beziehung aufrechterhalten konnten, die noch nicht mal zwei Tage alt war.

Sie schüttelte den Kopf, trat einen Schritt auf Eddi zu und umarmte ihn. Ihre Münder trafen sich zu einem verzweifelten Kuss.

Als sie Michael das nächste Mal rufen hörte, löste sie ihre Lippen von Eddis und schob ihn ein Stück von sich weg. Sie zwang sich, die aufkommenden Tränen herunterzuschlucken. »Du musst jetzt los, sonst kommt ihr zu spät. Ich wünsche dir viel Glück mit deinem neuen Vorhaben. Ich bin sicher, dass es eine gute Idee ist und du die Leute von der Plattenfirma und die Presse ebenfalls davon überzeugen kannst. Also geh und mach was draus!« Ihre Stimme zitterte. Sie schaffte es, ihren Mund zu einem Lächeln zu verziehen. Eddis Gesichtsausdruck war schwer zu deuten. Er lag irgendwo zwischen Ungläubigkeit und Traurigkeit. »Ich ... ich muss gehen«, stotterte er. »Ich melde mich.«

Anna nickte und schob ihn aus der Küche. Wenn er jetzt nicht bald verschwand, würde sie ihre Fassade nicht länger aufrechterhalten können. Bevor sie ebenfalls hinausging, spritzte sie sich kaltes Wasser ins Gesicht. Das tat gut.

Draußen wuselten alle um die schwarze Limousine und Eddis BMW herum. Taschen wurden eingeladen, Gitarrenkoffer verstaut. Einer nach dem anderen verabschiedete sich kurz aber herzlich von Anna und stieg ins Auto.

Michael, Andy und Ole fuhren mit der Limousine durch den Wald und waren kurz darauf verschwunden. Nick umarmte sie noch einmal heftig und flüsterte »Danke für alles« in ihr Ohr. Dann stieg er auf der Beifahrerseite von Eddis BMW ein.

Jetzt stand nur noch Eddi da. Ein wenig wie damals bei seiner Ankunft. Er lehnte an der Fahrertür und Anna stand ihm mit Pino am Halsband gegenüber. Nur dass diesmal sie es war, die nicht sprechen konnte. In ihrem Hals saß ein dicker Kloß.

Auch Eddi sah alles andere als glücklich aus. Er drückte sie so fest, dass sie kaum noch Luft bekam. Das war ihr egal, sie fragte sich sowieso, ob es noch Sinn haben würde, zu atmen, wenn Eddi weg wäre. Sie schloss die Augen, um die aufsteigenden Tränen daran zu hindern, über ihre Wangen zu kullern.

Dann ging es ganz schnell. Eddi küsste sie ein letztes Mal auf den Mund, stieg ein und fuhr viel zu schnell davon.

42. Kapitel

Die Tränen rannen ihr ununterbrochen über das Gesicht. Doch das bemerkte sie kaum. Sie fühlte sich leer und taub. Wenn sie jetzt darüber nachdachte, was gerade geschehen war, würde sie zusammenbrechen, da war sie sich sicher. Sie hielt noch immer Pino am Halsband; er gab ihr Halt.

Schließlich raffte sie sich auf und ging mutlos zurück ins Haus. Sie hatte keine Kraft mehr, keine Energie. Sie schaffte es bis in die Küche, dann brach sie endgültig zusammen. Den Kopf auf die Tischplatte gelegt, weinte sie. Ihr Körper wurde von Schluchzern geschüttelt.

Es dauerte eine Weile, bis die Tränen versiegt waren, und sie tat das Erste, was ihr einfiel: Sie rief Suzi an.

»Fröhlich«, meldete sich ihre Freundin nach zweimaligem Klingeln.

Anna wollte etwas sagen, brachte aber keinen Ton heraus.

»Hallo?«, fragte Suzi am anderen Ende. »Wer ist denn da?«

»Ich«, presste Anna heraus.

»Anna? Was ist denn los? Was ist passiert?« Die Panik in Suzis Stimme war deutlich zu hören.

Anna schluckte, sie musste sich jetzt zusammenreißen.»Suzi, bitte ... kannst du herkommen?« Mehr schaffte sie nicht. Schon wieder liefen ihr Tränen die Wangen hinab. Doch mehr brauchte es auch gar nicht.

»Süße, bleib wo du bist, ich komme so schnell ich kann. Mach nichts Dummes, hörst du?« Und schon hatte Suzi aufgelegt.

Sie sollte nichts Dummes anstellen? Das hatte sie längst. Sie hatte ihren Traummann gehen lassen. Aber es war richtig so. Das musste sie sich nur lange genug einreden, damit sie es irgendwann selbst glauben konnte.

Die nächste Stunde überstand Anna nur mithilfe von Pino, an den sie sich regelrecht klammerte. Er blieb die ganze Zeit neben ihr sitzen, auch wenn sein schwarzes Fell schon nass von ihren Tränen war.

Erst die Türklingel riss sie aus ihrer Trance. Sie stand mühsam auf – ihr linkes Bein war eingeschlafen - und wankte ins Treppenhaus. Sie drückte den Türöffner, ohne zu fragen, wer es war. Erst ein kurzer Blick auf die Uhr am Monitor ließ sie zweifeln, ob es wirklich schon Suzi sein konnte. Wenn ja, musste sie alle Geschwindigkeitsbegrenzungen missachtet haben oder geflogen sein.

Es war Suzi. Sie nahm ihre Freundin sofort in den Arm. »Hey, Süße, was ist denn passiert?«, fragte sie mitfühlend.

Sie setzten sich auf die Treppenstufe vor der Haustür.

Unter vielen Schluchzern und immer wieder mit Unterbrechungen, weil sie keine Luft bekam, erzählte Anna, dass Eddi und sie sich ineinander verliebt und dass ihre Eltern die Sache mit der Erbschaftsstreitigkeit in Ordnung gebracht hatten.

»Aber warum bist du dann so traurig? Ist doch alles super«, fragte Suzi verwundert.

»Das war ja noch nicht alles«, schluchzte Anna. Allmählich ging ihr die Heulerei selbst auf die Nerven. Sie atmete ein paarmal tief durch, um sich zu beruhigen. Dann erzählte sie Suzi, dass am Morgen der Arzt da Eddi für gesund erklärt hatte. »Und jetzt ist er weg. Weg zu dieser Pressekonferenz und dann auf dem Weg nach Hamburg.«

»Er ist einfach so abgehauen?«, fragte Suzi mit aufkommender Wut in der Stimme.

»Nein. Nicht einfach so.« Sie erzählte Suzi, dass Eddi sie hatte mitnehmen wollen. Dass er sogar angeboten hatte, zu ihr zu ziehen und damit seinen Lebensmittelpunkt hierher zu verlegen. Und sie erzählte von ihrer Angst, dass das niemals gutgehen könnte, dass er es nicht schaffen würde, sein Leben, seine Freunde und seine Familie in Hamburg hinter sich zu lassen, nur um bei ihr zu sein. Und dass sie deshalb mehr oder weniger mit ihm Schluss gemacht hatte.

Suzi riss die Augen immer weiter auf. »Sag mal, bist du von allen guten Geistern verlassen?« Sie schüttelte fassungslos den Kopf. »Dein Traummann gesteht dir seine Liebe und möchte alles dafür tun, dass eure Beziehung eine Chance hat, und was machst du? Du schickst ihn weg! Bist du wahnsinnig geworden?«

»Denkst du, es war ein Fehler?«

Suzi verdrehte die Augen, nahm Anna aber gleich darauf in den Arm. »Ein Fehler? Nein, meine Süße. Das war kein Fehler. Das war der größte Bockmist, den du in letzter Zeit gebaut hast! Ich meine, es war mit Sicherheit nicht sehr schlau, sich in einen Rockstar zu verlieben, aber mit dieser Aktion hast du wirklich den Vogel abgeschossen.«

Anna hatte das Gefühl, sich verteidigen zu müssen. Sie wand sich aus Suzis Klammergriff und funkelte sie an. »Es war kein Fehler. Es war das Beste, was ich machen konnte. Die einzige Alternative!« Ihre Stimme klang überraschend fest.

»O nein, da gab es durchaus eine andere Alternative.«

Trotzig schüttelte Anna den Kopf und verschränkte die Arme vor der Brust.

Suzi streichelte sanft über Annas Unterarme. »Süße, doch, du weißt das auch. Sonst würdest du nicht hier sitzen und dir die Augen aus dem Kopf heulen.«

Anna setzte an, zu protestieren, schloss den Mund aber wieder. War sie nicht schon in dem Moment unsicher gewesen, als sie Eddi das letzte Mal umarmt hatte? »Und nun?«, fragte sie leise und blickte Suzi hoffnungsvoll an.

Die zuckte mit den Schultern. »Keine Ahnung. Ich weiß auch nicht, was du jetzt tun kannst.« Sie überlegte. »Na ja, eigentlich weiß ich es schon, nur nicht, wie genau du das anstellen sollst.«

In Anna regte sich ein Hoffnungsschimmer. »Was? Was soll ich machen?«

»Am besten wäre es wohl, du würdest noch mal mit ihm sprechen und ihm sagen, dass du dich geirrt hast. Kannst du ihn anrufen?«

Anna zuckte die Schultern. »Das kann ich ihm doch nicht am Telefon sagen.« Außerdem hatte er ihr nie seine Telefonnummer gegeben. Vielleicht mit Absicht?

»Sie sind doch im Moment in Berlin, nicht wahr? Auf dieser Pressekonferenz«, überlegte Suzi weiter.

»Ja, schon, aber bis wir da sind, sind sie längst weg. Die soll schon halb drei anfangen. Bis wir da sind, ist es zu spät.«

»Wer sagt denn, dass sie sofort danach auf dem Weg nach Hamburg sind? Wir werden sie finden. Ich fahre dich jetzt erst mal zu dem Hotel, in dem der Termin stattfindet.«

Zehn Minuten später saßen sie in Suzis hellblauem Käfer. Suzi fuhr wie der Teufel. Anna klammerte sich erschrocken am Haltegriff fest. Das alte Auto quietschte protestierend bei jeder Kurve.

Die Zeit verrann unerbittlich.

Auf halber Strecke fiel Suzi ein, dass die Pressekonferenz live im Radio übertragen wurde. So konnten sie zumindest zuhören und abschätzen, wie lange sich die Band im Hotel aufhielt. Anna suchte nach einem passenden« Radiosender. Das war nicht leicht, weil sie dauernd nach rechts oder links geschleudert wurde und Suzi auch mehr als einmal abrupt abbremste, sodass Anna schmerzhaft in den Gurt gepresst wurde. Doch schließlich wurde sie fündig.

Michael erzählte gerade, dass *Damn Silence* vorhatten, in Zukunft Charity-Konzerte zu organisieren und sich bei weiteren wohltätigen Zwecken zu engagieren. Dann redeten mehrere Stimmen durcheinander, so lange, bis jemand um Ruhe bat und eine konkrete Frage stellte. »Herr Markgraf, Sie sagten, dass die meisten Projekte, die Sie unterstützen möchten, in Berlin angesiedelt sind. Demzufolge werden auch die Konzerte hauptsächlich in Berlin stattfinden. Wie werden Sie das von Hamburg aus organisieren? Oder haben Sie vor, sich demnächst öfter in Berlin aufzuhalten?«

Es herrschte einen Moment Stille. In Anna begann es zu kribbeln. »Ähm ... ja ... ich ... wir werden jetzt öfter in Berlin sein. Wir wollen unsere Basis in der Nähe aufschlagen, um mitten im Geschehen zu sein.«

Wieder war aufgeregtes Stimmengewirr zu hören. Eine Frauenstimme fragte: »Eddi, meinen Sie damit, dass Sie nach Berlin umziehen werden?«

Anna hielt unwillkürlich die Luft an.

»Meine Heimat wird immer Hamburg bleiben«, antwortete Eddi.

Sie atmete aus. Das war genau, was sie erwartet hatte. Warum war sie so enttäuscht?

»Aber ... ja«, fuhr Eddi fort. »Mein Plan ist es, auch in Berlin oder der Umgebung ein Haus oder eine Wohnung zu haben. Wir checken gerade ein paar Optionen.«

Suzi sah Anna vielsagend an.

»Sieh bitte auf die Straße, ich möchte lebend dort ankommen«, ermahnte Anna sie erschrocken. Suzi grinste, sah aber wieder nach vorn.

In den nächsten Minuten ging es um die restlichen geplanten Konzerte der Tour, und Anna stellte das Radio etwas leiser.

»Soso, er prüft die Optionen!«, kam es von Suzi, die breit grinste. Anna verstand nicht, warum sie sich darüber freute. Hätte sie vorhin keine Panik bekommen, hätte Eddi jetzt keine Optionen prüfen müssen, sondern es wäre klar gewesen, wo er seine Basisstation errichten konnte.

Plötzlich wünschte sie sich, Suzi würde schneller fahren. Doch das wäre lebensgefährlich. Hoffentlich war es nicht zu spät.

Als sie vor dem Adlon-Hotel anhielten, spielte das Radio schon seit mehr als zwanzig Minuten Musik. Die ganze Veranstaltung hatte nicht einmal eine halbe Stunde gedauert. Selbst wenn die Band im Anschluss noch eine ganze Weile Autogramme schreiben musste, war sie mittlerweile vermutlich nicht mehr da. Anna hoffte nur, dass sie sich zumindest noch im Hotel aufhielt. Wie sie sie allerdings finden sollte, war ihr schleierhaft. Sie konnte wohl kaum hereinspazieren und fragen. Auf die Idee waren dutzende von Fans, die die Tür des Adlon belagerten, sicher auch schon gekommen.

Anna sah Suzi an. »Und jetzt? Wie kommen wir da durch?«

Suzi fuhr an den Straßenrand und schaltete den Warnblinker an. Sie fischte ihr Telefon aus der Hosentasche und wählte hektisch. Einige Sekunden horchte sie angespannt, dann fluchte sie. »Geh ran, du Depp! Wo bist du denn schon wieder?« Sie wartete noch einen Augenblick, dann legte sie auf und grinste Anna schief an. »Ich fürchte, Tom kann uns gerade nicht helfen. Wir müssen es selbst schaffen.« Ohne eine Antwort abzuwarten, lenkte sie den Wagen wieder auf die Straße. Rund um das Hotel waren alle Parkplätze besetzt. In die

Tiefgarage kam man auch nicht, weil die durch einen Pförtner bewacht wurde. Zum Glück fand Suzi in einer Seitenstraße eine Lücke, in die ihr Käfer gerade so passte. Sie sprangen aus dem Auto und rannten zum Hotel.

Anna wurde flau im Magen, als sie die Fanmassen vor dem Eingang sah. Wenn man direkt davor stand, wirkten die Leute wie eine undurchdringliche Wand.

Es war schwer, sich nach vorn zu kämpfen. Es wurde gedrängelt und geschubst. Anna bekam mehr als eine eindeutige Beleidigung zu hören. Doch sie hatte ein Ziel und ließ sich nicht beirren. Sie blieb dicht hinter Suzi, die sich rücksichtslos unter dem Einsatz von Ellenbogen und Hüften einen Weg bahnte. Schon standen sie vor dem nächsten Hindernis: einem grimmig aussehenden Sicherheitsmann. Er wirkte wie ein lebendig gewordener Schrank. An dem würden sie nie vorbei kommen. Doch Anna hatte die Rechnung ohne ihre Freundin gemacht. Suzi stürmte die wenigen Stufen bis zur Eingangstür und baute sich vor dem viel größeren Mann auf. »Lassen Sie uns durch! Mein Name ist Suzanne Fröhlich, ich betreue *Damn Silence* für Universal Music.«

Sie zog einen Ausweis aus ihrer Jackentasche, den Anna als ihre Schlüsselkarte für das Universal-Gebäude erkannte, und hielt sie dem Sicherheitsmann unter die Nase.

Der blickte skeptisch darauf. Dann sprach er in sein Headset und wartete kurz. Anna hätte beinahe gejubelt, als er nickte und zur Seite trat.

Das Ganze wurde begleitet von Pfiffen und empörten Rufen aus der Menge, doch dann schloss sich die Tür hinter ihnen, und die Geräuschkulisse wurde ausgeblendet.

Suzi marschierte zielstrebig auf die Rezeption zu. »Guten Tag. Mein Name ist Suzanne Fröhlich. Ich betreue

Damn Silence im Auftrag von Universal Music. Leider sind meine Assistentin und ich durch einen Stau aufgehalten worden, und kommen deshalb etwas zu spät. Ich nehme an, die Pressekonferenz ist vorbei?« Suzis Selbstsicherheit beeindruckte nicht nur Anna. Auch die Dame hinter dem Empfangstresen hörte ihr aufmerksam zu und nickte am Ende bedauernd.

»Ja, sie sind vor etwas mehr als einer halben Stunde fertig worden. Es tut mir leid. Sie haben die Herren verpasst.«

»O nein!«, rief Suzi theatralisch aus. »Ich hatte gehofft, sie noch anzutreffen. Wissen Sie, wir waren gerade auf dem Weg nach München, als mich der Anruf erreichte. Ich sollte vor ihrer Abreise nach Hamburg unbedingt mit den Jungs sprechen.« Sie senkte verschwörerisch die Stimme. »Es geht um diese neue Charity-Sache, die sie geplant haben.«

Anna hob verwundert die Augenbrauen.

Die Hotelangestellte sah sie bedauernd an. »Das tut mir wirklich leid. Aber die Herren befinden sich schon auf dem Weg zum Flughafen. Sie hatten es sehr eilig nach der Pressekonferenz, weil ihr Flieger schon um kurz nach vier abhebt.«

Anna musste nicht schauspielern, als sie bestürzt den Kopf senkte. Alles war verloren. Eddi war auf dem Weg nach Hamburg. Sie waren zu spät gekommen.

Suzi jedoch ließ sich nicht so schnell entmutigen. Sie packte sie Annas Hand und zog sie hinter sich her.

Die Hotelangestellte rief ihnen noch etwas nach und wies nach rechts.

»Der Lieferanteneingang, gute Idee. Komm!« Suzi verlangsamte keinen Moment ihre Schritte. Sie bog einfach ab und eilte durch den Lieferanteneingang aus dem Hotel. Auf die Art umgingen sie die Fanmassen und waren in Nullkommanichts an Suzis Auto.

In halsbrecherischem Tempo kurvte Suzi durch Berlins Straßen. Anna hatte nicht viel Hoffnung, dass sie noch rechtzeitig ankommen würden. Bis sie am Flughafen waren, hatten die Jungs die Sicherheitskontrolle bestimmt schon lange passiert. Sie musste sich damit abfinden – es war zu spät.

43. Kapitel

Suzi fuhr auf den Taxistreifen vor dem Flughafen und hielt an.

»Los jetzt, raus mit dir!«

Anna verschränkte die Arme vor der Brust. »Du kannst hier nicht parken. Die schleppen dir dein Auto ab. Lass uns ins Parkhaus fahren.«

Suzi verdrehte die Augen, löste Annas Gurt und öffnete über sie hinweg die Beifahrertür. »Ich«, betonte sie, »werde zum Parkhaus fahren. Aber du, meine Liebe, solltest jetzt schleunigst aussteigen und deinem Eddi hinterherlaufen, bevor es zu spät ist.«

Anna verzichtete darauf, Suzi darauf hinzuweisen, dass es noch nicht »ihr Eddi« war. Sie sah aber ein, dass ihre Freundin recht hatte, und stieg aus. »Danke.«

»Kein Problem«, grinste Suzi. »Jetzt mach aber mal, dass du da reinkommst.«

Anna nickte und schlug die Autotür zu. Dann tat sie endlich, was Suzi ihr geraten hatte, und eilte ins Gebäude. Sie musste sich orientieren. Wo war die Abflughalle?

Zum Glück fand sie die riesige Anzeigetafel beinahe sofort. Was sie dort sah, erschreckte sie. Der Flug nach Hamburg war ganz oben aufgeführt und *Boarding* blinkte bereits.

O nein!

Eddi saß bestimmt schon im Flugzeug oder war auf dem Weg dorthin. Anna war kurz davor, aufzugeben. Jetzt war sie schon so weit gekommen. Sie blendete alle Gedanken aus und rannte zum angegebenen Terminal. Vielleicht, nur vielleicht, war er auch spät dran und hatte die Sicherheitskontrolle noch nicht passiert. Vielleicht wurden Promis auch grundsätzlich erst ins Flugzeug gelassen, wenn alle anderen Passagiere schon saßen, damit sie ihre Ruhe hatten und nicht so lange warten mussten. Es war alles möglich.

Sie rannte, so schnell sie konnte. Dabei registrierte sie die eine oder andere lautstarke Empörung, weil sie in ihrer Eile Leute anrempelte oder Kofferwagen aus dem Weg schob. Schon hatte sie die Sicherheitskontrolle vor sich. Sie blieb außer Atem stehen und blickte sich um. Ragte irgendwo ein blonder Haarschopf aus der Masse heraus? Nein, auch nach der zweiten Runde, bei der sie alle Personen genauer musterte, erkannte sie niemanden, der Eddi oder einem der anderen auch nur entfernt ähnlich sah. So ein Mist!

Anna spürte Tränen in ihren Augen. Die ganze Aktion von Suzi, die halsbrecherische Fahrt und alle Anstrengungen, bis hierher zu kommen – alles war umsonst gewesen! Die Luft um sie herum schien immer dünner zu werden.

»Anna?«

Sie stutzte, blinzelte.

»Anna?«, fragte die Stimme noch einmal.

Anna drehte sich langsam um. Sie schloss die Augen und öffnete sie wieder. War es ein Traum?

»Was machst du hier?«, fragte Eddi vor ihr verwirrt.

»Eddi?«, entfuhr es Anna.

Er runzelte die Stirn. »Äh ... ja?«

Es war kein Traum!

In Annas Innerem wurden tausend Feuerwerksraketen auf einmal gezündet. »Eddi!«, rief sie aus und rannte auf ihn zu, um ihm in die Arme zu fallen. Zu ihrer grenzenlosen Erleichterung erwiderte er die Umarmung. Er war ihr nicht böse.

»Eddi ... warum bist du ... dein Flug ... du müsstest doch längst im Flugzeug sitzen.«

»Was? Warum? Was meinst du?«, fragte Eddi verständnislos nach.

Anna riss sich zusammen. »Ich meine ... ich dachte, du sitzt längst im Flugzeug nach Hamburg. Du bist am Flughafen. Die Maschine nach Hamburg geht in ein paar Minuten. Warum bist du noch hier draußen?«

Eddi sah zunehmend verwirrt aus, doch dann schien er zu verstehen. Auf seinem Gesicht breitete sich ein Grinsen aus. »Ja, ich habe meine Freunde zum Flughafen gefahren, damit sie ihren Flug nach Hamburg rechtzeitig erreichen. Der war schon gebucht, als sie herkamen, um mich bei dir zu besuchen.« Er sprach extra langsam und betonte jedes Wort. Am Ende grinste er noch breiter als zuvor. »Und was machst *du* hier?«

Anna brauchte einige Sekunden, um seine Worte zu verdauen. Er wollte nicht nach Hamburg fliegen! Er hatte nur die anderen hergebracht!

Sie kam sich so dumm vor. Und sie war so erleichtert. Sie holte tief Luft und schloss kurz die Augen. »Ich wollte ...«, sie brach ab. Wie sollte sie es sagen, ohne dass es albern klang?

»Ja?«, ermunterte er sie.

Sie fasste sich ein Herz. »Es tut mir so leid, dass ich nicht an uns glauben wollte!« Sie biss sich auf die Unterlippe. »Es tut mir auch leid, dass ich dich weggeschickt habe! Ich war einfach nur blöd und ich hatte Angst. Ich habe immer noch Angst. Angst davor, dass es nicht funktionieren könnte ...« Sie sah ihn unsicher an. »Ich habe Angst, Eddi.« In seinen Augen entdeckte sie eine Wärme, die ihr für einen Moment den Atem raubte. »Ich habe Angst davor, mich immer mehr in dich zu verlieben und enttäuscht zu werden.« Sie verzog den Mund zu einem schiefen Grinsen. »Na ja, eigentlich ist es dafür sowieso schon zu spät.«

»Zu spät?«

»Ja.« Sie nickte. »Ich liebe dich doch schon längst.« Sie versuchte zu lächeln. Es gelang ihr nicht. »Jetzt habe ich vor allem Angst davor, enttäuscht zu werden. Ich habe Angst, dass du mich verlässt.«

»Und weil du Angst hast, dass ich dich verlassen könnte, hast du mich weggeschickt?«

Anna senkte verlegen die Augen. »Hm ... ja«, gab sie zu, »das war dumm.«

Er nickte, schien allerdings nicht böse zu sein. Die nächsten Sekunden schwiegen sie.

»Und was wolltest du jetzt tun?«, fragte Anna nach einer Weile. »Nachdem du die anderen zum Flughafen gebracht hast?«

Eddi zuckte mit den Schultern. »Ich wollte zurückfahren zu einer jungen Dame mitten im Niemandsland und sie überreden, es doch mit mir zu versuchen ... auch wenn sie sich vor diesem Gedanken fürchtet.« Er grinste schief.

Anna musste sich konzentrieren, um das Atmen nicht zu vergessen.

»Hey ihr beiden, da seid ihr ja!« Suzi winkte ihnen von Weitem zu. Sie keuchte. »Erst habe ich ewig gebraucht, um einen Parkplatz zu finden. Aber ihr habt es ja auch ohne mich geschafft, wie es aussieht. Eddi, ich hoffe, sie hat dir gesagt, dass sie dich liebt und dass es ein großer Fehler war, dich heute gehen zu lassen?«

Eddi grinste und zuckte mit den Schultern. Anna wurde tomatenrot.

»Siehst du Süße, ich hab dir ja gesagt, wir schaffen es noch rechtzeitig, bevor er abfliegt.« Suzis Blick schwenkte von Eddi und Anna zur Sicherheitskontrolle. »Dabei fällt mir ein, musst du nicht langsam zum Flugzeug? Ich dachte, ich hätte auf der Anzeigetafel gesehen, dass das Boarding schon abgeschlossen ist?«

Anna und Eddi sahen sich an und fingen an zu lachen.

Suzi zog einen Schmollmund. »Kann mir vielleicht jemand erklären, was daran so lustig ist?«

Anna nahm ihre beste Freundin in den Arm. »Ich danke dir für alles! Ohne dich würde ich jetzt nicht hier stehen. Aber Eddi wollte gar nicht wegfliegen. Er war eigentlich schon fast wieder auf dem Weg zu mir. Er wollte mich auch davon überzeugen, dass ich einen Fehler gemacht habe.«

»Das ist ja nun nicht mehr nötig«, sagte Suzi trocken. »Aber das passt mir gut. Dann kann Eddi dich sicher mit zurücknehmen. Ihr habt bestimmt noch einiges zu besprechen. Und ich muss dringend in mein Büro und meinem Chef erklären, warum ich ohne etwas zu sagen alles stehen und liegen gelassen habe und einfach abgehauen bin. Wahrscheinlich sucht er mich schon.«

Sie drückte sowohl Anna als auch dem verdutzten Eddi ein Küsschen auf die Wange und ließ die beiden stehen.

»Ich hoffe, sie bekommt keinen Ärger unseretwegen«, bemerkte Eddi mitfühlend, als er Suzi hinterherstarrte.

Anna zuckte mit den Schultern. »Das glaube ich nicht. Sie hat ihre eigenen Methoden, mit ihrem Chef klarzukommen. Tom und sie sind zusammen«, fügte sie hinzu, als sie seine erstaunte Miene sah. »Und jetzt?«, fragte sie nach einer Weile, die sie beide schweigend dagestanden hatten, die Hände ineinander verschränkt.

»Jetzt fahren wir nach Hause«, sagte Eddi.

Als sie später im Auto saßen, betrachtete Anna ihren Eddi die ganze Zeit von der Seite. Sie studierte jedes Härchen auf seiner Haut, jede Falte, jeden Leberfleck. Sie liebte ihn mit ganzer Seele. »Sag mal, Eddi ... bist du eigentlich glücklich?«

»Mit dir?«, fragte er zurück. Dann nickte er nachdrücklich.

Sie lächelte in sich hinein. »Das ist schön. Aber das meinte ich nicht. Bist du glücklich mit deinen Plänen? Hast du ein neues Ziel gefunden?«

Sein Mundwinkel zuckte. »Auf jeden Fall. Die Frage ist nur, ob du dieselben Pläne hast.«

»Warum ich?«

»Weil du in meinen Plänen eine wichtige Rolle spielst. Man könnte sogar sagen, ohne dich funktionieren sie nicht.«

»Ich bin kein bisschen musikalisch«, wandte Anna ein.

Eddi sah sie mit einem verschmitzten Lächeln an: »Dann werde ich unseren Kindern wohl die Gute-Nacht-Lieder vorsingen müssen.«

Epilog

Anna summte glücklich, während sie darauf wartete, dass sich das automatische Tor öffnete. Im Rückspiegel sah sie Pino, der ausgestreckt auf der Rückbank lag, zumindest soweit es der Platz zuließ. Das Winterfell ließ ihn noch mächtiger aussehen. »Du bist heute richtig gut gewesen, mein Kleiner. Ich glaube, das hat niemand erwartet.«

Pino hob den Kopf und sah sie an. Sie nickte zur Bestätigung und fuhr auf das Grundstück.

Eddi kam ihr entgegen. Er trug Arbeitsklamotten und seine Haare waren staubig. Er nahm sie in den Arm und küsste sie ausgiebig. Dann öffnete er die Hintertür und ließ Pino heraus. Der schwarze Riese freute sich unbändig.

»Ja, mein Dicker. Und?«, fragte Eddi mit einem Seitenblick auf den Hund, der nun glücklich den nächsten Baum ansteuerte und sich erst einmal erleichterte. »Hat er es geschafft?«

Anna strahlte. »Wesenstest mit Bravour bestanden. Der Tester hat sogar gefragt, warum ich überhaupt mit ihm da war. Er wollte mir kaum glauben, dass Pino so aggressiv gewesen sein soll, wie ihm geschildert worden war.«

»Na dann kannst du dich ja jetzt voller Elan deinem neuesten Sorgenfall widmen. Wir haben ihn vorhin in den Stall gesperrt. Andy ist gekommen.«

Anna seufzte. Seit sie den Boxermischling Frodo vor zwei Tagen aus dem Tierheim hergeholt hatte, stand das Tier quasi unter Dauerstress. Denn zeitgleich hatte Eddi beschlossen, das Nebengebäude zu einem Studio umzubauen. Seitdem hatte sich der ständige Strom an Eddis Freunden und Familie vervielfältigt. Manchmal wünschte sich Anna die Einsamkeit der ersten Tage auf dem Hof zurück. Doch immer nur kurz, denn im Grunde war sie sehr glücklich mit der Situation. Sie hatte Eddi um sich und der die Menschen, die ihm wichtig waren. Manche kamen nur kurz zu Besuch, andere blieben ein paar Tage oder Wochen. Leider war ihr Plan, Problemhunde und ihre Halter hier einzuquartieren, deshalb nicht umsetzbar. Eddi wollte diesen Platz, so gut es ging, geheim halten.

Kurzerhand hatte Anna beschlossen, sich umzuorientieren. Neben den Hausbesuchen bei ihren zahlreichen Kunden arbeitete sie nun mit diversen Tierschutzeinrichtungen zusammen und kümmerte sich um die besonders schwierigen Hunde. So wie Frodo. Meistens arbeitete sie mit ihnen auf dem Gelände der Tierschutzvereine. Nur für Heinz machte sie eine Ausnahme. Sie wurde nicht reich davon, meistens hatten die Vereine nur wenig Mittel, sie zu bezahlen, aber sie brauchte auch nicht viel zum Leben. Auch ohne Eddi hätte sie ein gutes Auskommen und war in der Zwischenzeit vollkommen unabhängig von Tante Elisas Geld.

Sie hörte Hufgetrappel. Mit Frodo an der Leine und Pino bei Fuß neben sich ging sie nach hinten auf die Wiese. Kurz darauf kam Karl auf Mona aus dem Wald geritten. Wie sich herausgestellt hatte, führte das Tor im Wald zu einem direkten Verbindungsweg zwischen Karls und ihrem Hof, den der alte Mann schon früher häufig benutzt hatte. Vor einigen Wochen war er zum ersten Mal auf diesem Weg bei Anna aufgekreuzt.

Mona trug nur ein Halfter, an das er einen Strick als Zügel geknotete hatte, und eine Decke auf dem Rücken.

Es war Karls Idee gewesen, die beiden Pferde so oft wie möglich zusammenstehen zu lassen. Stormy war glücklich. Anfangs hatte er versucht, Mona zu imponieren, was bei der alten Dame jedoch kaum Eindruck hinterlassen hatte. Sie hatte sich lieber auf die neue Heuraufe gestürzt.

Für den Frühling hatten sie geplant, einen großen Offenstall zu bauen und Stallgebäude und Koppel damit zu verbinden. Dann würde Mona dauerhaft hier einziehen, das war ebenfalls Karls Idee gewesen.

Er ließ sich vom Pferderücken gleiten und nahm Mona das Halfter ab. Gehorsam trottete sie zum Eingang der Koppel, wo Stormy stand, um sie zu begrüßen. Gekonnt wehrte Karl den aufdringlichen Hengst ab. Später würden sie gemeinsam mit Stormy arbeiten. Seit einigen Wochen bereiteten sie ihn auf das Reiten vor. Karl hatte bereits auf ihm gesessen, wenn auch nur kurz.

»Bist du glücklich?« Eddi umarmte sie von hinten und legte sein Kinn auf ihren Kopf.

Anna lächelte, weil er unbewusst dieselben Worte verwendete wie sie selbst vor ein paar Monaten. »Sehr. Und du?«

»Überglücklich. So sehr, dass Andy sich schon beschwert hat. Er meint, er würde mich nur noch hier zu Gesicht bekommen.« Er nickte zu Frodo. »Lass ihn ruhig laufen. Wenn du in der Nähe bist, ist Andy beruhigt.«

Anna sah sich um. »Wo sind die Katzen?«

Eddi hatte vor zwei Wochen seine Katzen aus Hamburg hergeholt. Eigentlich sollten die beiden im Haus bleiben, doch da so viele Leute unterwegs waren, stand die Tür praktisch immer offen. Vor allem der Siamkater genoss seine neu gewonnene Freiheit sehr. Er hatte auch keine Angst vor den Hunden, ganz im Gegensatz zu seiner Schwester, die sich meistens versteckt hielt. Frodo liebte es, die Katzen zu jagen.

»Mach dir keine Sorgen, die kommen schon klar.«